银腰链

陈瑞芬 著

海峡出版发行集团
海峡文艺出版社

图书在版编目(CIP)数据

银腰链/陈瑞芬著. —福州:海峡文艺出版社,
2025.3
ISBN 978-7-5550-3853-5

Ⅰ.Ⅰ247.5

中国国家版本馆 CIP 数据核字第 20249UH009 号

银腰链

陈瑞芬 著

出 版 人　林　滨
责任编辑　林　颖
出版发行　海峡文艺出版社
经　　销　福建新华发行(集团)有限责任公司
社　　址　福州市东水路 76 号 14 层
发 行 部　0591—87536797
印　　刷　福建新华联合印务集团有限公司
厂　　址　福州市晋安区福兴大道 42 号
开　　本　720 毫米×1000 毫米　1/16
字　　数　354 千字
印　　张　29.25
版　　次　2025 年 3 月第 1 版
印　　次　2025 年 3 月第 1 次印刷
书　　号　ISBN 978-7-5550-3853-5
定　　价　88.00 元

如发现印装质量问题,请寄承印厂调换

目　录

银腰链

　　乌银的银铺就在螺东港边避风港的岸边。海涨潮时，浪轻轻翻涌，木制的小帆船随着波涛起起落落，桅杆一下一下擦过银铺敞开的那扇木窗。透过木窗，乌银拿着一根铜管，鼓着嘴用力吹着热乎乎的银浆，他必须一鼓作气把银浆吹成粗细适合的银条子。这考验的是他的肺活量。

　　海边的女人几乎每个人都有一条漂亮的银腰链，逢节日佩戴在黑绸裤的腰间，把纤细的腰衬托得更为婀娜。银腰链一般三至五股，也有的只打一股，不过是奶奶辈打的。乌银的爷爷是有名的银匠，乌银打腰链的手工是家传技术。这几年乌银在父亲的提议下，在港边开了一家银铺。父亲将打腰链的手艺全部传授给儿子后，就退居二线了。

　　乌银深吸一口气，鼓起腮帮子，继续吹银条子。他的妻子在旁边拉着抽风机，"呼呼呼"的声音伴着窗外的海浪哗哗声，回荡在夏日午后的海港边。

一个个子高高的帅气小伙子探头探脑走进来，小声问："你们这边回收银腰链吗？"

乌银正憋着气在吹。抽风机有气无力地拉着。

小伙子又问了一遍。

乌银刚好吹成条，放下铜管，没好气地说："收啦！有多少尽管拿来。年轻人赌博偷老婆的腰链来卖的吧？"

小伙子紧张地回答："不是，不是。"

乌银不再多话，绷着脸，称了重，拨动算盘计算着。

这时一个妇女走进来，问乌银洗一条腰链几天可以拿，说她是倒溪坡村的阿勤，洗好了让人通知一下。

小伙子听到倒溪坡村几个字，慌忙别开脸，接过乌银递过来的钱，数都没数就匆忙离开。

乌银笑着接过阿勤手里的腰链，写了姓名，嘴里说："快中秋了，不少人都送腰链过来修理，准备回夫家戴着隆重些。"

阿勤带着许若含回到家，丈夫许水生端着洗脚水往门外一泼，差点泼到两个人身上。

许水生把洗脚盆放在墙边，说："洗洗早点睡觉吧。我明天还要去山上打石头。"

阿勤问："大头他们在办事，你们明天还要出工？"

许水生回答："这个月多了几户人家建房子，都来订石条。"

阿勤舀了水，开始洗脚："建一栋房子需要很多石条，现在有地方赚钱了，如果全国都建新房，石头也不够挖。"

许水生解释道："石头房子结构是咱们螺苑的传统建筑，其他地方都是土房子，你看咱们那些祖厝，不都是鹅卵石混土搭建的。"

阿勤把洗脚水倒了，走进房间。

许水生指着桌上的纸包说："洗好的腰链送过来了。"

阿勤走到桌前，轻轻打开报纸，捧起银光闪闪的腰链。刚洗过的腰链亮晶晶的，一个环紧扣一个环，扣环匀称，链子润滑，捧在手上沉甸甸的。

阿勤爱不释手地摸着腰链，嗔道："叫你不要打你还要打，浪费那些钱，也没亲戚走动，不怎么戴。"

许水生深情地看着妻子："别人有的，你一定也要有，就是链条细了点。"

阿勤说："这腰链几年一个款，以前三股很好看了，现在送聘礼都是五股六股。"

许水生又打了个哈欠："阿平那条就是六股。"

阿勤点点头："七行家送来的是六股，很漂亮，重量也足，春节阿平回家的时候戴着，走起路来，周围十几个村庄都没有阿平戴的好看。就是博龙家没按风俗送腰链，礼数还是有欠缺。"

许水生声音低了下去："嗯，阿含没腰链……"

阿勤小心翼翼地把腰链包起来："阿平的腰链不知道放在哪里，我想拿出来对比一下，她那条几斤来着？"

她转头看向许水生，许水生已经睡着了。

半夜，邻居女孩许凌琴敲许若含的窗户。

许若含的姐姐许若平醒来，见是许凌琴，抱怨道："都半夜了。"然后打开昏暗的电灯，走过去给许凌琴开了门。

许凌琴走进房间，带进来一股冷气，许若平打了个哆嗦，问："家里不找你吗？"

许凌琴大声笑道："父母才不管我呢，今天晚上我跟你们睡觉。"

许若平呵斥道："都睡觉了，小声点。"

许若含跟姐姐睡一个房间，一张一米五的木床，她被许凌琴吵醒了。

许若平拍了一下许凌琴："快睡觉。"

许凌琴吐了吐舌头。

许若平对许凌琴说："不睡觉就回家。不回家就睡觉。我睡这头，你们两个睡那头。"

许若平脱下白衬衫，穿着背心靠床里头躺下。

许凌琴悄声问："阿含，你阿姊也穿乳罩啊？"

许若含捏了一下许凌琴的手："别说了，她有两件乳罩。"

许凌琴摸摸许若含的胸部："你还没鼓起来，还不能穿。"

许若含小声问："你要穿吗？"

许凌琴："我想叫你阿姊帮我买，我不敢去买。"

许若含："叫你阿嫂。"

许凌琴："别提了，我三个阿嫂全部没穿。就你阿姊穿了，你阿姊是全村最时髦最漂亮的女人，我想像她那样。"

许若含自豪地说："我阿姊当然漂亮了。"

两个人悄悄耳语，说了一会儿话就睡着了。

第二天早上，许若平吃过饭，推着自行车出门。昨天晚上乐队通知港内有个老人过世，今天出殡，进港内半岛走近路需要等退潮的时候蹚过泥泞的海滩，涨潮前就要赶紧出来。

一大早热气就扑面而来，许若平穿着白衬衫、黑色喇叭裤，显得身材更为窈窕修长。她瓜子脸、白白嫩嫩的皮肤、红红的嘴唇、笔挺的鼻梁、水汪汪的大眼睛、长长的睫毛，浑身透着青春活泼的气息。

许若平就在辛夷海的西乐队工作。辛夷海的家在六千米外，靠近螺苑县城，他在螺东读的初中。因为他从小习武，初中毕业后，有个地方戏剧团聘用了他。在戏剧团待了几个月，辛夷海遇到初中的音乐老师，两个人合作在螺东组建这个西乐队，一个管教导，一个带队。后来老师调到别的学校。西乐队的生意不好，辛夷海打算把西乐队留给弟弟，自己到海岛发展。

20 世纪 80 年代初期，螺苑还存在童婚、指腹为婚的习俗，有的依然是三五岁定亲，十岁内完婚。也有个别人家拖到十四五岁后才为儿女完婚。许若平跟她的姐妹都是十岁左右结婚，许若含十二岁结婚。婚后，姐妹俩按照风俗，依然常住娘家，每年只有端午、中秋、除夕三个节日可以去婆家。这边的女人要等到生了孩子，才可以正大光明地住进婆家。因为常住娘家，螺苑的女人结婚六七年还没怀孕，或者夫妻还未正式行房事都是正常现象。结婚后每次去夫家的晚上，女人就坐在床脚夫家帮她准备的那张小凳上，挨过半夜十二点，便可以起身回娘家。

婚后最初几年，许若平都按照风俗去婆家，后来，她认识了辛夷海就不去婆家了。辛夷海一米七八的个子，矫健身材，浓眉大眼，英俊帅气，帅得不像样子。两个人一见钟情。组建西乐队，辛夷海到处借钱买的装备。去海岛是许若平给的路费，他把许若平的银腰链卖掉了，好巧不巧卖腰链的时候遇到阿勤。

阿勤讲过，她自小被卖到许水生家当童养媳，生母是穿旗袍的，好像是大户人家出来的。小阿勤刚抱来的时候还缠着脚，许水生的母亲说农村人将来是要做农活的，就把缠脚布解开了。那个年代穿旗袍的女人很少，缠脚的也不多，许若平猜测自己的外祖母出自贵族人家。

可惜年深日久，无处查询。

年轻的许若平心里满是浪漫的向往。

蹬着自行车进入一片木麻黄林，一群男人拦住了许若平的路。

许若平惊惶失措，抬眼四顾附近农田有人在干活，心安许多，又看见人群中有她的丈夫华七友。

把许若平拦下来后，华七友的堂兄华五行气势汹汹地冲过来，抓住许若平的车把，说："契兄查某，成天四处骚，也不回家，今天总算被我们抓到了。"

许若平别转车，准备逃跑，另外几个男人凶巴巴地把许若平含围住，逼着她往格田村走去。

被押着回格田村的路上，许若平想起上个月死的那个女伴，也是半路被夫家的人绑回去……她知道自己今天也是凶多吉少。

来到格田村，许若平被捆绑在电线杆上。

太阳越升越高，热气阵阵涌来。许若平满头大汗，连同白衬衫也如同水里捞起来一样，紧紧地贴在身上。

围观的村民都站在自家门内、屋檐下。别人家的事少参与，但不影响每个人的八卦之心。

许若平忍辱含羞，她想弓下身子，绳子却捆得她无法动弹。她忍不住大哭，嘴里咒骂着。

华七友看见，走出来想阻止华五行，但被他母亲拉住。

华七友孝顺，不敢违背母亲。

天气越来越热，热气好像从地下冒出来一样，围观的人们也躲进了自家屋里。炎热的太阳下，只剩下许若平一个。

许若平已经意识不到差耻了，她觉得肚子刀绞般，一阵一阵地疼，疼得她汗如雨下。许若平紧紧咬住牙齿，疼痛却越来越厉害，眼前直冒金花，几欲昏厥。随着最大的一阵疼痛袭来，一股暖暖的液体从下身喷薄而出，温热的水顺着许若平的大腿慢慢往下流。

许若平再也挺不住，垂下头，昏死过去。

交代许若含喂养鸡鸭后，阿勤扛着锄头去地里巡视庄稼。

靠近乌潭的那丘八分地的红薯长得最好，这边有水源滋润。乌潭水面也有两亩多宽，深不可测，据说从来不曾干涸过。这口潭一直灌溉着岸边的数十亩地，也吞噬过不少附近想不开的农村妇女。

乌麦的地跟阿勤的相邻，乌麦看见阿勤挑着担子走来，大声打了招呼，故意放大声音说："阿勤啊，刚才我遇到卖鱼干的，他说格田村那边抓了一个契兄查某，绑在电杆上给众人看呢。"

乌麦是村里的长舌妇，喜欢搬弄是非，名声不好，又喜欢装神弄鬼。说她祖宗有个"姑子"要寄乩上她的身，时不时装疯卖傻，到人家家门口跳神就乩，骗钱财。村里人对她是避之不及。乌麦的丈夫胆小怕事，随她去了。

阿勤不大想跟乌麦说话，敷衍道："别人的家事吧。"

"那女人结婚很多年，也不去夫家。"乌麦幸灾乐祸地。

"那是，人家花钱娶的。如果跑了，钱也没了人也没了。"阿勤放下肩上的担子，走进红薯地，把蔓延到岸上的藤蔓往垄上掖。

乌麦大声说："对啊，对啊！所以各自的女儿各自看管好。"

说完这句话，乌麦扛着锄头得意扬扬地离开了。

阿勤叹了一口气，继续把薯藤往垄上拨。想着乌麦的话，又想起大女儿，阿勤的心狂跳了一阵，她收拾一下也准备回家了。

路上，阿勤遇到卖鱼干的，他见左右没人，拉住阿勤，说："格田村绑住示众那个女人，听说在西乐队做事……"

阿勤心"咯噔"一下，心知不好，来不及去山上告知水生，回家喊了许若含，半走半跑慌慌张张往格田村赶来。

来到格田村，阿勤见到女儿的惨状，只喊得一声"苦啊"，便瘫倒在地。

附近的邻居见情形不对，也慢慢地一个一个从家里走出来，围了过来。

华七友看见丈母娘过来，慌忙开门出来，手忙脚乱地解开捆绑许若平的绳子。

阿勤跌跌撞撞上前，解下头上的花头巾，盖住许若平的身子，然后跟华七友一起把许若平抬到阴凉处，接过邻居端来的一碗米汤给许若平灌下去。

许若平醒来后，见到母亲，也不说话，眼泪无声地顺着脸颊流下。

阿勤心如刀绞，冲着华七友就是一顿怒骂。

华母听见，走出来大声回答："谁刻薄你家女儿，自己带回去管教好，聘金和腰链退来。"

村民也附和了几句。

阿勤又羞又急，自知理亏，不敢抢白。

许若平脸色苍白，她心中清楚，银腰链已经被自己卖掉，再打一条时间要半个月，时间也来不及了。她忍痛撑起虚弱的身子："阿姆，咱们回去。"

阿勤喊许若含："过来，把你阿姊扶起来。"

十四岁的许若含还是个孩子，她吃力地搀扶姐姐，却只够姐姐肩膀。

许若平腿脚酸软，站不稳。

华七友心中懊悔，后悔不该听堂哥的唆使，弄得现在无法收场。他走上前，扶起许若平，说："伯母，我送她回去吧。"

阿勤看见华七友，怒从心生，抬手作势要打。

许若平颤抖着声音说："阿姆，让他用自行车送我。"

阿勤也知道，除非借木板车，不然没办法把许若平拉回去。既然许若平说了，让华七友送也是一样，走到今天的地步，如果华七友不嫌弃，夫妻和好，也省得操心。

想到这里，她吩咐："找套衣服给阿平换上。"

有个邻居大嫂看不过去，拿出一套旧衣服。

"阿姆，叫他拿他母亲的衣服。"许若平虚弱地说。

华七友的母亲臭着脸，从自己床头的粮食缸盖子放置的衣服里找出一件有几个补丁的夏装薄料大裌衫，一条东风绸黑裤，往阿勤身上一扔，说："穿上……"

华母身躯肥胖，她的衣服穿在许若平的身上显得松垮而不合体。

阿勤扶着许若平坐在自行车后头，华七友扶住车把，脚一蹬，车子晃了几下，许若平伸手抱住华七友的腰。

华七友的母亲一愣，心头一松。今天虽然丢尽颜面，但是儿媳妇如果能死心塌地地跟着自家，也不枉自家一番苦心。毕竟像许若平这样的样貌，方圆十里都找不出第二个。

许若平转头一看，阿勤把许若平的破衣服收拾了，跟在后面。

"等下。"许若平说。

华七友听话地把脚一支，车子停下。

许若平等妹妹走近，一句一顿地对许若含说："阿含，你也长大了，要多照顾小弟啊！"

许若含茫然点头："天照在学校读书。"

许若平点点头，示意华七友可以走了。

一路颠簸，许若平心潮起伏。辛夷海这次去海岛找他的堂亲，如果适合发展，回来就要把许若平带出去。跟华七友的关系肯定要断的，错在自己，聘金和腰链就要还回去。华七友的父亲听说通过劳务派遣，走远洋，很赚钱的，所以他们打来的银腰链是六股的，很粗。

美丽的妻子就在身后，紧紧挨着他，似有一股清香扑鼻而来，华七友郁闷了一个早上的心情豁然开朗，觉得有一身使不完的劲。他忍不住说："阿平，今天的事是我阿姆要求的，不是我本意。"

车子渐渐远离格田村，许若平的心也慢慢平静下来。

行到乌潭边的大路上，许若平说要小便，跳下自行车，附近没有旱厕，许若平摇摇晃晃向乌潭走去。

华七友停下车，一只脚撑着地一只脚踏着踏板，见许若平往乌潭的岸边草丛走去，自觉不宜观看，扭转头往刚才来的路看过去。

这是一条白花花的沙土公路，平时过往的人多了，路踩踏得很结实，就算是下雨天也冲不垮，再往村庄的路还需要拐个小弯。

夏日下，乌潭像个黑洞。

许若平走到乌潭边的草丛下，转头见华七友没有注意自己，赶紧脱下裤子，蹲下，排了一泡长长的尿，但尖锐的酸痛随着尿液的排出袭来。许若平的头一阵眩晕，她跌坐在地上，伤心不已。许若平冲着乌潭喃喃细语，她看见辛夷海在向她招手，于是她跟跟跄跄地就往前走去。

华七友听见"扑通扑通"的踩水声，扭头一看，许若平正往乌潭深处走去，他忍不住尖叫一声："阿平！"

话音未落，许若平身子一没，沉入乌潭的深水中。不一会儿，她冒出头和手，挣扎几下，又继续往下沉落。这样挣扎了两三次，许若平乌黑的头发在水面漂浮着晃了几晃，再不见踪影。

水面一片平静。华七友惊恐万分。母亲从小把他视为心头肉，别的同伴去游泳、玩水，他被锁在家里，所以他不会游泳。他眼睁睁地看着许若平消失在乌潭水里。良久，他才反应过来，跑过去，试探着往乌潭水中踩了几步，越往前水越深，脚下是淤泥。他连滚带爬地上岸，疯狂地踩着自行车赶回倒溪坡村喊人帮忙。

步行回家的阿勤和许若含也走到乌潭边。阿勤首先看见那部歪在路边的自行车，又见那么多人围在潭边，情知不妙。听旁人说起是许若平跳潭，阿勤心里就一个念头：怎么可能还是我的女儿？

对许若平的打捞费了好一番工夫。村民搬来耙田的铁耙，系上几根粗壮的麻绳，把铁耙移到水潭，四个人分两组，一边绳子各两人，慢慢把耙齿拖进水里，如网鱼般从这头拉到那头，耙了半天，连许若平的一片衣角也没耙到。

许水生在数里外的石窟，刚装了炸药准备炸石头，听送饭的工友说许若平跳潭了，他立刻扔掉手中的火柴就往回跑。到了乌潭边，许水生大汗淋漓，气喘吁吁，见众人还拿着耙在"水中捞月"，知道女儿还在水里。问清女儿投潭的方位，许水生踢掉脚上的破军鞋，长吸一口气就往水里扎。许水生一下水就看见女儿。阳光直射，水底是明晃晃的世界，许水生不及多想，游过去把女儿的头发在手上绕了圈就往水面拉。

许若平被放在黄牛的背上，尽管黄牛走了多圈，但许若平依旧没有反应。

"嘟——"一声悲壮的小号声刺破静谧的村庄，随后拉管、贝斯、萨克管低沉地齐声配乐，哀乐缓缓奏起。

村民从睡梦中惊醒。

　　"西乐队这么早来了啊？西乐队好像从来没有这么早的？昨天也没听说谁家死人了！"

　　"华五行家？我昨天晚上才看见他父母啊。"

　　"是华七友家，拐弯那边，我听出来了。"

　　村民们从四面八方聚来，有的穿着背心沙滩裤，有的光着膀子穿条三角短裤，有的裤子穿反了……

　　华七友家门口，一个英俊帅气高大俊逸的年轻人站在前头鼓着嘴吹奏小号，其他人排成整齐的两纵队，穿着洁白的礼服套装，高翘的宽檐白帽端正地戴在他们头上。小号手、大鼓手，还有贝斯、萨克管、大号、手铃、摇鼓，各司其职，每个人神情肃穆，满脸哀伤。

　　是辛夷海和他的乐队！

　　华七友的家门被打开。辛夷海把手上的小号递给身后的人，从容地走上前。

　　紧接着，屋里传来惊天动地的喊叫声、号哭声、锅碗瓢盆摔碎的"噼里啪啦"声……

　　数十年后，许若含还清晰地记得，阿姊的"头七"时出现在坟前的辛夷海的样子。

　　正当许若含等人收拾好准备下山，听见远远的管弦乐传来，一队穿着端正的西乐队正向这边走来，姐夫华七友被辛夷海押着走在最前面。辛夷海蹲在许若平的坟前，轻声呼唤："阿平啊，阿平啊，我回来了。你在吗？你听到没有？"

　　那是许若含第一次见到辛夷海。

　　晚上，许水生说："明天又是星期六，一星期一星期像飞似的。天照明天上完课，让他自己走路返来，再两个星期学校就放寒假了，免得我们牵肠挂肚地操心。"

许天照在离家八公里外的中学读初中一年级。许若平在的时候，逢星期六中午就骑自行车去接弟弟，她走后，许水生偶尔骑自行车去接，大部分时间是天照一个人走路回来。

阿勤说："得教阿含骑自行车，大人没空时，她可以去接她弟。"

许水生叹气道："没用！阿含又傻又笨，怎么教也上不了路面。"

"唉！笨也得教，一根草一点露，以后也会成人的。"

"总之，我觉得这个孩子是生错了。手电筒呢？怎么不在床头？"许水生问。

"可能是阿含拿去了，她晚上去翠英家。"

"哦。"许水生从床上爬起来，光着脚抹黑走到床角的尿桶撒了泡尿，骚臭味浓浓地弥漫在整个房间。

"最近阿含一餐要吃三大碗，过一会儿又喊饿，不知道是不是要转大人了。"阿勤嘴里唠叨着。

许水生爬上床，与阿勤并头躺下："孩子长身体，食量自然会增加。明天天照回来，煮点好吃的。"

"我去灿堂那买块肉，再买块豆腐来炖。星期天烧点花生焖肉给孩子带去学校，每星期吃咸菜和红薯也不行，孩子正长身体呢！"

"你安排吧。对了，大头那个石窟过几天会请几个人帮忙清理碎石片，小工一天五块钱。"

"赶紧跟他说，让我去啊！现在田里的事不忙，家里那两头猪和几只鸭有阿含可以照料。"

"嗯。以前阿平也能拿点钱回来，本来还想明年在楼上盖两间。"许水生说。话一出口，他马上惊悟，虽然过了几个月，阿勤对大女儿的思念有增无减。许水生话语刚落，阿勤马上沉默了。

许水生拍拍妻子的后背。

阿勤沉默了一会儿，问道："你有没有看见阿平那条银腰链，华家打过来的那条？我后来整理阿平的衣物，都没有看见。"

许水生说："这件事我一直想问你。阿平落土那天，我就去找了，没看见腰链，孩子就这么一样值钱的东西，想给她带走。"

许若含在隔壁房间，听着父母的谈话，她的手里捧着一本借来的破破烂烂的杂志读着。她喜欢读书，她的成绩经常是班级第一名，但读到小学五年级就辍学了。

过了几天，许水生和阿勤去石窟做工，把家务交代给许若含。所谓的家务，无非是喂养两头猪、几只鸡鸭，洗碗，浇菜，准备晚饭。

中午时分，许若含拌好猪食，吃力地拎着，向屋后的猪圈走去。满满一桶猪食，她走两步，歇一歇。父母不在家，她落个自由。

许若平死后，除了喇叭裤，其他的衣服都成了许若含的衣服。衣服又长又宽，套在许若含身上，很不合体。但不影响许若含对这些衣服的喜爱。她确实没衣服穿，姐姐可以自己赚钱买衣服，她要等父母安排。

南方的初冬不冷，海边的气温总是会低几度。许若含越来越怕冷了，她穿了四五件衣服，最里面是背心，然后是长袖打底衫、两件毛衣，外面套着姐姐的大衣。衣服穿多了，行动也有不便。许若含把桶放在地上，喘了口气。

忽然，她觉得肚子里有什么东西蠕动了一下。她吓了一跳，用手摸了摸自己的肚子，这时候，她摸的那个地方真真切切地又动了一下。

许若含被吓得跌坐在地上：我肚子里有东西，是不是生大病了？上次大便拉血忘了告诉父母，家里这么穷不会给我治病，婆家一定会把自己赶出门的。

不知道坐了多久，猪圈的猪饿得大声"哼哼哼"，用力拱猪栏的石头。如果石头掉下来，猪会跑出来，到时候更麻烦。

许若含赶紧擦干眼泪，艰难地提着桶，将猪食倒进石槽里。

这一天，许若含的肚子又动了好几次。她无助地一直往门外看，父母什么时候才能回来，要赶紧告诉他们，自己快死了……

许水生正在大头家的石窟里，一手抡动铁锤，一手扶着昨晚锻打好的铁钎子，把石条凿成方条。

石窟的巨石已经用炸药炸成小块，长的用大锤砸成石板，小的雕刻成条石，三角六尖的可以砌地基、碎片塞缝隙。到午后，石匠们一人一辆木板车，装好石头，一丈的石板只能装两头，条石可以结结实实地装一车。

阿勤、翠英和几个女工就是去清理石头碎片。

石窟已经开采两年多，挖得很深，在石窟底下抬头只能看见山顶数十米高处的几株小草，和松垮垮似乎要塌陷的山土，几块摇摇欲坠的石头插在头顶的土壤里。一群人嘻嘻哈哈，边忙碌边说笑。

"那边的，说话声音轻一点。再装一车就收工，准备回去了。"

乌麦的丈夫挥舞着大锤说："这条板石的边角我再砸掉一些，小工来一个把这些清理掉。"

翠英招呼阿勤喝口米汤再过去。两个人喝了米汤，挑着空担子顺着山路趔趔趄趄往下走。先把翠英的担子装好，她挑着就往回走，阿勤站在石窟中间等乌麦的丈夫用铁棍把条石拨开。

装好石片，阿勤弯下腰准备挑起来，听见有人声嘶力竭地大喊："塌了，快跑啊！"

　　"轰隆隆"一阵巨响，灰尘扬起数丈高，石窟的工人自顾不暇，四散逃走。等浓尘散去，一点数，少了两个人，一个是阿勤，另一个是乌麦的丈夫。

　　乌麦的丈夫被挖出来时已经不省人事，他的右腿被一块大石头压住，大片的皮肉往外翻，露出白花花的骨头。

　　阿勤的脑袋被石头砸成一团糊。

　　许水生发出凄厉的喊叫声，浑身痉挛、紧闭双眼，跪倒在地。

　　把板车的石头卸下来，把乌麦的丈夫和阿勤抬上各自的板车送回家。

　　阿勤的尸体盖着单薄的被单，停在村口搭起的草棚里。

　　许水生昏迷不醒，嘴里不时发出几声哭喊。堂亲许凌琴的父亲许成山带着两个邻居轮流看护，给他灌了汤水，但汤水没吞进去又流出来了。

　　工人们找大头要埋葬费，大头丢下三百块钱，再不见人影。

　　许水生家亲戚不多，帮忙丧事的人寥寥无几，就许成山带着几个孩子和两三个邻居在现场帮忙。阿勤是童养媳，她不知道自己的亲生父母在哪里。许水生只有一个妹妹许玉菊，来了也只顾哭。

　　后事安排没有一个人能拿主意。

　　许若含和许天照还小，邻居们看着不是办法，叫许玉菊和她丈夫、几个亲戚，商量丧葬事宜，许天照在旁边听着。

　　正商量，门外传来惊天动地的哭号声。

　　许水生家没多少亲戚，这么悲切的哭声从何而来？

　　出门一看，只见乌麦在那哭号。乌麦声声句句都是阿勤害了她丈夫，阿勤一死了之，她丈夫从此半身不遂，不能走不能爬，叫她怎么活？让阿勤家赔偿她家损失。

　　众人一听，说："你丈夫是在大头的石窟出事，你去找大头啊，你来找死人，难道死人还能从棺材里爬起来？"

乌麦骂道："你们一家，把大头逼跑了，把赔偿的钱私吞了。"

众人气极，尽管了解乌麦的为人，但不是自家事也就不想强出头。

乌麦不达目的不罢休，故伎重演开始寄乩跳僮。她打了几个响亮的嗝，敲着板子哭唱。乌麦哭得眼泪鼻涕直往下流，她拧了一把鼻涕一甩，几只觅食的小鸡正等着鼻涕，看见食物冲上前一叼，一甩。鼻涕太长，一下糊住了小鸡的整个头，小鸡急得"吱吱吱"叫着，滴溜溜地在原地打转。

乌麦看见，忍不住"扑哧"笑出声来。

围观的人也忍不住大笑。

许玉菊是哥哥家唯一能说话的人了，听见乌麦的哭闹，气得浑身发抖："给她给她，钱还能赚，不要让她在这闹。"

治丧主事人数了一百块钱给乌麦，她还是不肯罢休。主事人只好又给乌麦一百块钱，乌麦拿着两百块钱走了。

大头拿来的三百块钱只剩下一百元了，好在农村办丧事花钱不多。

许水生昏迷了三天三夜才醒来。醒来后，他一动不动地蹲在屋角，有时候坐在屋里的矮凳上，神情黯淡，任谁叫喊都不应答。

阿勤死后，许若含瞬间成熟了。

母亲做"二七"后，许若含歪歪斜斜地用自行车送十二岁的弟弟去学校，用她瘦弱的肩膀挑起簸箕、扛着锄头去田里挖红薯。幸亏她常做农活，记得没有破皮的红薯装了几担，放在灶间围起的"薯窖"里，撒上白灰，当来年的食粮。其他大的红薯刮了皮切片晾到屋顶的瓦片上吹风，做红薯干；残缺和小的刨丝，晒干了是猪食；中等个子的洗去泥土，用机器加工绞末，掺水过滤，做成红薯粉和红薯渣。

弟弟许天照也懂事了，说他小学毕业就不读书了，要回家帮忙种田。

这番话把许若含吓坏了，弟弟读书成绩很好。童婚习俗没有影响到许天照，因为他读书好，是家里的希望。

许若含第一次跟弟弟发火："你要读书，你一定要读书，不然阿姊会骂我。"

1985 年除夕这天，太阳一走到西边的天空，寒风阵阵袭来，冻得人手揣兜里什么都不想动。暮色四合，天边最后一丝红光消失，大片大片的黑落下来，笼罩住这个传统的团圆日。路上少有行人，家家户户挂起红灯笼，开始吃团圆饭。八仙桌架起，在炭炉上炖了一个下午的鸡鸭香味扑鼻而来，喷香的米饭就温在大锅里。

饭后，万盏灯火闪起，公路慢慢热闹起来，轻巧的脚步声和追打戏谑的嬉笑声散落在夜色中。按照螺苑风俗，除夕当晚，这些婚后尚未生育常住娘家的新旧嫁娘都要返回夫家，去履行妻子的责任和义务。她们带着欢喜、带着对爱人的思念，以及对这个夜的惴惴不安，揣着手电筒，挽着小竹篮，怀着急切或者矛盾的心情往夫家走去。

而这幸福不属于许若含家。这天，许水生等到下午才去买了一块豆腐，回来后呆呆地坐着。

晚饭时分，香味从各家各户飘来，许若含和许天照在厨房做饭。

许若含夫家欧博龙派来喊许若含的人天黑了才到，许若含坐在自己的床沿，流着泪用力扳着床架，死活不跟来人走。

许水生听见许若含的哭声，如梦初醒，闷声闷气地对来人说："孩子不去，就算了。"

"女儿嫁出去，除夕不能住娘家的。"来人小声对许水生说。

"才几岁，都还是小孩子呢。"许水生问。

来人尴尬地站了一会儿，回去了。

这是许若含结婚的第三年。

过了正月，黄豆、花生要种下，一年的农活又开始了。

许若含没有想到肚子真正痛起来是那么痛苦和可怕。她蜷缩在床上，艰难地捂住肚子，冷汗不断地从她脸颊往下流。她仔细回想，自己没吃什么变质的东西，多喝开水应该会好起来，只是过一会儿就有大便的感觉。

自上次肚子会动，许若含感觉自己的肚子一天一天地大起来，饭量一天比一天多。她觉得是自己农活干多了，导致的肠胃问题。阿姆死了，姐姐死了，凌琴姐是外人，身边没有一个女人可以告诉许若含该怎么办。

阵痛再次袭来，许若含匆忙拿张粗纸，捂着肚子往厕所走去。她岔开两脚蹲在粪坑上，大便的感觉是那样强烈，以致她蹲着身子一次次地使劲。随着一泡尿长长地、急促地撒出，一股暖流从肚子末端喷薄而出，一样东西倏地从许若含的身体间跌落出来。

许若含感觉人虚脱了般绵软无力。

肚子不疼了，她斜靠在厕所的石条围墙上喘了口气。

这时候，她发现有一条肠子连着自己的身体和粪池。再往粪池一看，粪池那些粪便上有血，一股蠕动的肉体，肉体"嘤嘤"哭啼两声，便随着粪水慢慢往下沉。

许若含晕倒前，似乎听见姐姐在身边痛心疾首地说："怎么总是那么傻。"

又是连绵的雨天，杂草在雨水中一次次矮下腰身，再一次次弹直。屋顶漏水了，水从石板缝往下渗，一滴一滴缓缓掉落，跌在许若含那补了数个补丁的蚊帐上。蚊帐湿透大半，许若含睡着时，水珠子就溅落脸上。许若含把所有的旧衣服、破棉絮堆在眠床顶吸水，再拿下来拧干。她不想用盆子接水，叮叮当当的声音会吵得她睡不着。

流产后，婆婆张晚爱提着猪肝过来看了许若含两次，就再没来过。许若含不清楚掉胎儿怎么处理，等她醒来，已经躺在床上。

许水生对这个女儿彻底失望甚至厌恶起来。他开始酗酒，喝得醉醺醺后就打许若含，许若含身上常是青一片紫一片，这边结疤了那边又被打破了。

邻居听见许若含凄惨的哭声会过来劝一下，但毕竟是家事，也只能劝劝。

许若含花更多时间在田地里劳作，在这片土地上她才有自由。她在劳动时，听见旁边地里乌麦用唱吟的方式"哭苦"，一声声长调里夹杂着乌麦的哭诉。许若含对这个闹母亲丧礼的女人没好感，听见乌麦的"哭苦"，又觉得这种排泄痛苦的长调很适合此时的她。

每天的风吹日晒，许若含显得又瘦又黑，杂乱的头发还有股馊味，身上穿的姐姐那不合体的衣服在跟土壤的磨合中也渐渐变色。

她因更为邋遢而不为人喜欢了。

那天下午，许若含回到家，轻轻地把锄头和簸箕放下，刚要转头，闻到一股酒味，身后传来什么声音。许若含暗道不好，下意识地侧转身用小手臂一挡，"啪嗒"一声，手臂一麻，随即传来尖锐的疼痛。

"啊！"许若含崩溃了，她惨叫一声，痛得弯下身子。眼见父亲疯了般舞动木棍打来，她撕心裂肺地哭叫着，夺门而出……

翠英心疼许若含，把许若含拉到家里，检查她的伤口，见到许若含身上数不清的伤痕，心疼得直骂许水生。

到傍晚，许若含的手臂开始红肿，她蜷缩在许凌琴的房间里不敢回家。

"骨头不会断了吧？"翠英问。

"叫清亮带她去尾堂村给孔成看看。"许成山在厅中听了说，喊了一下清亮。

许清亮是许凌琴的大哥,他看着妻子高萍手里的儿子小伟,夫妻俩有点郁闷儿子三岁了眼睛还不怎么灵活,也不说话,不像正常的孩子会蹦蹦跳跳。听见父亲在喊,许清亮走出去,看了看许若含的手臂,就推出家里那辆凤凰牌自行车,扶许若含坐在后面。

附近村庄有人骨头脱臼断折,都是来孔成这边医治,孔成从来不收费。

孔成检查了一下,说:"幸好只是脱臼。"他让许清亮帮忙按住许若含,握住她的手臂一扳,接上了。

孔成又检查了许若含身体被打过的部位,说:"其他地方还好,只是肌肉受损,没有断折现象。女孩子还是要好好养,再这样打下去会像那个打死的女孩子。"

打死也好,就不用这么痛苦了。许若含伤心地想。

星期六下午,许天照从学校回来,去许成山家里接二姐,许若含这才跟在弟弟背后怯怯地回家。

到家后,许天照把父亲的酒收到自己房间,对许水生说:"阿爸,你如果还要我们姐弟,就别喝酒了。如果不要,我们两个现在就出去,不回这个家了。"

许若含不在家这几天,许水生没有发泄对象,酒反而少喝了,听了两个人的话,倒是有几分愧疚。毕竟坐在家里无所事事,停了半个月没喝酒后,许水生忍不住在一个阴雨天打开酒瓶。喝了酒,痛苦的往事和屈辱在心头翻滚,他又开始打许若含。

许若含好几个晚上都躲在柴草间过夜,不敢回床上睡觉。等身上的疼痛过去,她又忘了,屈指一算,星期六快到了,弟弟要回来了。

我若死了,谁来照顾弟弟?阿姊临死交代我照顾好弟弟,谁去种田养弟弟?

翠英看在眼里急在心上,跟许成山商量:"水生打阿含时疯了一般，没个轻重，照这样打下去，孩子不死也会残疾。"

"看哪里需要师傅，帮水生找份工作，他有事做了就不会多想。"许成山吸了一口烟，说。

"卖肉的灿堂说山头那边办一个石雕厂，你去帮水生问问。"

许水生的手艺比较好，没有带徒弟的约束，所以许成山托灿堂问了，对方同意让许水生过去上班。

许成山跟灿堂确定好，才来许水生家，看着许水生家一团糟，成山心中叹气。

两个人拿着烟，蹲在门口，默默抽了一会儿，浓浓的烟雾从嘴里吐出来，慢慢袅绕而上，散开，没有形成圆圈。

良久，许成山开口说："尾堂村那个被后母打死的女孩，也只有十岁。"

许水生闷声闷气地回答："孩子不听话打几下是可以的，打死就过分了。"

许成山弹了弹烟灰："刚开始谁也没想会打死人。"

许水生抽了一口烟："后母确实不是人，你放心，我不会给两个孩子找后母的。"

许成山瞥了许水生一眼："是找后母的问题吗？你看你把阿含打成什么样。"

许水生没喝酒的时候很清醒："谁家的孩子没有被大人打过，你小时候不也是被你父亲捆在窗棂上打得死去活来？是我偷送饭给你吃。"

许成山被噎住，一时找不到语言反驳，抬头见许若含从地里回来，就喊："阿含，你过来。"

许若含见成山伯伯也在，放心地走过来，也不笑，小声打招呼："成山伯伯。"

许成山拉过个子矮小的许若含，对许水生说："你来看看，阿含额头这里，被你用石头砸的，缝了三针，一个女孩子，差点被你打破相了。"

许水生从来没有留意这点，站起来一看，果然。

许成山说："你这样没轻没重的，是教育吗？我把话放在这里了，如果阿含被你打死，你这个家庭就真的是毁了。阿勤死后，家里里里外外的活都是阿含在顶着，她才几岁，她也是个孩子啊。你失去了妻子，她也失去了她阿姆。你痛苦，她不痛苦吗？"

许水生倒是从来没有想到这点，许成山的话如醍醐灌顶，一下唤醒了他。是的，他失去了挚爱的妻子，痛苦万分，却没有考虑两个失去母爱的孩子的感受。

许成山这才说："你不能靠一个十四岁的女孩子来养你啊，去找个工作吧，赋闲在家才会胡思乱想。就算你不喜欢阿含，你也想想天照吧。唉，都是自己的孩子，为什么要厚此薄彼？"

　　水生去山头村上班的第二天下午，辛夷海来到许若含家，他推开许家的门时，一张小小的皮肤乌黑的小女孩的脸惊慌地出现在门后。

　　"你是阿含？"辛夷海问。

　　许若含见过辛夷海，点点头。

　　辛夷海走进屋："你爸爸呢？"

　　"他去山头村打石头。"许若含轻声回答，搬了张木凳示意辛夷海坐下，准备去烧水。

　　辛夷海打量着许若含，虽然皮肤有点黑，头发凌乱，穿戴不合身，却掩不住一张清秀的脸和水灵灵的大眼睛。他听说许水生经常打骂许若含，一直想来看看若平这个妹妹，又担心不妥。这天刚好来倒溪坡朋友家，听说许水生不在家，就过来了。

　　"不用忙，我不喝水，你在家做什么？"辛夷海问。

　　"现在农忙季节过去了。"许若含轻声回答。

"没跟人家去外面做小工？"

"没人要。"

"深市那边电子厂一个月也有一百二十元，就是太远了。"

"深市？"许若含眼睛一亮，她多渴望有一个离开这里的机会。

"是的，深市。明年你可以去试试，也是咱们螺苑人开的。你若真的想去，我给那边的朋友写封信。"辛夷海询问道。

许若含想了想，摇摇头，每星期六中午，她都要骑车去接弟弟。

"要不，跟我去西乐队，这样也有工资？"辛夷海小心地问。

许若含踌躇了一会儿："我阿爸不会让我去的。"

"晚上他回来，你跟他商量一下。明天溪尾村有人出殡，明天早上你骑自行车去，或者我来接你。你会骑自行车吗？"辛夷海问。

"会的。"许若含简单回答。

辛夷海点点头，又问了一些家里的事，然后留下两百元钱，说是许若平还没算的工资。

许水生回来后，许若含小心地跟许水生提了要去西乐队的事，一句话还没说完，"啪"的一声，许水生把手上的碗朝许若含头上砸来。

这天晚上，许若含在被窝里哭了大半夜，下定决心，跟着辛夷海去西乐队，那样她就能赚钱，她赚钱了父亲就不会对她这么凶了。

第二天，等许水生去上班，许若含把衣服换了，头发梳整齐，推出自行车，径直往溪尾村骑去。

这天早上，辛夷海来到溪尾村，找好场地，摆上喇叭和乐器。他蹲在地上找插座，一抬头，看见许若含推着自行车走来，那一刻，恍若许若平向着他走过来。

音乐驱走了许若含心头的烦闷，在西乐队，许若含一天比一天快乐。

一次偶然的机会，辛夷海发现许若含喜欢看书，就意味深长地对她说了一句："唯有知识，可以改变你的命运。"

许若含不明所以，呆呆地看着辛夷海，辛夷海对许若含说："继续拿起书本，不要放弃，把学习当成你生命中重要的另一件事。"

辛夷海找出自己初中的所有书本给许若含，把珍藏的金庸、古龙的武侠小说，《杨家将》《说唐演义》等书，借许若含。读书时，许若含觉得自己进入了书的世界，有时候觉得自己像一个义盗，专门打家劫舍救济穷人；有时候是一个怀带绝技的绝世美女，风风火火行走江湖；有时候，似有一个风度翩翩的男子，深情地守候在她的人生旅途。这些书籍，如同一双翅膀，插在许若含受伤的胳膊上。这些书本如一扇门，在许若含的面前打开了，又虚掩上，里面是个神秘的世界，等待许若含鼓足勇气去开启。

后来再去夫家，许若含已经懂得羞耻，懂得什么是不该做的事情。她跟所有的新嫁娘一样坐在床脚为她准备的小凳上，任欧博龙怎么拖，她扳着床角，一只脚用力钩住床底的角架，死活不肯上床。这样又过了三年，那年春节，夫家捎来消息，欧博龙跟父亲去了海岛打工，他们在那里有自己的工地，春节期间需要看工地，没有回来。

西乐队解散后，辛夷海跟亲戚去海岛承包建筑工程。

1987 年，已经十七岁的许若含个子也长高了，她出去打零工也有人要了。她很忙碌，一边是农活，一边做小工，扛石头、搬水泥、挖海沙、挑海土。她包着头巾，戴着斗笠，穿着一双浅蓝色布鞋，鞋前跟破了，横条子灰色尼龙袜从破洞露出来。她的手，一到冬天就裂开，跟她的脸一样，在海风狂吹和烈日暴晒下粗糙焦黑。

一过又是两年，跟几年前相比，许若含长高了许多，身子因为长期缺乏营养，故偏瘦。她已经可以很熟练地骑自行车，无人的时候她还会偷偷地放开双手，车子御风而行。

骑自行车走在回家的路上，许凌琴也骑着自行车从后面跟来："阿含，等下。"

平时，许凌琴也跟许若含做小工，农闲季节，许凌琴跟阿霞、艾青花她们去青城磁镇给一座瓷砖窑砍柴，住在当地山上一处庵堂里。一担柴五毛钱工钱，一天起早贪黑的能赚十来块。每次去了，砍够一年的柴火，她们就回来了。许若含家里农活离不开她，所以没有出去。后来，许凌琴、阿霞、艾青花三个人各交了六十块钱，跟街上一个裁缝师傅学服装缝制，学期两个月。结业后三个人抬了缝纫机，到螺苑城里一家服装厂缝制衣服，成为人人羡慕的工人。

许若含放慢速度。两个人并排行驶，许凌琴说，听说深市招工，她想报名，阿霞跟丈夫正恩爱不想去，艾青花家庭变故不想出远门。许凌琴问许若含想不想去深市。

"我不懂得缝制衣服啊。"许若含说。她忽然想起几年前，辛夷海来叫她去西乐队上班的场景，辛夷海也问她去不去深市，那次没去，成了她心中的遗憾。

"明天你这边的工地结束了，跟我到厂里学几天开口袋就可以，应付考试而已。"许凌琴热切地说，"就是不能让别人知道。"

两个人又谈论了一会儿。

到村口，两个人再不说话，一前一后回了各自的家。

许凌琴停好车子，就听到家里传来吵架的声音，她知道，父母又在为自己的事斗嘴了。她马上把脸绷紧，得让父母知道，自己不会妥协的。

屋里，翠英正大声嚷嚷："瞧瞧，瞧瞧，全村哪一个比他矮？"

许成山辩道："入乡随俗，你不急，我急。我哪里知道林兴国的老婆那么矮，连林兴国当年结婚也不知道自己老婆是那么矮。"

许凌琴故意踩出响亮的声音，屋里的吵架声停了。许凌琴喜欢高个子的男人，觉得那样的男人才是真正的男人。可是老天作弄人，父母竟然为她找了一个一米五五的丈夫。要知道，许凌琴有一米五七高。每次去夫家，看见个子比自己矮的林子平，一股怨气油然而生，许凌琴总是寒着脸站在房间里指桑骂槐，从不给林家人好眼色。

每次到了必须回婆家的日子，许凌琴都要让许成山夫妻俩烦恼一番。许凌琴的婚事，成了许成山夫妻俩的心病。大儿子、二儿子、三儿子都有一个很好的家庭；大女儿许红琴去年生了个大胖儿子，住夫家去了，就剩小女儿许凌琴让夫妻俩牵肠挂肚。夫妻俩平日三天一小吵两天一大吵，都是为许凌琴的事。

许凌琴一声不吭地躲到自己房间。她暗下决心，绝对不便宜了林子平。许凌琴只想离开这片土地，只有离开这里，她才能追求自己的幸福。

为了许若含能顺利通过招工考试，许凌琴再三央求工厂管理，管理终于答应许若含在最后几天到服装厂学习。许若含如愿以偿通过考试。两个人交了报名费，等待办理去深市打工的手续的同时，又去办了临时身份证，并且提早一天把简单的行李拎到坐车的地点寄存。

出发那天，许凌琴和许若含做贼般慌慌张张，直到坐在开往深市的班车上，许凌琴才吁一口气，拍拍胸口："哎哟，吓死我了，刚才灿堂的车从我身边过去，我以为他会告诉我阿姆。"

许若含没有回答，虽然一直想离开这里，但真正离开时，她心里似什么丢失般难过。

班车驶离家乡的村镇、小城，行驶在群山之间，许凌琴狂跳的心渐渐平息，她终于逃出来了！现在，倒溪坡村估计乱成一团了，亲人们到处在找自己。想到这里，许凌琴的心中带着几分不舍和几分得意。

"等到了深市，再写信告诉家里。"许凌琴对许若含说。

许若含点点头，转头对许凌琴说："等我赚了钱，我弟弟大学的学费就不用发愁了。"

许凌琴羡慕地说："你弟弟肯定考得上。"

许若含点点头。弟弟许天照在读高中了，个子已经超过一米七。

　　许若含去深市的时候只告诉弟弟，天照舍不得二姐，但他毕竟接受了教育，不再是懵懂少年。他已经懂得分轻重缓急、是非对错，对二姐去深市的事情，他是赞同的。从小看惯了身边妇女的艰难生活，她们生育孩子后就像牛羊被拴在木柱上，一辈子离不开那个家，走也走不出三丈远。他不希望自己的二姐也过这样的生活，大姐离开了，他只有二姐了，他希望二姐过得快乐，能拥有属于自己的幸福。

　　他牢记一个成语"鹏程万里"，他希望姐姐有鹏程万里的远方，也希望自己有鹏程万里的前途。

　　为了这个理想，许天照刻苦学习，成绩始终名列前茅。

　　还没等许若含和许凌琴到达深市，阿霞和艾青花已经把这个消息传遍倒溪坡村。这个时候，出门打工的女人开始多起来，大家也不再感到稀奇。社会景象蓬勃发展，平淡的日子开始忙碌起来，没有人再有时间关心那些闲事。倒是翠英收到许凌琴那错字百出的信件，又唠叨了许久。

　　工厂叫圣泓制衣有限公司，这是个有一千多员工的大厂，车间宽敞明亮，洁净的地板砖，排列整齐崭新的缝纫机器。

　　许凌琴和许若含同一群对未来充满理想的少男少女走进车间。许若含的心情随着眼前明亮的车间而豁然开朗起来。几年了，她还是穿着姐姐的旧衣服，她在老家做小工的时候没觉得什么，现在挤在一群来自四面八方的年轻人面前，忽然觉得自己的衣服破旧，与青春的脸庞相比显得格格不入。

　　旁边有个女孩说："好寒酸啊。"

　　许若含转头回去，是一个个子比她高，看起来有几分姿色的女孩子，她站在许若含身边，看着她，皱着眉，轻轻捂住自己的鼻子。

　　刚好许凌琴走过来找许若含，听到那句话，脸色一变，冲那女孩说："你才寒酸，你全家都寒酸。"

　　女孩脸上泛起几分怒容，她白了许凌琴一眼，走开了。

　　女孩叫林荫，来自川都省。她从小父母双亡，跟着舅舅过日子，长期被舅妈的弟弟欺负。不幸的身世造成了她思想和身体的早熟，也让她更早地懂得了如何利用自己的优点谋取福利，包括她来这个工厂，也是有着不可告人的目的。

林荫来圣泓公司不过一个多月，就拥有自己的单间宿舍，这让很多女孩既吃惊又羡慕。偶尔会有女孩子去林荫宿舍做客，林荫告诉女孩子们，她舅舅在深市沙镇当厂长，工资很高，而且她舅舅跟圣泓的老板是老朋友，所以她才有单身宿舍。

这样一说，倒是有好几个女孩子蠢蠢欲动，想去沙镇打工。听说有一两个女孩子不听老乡的劝告，拿着林荫写的介绍信去了沙镇，听说后来又安排去了香港总部上班，短期内没办法回家。

许若含和许凌琴工作的组别不一样、车间也不一样。许若含在三楼车间，这个组的老乡还有来自谷山乡的黄腾云、小查，林荫也跟许若含同一个组。这个厂的管理人员大部分是厂长从深市市内原来的老厂调来的，包括许若含的组长席萍萍。席萍萍听说是香港人。

每天晚上九点下班，打工者们从各自车间冲出来，以百米冲刺的速度跑到宿舍，拿了衣服和脸盆、洗衣桶，又以最快的速度赶到冲凉房抢水龙头，再轮流拿着对方脱下的脏衣服去洗衣池占位置。大家互相帮洗衣服，晒衣服，连内裤、文胸也不避嫌。原来在家里没有这么亲密的关系，朝夕相处了就情同姐妹。

许凌琴在二楼车间，跟许若含的上下班时间不同，却是住在同一个宿舍，302 宿舍。宿舍一般以同一个省份或者县市来安排，302 宿舍住着十个人，都是螺苑或同省的人。许若含和许凌琴是螺东人，王益群和叶香红是螺南人，刘佳宇是螺北人，另外还有外县的朱丹萍、刘凤霞等人。

年轻人容易走得近。黄腾云、曲明言、庄泉伟、王悦等男孩子也喜欢来 302 宿舍做客。

黄腾云跟许若含同一个工作小组，曲明言跟许凌琴同一个组，王悦是刘凤霞的同村人。黄腾云、曲明言、庄泉伟是螺苑谷山乡人。螺苑东面沿海地区沿袭着传统的童婚习俗，螺苑西面虽然没有这种风俗，但不少人家也是十六七岁结婚，婚后女方直接住进夫家，帮忙种田和理家务。曲明言和庄泉伟来深市前都已经结婚，黄腾云因为家里穷还没有结婚。黄腾云是厂里公认的帅哥，他一米七五的身高，健壮的身材，浓眉大眼，厚厚的嘴唇，而且性情温和，乐于助人。这些优点，使他成了这群二十岁上下的女孩子们心目中的白马王子。

黄腾云心中没有其他想法。他一贫如洗，父亲得了肝癌，家里为了给父亲看病，还要养活他们三兄弟，早就是负债累累。黄腾云小学毕业就开始当学徒，跟着师傅去西装厂学缝制，刚开始只学烫衬纸，换熨斗的柴炭，帮师傅洗衣服、做饭。那时候的学徒是卖身制的，一年中大半年时间都是住在师傅家，帮师傅做农活，逢年过节才能请假回家一趟。黄腾云熬了五年才学会西装的缝制技术，出师了。那一年他十七岁了，师傅开始付给他一点勉强糊口的工资，让黄腾云帮师傅带更小的师弟。直到黄腾云找借口离开师傅，才摆脱师傅多年来的管制，所以他很珍惜这份工作。

坐在黄腾云旁边的许若含也是开始工作就不离开岗位，直到下班。许若含的勤劳让黄腾云刮目相看。听说许若含的家境不好，他的同情心油然而生，对她多了几分关注，遇到许若含不懂的，他很乐意地教她，教她缝制，帮她返工，也带她打羽毛球。

黄腾云对许若含的关照让许凌琴很不开心。她是宿舍第一个爱上黄腾云的人，所有靠近黄腾云的女孩都是她的敌人。

那天晚上，许凌琴提早下班去找许若含，刚好看见黄腾云站在许若含身后，俯下身子说些什么，许若含抬头看着黄腾云笑了笑。

"阿含！"许凌琴怒喊一声，扭头就走。

黄腾云转头看见许凌琴，没说什么直接走回自己的工位。

许凌琴见黄腾云理都不理自己，更加生气，边走边骂。

下班铃就在这时候响了。许凌琴抬脚就跑，冲凉房和洗衣池都是要去占位置的。

许凌琴"嘭"地撞开宿舍门，怒气冲冲地拿了衣服和脸盆就往外走。刚出宿舍，遇到刘佳宇下班回来。刘佳宇打了声招呼，许凌琴旁若无人直接下楼去了。

刘佳宇愣了愣："神经兮兮的。"

许若含打了卡回到宿舍，赶紧收拾洗澡用的睡衣、毛巾、香皂、洗衣粉、脸盆，要帮许凌琴拿的时候发现许凌琴的东西已经不在床下，自言自语道："阿琴的东西呢？怎么不见了？"

刘佳宇没好气地回答："她晚上不知怎么了，臭着一张脸，也不知道谁得罪她了。"

许若含没往心里去，来到冲凉房，大声喊着"阿琴你占洗衣服的位置没"，边喊边往内走。耳听几十个水龙头水声"哗哗哗"在响，工友们用各地方言在大声聊天的声音，没有人回答她。走过几间冲凉房，工友们都在抓紧时间冲凉、抹肥皂，冲凉房是简易水泥房，隔成一小间一小间，没有门。

许若含找了几排冲凉房，看到了一个躯体跟许凌琴很像，她正在擦香皂，许若含探头看了，挂在墙上的毛巾正是许凌琴的，于是喊了声"阿琴"。

"嗯。"许凌琴没好气地回答，并不回头。

"我也来洗了。"许若含回答，"要不要我把你的衣服先拿出去占位置？"许若含问。

"不用。"许凌琴简单回答后转过身，上上下下迅速搓着身子。

洗衣池在冲凉房外，一大排靠着围墙，只是越到后面水越小。

每天晚上下班后，这里非常热闹，除了高低胖瘦的人，就是各种的衣服、黄色的毛巾、蓝色的脸盆、红色的桶。

许若含冲凉完出来后，许凌琴已经洗好衣服准备离开，排在她身后洗衣服的是另一个车间的女孩。

许凌琴没有帮许若含占位置。在许凌琴离开后，许若含猛然悟到此事，她有一点难过和不习惯。

许若含把衣服和盆子放着女孩身后，说好等下接她这个位置洗衣服，然后走到一旁的花圃。她茫无头绪地想了好一会儿，阿琴姐生气了？自己是哪里做错了？要不就是因为去借书？

外省人大部分有初中毕业文化水平，许若含她们那群同伴有的连学堂都没上，比如许凌琴，读到三年级就辍学回家。村里的女伴中，许若含的文化程度还是最高的，读到小学五年级。不是因为父母疼她，而是因为她个子太小，如果她从学校出来也不能帮家里太多忙，还不如让她在学校泡着长大。所以她可以读到夫家的人出面阻止她继续上学为止。工厂里文化程度高的人很多，他们喜欢读书，喜欢买书，这些散落在各个宿舍的书无形中成了一个"图书馆"。那天中午，许若含接受林荫的邀请，去林荫的单间宿舍借书，回到宿舍后，许凌琴看见许若含又带回一本书，说："没读几年书，像大学生那样离不开书。"肯定是因为这件事！许若含想。阿琴没读书，自己喜欢看书会伤害到她的自尊心？

等许若含洗完衣服回宿舍，许凌琴已经躺在床上。许凌琴其实没有入眠，她只是闭着眼睛。她听见许若含轻轻把脸盆放在床下，听见她在晒衣服，听见阿含轻轻爬到自己的上床，展开被单，躺下了。阿含没有看一会儿书再睡觉？许凌琴有点奇怪，但是不肯开口问。过了一会儿，宿舍有人说："关灯了吧？"

灯的开关"啪"的一声响，宿舍黑了下来，再过一会儿，宿舍响起轻微的鼾声。

黑暗中，许凌琴的思维开始活跃起来。她回想起黄腾云的笑容，黄腾云眼睛、嘴唇，黄腾云高高的个子、粗壮有力的手臂，那只手揽过自己肩膀会是多么深情、多么让人心动。结婚六七年了，自己还是处子之身，跟林子平却从无肌肤相亲。她羡慕阿霞的爱情，也渴望拥有自己的爱情。

1989 年，市场经济处于蓬勃发展的萌芽状态，市场的海鲜农产品多了起来，红的虾、白的鱼、灰的螺、青的蟹，在渔民的竹箩筐里或蹦跳着，或静卧着；山里的水果、笋干也随着三轮柴油车的普及大量地出现在海边的小镇。做买卖的车子挤来挤去。哐哐当当的锅碗瓢盆碰撞声、砰砰砰的肉铺剁骨头声、商家清脆的叫卖声、顾客商家的讲价声，声音此起彼伏。

阿霞还是在螺苑的服装厂上班，工资低，但是可以打发日子，丈夫疼她，身上有钱全部交给阿霞掌管，所以阿霞每次出来买菜，车把上都是挂满鱼肉虾蟹。她很满足这样的生活。

买了菜，阿霞回了趟娘家，也拐过去看望了翠英。翠英跟阿霞唠叨了一番，阿琴偷跑去深市，没有告知林子平家，阿琴的公公林兴国那天晚上跟阿琴的婆婆来倒溪坡村问罪，他们只盼望阿琴赶紧跟儿子生个孩子，把日子过下去，免得夜长梦多，女孩子出门，心易变。

阿霞唯唯诺诺，心里直想，婶啊，估计阿琴要让你失望了。

阿霞听翠英抱怨一会儿，找个借口离开了。

阿霞的侄子哭着说要吃虾，所以阿霞把虾留在娘家，回家的时候又去了一趟市场。在市场上，阿霞跟艾青花站着聊了一会儿。

艾青花没有继续在服装厂上班，她跟着出嫁的姐姐艾青兰在市场卖鱼。

平时，艾青花都回家住，偶尔住在姐姐家。姐夫石秋航是渔民，家里的经济较为宽裕，已经盖了栋两层的石头楼房。艾青兰娘家跟婆家相隔一段距离，绕道也要五六公里，走沙滩比较快，就是要穿过一大片木麻黄树林，再推着自行车走几百米软绵绵的沙滩。生意好的时候，收摊已经是晚上八点多，艾青花跟姐姐回家，住楼上姐姐对面房间。

"青兰啊，你小妹今天没来？"市场做生意的秋花见到艾青兰，问。

艾青兰边把塑料箩筐往地上摆放、倒水，边大声回答："晚点过来，今天她回家去。"

"回你家还是她家？哪个村？"秋花问，回头对一个青年男子喊，"石亭，把那些纸箱搬后屋去，收破烂的来了卖掉。"

那个叫石亭的青年男子瘦瘦高高的，也就二十来岁的样子，是秋花的表弟。

"回我娘家。"艾青兰回答。

艾青花的丈夫也是渔民，去年海难出事了。春节期间，艾青花夫家派人来叫，艾青花还是去了，独守两夜新房，想起夫妻曾经的恩爱，整夜流泪。过了大年初一回来，艾青花两只眼睛已经哭红肿得不成样。丈夫独子，有三个姐姐，听说想把艾青花留下，招个入赘的。

刚开始住在姐夫家，艾青花心里诸般不自在，见姐姐和姐夫一家人和和睦睦恩恩爱爱，想起自己的经历，不由悲从中来。

　　因为环境的改变，许若含的个子唰唰唰开始往上长，脸色也越来越光亮而清秀了。流水线的生产是忙碌的，勤快的许若含做事速度一天比一天快，工资看着也一个月比一个月高了，最高的时候她领过五百二十四元一个月，在同宿舍中工资最高。这些钱，许若含大部分寄回家。可观的薪水和新生活带来的乐趣，让许若含的脸上渐渐绽开青春的光芒。

　　看见许若含的工资条，林荫的脸阴下来了。她一直劝许若含去沙镇上班，说她舅舅那边工资很高，不过许若含满足现状，不肯离开圣泓厂。林荫每天坐在工作岗位慢吞吞地做事，看着坐在前面的许若含那副清纯的样子，就恨得直咬牙。

　　休息日的前一天晚上，林荫让许若含把上次借的书还过来，而且再三交代，必须晚上过来，她明天要出去买东西，不在宿舍。

　　林荫一个人住 425 宿舍，宿舍在四楼的最后一间。下班洗澡后，许若含拿着书走向林荫的宿舍。她推开虚掩的门，人事部杨部长正倚在床上。

听见门响，杨部长抬起头，眼睛一亮，笑眯眯地问："你是谁啊？"

许若含愣了一下，看看门上的牌子，425，没错啊。

"我找林荫。"

"进来，进来！林荫刚出去，马上回来。"杨部长微笑着走过来，拉住许若含的手，顺手把门带上。他紧紧攥住许若含的手，拉着她坐在床上。原来林荫说的就是这个女孩，还不错。

许若含想挣脱杨部长的手，用力拽了一下没挣脱。

四十多岁的杨部长矮胖矮胖的，一脸肥肉，他挪了一下屁股，更贴近许若含。许若含"呼"地站起来，杨部长趁机一抱。

许若含奋力挣扎："我要叫人了！"

杨部长笑嘻嘻地说："这个房间隔音效果比较好，外面听不见。"

许若含"哇"的一声哭了。

杨部长好声劝许若含："你要不要当副组长？副组长一个月六百元，吃的是小灶。"

"放开我，我要回去了。"许若含声音更大了，她开始放声喊，"有人吗？有人在吗？来帮我开门。"

杨部长捂住许若含的嘴："一会儿，就一会儿。"

正在这危急的时刻，门从外面被钥匙打开了，一个女孩径直走了进来，她是小查。

小查是谷山人，跟黄腾云隔壁村，她走进房间才感觉到异常，脸一红，转身就走。

门打开的一瞬间，杨部长愣了一下，许若含趁机挣扎出来，跟着小查冲出房间，绕过小查，逃命似的离开了。

许若含没看见，小查在她离开后又返回了房间。

杨部长死死地盯着小查："你来干什么？"

小查怯怯地说："我来帮林荫洗衣服。"

杨部长怒道："你为什么有林荫的钥匙？"

小查小声回答："林荫给我的，我经常要给她买夜宵、洗衣服。"

杨部长骂道："滚！今天的事如果让其他人知道，我要开除你。"

许若含没有马上回宿舍，她在洗衣池边把被杨部长摸过的手搓洗了无数遍，又捧起水把脸洗了一次又一次。

黄腾云跟曲明言他们走进302，黄腾云到处看了看："阿含呢？明天不用上班晚上就到处跑了啊。"

许凌琴心中不快，黄腾云心中只有阿含吗？

曲明言把头左摇摇，右晃晃，说："女孩子的宿舍就是香，我也住这来。"

黄腾云拍了一下他的头："豁嘴，把她们吓着了，以后就不让你过来。"

许凌琴笑着说："不会啦，你天天来我都欢迎。"

黄腾云对着许凌琴眨眨眼："天天来？找你？"

许凌琴脸一红："找我就找我，又不是不行。"

半真半假，三句玩笑话说出来，一股异样的情愫不被人发觉地在两个人心间回荡，黄腾云深深地看了许凌琴一眼，许凌琴也含情脉脉地看了黄腾云一眼，低下头。

曲明言从朱丹萍床上拿了颗酸梅，抛进嘴里，口不择言大声说："她们都是已经结婚的大人了，哪里会被我们吓住，对吧！"最后一句是问许凌琴，曲明言一直喜欢着许凌琴。

许凌琴的脸瞬间白了，她恨恨地瞪一眼曲明言："你才结婚呢！"

曲明言厚颜无耻地回答："我是结婚了啊，但是我还可以喜欢靓女啊。"

许凌琴笑骂："有家庭了，就不要动那种歪心思，好好地去对待你的爱人，做人需要一心一意。"

许凌琴说这句话的时候，她偷偷看了一眼黄腾云，黄腾云正好看着她。许凌琴很肯定地感觉到了黄腾云眼睛充满希望地亮了。

那一刻，许凌琴心花怒放。

许凌琴和黄腾云之间产生了极其微妙的关系。她喜欢一个人走路，有意无意地会碰上黄腾云，看见黄腾云，她挺起丰满的胸脯抬头对他微微一笑，然后羞涩地低下头，慢慢走开。黄腾云也是如此，每次远远看见许凌琴，就找个借口离开同伴，假装不在意地往靠近许凌琴的地方走了几步。也就那么几步而已，两个人之间还是隔着数十米甚至百米距离。

许凌琴也不能确定黄腾云是不是真的喜欢她。所以许凌琴认为当务之急就是斩断黄腾云和许若含之间的任何可能，比如，让黄腾云知道许若含是有婚姻的。许凌琴确定自己跟许若含是不一样的，自己还是少女。而许若含流产过，她已经是一个妇女了。

许若含根本不懂得许凌琴心里有那么多想法。这些日子她像吃了腐肉一样恶心、难过。她不敢把那天晚上的事告诉任何人，她不知道别人会怎么看待她，姐姐的过去让许若含对这样的感情抱有极端抵触的心态。她唯一能信得过的就是许凌琴，可是许凌琴几乎跟她断绝了关系，两个人再也没有说心里话的可能了。

组长席姑娘喜欢这个做事认真细致又从不计较的女孩子，见许若含这几天沉默寡言，于是走到许若含座位旁边，帮她整理半成品，剪菲纸（工票）。

副组长如安拿着裁片单过来，席姑娘签字。如安是个文静的女孩，很惹人喜欢。看着如安走开的背影，席姑娘说："阿含，如安已经辞职，下个月要回去了，我们这个组还差一个副组长，我推荐了你，已经打了申请报告，等主任从香港回来，她就会处理的。"

"可是我不会啊。"许若含又惊又喜。

"你可以的。"席姑娘鼓励许若含。

许若含阴霾的心忽然阳光灿烂起来，她冲席姑娘笑了笑，埋下头继续工作。席姑娘的话在许若含面前展开了一幅美好的人生画面，她开始努力了。

席姑娘跟许若含说的话被小查听到了，她坐在不远处的机器上。杨部长明明答应副组长位置要给她的，为什么席姑娘说要给许若含，明摆着许若含是在抢她的名额。

下班后，小查告诉林荫，席姑娘已经打了报告，让许若含当副组长。

林荫一听，气极了，许若含在这里混得风生水起，她无机可乘。

小查忽然想起一件事，讨好地对林荫说："我怀疑许若含已经结婚了。"

林荫有些疑惑："结婚了？"

小查点点头："对的，许若含她们那边的人都是早婚，十岁就结婚了。"

林荫阴着脸："知道了，她那天遇到你来我的宿舍，一定会到处乱说。"

这也是小查这几天最担忧的，她还没找对象，不能让家里人知道。

林荫吩咐道："我们先找机会，败坏许若含的名声，她就没时间说你。"

小查心中一喜："对！"

小查正在冥思苦想的时候，许凌琴把机会送来了。

那天中午许凌琴买了一瓶汽水，正在发愁怎么送给黄腾云喝的时候，看见跟黄腾云同一组的小查走过来，她喊住小查："小查，你能不能帮我把汽水带去给腾云？"

小查很奇怪："带给腾云？不是阿含？"

许凌琴很生气："不是阿含，是腾云。"

小查一下心中明白了："我知道了，你要送汽水给腾云喝。难怪腾云经常跟我讲起你，说你人好又漂亮。"

许凌琴心中一滞："他这样说？"

小查继续扯："是啊，他说今年回去还要邀请你去我们山里走走。到时候你记得要去我家玩哦，我家就在隔壁村。"

许凌琴心中凌乱，原来腾云哥早对自己有意思，只是自己没有发觉，她赶紧对小查说："春节的事春节再说吧。"

小查继续说："我以前一直以为黄腾云在追求阿含，最近才发现他真正喜欢的人是你呢。"

许凌琴全心全意都是黄腾云，听到这句话忍不住生气地说："怎么可能，阿含都结婚了，她的丈夫在海岛呢！"

小查一听，得来全不费工夫，她继续灌迷魂汤："我也觉得阿含跟腾云完全不配，你看全车间，就腾云最帅，而且他很努力地赚钱，阿含还以为腾云喜欢她呢。"

许凌琴越听越气，忍不住把许若含曾经的事都告诉了小查。说完这些话，许凌琴舒了口气，报仇了！看你怎么跟我抢腾云哥，现在大家都知道你结婚了。

小查兴致勃勃地一连串发问。

许凌琴没有回答小查抛出的一连串话题，她突然后悔了，而且非常后悔，她马上对小查说："你不准说出去，不准告诉任何人，你得答应我。"

"答应你啦。"小查想着自己的事，漫不经心地说，"怎么会有那么傻的人，孩子都生在粪坑里，还一副不在意的样子，她怎么从来不伤心呢？很奇怪。"

"一定不能说的！"许凌琴强调。

"不会说啦。"小查有点烦，没好气地回答，心里却想着得赶紧去告诉林荫。

"汽水，记得把汽水拿给腾云。"许凌琴看见小查要离开，急忙再叮嘱一遍。

小查不耐烦地回答："会啦会啦。"

许凌琴有种背叛阿含的感觉。阿含是那么好的姐妹，万一小查把这件事说出去怎么办？阿含是不是会很痛苦？

许凌琴悔恨莫及。

这天晚上下班，许若含已经去冲凉了，许凌琴心中有事，神思恍惚地去阳台收衣服，顺带把许若含的衣服也收了。她坐在床上，把自己和许若含的衣服整整齐齐叠了，然后把自己的衣服收进床头的纸箱，许若含的衣服放在上床。叠好衣服，许凌琴下楼去冲凉，她带了两条毛巾，一条是擦身子，一条擦头发。她拿着擦头发的毛巾和脸盆，找到一个没有人使用的洗衣池，把毛巾绑在水龙头上，脸盆放在水龙头下。做完这些，许若含也冲凉好出来了，许凌琴大声喊："阿含，过来这边，我占位置了。"

许若含听见，走了过来。

这个晚上之后，两个人又恢复了友谊，亲密起来。许凌琴心神不安，几次找到小查，警告她，不准告诉别人那些事，小查信誓旦旦地答应了。

走在前往食堂的路上，一位认识许若含的保安大声喊："许若含，你有封信。"

"我有信？"许若含惊讶地问，她往保安室走去，在保安室门外的黑板上，她果然看到自己的名字。这是许若含这辈子收到的第一封信。平时她经常寄钱，但是从来不写信，家里也没有写信给她。

信是从海岛寄来的，许若含的心"砰砰"狂跳，她以为是欧博龙寄来的，打开看最后的署名，龙飞凤舞的署名"哥：夷海"。信里，辛夷海简单提一下他现在的情况，请许若含照顾好自己。辛夷海的信又勾起许若含的回忆，那些年，假如不是夷海哥对自己的照顾和指点，她的日子将更加黑暗。

许若含把信又读了两遍，自言自语道："我要告诉夷海哥，我快当副组长了。"

晚上，许若含给辛夷海写回信，她绞尽脑汁，给辛夷海的信件只有那么短短几句话。这个时候，许若含才发现知识的贫乏，尽管她爱看书，她爱的只是故事里的情节，这对写信是没有任何帮助的。她又想了半天，实在不知道该写什么，于是放下笔，把信折叠了装进信封，在信封上写了辛夷海的地址。许若含想起自己从来没有给家里写过信，又拿起笔，给父亲和弟弟许天照各写了一封信。给父亲的信草草几个字，给弟弟的信写了好几段文字。

　　邮电局为了方便这个大公司，特意在保安室外墙挂了个邮政信箱，每天邮电局的人把信件送来，再打开信箱取走要送出去的信件。

　　许若含颤抖着手把信件投进这个信箱，这是她这辈子第一次寄信。她相信自己很快能收到他们的回信，她会像王益群和刘佳宇那样，天天都有人写信给她，她也有友情，有亲情。她也会收获快乐的！

　　主任从香港回来，批准了席姑娘的报告，送呈人事部。杨部长按照惯例调出许若含的人事资料，看着她的照片，记起是那天去林荫宿舍的女孩。

　　"许—若—含，喊她过来签名。"杨部长抬起头，对助理小叶说。

　　见小叶推开办公室的门，他又喊住小叶："等下，我有事要去市内，傍晚回来，你让她重新填一份简历，晚上送到我宿舍。"

　　小叶回答说好。

　　接到小叶的通知，许若含惴惴不安。这是公事，杨部长应该不敢乱来吧？

　　晚饭后，许若含上车间加了一会儿班，才离开座位，走往礼堂侧边那栋小洋楼，那是圣泓公司高级领导的住所，许若含第一次踏上这个房子的台阶。

　　来到杨部长的宿舍门前，许若含轻轻敲门，屋里传来轻微、急切的脚步声，杨部长打开门，要把许若含拉进门，许若含往后一缩："杨部长，这份表格需要您签名吗？"

　　杨部长压低声音说："进来，快进来，到里面说。"

　　许若含往后退了一步："杨部长，小叶说这份资料需要您的签名，如果您现在不方便，我明天再拿去您办公室吧。"

许若含转身离开了。刚一走开，她的眼泪就"哗哗哗"地往下流。杨部长这是司马昭之心，让她来宿舍签名，她傻乎乎地差点上当。

许若含刚跑到厂区大道，正是下班时间，很多人看见许若含慌慌张张地从杨部长的宿舍跑出来。

谣言就这么铺天盖地地袭来。

许若含不知道谣言多恐怖，她只是感觉忽然间席姑娘对她充满了反感，动不动就训斥她，对她凶巴巴的。

很快的，许若含发现宿舍的人也开始用异样的眼神看她了，有时候大家说着话，看见她走进宿舍，她们马上停止说话，各做各的事，给她一个冷漠的脸色。甚至，许若含坐在别人的床上，她们会毫不客气地说："起来，我要睡觉。"等许若含站起来，她们用力拍拍床铺的灰尘，好像床很脏的样子。

许凌琴心中有数，因为宿舍里的工友试图从她这里得到许若含从前消息。但是她想不到，这件事居然跟人事部杨部长也扯上了关系，很多人说许若含去杨部长宿舍过夜了，说许若含提名当副组长就是杨部长提的。扯上杨部长，许凌琴很是迷惑。但是她对自己说错的话也不在乎，因为这就是事实，事实就是事实，她不说早晚也有人知道的。

425 宿舍，杨部长靠在床上，不满地对林荫说："你说要介绍那个许若含给我，手都没拉过，如今满厂的风雨，搞得最后好像是我的错，是你把谣言传出去的吧，你到底安的什么心？"

林荫心里一惊："没有的事。"

杨部长哼了一声："你那小心思瞒得了我？"

林荫走过来，蹲在地上，把头放在杨部长腿上，撒娇地说："人家还不是担心有人把你抢了。"

杨部长冷笑一声："你是该担心。不过如安那个副组长位置你还是不要当了，让给小查。"

林荫的脸唰地白了："为什么！"

杨部长捏了一下林荫："就凭二车间还有一个组长位置了，给你留着。"

林荫经历了从失去到获得，心花怒放。她需要一个管理的岗位，来圆她舅舅跟老板认识的谎言，来认识更多美丽的女孩。

这次的谣言，没有一个人站在许若含身边。许凌琴也不敢站出来，她自己也有秘密。宿舍的人都从骨子里瞧不起许若含，工作小组的人更甚，除了黄腾云之外，他们都对许若含冷嘲热讽的。连许若含正在缝制的工序，席姑娘也拿出来，分给另外一个人做。这是许若含最无法忍受的，她需要赚钱，她不能让弟弟考上了大学还交不起学费。

这个世界把她当成了恶人，她无助极了。

这时候，小查不顾别人的冷眼坚持跟许若含走在一起。

小查劝许若含："别听人家胡说，阿含，别跟她们计较。"

许若含哭着对小查说："你也看到了，什么事也没发生，是你救我的。"

小查安慰许若含："不要伤心，我陪你走走，咱们去外面散散心。"

穿过厂门口的马路，对面是几幢正在建筑的楼房，要沿着公路往西面走几百米，才有街道和小卖部。

郊区的公路车辆不多，所以车速都很快，一辆辆从身边呼啸而过。

许若含很敏感地感觉到，众人对自己的轻视是因为从前的事，是谁把这些传出去的呢？她猜想只有阿琴了。但是阿琴为什么要这样做？

一阵阴冷的风自背后吹来，"走一边，走一边！"背后有声音响起，听见背后喊声，习惯谦让的许若含条件反射迅速往旁边跨了两三步。刚走开，一声"噗"传来，紧接着是车辆"吱呀"尖锐的刹车声和身后刺耳的尖叫声，许若含转身一看，小查失去了踪影。再四面环顾，小查飞到了离自己几十米的远处，掉落在地，白色面包车停了一下，门开了，一个小平头男人探出头看了看。

许若含冲过去，想把小查扶起来，小查已瘫软在地上，过了一会儿，乌黑的血慢慢地从她脑后流了出来。

几个工友从后面追了上来，大声喊："拦住车！把车拦住……"

面包车看见有人过来，呼地跑了。

许若含瘫坐在小查身边，面无血色。母亲送葬的情景又在眼前浮现，自己跟弟弟哭得死去活来，村庄的人就站在路边看热闹，指指点点，评论弟弟跟自己谁哭的声音最响亮，姑姑跟在身后哭，姑姑哭唱的声音大一点的时候许若含就能偷偷歇一歇。她听见旁人在讨论：做女儿的好像不懂得哭。许若含一直不懂得怎么哭。哭不是哇哇大哭，哭是要唱长调的，把心里要诉说的苦用歌吟的方式唱出来。

小查的尸体放在保安室门口，盖着小查生前盖的被单。

林荫告诉大家，因为小查泄露了许若含的秘密，并且造谣许若含跟杨部长睡在一起，所以许若含把小查约出去，并将她推向飞驰的车流。

工友们恍然大悟，原来如此，许若含太恶毒了，对小查怀恨在心，趁机报复。那一刻，大家看向许若含都像看一个杀人犯一样。

曲明言也犹豫了一下，看着林荫："你别乱说。"

林荫肯定地回答："你自己想是不是这样。"

小查的家人当天就雇车赶来，半夜才到。

小查的姐姐揪着许若含的头发，她要把许若含的头发揪下来。小查的妈妈坐在地上大声号哭，把最难听的唾骂往许若含身上倒。小查的哥哥和小查的父亲打骂许若含，并让许若含马上叫大人过来处理。

许若含神色呆滞，任他们打，任他们骂。

只有许凌琴护在许若含身前，劝他们手下留情，说会叫许若含赔偿，该赔多少就赔多少。

黄腾云也不相信许若含是那种人，他坚决地站在许凌琴和许若含的身边。

许凌琴见黄腾云也在，心中也有了依靠。她让黄腾云帮忙看着许若含，自己跑去办公室找小叶，借用公司电话，把电话打到倒溪坡大队。大队干部听说是这种事情，赶紧派人去工场把许水生叫过来接电话。

接到电话的第二天，许水生带着家里这几年的全部积蓄五千四百块赶了过来，陪他来的还有许凌琴的大哥许清亮。许水生跟许清亮在第三天凌晨四点多才到深市。

警察来了之后，那天跟随许若含他们身后的几个工友良心过不去，犹豫许久商量许久，终于很坚定地出面做证，证明面包车撞了小查的同时，许若含正好往路的一侧走，根本没靠近小查，小查是自己走到路中被面包车撞倒的，与许若含没有任何关联。

302 的舍友朱丹萍、刘凤霞也站出来做证，她们亲耳听到，是小查叫许若含出去的，许若含本来不肯出去，因为许若含不喜欢逛街，但是小查非要许若含跟她一起出去。

事实证明是小查的错，而且肇事车辆已经逃逸，小查家人再怎么闹也没办法有更好的结果，一天天的，尸体都有味道了。

私下处理，许若含赔偿小查两万元丧葬费和家人路费。

看着被打得浑身瘀青的许若含，小查家人终于松了口，同意先拿着杨部长垫付的一万元钱送小查的尸体回家，留下小查的哥哥等剩下的一万元赔偿金。

工友们听说这次的谣言都是小查传出来的，她一个人引导了全厂的舆论风向，很不高兴，背后讨论过许若含的人咬牙切齿地骂小查。

许水生带过来五千四百块，许清亮除了路费身上还有九百块，许若含预支了工资四百三十块，还有三千多块的缺口。许水生这次没有骂许若含，他低声下气地跟小查的哥哥解释，跟杨部长点头哈腰不断说着感谢的话，更多的时候，他的脸上又露出了阿勤死后的那种绝望。

到晚上，几个人无助地坐在宿舍，许若含一动不动地缩在阴暗的角落，父亲、清亮大哥、许凌琴他们几个的聊天她都没有听见，她的脑海里，全部是母亲、姐姐、儿子、小查的躯体。

宿舍门被推开，席姑娘走了进来，她拿着一沓十元人民币，递给许水生，说："叔啊，我们几个管理人员商量了，一人帮忙出一百块，小查和阿含是我的员工，我出三百。这里一共是一千块，凑一凑吧。"

没等许水生反应过来，席姑娘已经把钱塞在许水生手里，走了出去，临走，她转头看了许若含一眼，眼里满是疼爱的神色。

又过了一会儿，黄腾云和曲明言从敞开的宿舍门冲进来，从口袋里摸出一把钱："这是我们宿舍的，曲明言家里富，出最多。我们要回去上班了。"把钱放在许凌琴身边的床上，他们跑出去了。

晚上九点下班，许若含组里的助理如安带着几个工友走进来，说她们组里每人捐二十块，有的十块，总共收到三百五十元。如安把钱塞在许若含口袋里，抱了抱许若含，说："阿含，你没做完的那些货我帮你做掉了，明天早上记得去上班哦。"

宿舍的工友也都下班了，她们从自己的口袋里拿出仅有的钱，放在许若含身边，然后默默地去洗澡、洗衣服了。

"其他组里的人也在捐款，能凑够的。那些人太不讲理了。"如安安慰着许若含，也对许凌琴说。

许若含忍不住泪流满面，哽咽出声。

到晚上九点半，陆续有陌生的工友在门外探头探脑。看见许若含，她们留几个站在门外等，一个代表她们跑进来，把众筹的钱放在许若含的身边就跑了出去。

那些钱，有十块，有五块，也有一块，甚至几张五角的。整整一个晚上，有人进来，有人出去，认识的，不认识的。在工厂的大道上、洗手池旁边，还有人在问："那个女孩被打得严重吗？去哪里捐款？"

望着宿舍来来往往的人，许水生和许清亮目瞪口呆。

　　姐姐不在的时候，石亭就走过来跟艾青花搭讪。

　　"我阿姨临走前，拉着我的手，眼睛直直盯着小叔子石亭啊。我没办法啊，就带过来帮忙照看点生意，这不，都二十六岁了，还没有找对象。有合适的，给介绍一个。"秋花经常对艾青兰说。

　　艾青兰"哦哦"几句。她想起去年夏天，自己穿着短袖上衣在搬鱼筐，石亭却站在几米外眼睛眨也不眨地盯着她的胸部，她很恼火。丈夫石秋航是个好男人，担心石秋航误会，她没把这件事告诉丈夫。

　　艾青兰没想到的是，在一个傍晚，石亭把手插进艾青花的裤腰。

　　一个人看着摊子，艾青花想起昨天回娘家，许清亮七岁的儿子小伟正蹲在地上剪东西，一看，小伟把一条胸罩剪成四五片，用卫生巾黏住，在地上摆图形。艾青花听说许清亮的儿子到现在还不懂得喊爸爸妈妈，成天一个人蹲在地上画画，或者拿许凌琴留下的剪刀把家里的衣服剪成一块一块的，村里人背后都说那是个智障。

　　想着想着，艾青花翘起嘴角微微笑了。

石亭看见艾青花自得其乐，走了过来。

收摊后，艾青花神差鬼使地跟着石亭走进小镇学校旁边的杂草间。

小查死后，许若含反而从谣言中走出来。再没人煽风点火，对弱者的同情，让工友们结束了对许若含的议论。

来 302 宿舍的人，多了一个跟黄腾云同宿舍的涂嘉熙，他跟叶香红在同一个生产车间。他身高也就一米六七样子，皮肤黝黑，不帅，一张四方的脸，两道浓眉。

涂嘉熙的家在城关书峰山下，涂嘉熙的大姐、二姐、大哥都考入了大学。因为家里穷，两个姐姐读的师范学院，他大哥考入一所名牌大学。

涂嘉熙曾经踌躇满志，年少轻狂，结果高考落榜。作为家里的"老尾儿"，他可以选择复读。但是他没有勇气，烧掉自己所有的书本、复习材料，在叔叔的安排下进了县城的国营针织厂。这时候的针织厂效益很差，到了濒临倒闭的地步，已经半年没有发工资。作为临时工，重活杂活都是涂嘉熙在干，工资低，还拿不到，拖了两年，涂嘉熙才来深市，这也是托的叔叔的关系。

涂嘉熙没学过缝纫机，没有缝制经验，做得很慢。服装是计件作业，他每个月工资一百七十多块，伙食费就要用去九十块整。

许若含跟叶香红打羽毛球的时候，涂嘉熙喊了一声"好球"。

涂嘉熙第一次看见许若含就动心了。这个女孩清秀的小脸、高挺的鼻梁、小巧的嘴唇、水汪汪的大眼睛，齐肩头发；挥动球拍的时候身姿洒脱，青春飞扬。

那天晚上，涂嘉熙跟黄腾云打开了 302 宿舍的门，许若含正好坐在上床吹口琴，琴声悠扬，曲调流畅。

许若含喜欢吹吹口琴，《望星空》《十五的月亮》《乡间的小路》

等几十首曲子她熟记在心，慢慢地，很多流行歌曲市场上还找不到曲谱，她就尝试自己记谱。在西乐队，她学会了很多乐器也会看谱，这些给她的生活带来很多乐趣。

门从外面推进来了，许若含看见了走在后面的涂嘉熙，穿着一件黑色风衣，拉链拉到领头。

许若含停下来，她不习惯在陌生人眼前吹口琴。她跟黄腾云点点头，拿起身边的一本书翻看起来。

涂嘉熙听说许若含喜欢看书，特意让黄腾云带他来 302 宿舍。他不介意许若含的冷淡，走到她床前："你很喜欢看书？"

"嗯。"许若含放下书本，她下午见过这个男孩。

"什么书，给我看看。"涂嘉熙温柔地说。

许若含把书递过去。她盘腿坐在床上。床上有一个国光口琴、叠得整整齐齐的被子，身后，是竖排的一排书。

半床明月半床书也就是这样了。

许凌琴看见黄腾云，掩饰不住内心的欢喜，庆幸刚才没有跟刘佳宇她们出去逛街。

黄腾云走到许凌琴对面的床边，坐在床沿，跟许凌琴你看我一眼，我看你一眼。因为家里穷，他从来不敢渴望自己能找到一个好的对象。长兄如父，他还得培养两个弟弟，还父亲治病欠下的债。许凌琴对他的好感，他心中有数，却不敢当真。

许凌琴因为涂嘉熙站在她身旁的缘故，挪了个位置，趁机坐到对面黄腾云的身边，男性独特的气味扑鼻而来，许凌琴第一次这么近距离地靠近黄腾云，心怦怦跳，这是她喜欢的男人，她喜欢他。如果黄腾云对她也有那层意思，她决定了，回去后马上上诉离婚。她听说过，童婚习俗对当地社会造成很大的危害，政府已经五次三番阻止，甚至在每个镇都设立了法庭，只要有一方上诉离婚，当场判决，允许解除婚姻关系。

　　她渴望找到属于自己的爱情。她坚信，这个世界上，会有一个值得她倾出全部情感的男人，护她一生周全。

　　"你会喜欢我吗？"她在心里问黄腾云。

　　"你这么漂亮，会接受我那贫困的家吗？"黄腾云在心里默默地对许凌琴说。

　　"可是我结过婚，我还没离婚，你会嫌弃我吗？"许凌琴痛苦地想。

　　"我的父亲重病在身。我还有两个弟弟，二弟还在学手艺也不赚钱，三弟想考大学，我的负担多重你知道吗？我连娶老婆的念头也不敢有，你知道吗？"黄腾云在心里说，他痛苦地吐了口气。

　　"叹什么气？"许凌琴笑着问。

　　"你想知道吗？"黄腾云抬头看着许凌琴。

　　许凌琴看着黄腾云，心里一片凌乱。

　　这边的两人在各自猜测对方的心意，那边涂嘉熙和许若含一个坐在上铺一个站在地上就那么各自翻着书看。宿舍其他人都出去玩了。

　　"《七里香》？席慕蓉的。你喜欢诗歌？"涂嘉熙看到许若含床上书堆里夹着的那本书，问。

　　"你也喜欢？"许若含本想问为什么他知道那本书作者是席慕蓉，顿了一下，明智地没有多话。

　　"诗歌是最美的艺术品，能让人引起共鸣，并唤醒内心那种疼痛的感觉。"涂嘉熙说。

　　许若含惊讶地看着涂嘉熙，她的心在刹那间变得很柔软："翻着翻着，我就喜欢上这些，'在长长的一生里，为什么，欢乐总是乍现就凋落，走得最急的都是最美的时光。'"

　　许若含幽幽念道。她无意在涂嘉熙面前扮演一个多愁善感的角色，但是在这刻，她不经意流露的忧伤让涂嘉熙心疼了。

　　"书能借我吗？我刚来，过两天买书借你。"涂嘉熙恳切地说。

许若含点点头。

"就这本吧，《七里香》，过两天还你。"

"我是跟别人借的。"

"好的。"

这个相貌上没有任何优点的男孩，就这样俘获许若含的好感。黄腾云、曲明言、庄泉伟和一些老乡来宿舍，总是讲工资、讲家庭、讲老婆，他们从来不看书。这个人却说："诗歌是最美的艺术品，能引人共鸣，并唤醒内心那种疼痛的感觉。"

人生艰难，年少的许若含感觉自己从来没有喘气的时间，欠那么多钱，还得努力还。她每天上班、下班，努力赚钱。恍恍惚惚，许若含走到了男生宿舍楼。《七里香》要拿去还人家了。

宿舍门敞开着，涂嘉熙在看书，黄腾云不在，另外两个男生躺在床上。许若含在门上敲了几声，两个男孩坐起来，惊异地看着她，他们宿舍还没有女生来过。

涂嘉熙抬头看见是许若含，惊喜万分，立马站起来，头却狠狠地撞了上面的床架子。他眼前金花直冒，不好意思地摸摸头，稍停，带着窘态走向许若含。

涂嘉熙明显感觉到其他工友对他的不屑和鄙视，他又矮又黑又瘦，只有两套换洗衣服，又融不进其他人的聊天圈子。偶尔黄腾云他们在聊天，涂嘉熙插进去一句话，曲明言就把话题岔开，去哪里也不让涂嘉熙跟着，让涂嘉熙好不自在。长期以来，他像一个离群索居的老人，孤独疲惫。他觉得《七里香》很多诗句适合抒发他当前的感情。他很想知道，许若含有没有问自己怎么不去302宿舍，她是不是依然盘着腿坐在她的那张小床看书？

"书。"许若含轻声说。

"进来吧，宿舍很乱。"涂嘉熙的尴尬刚好掩饰住他的狂喜。

许若含犹豫了一下，走进107宿舍。涂嘉熙递过他正在看的那本厚厚的书："《安娜·卡列尼娜》，俄国小说。女性读者可以从这部书开始阅读，多接触这方面的文化，多阅读这方面的书籍。"

许若含接过书，在手上一翻，外国人那一长串的姓名是她最为头痛的，每次她看杂志一看有外国人的名字，那篇文章她就没有兴趣阅读。除了以前在西乐队的时候辛夷海借她的武打小说，她从没有翻过这么厚的书。怎么拒绝？告诉他，自己不喜欢看？还是拿回去放一旁，过几天还他，不辜负他一番好意？许若含选择了后者。拿着书，许若含直接转身准备离开。

"哦，《七里香》。"许若含忽然想起自己来107宿舍的目的，转过身，"人家催了。"

"在这。"涂嘉熙把书还给许若含，许若含没有跟他交谈的意思，他很着急，难得有机会见到许若含，这个女孩似乎落落寡合的样子，不言不语。他跟在许若含身后走出宿舍，见到宿舍前面的空地上有人在打羽毛球，慌忙问一句："你喜欢打羽毛球？"

许若含点点头，看着广场上那些打羽毛球的身影，她的嘴角掠过一丝微笑。

望着许若含的背影，涂嘉熙心头泛起莫可名状的失落感。

"幸福的家庭都是相似的，不幸的家庭各有各的不幸。"回到宿舍，翻开《安娜·卡列尼娜》，许若含读到这一句，她停下来，忽然间泪流满面，她想起姐姐，想起母亲，想起那个掉进粪池的孩子，还有自己这些年的遭遇，以及杨部长那肮脏的手、臭气冲天的嘴巴……痛苦的过去一幕幕在眼前盘旋不去，一个个亲人似乎都在忧郁地看着她。许若含多久没有哭了？自从来深市，她连流泪都忘记了，可是她也快乐不起来。她已经忘了，她才十九岁，还是少女，是朵含苞欲放的鲜花。不幸的家庭各有各的不幸！这么大一个工厂，哪一个人经历过她的不幸？哪一个人，跟她一样一颗虚弱的心要装载那么多的痛苦？那个遥远海边的渔村，和那个回忆半天却想不起完整相貌的丈夫，纠缠成一个无法解开的结。在她的心里纠结，泪水在那一刻泛滥了，她抛下书，拿起被子蒙住头，发出一声令人毛骨悚然的哭号。

302宿舍的人惊呆了，她们围过来，拍了拍许若含的身子以示安慰。许若含把脑袋蒙在被子里，不理会任何人，她只是想哭，想尽情地哭。她不再顾忌别人的眼光，不去想自己哭泣的理由，她只是想哭，把那些年的伤痛、那些无边的忧愁、那些无可遏制的痛苦都哭喊出来。路过的人停下脚步，把头探进302宿舍，又走开了，刘佳宇走上前，把宿舍门闩上，骂道："看什么看，有什么好看的。"

宿舍的工友还想爬上床安慰许若含，许凌琴阻止了，她含着泪说："让她哭吧！"她虽然不知道许若含今晚为什么哭，可是她对许若含的过去一清二楚，她了解许若含的痛与哀愁，知道自己帮不了她什么，自己不只不能帮她，还把她往深渊推。她也不知道自己以后的路该怎么走，她们能挣脱那被迫的婚姻的桎梏吗？还是必须一辈子背着枷锁生活下去？想着，许凌琴也哭了，她坐在下床，靠着墙，开始是泪流满面，强忍了一会儿，终于发出"呜呜"的哭声，她趴在床上，伤心地喊着"阿姆"。

许凌琴的哭引起宿舍的共鸣，王益群今天刚好收到信，说她母亲摔伤了，她不知道母亲的病情如何，她已经伤心了一天，见两个人哭泣，也忍不住"哇"的一声，大声哭出来，跟着喊"阿姆"。

剩下的人见她们在哭泣，泪水都止不住跟着滑落，各想起各自的伤心事，一时之间，302宿舍哭成一团，有的大声哭泣，有的小声抽泣，有的暗暗流泪。这些第一次踏出家门的女孩子，第一次在众人面前用哭泣表达自己对家乡的思念，对亲人的牵挂、内心的忧伤和哀愁。

许若含号啕大哭了两个多小时才渐渐停止下来。这是她这辈子最痛快的一次哭泣。

302 宿舍的那次集体大哭，让这个宿舍出名了，谁也不知道为什么会有那么痛快淋漓的哭泣，不知道悲伤为何倏然而至。青春岁月里，许多莫名其妙的行为，许多无法解释的情感历程，紧紧围绕着这群二十岁左右的女孩子。

不加班的夜晚，302 宿舍经常播放好听的音乐，录音机是宿舍女孩子们凑钱买的。许若含教大家跳舞，在宿舍走十二步、十六步、二十四步，迪斯科，伦巴；教大家吹口琴，在口琴上贴着音符。宿舍其他人教许若含认字、写信。

有业余爱好，有上进心，302 宿舍显得跟其他宿舍不同，笑声经常回荡在这个宿舍。宿舍的被褥叠得整整齐齐，墙上贴着美丽的彩图，洗脸盆和水桶整齐地排在床下，就是阳台上晾着的衣服，也拉得平平的再搭上衣架，挂到顶端的铁杆上。没有华丽的着装，她们依旧每天打扮得干干净净走上工作岗位。

年关快到了。许若含在等待一件事，她在寄给辛夷海的信上写，她需要一万块钱，愿意拿家里的房子抵押，问辛夷海能不能帮她借到一万块钱。

曲明言把302宿舍当作自家宿舍，想在哪个床上躺下就在哪个床躺，被刘佳宇骂了几次也不悔改。不过因为他大方，经常买汽水、零食给302宿舍的女生，所以也不让人讨厌。

曲明言没有注意黄腾云和许凌琴之间那种微妙的关系，经常拍着许凌琴的肩膀戏谑地说："跟我们回谷山，给你介绍一个靓仔。"

"你自己身上背皇金，还敢帮人家看风水。"许凌琴笑着说。

"他老婆都快生儿子了。"沉默寡言的庄泉伟忽然冒出一句。

"像你这个人，家里养着一个，外面再生十个八个的也不奇怪。"朱丹萍笑着说。

"咦，你怎么知道？"曲明言嬉皮笑脸地说。

"我最讨厌这种人。"刘佳宇忽然大声说。

"开玩笑呢！"庄泉伟赶紧解释。

那边叶香红跟黄腾云在走象棋，叶香红喜欢象棋，走中炮、跳马、出车，然后步步紧逼，黄腾云只有招架的份。

"你输了，别走，再来一盘。"叶香红开心地大叫，拉住黄腾云不让走。

"明言、明言！救命啊！"黄腾云着急地大叫。

许凌琴看见叶香红跟黄腾云拉拉扯扯地，心里不快，拉下脸："人家都不下了，你还纠缠。"

"我来，我来。"曲明言也喜欢下棋，但他最大的毛病就是悔棋，一边悔棋一边嘴里骂个不停，棋品不好，因此跟他下棋的人就少了。

"不下。我累了，去冲凉。"叶香红见曲明言走过来，不理他。

曲明言也不计较，转身又找许凌琴聊天："说好了啊！今年春节跟我们回去，我带你上山摘柿子，摘余甘。"

"余甘是有的，柿子春节时已经熟透掉落了。"黄腾云走过来，意味深长地对许凌琴笑了笑。

许凌琴见到黄腾云那意味深长的笑，脸一红，心不由自主地随之怦怦狂跳，一时忘了回答曲明言的话。

……

许若含依然活在自己的世界里，任宿舍天翻地覆地闹，她也不放下手中的书，只是在大家玩得高兴的时候，停下来，礼貌地跟着笑了笑。那天放假，她去买了一本《新华字典》，《安娜·卡列尼娜》里好多字她不认识，她读得很吃力。

"书看完了？"终于有一天，涂嘉熙又见到许若含，问。

"没有。"许若含说，"急着要？"

"不急。刚开始读外国名著，你可能不熟悉，有的地方可能看不懂。"说到"不懂"两个字，涂嘉熙说得很快，许若含脸上还是有不自在的表情。

"嗯。"许若含不好告诉涂嘉熙，看了一半她还弄不清楚书里写的什么故事。

"读名著，第一遍先欣赏故事情节，把你想知道的故事情节一次性读完，其他的放一边。如果有兴趣的话，再读第二遍。还有诗歌……"

许若含点点头，这些话对她来说，都很遥远。她感觉到自己跟涂嘉熙之间的距离，涂嘉熙懂得的知识对于她来说，是一个高度，也许是尽她一生也无法达到的高度。

许凌琴心情不好，把许若含拉到宿舍楼拐角的花圃边的石凳上，这里没有灯光，是工友们谈心的好地方。

"不脏吧？"

"天天有人在这坐着，不脏。"

她们低下头，仔细辨认石凳上有没有垃圾和口水，用手轻轻擦拭。然后，两个人坐下，好一会儿都不吭声，各想各的心事。

　　初冬的晚风迎面吹来，带着丝丝冷气，下班的同事们端着脸盆、提着衣服在宿舍和浴室之间走来走去。

　　"欧博龙有没有写信给你？"许凌琴问。

　　"没有。林子平也没写信过来？"许若含反问。

　　"没有。"

　　又陷入沉默中。

　　"我想离婚。"过了一会儿，许凌琴说。

　　"要赔他家很多钱。"这个话题许凌琴跟许若含谈过好多次，许若含已经见怪不怪了。

　　"都是我阿爸贪财。不管了，大不了不回去。"

　　"你赚钱自己存着，别寄回家，说不定用得着。"

　　"我今年年底回去一定要提出离婚。如果他家再买东西来给我父母'送节'我就扔出门外。"

　　螺苑风俗，结婚后的女儿每年逢端午、中秋、春节要给娘家父母过节费，或送猪脚面线，俗称"送节"。

　　"欧博龙他们就从来不管这些，其实林子平对你还不错。"

　　"我不爱他。我要追求我的爱情。"许凌琴的心很是坚定。

　　"你爱上谁了？"许若含假装糊涂，刚才许凌琴拉她到这里坐，她就知道今天晚上她要告诉她什么秘密。在这个厂，只有姐妹俩互相知道对方的秘密，然后互相倾诉几句心底的苦恼。

　　"你知道的。"

　　"黄腾云？"

　　许凌琴不吭声了。

　　"听说他家里穷，而你离婚需要一笔钱。"

　　"我知道。今年离不成，就明年，明年离不成，还有后年。一辈子那么长。"许凌琴记得，当时二哥、三哥娶老婆的时候，林兴国又借钱给父亲，这些不清不白的钱，是一笔越积越多的糊涂账，只能由自己来还了。

"凌琴姐，你一定能得到幸福。"

"好了，不谈这些，你跟欧博龙关系还好吗？"

许若含摇摇头。

"我觉得你喜欢看书，喜欢学习，又会唱歌，还会吹口琴。你应该有一个理解你的人相伴，不理解你的人，你会过得很痛苦的。"

"我没有想过离婚，但是他想。听说他家要重新帮他找对象，似乎是在等我家先提。如果我先提我就要赔他家钱，如果他先提我们就不用退那些嫁妆。"许若含说。

"这边的人，你有喜欢的吗？"

许若含默默想了一会儿，从黄腾云到曲明言、庄泉伟，还有车间那些男孩子，她都不喜欢，她没喜欢过谁，她的生活跟爱情完全没有交界点。

"跟你借书的那个男的，我看出来了，他喜欢你。"

"他？"许若含心中一动，她从来没有觉察到，"为什么？"

"没有为什么，我感觉。我看他总是一副清高的样子，我不喜欢那样的人，个子矮，也长得不好看。"许凌琴想起黄腾云比涂嘉熙帅气，心中欢喜。

"我也不喜欢。"许若含随口说。不管喜欢不喜欢，自己是欧博龙的妻子，这是无法逃避的现实。

"都要回家过年了，这个年也不知道应该怎么过。"许凌琴叹道。

许凌琴不知道自己的话在许若含心中激起什么样的涟漪。许若含从小生活在自卑里，她不相信会有人喜欢自己，但是开始留意起涂嘉熙。以前在男生宿舍楼前打羽毛球，她不关注107宿舍，现在她发现，只要她出现在这片场地，涂嘉熙就会从宿舍走出来，倚着宿舍门。许若含心中又惊又喜、又酸又苦。逢对手离开，许若含准备回宿舍的时候，涂嘉熙就微笑着走过去，跟许若含要了球拍。可是涂嘉熙不大懂得打羽毛球，面对拍来的忽高忽低的羽毛球，许若含追得满头大汗。

涂嘉熙很内疚地说："我刚学，还不熟练。"

他这么一说，许若含也不好计较。

"书看完了啊？"

"差不多了。"许若含不懂评论。

"你还年轻，趁现在多学点知识，别去管它有没有用，生活需要不断充实内容，况且你是个有灵气的女孩子。"每次见到许若含，涂嘉熙都急着对她灌输一些自己的思维。

"我？"许若含很惊讶，打工的路上学这些有什么用处？

"打工不是长久之计，找到适合自己的道路，就勇敢地跨过去。你好学，这是你最大的优点。"

"没有文化，还能怎么样。"许若含很郁闷。

"只要你在努力，生活不会没有方向。"涂嘉熙热切地看着许若含，他大许若含四岁，了解许若含心中的迷茫。

"生活需要方向吗？"

"需要。生活是不断完善自我，不断进步。只要你在进步，你就会有明确的目标和方向，有正确的人生观。"

"什么叫人生观？"

"用句简单的话来说，就是对待生活的观点、一种人生态度，包括热情、向上、勤学。"涂嘉熙觉得话题越来越远了，连他自己都很迷糊，人生观是什么？树立远大的理想是正确的，那么自己高考落榜就是错误吗？

涂嘉熙的这些话对许若含而言是那么遥远，却跟她的梦境、幻想接轨，以至她渴望亲近这类话题。她觉得，跟着他的思想走下去，有一天她能找到全新的自己。

曲明言感冒了，好多年没有感冒的经历，他已经忘记什么叫作感冒。他没想到这个小小的病如暴风雨般袭来般厉害。到晚上九点多，曲明言已经烧得有气无力。

涂嘉熙还是学徒工，经常提早下班，见曲明言满脸通红地躺在床上，嘴里喊冷，身上盖着黄腾云、庄泉伟连同他自己的三床棉被。涂嘉熙大吃一惊，赶紧帮他倒了杯水，扶他喝下，再摸摸曲明言的额头："发烧了，我带你去医疗室。"

"没事，睡一觉就好。"曲明言醒了，见这个自己平时看不顺眼的同事来照顾自己，感觉过意不去，小声说。

"不行，半夜会烧得更厉害的。"

"没钱了。"曲明言艰难地说，他的工资虽然没寄回家，但是他花钱多，临近领工资的日子常是身无分文。

"我有。"涂嘉熙犹豫了三秒钟，很快地说。他身上还有五块钱，在厂里的医务室打一针，再拿点药，两块钱应该够了，"快起来。"

曲明言艰难地爬起来，听话地让涂嘉熙帮他披上外套，带他走向医疗室。

黄腾云和庄泉伟这天晚上加班到十点，等他们下班回到宿舍，看见自己的被子全部堆在曲明言床上，感觉莫名其妙："奇怪，曲明言今天晚上没加班，在演布袋戏吧？"

正说着，涂嘉熙带着曲明言打针回来了。

"烧到三十九度半。"涂嘉熙说，他翻开曲明言的被子，黄腾云急忙过来帮忙。

"我去倒开水。"庄泉伟赶紧倒了杯水过来。

涂嘉熙从口袋里掏出药，递给黄腾云："这是药。"

许凌琴和许若含在宿舍门外探头探脑。

"又不是外人，怕什么，进来！"庄泉伟看见了说。

"担心你们脱衣服睡觉了。嘻嘻！谁怎么样了？我们宿舍的人在医疗室遇见你们。"许凌琴走进来。

"我感冒了，刚才涂嘉熙带我去看的病。"曲明言精神状态好多了，他说。

涂嘉熙瞥了许若含一眼，心里想：她也来了，她这么着急，会不会以为是我生病？

涂嘉熙获得了曲明言的友谊，可以跟曲明言他们一起去302宿舍了。曲明言跟许若含打羽毛球的时候，如果看见涂嘉熙站在宿舍门口，就大声喊："嘉熙，过来，我这个位置让你。"

周末，一行九个人去了景区。众人如出笼的小鸟，你追我赶，蹦蹦跳跳，欢快的笑声阵阵响起。

庄泉伟好静，一会儿跟黄腾云并排走在一起，一会儿又落在身后。王益群、叶香红和刘佳宇一会儿找曲明言拍照，一会儿拉着许凌琴、许若含的手去看某个美丽的花圃。黄腾云和许凌琴的眼神经常互相碰触，等眼睛里的火光出现后再悄然别转头，知道对方也在注意自己，心中都甜滋滋的。

曲明言帮前面的几个人拍照完，绕后面来，见黄腾云、庄泉伟，赶紧端起相机："来，帮你们两个拍一张。"

"好。"黄腾云说。许凌琴刚好也在附近，看见他们俩要合影，踌躇着。

"阿琴一起来吧！"庄泉伟看见许凌琴，笑着说。

许凌琴没有推辞，她开心地走过来，站在黄腾云的身侧。

他们有了一张合影，黄腾云站中间，庄泉伟和许凌琴各站两边，在快门按下的那一瞬，黄腾云忽然伸出手，揽住两人的肩膀。

许凌琴的脸红了。

涂嘉熙的心一直跟着许若含，就算眼睛不看她，耳朵听见她软软的悦耳的轻笑声，他的心也如这个冬日的阳光般明亮。

"许若含，你照相吗？他们几个已经拍了好几张照片了。"玩闹半天，曲明言见许若含静静地站在湖边，大声喊道。

许若含听见，走过来，自然地略微侧身摆了个优雅的姿势，她在西乐队的时候学过许多舞蹈，因此不用人家指导她。她把头发往脑后一挽，露出干净的脸蛋，她对着镜头灿烂地笑了，阳光柔和地照在她美丽的鹅蛋形脸上，一张脸，白璧无瑕，满月般圣洁，一双水汪汪的大眼睛，高挺的鼻梁，小巧的红艳艳的嘴唇，微笑着露出洁白整齐的牙齿。她整个人，从上至下，散发着青春气息，散发着柔情万千，涂嘉熙看呆了。

这是一株从旷野中移植到温室的花，它满满地绽放了。

曲明言没有马上拍照，镜头前的盖子还没掀开，对着许若含，他也看呆了。相处了快一年，许若含经常低着头，一个人蜷缩在自己的小范围，他从来没注意到，她竟然有如此美的一面。以前，他一直觉得302宿舍的刘佳宇最漂亮，然后是许凌琴，现在看来，她们都不及许若含的一半。

站在一旁的涂嘉熙对曲明言的失态有点反感，伸手去抢曲明言的相机说："我来拍。"

"那个没打开。"涂嘉熙按了几次快门，按不下去，他觉得奇怪，拿着手上检查，曲明言也过来看，才发现镜头前的盖子没打开，两个人都有点尴尬。

拍了照，曲明言接过相机快步向王益群走去，边走边查看胶卷还能拍几张照片。涂嘉熙和许若含走在后面，见涂嘉熙不断回头看自己，许若含心虚地问："我刚才怎么了？"

涂嘉熙停下脚步，看了看许若含，忽然有点心酸，他伸过手，轻轻抚了一下许若含的头："傻孩子。"

看着许若含往前面跑去，涂嘉熙叹了口气。他不知道该怎样才能让许若含明白自己的心，那是一个没有长大的孩子，对他的深情似乎没有一点知觉。只是除了对许若含的深情，他如崔健唱的"一无所有"，他没有学历，没有技术，没有相貌，没有多余的钱，家里因为连续培养几个孩子读书，已经负债累累。

许天照来信了，说父亲因为酗酒，身体状况越来越差，担心父亲的身体，他没有住校，每天骑自行车回家，早上五点多起床，边做饭、边读书，吃完饭就匆匆忙忙骑单车去学校。许天照在信里，也会跟许若含讲一些学校的新鲜事以及一些时事新闻。许天照已经读高三下学期，他说他接下去没时间写信了。

读着信，许若含不由放慢脚步，边走边想，要不要回家照顾父亲，让弟弟专心考大学。

一抬头，看见涂嘉熙跟他们宿舍的一个男孩子在打羽毛球。涂嘉熙转头见许若含在附近，跟同伴打了招呼，向许若含走来。

"打球吗？"远远的，涂嘉熙就喊，他担心许若含装没看见直接走回宿舍，他已经好几天没有"偶遇"许若含了。

许若含低下头，有点不好意思。这几天，她也想见涂嘉熙呢。见到他，有一种亲切的感觉。

"书看完了吗？"涂嘉熙问。

"嗯，准备拿还给你。"

"谈谈你阅读这本书的感觉？你喜欢哪个人物呢？"

"喜欢……"许若含想了半天，不知道怎么开口。书里就那么几位，安娜、渥伦斯基、列文、凯蒂，她想不出自己应该喜欢哪位。列文太老实了。她的脑海里掠过这样的念头，没说出来。

涂嘉熙继续热切地说："我宿舍还有一本《巴黎圣母院》，法国文学家雨果写的，你把《安娜·卡列尼娜》拿来换，看看会不会喜欢这本。"

许若含很想告诉他，自己喜欢的是像《故事会》《七里香》那样的书，自己一看见外国人的名字就头痛。

青城初步发展

春节年假的时间马上到了，这些年轻人，来这里快一年了，对家乡的思念在每个人的心中汹涌澎湃地涌动。

正当大家急着打理行装，曲明言带来一个很特别的消息：他们的组长换人了，居然是林荫。

太突然了，再过十多天就放假，现在换组长，对生产有影响。而且不管是技术，还是工作能力，林荫都不出色。

"什么大惊小怪的，林荫舅舅是老板的朋友，她现在又是人事杨部长认的干女儿。"叶香红撇撇嘴。

"干女儿？"曲明言吃惊了。

"人事部部长才四十多岁，林荫二十多岁，刚好啊，人家喜欢，你们管得了吗？"庄泉伟笑道。

"老板也太相信杨部长了。"

"杨部长对老板有恩，老板小时候很穷，没钱去香港，是杨部长家赞助的。"

　　"听说林荫介绍好几个人去香港上班。"王益群接过话。

　　"谁知道，也说不定是去当姨娘的。"叶香红不屑地说。

　　许若含听见这句话，脸瞬间白了，因为林荫多次动员她去沙镇上班，如果不是那天遇到杨部长，让自己连带着对林荫不满，说不定她有一天真的会听林荫的话去沙镇，因为听说那边赚一年抵得过在这边三年。

　　"我最讨厌这样的人。"刘佳宇轻蔑地说，"还有那种男人，剁了都嫌脏手。"

　　"说漂亮，还不如我们的刘佳宇和许凌琴呢。"叶香红说。

　　"难怪我们的阿含没办法当副组长了，就算席姑娘要，也无法跟人事部部长争呢。"等许若含走出宿舍门，王益群悄悄说。

　　"如果她会这样，就把她赶出302。"刘佳宇不屑地撇撇嘴。

　　"阿含是正经人，别跟那个林荫混一块谈。"许凌琴有点生气。

　　许若含刚好走进来，她听见了众人的议论。

　　"那个女人到我们组里，如果不会管理我们可倒霉了。"曲明言面带愁容。

　　"你拍拍她的肩膀，她马上认你干哥哥。"叶香红话不饶人。

　　"我才不要。"曲明言嘴上说，心中却有了计较。

　　黄腾云跟大家一起订好回家的车票，当他为回家精心打算时，收到一份电报："父病危速归。"

　　黄腾云的脸"唰"地变了，他握着电报的手一直颤抖，泪水从他脸上滑落。等心情平息下来，他去拿了请假卡，找组长、车间主任、厂长，一一签名，想跟公司预支工资，却被告知只能放假前算账，可以写委托书托朋友帮他代领。黄腾云平时每个月的工资全部寄回家，所剩无几。在办完请假手续后，他坐在宿舍默默流泪，归心似箭却无计可施。

　　许若含知道黄腾云家里出事后，站起身走到楼梯拐角的厕所，再沿着厕所门口的阶梯走到二楼，趁二楼的车间主任不注意，她弓着身子跑到许凌琴的车位旁，蹲在地上告诉许凌琴："黄腾云他父亲病得很重，家里发电报让他马上回去，他现在在哭。"

黄腾云在哭？许凌琴的心被打乱了。

那么大个男人会哭，让人多心疼啊。

许凌琴坐在座位上，头脑一片空白，怎么办？跟黄腾云回去吗？可自己不是自由身。

那就买点东西给他吧！心里这样想，一下班，许凌琴喊了许若含，到小店买了几瓶汽水、几个面包、两盒饼干，要让黄腾云带着路上吃。然后，她们来到公司外面的街上，在一家小百货店里，许凌琴挑中了一块防水男士手表，一百二十六块，那要花去她半个月工资。许凌琴小心翼翼地把手表包好，让表店的人在表链上刻了字。

许若含理解许凌琴的心情。如果有那么一个人，也让自己愿意付出，那是一种幸福。她不由羡慕起许凌琴来。

曲明言、涂嘉熙、庄泉伟三人坐在床上，每个人把身上所有的钱都拿出来了，曲明言有六十三块七，庄泉伟有二十八块二，涂嘉熙有十四块九，他踌躇了好一会儿，终于把它跟曲明言、庄泉伟的钱一起放在黄腾云的床上。许若含把东西提进宿舍，放在黄腾云身边，悄声说："凌琴在外面等你。"

黄腾云一走，曲明言忍不住吐槽："上个月捐阿含的，这个月赞助腾云，真把我穷死了。"

黄腾云在宿舍门口站了几秒钟，眼睛适应了外面的光线，才看见不远处黑暗中的许凌琴，便向她走过去。两个人一前一后走到公司围墙边的一个角落，许凌琴站住身子，等黄腾云过来。灯光遥遥射来，照在许凌琴的脸上，那张脸，秀丽、苍白，却充满期待。黄腾云走近许凌琴，没有说什么，一把抱住许凌琴，忍了一天的眼泪终于在爱的人的面前泛滥成灾。他用力抱紧许凌琴，脸蹭着许凌琴芳香弥漫的秀发，嘴里喊着："阿琴！阿琴！阿琴！"

"路上小心，记得我！"许凌琴含着泪说。在此时，她已经忘记了一切，她的前尘往事，她的来生陌途。她把手表戴在黄腾云手上，黄腾云没有任何可以让许凌琴留念的东西，他买不起贵重的东西，他只有一颗爱许凌琴的心，无论物换星移，无论沧海桑田，他都会好好守护自己与许凌琴的情。

黄腾云走后没几天，圣泓制衣公司放年假了。一路奔波，又是堵车，又是班车开错路，走了四十多个小时，直到过年前一天，许凌琴一行才回到螺苑。

除夕那天，许凌琴拿定主意死活不去夫家，夫家派人来，她躲到晚上才回家。父亲许成山大骂一场，母亲翠英一边跟许成山吵架，一边怪罪许凌琴。许凌琴没有办法，挨到晚上十点多才由二哥用摩托车送到夫家村口。她在夫家门外徘徊了一会儿，门被打开了，林子平站在门内说："进来吧！"

许凌琴心中一暖，有那么一刻觉得林子平对自己真的不错，可是当她走进家门，跟林子平擦肩而过，她所有的柔情马上消失无踪。林子平那么矮，那又瘦又小的样子，怎么跟黄腾云相比？一想到黄腾云，许凌琴对这个家又充满怨恨，她从后门跑出来，趁着开正烟花微弱的光线跑回家。平时她的胆量不大，可是想到黄腾云，她浑身是劲，到娘家时把娘家人吓了一跳。娘家人开门让许凌琴进去的时候，才发现默默跟在许凌琴后面的林子平。

许若含却是在除夕傍晚跟着夫家派来的人去了曲沙村。除夕下午，许水生杀了一只母鸡，早早地炖了汤。自从妻子走后，除了每天那一斤多红烧地瓜酒，他没有别的爱好，许若含出门后寄了不少钱回来，让他对这个女儿有点陌生和畏惧了。有一段时间他发现自己身体很不对劲，幸亏小儿子悉心照顾，子女的懂事，让他慢慢走出妻子去世的心理阴影。

许若含回来这几天，许天照心中高兴，帮着姐姐办年货、打扫房间。许若含在家里忙碌时，他跟在身后叽叽喳喳地说个不停，多年未闻的笑声又回荡在这个清贫的石头房子里。

欧博龙也是农历二十八才回来，听说欧家这两年在海岛承包建筑工地，发展得不错，附近不少村民去欧家承包的工地打工。欧家曾托人叫许若含去海岛，许水生回绝了，许若含没有孩子之前，他不会让她跟欧博龙去的。

夜里，许若含换上传统服装，穿上黑绸裤，超短上衣，上衣里面加了件毛线衫，外面披件在深市买的浅蓝色风衣，蓝底碎花头巾把她妩媚的脸包了半边，手上挽个小黄篮，里面装着梳洗用品。她没有银腰链，买了一条白色花边来束住小蛮腰。

接过父亲递过来的手电筒时，许若含心中萌生了一阵温暖。

到了夫家，放下手中物件，许若含把头巾提到鼻子中盖着下半张脸，再把斗笠拉低。欧博龙的母亲张晚爱走过来问许若含要不要吃饭，许若含低声回绝了。

夜深了，许若含小心翼翼地坐在床侧、那个为女人准备的矮凳上。她谨慎地坐着，一点也不敢打瞌睡……大年初一晚上十二点的钟声一响，见许若含推门要走，欧博龙心中有气，也不起身相送，更不好言相劝。许若含心中凄凉，在门口望着黑漆漆的夜空，良久才狠下心往黑暗里走，深一脚浅一脚地踏上回家的路。

正月初三，许若含开始准备春耕的活计。趁雨点小，她披件雨衣到田里除草，跟翠英伯母借了牛，把地翻耕了一遍。这些活计在她没去深市前都是她在忙碌。许若含在深市上班，父亲下种的时候到地里忙一回，收获的时候忙一回，平时是翠英喊他催他才来地里看看。

倒溪坡村的人见到许若含，都惊讶地说："阿含这一年长高不少呢。俗言'男人长到二十五，女人长到大肚'，阿含可能还继续长个呢。"

"也漂亮了，快追上她姐了。"

许若含这才注意到，从前穿的那条黑绸裤有点长，现在刚刚好。

这个正月，雨下个不停，许凌琴天天在家里剥花生种子。正月初五、初六阴天，她还帮着母亲推几车牛圈的肥料去埋在地里。她一心想着去黄腾云家，可是事先没约好，庄泉伟、曲明言他们几个也没邀请她去做客的意思。她还想着去乡政府提离婚，踌躇了很久没有鼓起勇气。

农历二月初再下场雨，花生就可种下地了。

过了年，黄腾云没有来深市。许凌琴焦急地向曲明言他们打听，得到的回复是"他不来了"。没有原因，没有理由。正当她陷入思念的痛苦中时，她收到黄腾云寄来的信件，里面只有一张卡片，卡片上写着："人生漫漫路漫漫，细雨绵绵意绵绵。"没有任何称谓。

许凌琴哭了，她甚至冲动得想马上回家。

黄腾云非常痛苦和无奈，父亲最终还是走了，他成了家里的经济来源和精神支柱。

父亲走后，苏素兰的天塌了般，一时之间不懂得日子该如何安排。家的担子重重压在黄腾云身上，他开始学习扶犁耙，学种田。同时，他要培养三弟黄腾阳读书，要考虑让二弟黄腾辉去学点什么技术，还要担起还父亲治病欠下的那一笔笔债。

春耕一过，黄腾云带着二弟黄腾辉去青城做衬衫。

改革开放的春风吹来，青城的农民通过模仿和学习，抓住机遇，利用闲散资金开始创业，办起服装厂。青城的海外华侨也出钱出力，捐资办厂，为青城的发展不遗余力。紧接着，漂染厂、拉链厂、线厂、商标厂等服装辅料加工厂，也如雨后春笋般在石镇冒了出来。服装批发市场、货运站每天人来人往，车水马龙。

青城主要生产夹克、西装，这些男装的缝纫技术性强，单价高，而螺苑工人一向以技术工见长，他们看到了改革开放给青城带来的商机，开始从深市、从珠江三角洲等地回来，把现代化管理和缝制技术带回来。

一些头脑精明的螺苑服装商人也借此机会，跟石镇的批发商联系上，从石镇买布回螺苑，自己设计"裁剪"缝制衣裳，然后送到石镇的服装批发市场出售。从螺苑到石镇的服装批发市场要坐三个多小时的汽车，来回就花一天时间，没有电话，联系不方便，所以当螺苑的服装商人知道自己的产品卖完时，已经是多天以后的事情。石镇的服装店见款式适合市场销售，马上买布请当地的加工厂生产。因为地理位置和产业链的限制，螺苑的服装生产局限于一个小范围。这时候，套装、制服、校服开始出现在各个单位、市区学校，这些套装利润不高，而且要辛苦跑供销，拿业务。在青城商人不屑一顾时，螺苑人凭着诚信、吃苦耐劳的精神，想办法把这些业务争取到手。

20世纪90年代，白水市的服装行业出现了青城往西装、夹克市场发展，螺苑往制服、校服发展的局面，青城与螺苑同属地级市白水市管辖。

青城比螺苑更早更快地奔向富裕，步入小康生活，青城的服装产业也在迅速蓬勃发展中。由地缘血缘亲缘组成的家庭企业产业群，是20世纪80年代末90年代初国内最显著的社会工业团体，沿海地区家族企业最兴旺的时期就在这个年代。

农历二月、三月是衬衫季节，接下去是沙滩裤的生产季节，到农历六月，青城开始生产夹克，夹克的工价比较高。黄腾云边打工边盘算，凭自己兄弟俩，再带一个徒弟，努力两年时间就可以改变一点目前的窘境；再努力一年半载，应该可以把许凌琴娶回家了。

黄腾云摸了摸戴在左手腕的手表，这是他身上最名贵的东西，不只是钱，还有许凌琴的那份情意。

涂嘉熙更多的是跟许若含卖弄他的文学知识。

"《巴黎圣母院》比《安娜·卡列尼娜》好看。一种孤独的感觉弥漫在整本书里。"许若含说，埃斯梅拉达的命运让她一再联想到自己的人生历程，这是这本书能让她一口气读下去的原因之一。

"可以这么说，你喜欢埃斯梅拉达对吗？"

"我为她的命运叹息。"

"如果有时间，重读一遍，第一遍欣赏故事，第二遍了解一些名著的思想和作者的叙述方式。"

"如果有时间。"

这让302宿舍的人很不理解，那两个人好无聊啊。

这时，一个爆炸性的消息传出来，如安失踪了。

本来如安打算辞职提早回家，因为许若含被否定，一时没有副组长的合适人选，所以留到年底跟大家一起回家。可是她家里没有等到她，家人托工友问公司负责人，才知道她并没有订坐公司的车，说要自己坐车。后来如安一个舍友透露，如安说要跟一个组长去她家过年，她说辞职之后要出去看看外面的世界是不是很精彩。

没有人知道这个组长是谁，有关人员把公司的组长都查了一遍也没有蛛丝马迹。

如安的失踪，让圣泓公司蒙上恐慌的气氛，谣言四起。有说如安跟一个只有书信来往、没见面的男孩子去了四川；有说如安跟已经辞职的湖南工友去了湖南；有说如安已经被杀了，公安局正在破案。

虽然是员工失踪，但是如安已经辞职，圣泓公司不再承担什么法律责任。如安的父母找到公司，也只能租住在附近村里。每天早上，夫妻俩就来厂门口候着，见到谁都拉着问有没有见到如安。

这样一过就是半个月。如安的父母还在坚持四处打听女儿的消息，他们坚信，女儿是从这里失踪的，只有这边才能给他们希望。

他们也报警，警方备案了。

人海茫茫，丢失个人就像飘走一颗灰尘。

有人在如安父母租房的门下递进一张纸条，纸条写着两个字："林荫。"纸条是用左手写的，隐藏了字迹。

如安父母马上拿着纸条去了派出所。派出所派人来圣泓公司调查，杨部长拿着纸条看了半天，说："林荫是我们公司的一个组长，春节的时候她说要留下，所以公司就安排了她值班。她没有回家，也没有离开过圣泓厂，保安室有出入记录。"

话是这么说，派出所还是让杨部长派人把林荫叫过来询问。

林荫神情自若地坐着，回忆半天，说自己坐车位时，如安是自己的副组长，那时候组里聚餐是有到外面吃饭，但是后来自己调到二楼当组长，跟如安几乎不再联系了。

派出所的人没有查到进一步的讯息。

这件事之后，为员工安全考虑，杨部长拿着那张纸条对照笔迹，然后圣泓厂开始大力的整治，开除了数十名员工。

一个多月后，如安的父母憔悴地回老家了。这件事也渐渐不再被人提起。

少了一个黄腾云，302宿舍冷清许多。男生们来串门的时间也少了许多。庄泉伟、曲明言、涂嘉熙还是偶尔来302宿舍的。来的时候，照例是涂嘉熙和许若含聊天，庄泉伟、曲明言和叶香红、王益群、刘佳宇等人就谈公司发生的新闻，互相提醒要注意安全，平时不要独自一个人走出公司的大门等。

他们的聊天一般在晚上十点多就要结束，因为男生不能在女生宿舍逗留到晚上十一点。

涂嘉熙去保安室取信件的时候发现也有许若含的来信。他好奇地拿起信件端详，来信地址是"内详"，一丝不祥感从涂嘉熙的脑海里闪过，他特意查看了邮戳，信是从海岛寄来的。信封的钢笔字体刚劲、潇洒，一眼可见是位很有个性的男人的笔迹。这封"内详"的信件究竟是何人寄来的？他是许若含的什么人？涂嘉熙万分疑惑，他想把信带去给许若含，当面看看许若含的反应，可是保安不让他代取别人的信件，他只好作罢。

信是辛夷海写来的，几天后他跟朋友来深市办事，办事后会顺道来看看许若含。

已是入夏时分，圣泓制衣厂的生产进入旺季。

这时候厂里又爆出一则新闻，曲明言和林荫相约离开圣泓制衣厂，私奔了。他们把行李分成几次搬出公司，林荫还偷走杨部长的一万元钱。

这条新闻比如安的失踪更惹人关注。圣泓厂的人闹得沸沸扬扬，他们兴奋地偷偷盯着杨部长，每个人都想知道杨部长有没有勃然大怒。

曲明言和林荫离开圣泓厂后，在罗区租了间店面和房子，开店卖服装。让曲明言意外的是，林荫好有钱，租房子、租店面、批发衣服这些要用的钱，林荫从来没有皱过眉头。他对林荫百依百顺，万分疼爱，林荫掌管财务大权，曲明言只负责日常生活，买菜、做饭、洗衣服。他知道林荫身上有秘密，他才不管那么多，谁身上没有一点秘密呢。比如他有一个妻子叫庄兰，他就从来没有告诉林荫。他需要钱的时候，林荫自然会给他。而且，林荫每个月都给了他五百块钱，让他寄回家给父母。

这就够了。

林荫说她原来叫梁春，林荫是借用别人的身份证，不然没办法进厂上班，让曲明言称呼她梁春，跟房东签合同也是用梁春的名字。

曲明言去市区后，再没给家里写过信。几个月后，林荫，哦，应该叫梁春，她怀孕了，曲明言想起梁春生孩子没人照顾，不由得打起老婆庄兰的主意。他征求了梁春的意见，写信告诉庄兰，让她抓紧时间办理边防证，说要把她接来深市罗区……

辛夷海来圣泓厂时，阳光明媚，他一脸灿烂。二十八岁的他比从前多了几分成熟男人的味道，刚毅帅气的脸上多了几分深沉，一身得体的品牌着装，使得辛夷海随处一站都那么风度翩翩、与众不同。许若含把辛夷海带进圣泓厂时，引来不少瞩目的眼光。

涂嘉熙站在食堂的角落，看着辛夷海，心里酸溜溜的不是滋味。这是许若含的什么人？不像她哥，也不是她姐夫，如果是她的亲人，她会兴奋地告诉大家，毕竟在这么远的地方打工，有个人来看望自己是值得炫耀的事情。

辛夷海见许若含生活得很好，心中一块石头也落地了。许若平一直是他心中无法释怀的痛，她因他而身败名裂，因他而死，自己却苟活于这个世界。

辛夷海把一小袋钱拿给许若含，都是崭新的十块整一张的。许若含想说什么，嗫嚅了一会儿，终于低下头来。

"这钱我不急，能带过来说明我经济宽裕，去年我确实筹不到。"辛夷海知道许若含的心事，说，"长高了，现在多高呢？"

有那么几年在西乐队相处的日子，辛夷海对许若含的疼爱是发自内心的。

"前几天去测量，有一米五七了。"许若含说，她一直把辛夷海当成自己的亲姐夫。

"高了好。在这边工作顺利吗？刚才去看了你们食堂，还有肉呢。"

"有呢。在这比在家乡好。"

辛夷海端详了一下许若含："胖一点了，皮肤也白了。"

许若含羞涩地笑了笑。

"博龙来过吗？"

"没有。"

"你们有书信来往吗？"

"没有。也不喜欢跟他联系。"

"是啊，"沉默了一会儿，辛夷海说，"想继续跟欧博龙生活下去，我认为你还是跟他去海岛吧。男人出门，没有一个女人在旁边约束，毕竟不是好事。"

"我不喜欢去。"

"女人最重要的还是有一个家庭。你今年已经二十岁了，明年二十一岁，可以要孩子了。"

"再过两年吧。"

"博龙他们的工地离我们不远，几十公里。男人在外，很多事情是说不清楚的，他家这几年发展得不错，在占江也有工地。"

辛夷海说的许若含明白，辛夷海走后，她把他的话想了好几遍，终于还是决定，今年春节回去，跟欧博龙要个孩子。

"那个人是谁？"涂嘉熙没有问许凌琴，曲明言已经追着问了几遍。

"她表哥。"许凌琴不耐烦地回答。

是表哥。涂嘉熙释然了。姐姐写信来催他结婚，按农村的年龄算，他二十四岁了，同伴的孩子会喊"爸爸"了。除了许若含，没有一个女孩能走进他的心里，他已陷入许若含清澈的眼神里无法自拔。

他想起高中同学在信里跟他提起的市区那家电子厂，同学说好男儿志在四方，市区那个厂才有他发展的前途。圣泓厂如果还有值得他留下来的理由，那就是许若含，可是他真的想离开这里了，只要许若含答应他，给他希望，给他承诺，他一定会为阿含打拼一片美丽的天空。

许凌琴和许若含并肩走在去圣泓制衣厂的厂区大道时，总能吸引来一道道或爱慕或热烈的目光。在这里，许若含经常可以得到一些特殊的照顾，打菜的阿姨特意在她的碗里多打了块肉；端饭到座位的时候，把脚盘在座位上的男孩赶紧让开空位；公司几位年轻的帅哥保安对她更是百般讨好。

许若含喊了凌琴做伴去还杨部长的钱，杨部长愣了一下，说钱是公司财务的，让许若含去财务还钱。许若含每个月都被财务扣除三百五十元，一直以为是在还杨部长的钱，结果却是在还公司的钱。许若含终于放下心底的包袱，但一团怒火却油然而生，杨部长还口口声声说钱是他个人的。

电影《妈妈再爱我一次》感人的画面和那份深邃的母爱感动了所有人。在这部电影里，你不要试图挑战自己的泪水，它会让你在不知不觉间泪流满面。

工厂里的工友们一批接一批地请假，去工业区附近的村庄里观看这部催泪大片。为了员工的安全和公司的生产着想，公司高级领导决定把电影请到公司内部播放，振奋人心的消息迅速传遍整个公司。在电影播出那天傍晚，工友们更是激动得吃不下饭，早早地在电影播放的地点占好最佳位置。

涂嘉熙没有那么激动，这段时间他一直加班，难得见许若含一面，答应她的那本书还没拿给她。

王益群匆匆忙忙地跑进宿舍，拿了样东西要出来，见到涂嘉熙，因为熟悉，她没多想，说："阿含刚下楼，要不要喊她上来？"

"没事，那我把书放在她床上吧？"

"放她床上，等下记住把门带出来。"

涂嘉熙有点遗憾。晚上趁看电影的机会把她带出厂，这个任务必须完成。经过这段时间的交往，他觉得条件已经成熟，准备跟她告白。

他脱掉鞋，站在下床，手扳着上床的床沿，端详许若含床上的"书架"，许若含的书堆里也有三毛的书了。

女孩子爱浪漫，三毛的作品浅显易读，涂嘉熙跟许若含推荐过。这本书估计是新买的，因为许若含还没同涂嘉熙提过。涂嘉熙把书抽出来，随手一翻，书本里的一张信纸掉落在地，信纸摊开了，是笔锋洒脱的男性化钢笔字。涂嘉熙隐约看到"姐夫"字样，想起上次来的那个帅气的男人，涂嘉熙忍不住把信纸捡起来，张开阅读。

信是许天照写来的，他说端午节的时候二姐夫家派人来家里喊许若含去过节。听说许若含还是在深市，他家的人很生气，说既然要出门，让许若含跟欧博龙一起去海岛，女孩子出门容易变坏，不要像他大姐许若平那样伤风败俗，丢尽娘家和夫家的面子……

犹如一个晴天霹雳，涂嘉熙设想过如何追求许若含，怎么去面对被她拒绝的尴尬，却从未想过许若含已经嫁人。

为什么自己会如此愚蠢？螺东自古流行童婚习俗，许若含这种年龄的人怎么可能没有婚嫁，而跑这么远的地方等待自己的求爱？自己还以为许若含一直以来的若即若离只是因为女孩子的矜持。

涂嘉熙的心撕心裂肺地痛，以至于他无法观看电影，却同所有的人一起流泪哭泣。痛苦、悲伤、绝望都无法表达涂嘉熙的心理感受，他蹲在地上，捂着脸，他的心碎成千万片。那一刻，他深深怨恨起许若含，他怪许若含欺骗他，怪自己聪明一世愚蠢一时。

涂嘉熙在第二天就递交了辞职书，他没有告诉任何人，他如往常一样工作、生活，跟工友们正常交往，但渐渐疏远许若含，痛苦深深根植在他的心里：就这样道别吧……

一个月后，涂嘉熙静悄悄地离开圣泓公司。

涂嘉熙的忽然离去对许若含来说是一个致命的打击，她再次陷入无助、失落中。这段时间的交往，涂嘉熙对许若含的影响非常大，从对生活的态度、人生的追求，到培养业余爱好、树立正确的人生坐标。涂嘉熙对许若含而言，亦师亦友，这对处在迷茫年代的许若含来说，是幸运的。曾经她也害怕，假如有一天，涂嘉熙向她表白，两个人之间的友谊可能从此画上句号。

涂嘉熙走后不久，给302宿舍的叶香红写信，告诉她自己的现状，让她代向宿舍的工友问好。叶香红把信在宿舍念了一遍。第二天，叶香红又收到涂嘉熙的信，这让她很诧异。两人虽是工友关系，也没那么密切。这封信的最后又写了地址，让叶香红很困惑。

昨天的信还没回呢，那么聪明的人怎么这么啰唆？叶香红想。

涂嘉熙的这封信跟昨天的内容没有多大差别，只是添加了"代向阿含问好"，"如有机会带阿含一起来玩"等言语。叶香红把信件递给许若含，让她自己看。许若含拿着涂嘉熙的信，她的手在颤抖，她看到最后一句话："生命，其实也可以是一首诗。代向阿含问好。"她的心被针扎了一下地疼。她想起了席慕蓉的《雨后》：

　　生命其实也可以是一首诗
　　如果你让我慢慢前行
　　静静盼望搜寻
　　怀带着逐渐加深的暮色
　　经过不可知的泥淖
　　在暗黑的云层里
　　终于流下了泪　为所有
　　错过或者并没错过的相遇

许若含读懂了。

涂嘉熙也清楚，以许若含的聪明，她知道他想说的是什么。

趁大家不注意，许若含把涂嘉熙信尾的地址抄下来。到了晚上，她坐在床上，靠着墙，膝盖上搁块纸皮，她的信都是靠在这张纸皮上写下来的。

许若含开始给涂嘉熙写信，她写道："嘉熙。"想了想，把信纸撕了。

她又写"嘉熙友"，看了看，又把信纸撕了。

她默默地看着空白的信纸，发现自己没有什么话可以跟涂嘉熙说，他们两个人之间其实是很陌生的。涂嘉熙的态度很暧昧，但是他不挑明，只把问题抛给了许若含。

良久，许若含给涂嘉熙写了一封言语平白的信，没有实际的内容。然后，她走到厂区外，把信件投进邮箱。她知道，涂嘉熙收不到这封信的，因为她虽然把涂嘉熙的地址写完整了，却没有贴邮票，也没有写自己的地址，只有"内详"二字。

她只是想跟涂嘉熙说话而已，至于涂嘉熙有没有听到，无所谓的。

让许若含莫名其妙的是，当那封信投出后，她居然开始焦急地等待，计算涂嘉熙回信的日期，她开始后悔没有贴邮票。一星期后，这种念头愈加剧烈，许若含会在每次下班后往保安室跑。

在上班时间，机针急促的起落间，许若含眼前会幻化出涂嘉熙的影子，或者是在每个晚上，看着床上的书，涂嘉熙的声音一直在耳畔回响。涂嘉熙的身影在许若含的心里越来越清晰。从一开始，许若含就没想过和涂嘉熙有更进一步的交往，但是现在她发现了，这个外表不出色的男人，却有着大部分男孩不曾拥有优秀的内涵，他博学、深沉、智慧。

涂嘉熙不仅没有给许若含回信，也没有再给叶香红来信了。

许若含忽然想到一件事，如果涂嘉熙喜欢自己，应该主动给自己写信，不必叫叶香红传达啊。

只有一个解释，涂嘉熙对自己根本没有半分意思，连普通的笔友都不算。

尽管这样，许若含还是忍不住给涂嘉熙写信，告诉他自己的伤心和快乐，告诉他自己偶尔会想他。许若含不断地写没有贴邮票的信件。她不再幻想自己的信能送到涂嘉熙手上，她只是希望借助这个无形的平台宣泄自己的感情。也许她并不是真的想跟涂嘉熙倾诉，仅仅是想找一份假设中的情感。

后来，许若含开始用简短的句子来抒发自己的情感，她写道：

> 我是不应见到你的
> 当羽毛球潇洒地飞去
>
> 我是不应再遇见你的
> 当我沏好一壶香茶的时候
>
> 我是不应触到你的
> 当你的眼神闪烁的时候
>
> 我不应想起你的
> 心儿开始狂跳

这首诗叫《缘》，许若含读了一遍又一遍，读到自己的眼角湿润了。她忽然想起，自己也是有"爱"的权利的。

秋天到来，夹克开始大面积生产，此时的国内市场夹克类的服装款式较少，供不应求。夹克产品一运到石镇服装市场，就被客户一抢而光。石镇就成为富省的第一个亿元镇，这里生产的服装鞋包以及各种日用品远销全国各地，服饰市场商品琳琅满目，夜市灯火辉煌，好多客户都是从夜市的商贩那边打听到厂家，然后直接提着钱追到工厂办公室。

黄腾云把缝制好的成品衣服交到仓库，一个男人冲过来抢过了黄腾云手上的衣服，嘴里嚷嚷："这是我的。今天的衣服我全部要。"

另外一个男人怒道："你没有排队，我前天就来了。"

"我把现金提来了。"

"我也把钱带来了。"客户走到仓库，看见仓库没有成品的衣服，快步走回办公室，拍着桌子质问："我的钱并不比别人少，也不是假钱，为什么货不能先安排一批给我？"

老板赔着笑脸："都有。都有。每个客户安排一些，明天就可以大批量出货了。管理员！管理员！通知下去，叫工人晚上通宵。"

"工人已经连续通宵两个晚上了。"车间管理员惨白的脸出现在办公室门口，"工人都只是趴在桌上小憩一会儿，恐怕撑不住。"

"一件衣服工价再加两毛钱。"老板豪爽地说，转头笑着告诉客户，"我们富省人讲信誉的，花多大成本也得把货给你们供应上。但是你们也知道，这段时间每个厂都在赶货，布料辅料工钱的成本也在涨的啊。原来给你们的价格我们都要亏本的。"

客户们相互看了一眼，不约而同地说："我加三块钱。""我加五块钱。"……

这是个疯狂的年头。石镇货运站的货运车辆大部分在晚上十点多到次日早上九点前出发，开往全国各地，装车时间也随着在这段时间最为忙碌，每个货运中心都通宵达旦地工作。作为生产厂家，只能跟着白天睡觉，晚上再热火朝天地工作，检验、工厂打包、叫三轮车送货到服装城，再客户打包、装车、开车送往国内市场等。

慢慢地，工厂习惯性地把作息时间改为中午十二点起床吃早饭，晚上六点吃午饭，半夜十二点吃晚饭，继续工作到天亮，等货打包出去才下班睡觉。

每天早上七点钟，工友们下班，黄腾云最后一个关闭平车回宿舍，睡了三四个小时，调好闹钟在十一点多醒来，下锅煮稀饭，然后跑车间工作一会儿，再回来吃饭。长期的睡眠不足，黄腾云渐渐消瘦。许凌琴的来信、许凌琴的安慰和思念之语，鼓舞着他，激励着他，让他在艰难之中看到了曙光。

真正要赚钱，需要去西装厂。西装的缝纫技术跟其他服饰完全不同，它要求缝纫更精细，特别是上袖子、上领头工序，缝纫技术非常好的、做过几年西装的师傅才可以担当这个工序的制作。上袖子讲究的是袖笼有立体感，腋窝部分正常缝制，袖山部分靠的手的灵巧和操作的技术拉动大身布料，让袖片稍微吃皱。有经验的师傅们做出来的西装不用经过整烫，整件衣服都光洁、平整。

聪明的黄腾云学艺学到第三年的时候师父才肯让他上袖子。他很珍惜这个机会，刚开始就可以一次性把袖子上完，翻出一看，线路平顺，袖笼立体感呈现了。只有把西装的上领和上袖技术都学会了，才算真正出师，可以独立制作。

在这些小型服装作坊里，会缝纫西装技术的人几乎是螺苑谷山人。传统的技术以及同行业间的竞争让他们的手艺更精进。这些西装专业缝制人士上半年时间大部分在休息，种田、忙家务。下半年西装季节开始他们才正式入厂，从农历八月到十二月的四个多月时间里，他们通宵达旦，拼命赚钱，短短数月时间里，一个人带一个徒弟经常可以拿到两万来块的收入。

西装的缝制工人很难招，学徒工到放手须经过三年基础，然后还要三年熟练阶段，才能成为熟练工，要做师傅还是需要几年缝制经验。虽然黄腾云对西装的缝制技术有把握，但他还是年轻人，在石镇，最少要二十六七岁以后，厂家才认你是师傅，否则你到了西装作坊里人家也不肯收。这个时代缺的不是工人，而是技术。

黄腾云想了几天几夜，终于在一个傍晚拎着两瓶酒一条烟走进师父的家门。

卢师傅的家没有什么变化，他见到黄腾云，不吭声，阴沉着脸。去年，黄腾云没有经过他的同意离开他，他觉得没有面子。这些可以不计较，今年春节，黄腾云又没有按俗定的礼数来给师父拜年，这是最无法原谅的！

黄腾云尴尬地坐着。倒是师母到外面喂了猪、鸡鸭后走进来，跟黄腾云打了声招呼："腾云，正月没来家里坐坐。""我父亲去年底过世，重孝在身，正月不好到处走。"黄腾云解释道。

"哦，你父亲走了。"卢师傅的脸上这才露出客套的神情，"那你还去深市了吧？"

"没有，我父亲死后，家里的事情都要靠我，今年没有出门了。"黄腾云说。

"这样啊。"卢师傅应了一声，不再说话。他开始在心里琢磨，黄腾云提着礼物来，不会是想求娶女儿吧。

想到这里，他心里一惊。

"腾云哥，你来了。"一声清脆的问候声从楼上传来，是师父的女儿卢淑芬。卢淑芬跟黄腾云同年龄，已经二十三岁，常年跟父母亲在西装厂当缝纫工。卢淑芬因为有一样赚钱的手艺，媒人几次来家里提亲，都被卢师傅婉拒了。他心里打着算盘，女儿嫁出门就是别人家的，趁现在还能赚钱，多留两年，一年能增加数千块的收入。那些年黄腾云当学徒住在卢家，卢淑芬非常喜欢这个师兄，父亲几次严厉警告她，不准找一户穷人家，真要嫁人，对方最少要能拿出一万元聘金，一分钱也不少。这话难住了卢淑芬，因为她知道黄腾云拿不出钱。

听见师妹的问候，黄腾云不冷不热地应了一声。他渴望地看着师父："师父，能不能帮我介绍一个西装工厂？您教了我那么多技术，我想如果我继续去深市做衬衫就会把西装的技术忘掉。"

卢淑芬惊喜地喊："腾云哥，你也要跟我们一起去石镇吗？爸，那天老板不是说让你今年多带两个人过去吗？如果别人去做会抢我们的货，倒不如叫腾云哥过去。"

卢师傅一想，这两个位置如果让比他厉害的人过去，会抢货，倒不如让自己的徒弟过去，好指挥。

在卢师傅的帮助下，黄腾云顺利进入西装厂。

按原来的计划，黄腾云希望兄弟俩到年底可以赚一万来块，想办法清偿一些债务。他知道，母亲已经被那些债务逼得寝食不安，越加苍老。另外，家里那两间房子不够住，如果能剩点钱，可以搭一个灶间。

黄腾辉不像腾云勤快，他经常在晚上十二点过就推说头疼肚子痛，早早去睡觉，早上又十点多还不起床。

黄腾云对弟弟非常无奈，只能劝告，如果声音严厉一些，弟弟就威胁说要回家去。弟弟初中毕业后，学了几样工种，石匠、木匠都学过，就是不能专心。即使黄腾云晓以大义，他也不理。

许凌琴又来信了，在信里，她说希望黄腾云能帮她凑五千块钱，这笔钱当聘礼，只要能把钱给母亲送去，她就会无条件地跟黄腾云走，哪怕是海角天涯。

许凌琴的这封信写得很大胆，黄腾云从中看出来凌琴的决心。

对黄腾云提出要求，是许凌琴最不愿意的，可是除了求助自己深爱的这个人，她已经没有办法。林子平家说，如果许凌琴真的要离婚，要退还这些年他们的付出和钱物，折价八千元，银腰链退回去。总算看到自由的希望，许凌琴非常激动，银腰链无所谓，自己穿的白衬衫、牛仔裤也用不上。但是八千元对她来说是很大的数字，按照目前的工资，一年可以存一千五百块，那么需要用六年多时间来偿还这八千块钱。她已经存了两千八百元，黄腾云这边借她五千块钱，回家跟阿霞借点，凑足钱给林子平家送去。她甚至决定，今年的春节她要住在黄腾云家。管世人怎么指责，背后说多少风凉话，她也顾不了那么多了。

许凌琴的深情让黄腾云无以回报，除了尽力拼搏，给爱人一个完整的家一个幸福的生活外，他别无所求。

一件做工精致的大人西装工钱是八块五角钱，小孩子的是六块三，而农历十一月过，大人西装的做工涨到九块钱，即使工人天天晚上通宵赶货，依然供不应求。黄腾云带着弟弟刚来西装厂时，两个人一天只能做五六件西装，两个月后，他们兄弟已经可以做十到十二件西装了。这样算来，一天能有一百元左右收入。这个西装季节，兄弟俩赚个一万多元没问题。那样的话，除了给许凌琴五千元聘金外，剩余的钱把破烂的家稍微收拾一下，还些债务，就可以把许凌琴迎进家里来。

可恨弟弟没有志气，这点让黄腾云心里难受，这段时间，自己在忙碌，弟弟还有时间跟师父的女儿卢淑芬打情骂俏，免费帮师父烫衬纸。遇到弟弟去熨衣服，卢淑芬也会扛十几件西装过来，让弟弟帮她整烫，弟弟却从不推辞。黄腾云为弟弟的不懂事而伤心。见到别人两夫妻带一个徒弟一天可以缝制出二三十件西装，赚个两百来块，自己跟弟弟只能勉强做一百来块，离目标太远。对此，黄腾云只能用延长工作时间的办法来解决。

　　到 1990 年农历十二月上旬，西装厂的生产接近尾声，一批货裁好，每个工人分几件；第二天，再分几件。黄腾云歇下来后，拿着账本细细一算，他在厂里还有近一万元余账，黄腾云的目标即将实现，笑容绽放在他青春却消瘦的脸庞上。换去身上的脏衣服时，黄腾云看到了自己的胸脯，瘦骨嶙峋，他叹了口气。这段时间他觉得越来越疲惫，加班的时候浑身无力，工作时坐久了上腹还会隐隐作痛，他只好站一会儿再坐下。尽管这样，他还是快乐的，熬过这几天，他可以好好休息了。等躺在床上的时候，他在心里默默地喊："琴，我心爱的琴，等我，我一定会给你幸福的生活。我保证！"当他说完这句话，他就坠入梦中。他太疲惫了。

　　黄腾云是被闹钟吵醒的。为了少睡觉多做事，他一贯调好闹钟，不管自己几点入眠，闹钟总能在那个时间段把他叫醒。黄腾云睡眼蒙眬醒来的时候，弟弟坐在他床头，见哥哥醒来，弟弟拿过闹钟，按掉响铃："哥，饭做好了。"

黄腾云揉揉眼睛，没吭声，他太疲惫了，浑身瘫软，他要躺几分钟，等元气恢复了才能起床。

"哥。"黄腾辉轻声又喊了一声，欲言又止。

"好了，要起床了。"黄腾云回答。

"哥。"黄腾辉又喊了一声。他不敢直视黄腾云，眼睛看向窗外。宿舍是油毛毡搭建而成，留个窗户位置，窗户用块木板遮盖，木板上方用绳子系着，木板垂下来刚好盖着窗户，平时要把窗户打开，支根木棍，窗户就敞开了。

"什么事？"黄腾云坐起身，拿起铺在被子上的衣服。因为被子薄，不够暖和，他跟弟弟每天晚上睡觉前都把各自的衣服脱下，盖在被子上，这样暖和许多。

"哥，我要跟卢淑芬结婚。"

"什么？"黄腾云大惊失色，"你发烧了？她比你大三岁。"

"她怀孕了！"黄腾辉嗫嚅着说。

犹如晴天霹雳，黄腾云在那一刻脑海一片空白。

1991 年春节期间，许凌琴在许若含的陪同下，去了谷山庄泉伟家。又在庄泉伟的带领下去曲明言家，才知道曲明言和庄兰没回家过年。3 个人一起到了黄腾云的家里，许凌琴看到了黄腾云家那低矮的石头房子。两个房间，一个小厅，房间里铺着已经破裂的廉价红砖，客厅地板是坑坑洼洼的土面。黄腾云未来的弟妹卢淑芬跟他二弟黄腾辉住一个房间，她母亲住另一个房间，黄腾云和三弟黄腾阳睡在厅中，衣服等杂物堆在母亲的房间。白天把床板翻起来，支张桌子，一家人就在那里吃饭，晚上床板放下来，便是兄弟俩的床。

卢淑芬怀孕后就住到黄家，为此，黄腾云把厂里结账后的一万块钱给师父送去，当作卢淑芬的聘礼，黄腾云又跟师父说了许多好话，让卢淑芬来自己家过年。因三年孝未过，不能办喜事，他们只得把房间稍微整理一下，腾出来给黄腾辉和卢淑芬住。农历十二月二十那天，兄弟们为父亲做"对年"，简单地炒个包菜，烧碗豆腐，再煮个肉丸汤，端到父亲灵位前祭拜，把黄腾辉即将娶妻的事告知父亲。

尽管为弟弟的事花光了一年的收入，还多了一张嘴，但黄腾云还是乐呵呵地跟工友借了一千块钱，交给母亲五百块钱，自己留五百块钱操办一家人的年货，同时还了小卖部和农资店的散债。黄家的这个年，因为卢淑芬的怀孕，有新生命即将来临而欢喜热闹起来。

忽然看到许凌琴，黄腾云大吃一惊，还有点尴尬。一来许凌琴跟他借钱他食言了，他担心许凌琴的责骂；二来许凌琴终于看到自己的家庭状况，是不是会变心。他手忙脚乱地把床板支起来，张开桌子，搬来几条旧凳子，用袖子擦了擦。他又吩咐黄腾辉去小店买了两斤鸡蛋。庄泉伟说："不吃了，等下大家一起去我家吃饭。"

"初次来，鸡蛋不能免。"黄腾云边忙碌边说。

"好像吃人家的鸡蛋有忌讳的。"许凌琴小声对许若含说。

却被庄泉伟听见了，他笑着说："对，鸡蛋吃了就要当人家的媳妇。"

一句话说得许凌琴的心怦怦乱跳，又惊又喜。

苏素兰见儿子黄腾云跟许凌琴两个人眉来眼去、喝茶也坐到一块，心中欢喜，赶紧去灶间烧水，装了一壶给黄腾云，又把鸡蛋洗干净下锅煮熟，给许凌琴和许若含各装了三个。庄泉伟推辞不吃。

许凌琴见到黄腾云清贫的家后，终于明白了爱人的无奈。她没有再对黄腾云说出借钱的事，在离开黄家后又走进黄家，往卢淑芬的兜里坚决地塞了三百块钱。虽然跟林子平离婚的事已成泡影，但是她没有失望，她想着只要自己坚持，总有一天自由会来到的。她要给黄腾云的，一定是她干净自由的身子。

涂嘉熙还是收到许若含的信件，许若含寄给他的信一直没有贴邮票，但是信就那么莫名其妙地抵达他的手上。也许是邮政人员收集了这个同笔迹同地址太多的信件，发慈心自费贴了邮票把信件送过去；也许是那天许凌琴贴邮票的时候把剩下那张贴在许若含准备寄给涂嘉熙的已经封口的信封背后。

许若含想破脑袋也不知道为什么这封信可以到达涂嘉熙的手上。更糟糕的是，她在信里写道："我觉得自己一直是自作多情，你有什么优点？矮小的个子，黝黑的皮肤，一张看久了让人厌烦的脸。我最讨厌跟你打羽毛球，那是一种煎熬。你是个一无所取的家伙。其实我并不是想给你写信，也许我只是无聊罢了。"

那是她去年回家上车前投的最后一封信，寄出那封信时，她已经下定决心，从此以后，涂嘉熙跟她再无瓜葛。

一段时间的情感发泄后，许若含渐渐适应了原来的孤独。新年越来越近，辛夷海的话不断在脑海里回响，第一次，归乡的心情这么急切，她准备明年跟欧博龙去海岛，完成为人妇的责任。于是，在回家之前，她寄出了那样一封信，她准备用这封信为自己跟涂嘉熙的交往画上一个句号。

这个春节欧博龙没有回家，听说还是在海岛看工地，他家既没有任何解释，也没来叫她去过年。

许若含的信到达涂嘉熙手上已是年后，涂嘉熙从家乡返回深市后。这封信给涂嘉熙的打击同当时知道许若含已有婚约一样，当天晚上他颤抖着手写了回信，信件到达许若含手上是两天后。许若含捧着涂嘉熙写给她的信件，激动万分，她迫不及待地打开信件，信里称呼道："许小姐：您好！"如冰天雪地里一桶冷水从头上浇下来，许若含愣住了。一个"许小姐"的称呼，一个陌生到极点的"您"字，无法言说的痛楚铺天盖地向许若含袭来。在接触了大量名著后，涂嘉熙知道，只有这个"您"字最能表达他心底的无奈和痛苦。这是涂嘉熙给许若含的第一封信，带给她的却是烙在心底的切肤之痛。

那一天，许若含在日记里写道："他们说春天已经来临，可是为什么我越来越冷？"

许凌琴见许若含一天到晚神情恍惚，不禁问道："还在为博龙的事情生气？他没回来估计是工地放不下，那种臭男人不值得你记挂。"

"没有的。"

"你绝对有心事。"不会是她也爱上腾云哥吧？许凌琴忽然紧张地想。

"对了，凌琴姐，我去年床头有一封写着'深市'的信件，你有没有帮我贴过邮票？"

"好像有。那时候急着收拾行李，还剩一张邮票，我就顺便贴了。怎么了？那封信寄出去了没有？"

"寄出去了。也收到回信了。"

"给腾云哥的？"许凌琴紧张地问。

"我从来没有给他写信。再说我写给他干什么？"许若含听出许凌琴言语里的不满。

"那是给谁的？"

要不要告诉凌琴姐？许若含正在考虑，许凌琴又问了："阿含，涂嘉熙没有给你写过信吗？那个人很奇怪，我讨厌这种人。"

许凌琴的话引起了许若含的不快，她不希望别人在背后说涂嘉熙的坏话。

"他没有欧博龙帅，你的欧博龙比林子平帅多了。"许凌琴说，她的声音有明显的嫉妒，她见过欧博龙。

"可是我对欧博龙没有一点感觉，比一个陌生人还陌生。"许若含为自己跟凌琴姐的观点不一样而有点不舒服。

"欧博龙的家庭经济那么好，那天他家派来的人不是说他家今年要盖两层楼新房吗？涂嘉熙家那么穷，你不会是跟他在来往吧？"

"他去年离开了我们就没有联系。"许若含矢口否认。

"不要跟那种人在一起。他很小气，从来没买东西请我们，小气的男人结婚也不会疼老婆的。"许凌琴断定。

"对了，凌琴姐，你跟腾云哥现在准备怎么办？"许若含不想再谈涂嘉熙，她把话题转向黄腾云。

"能怎么办，等吧！大不了我找他去，如果我们把孩子生下来，他们就没办法了。"许凌琴向往地说。

"这样人家会笑话你的。"许若含惊讶地说。

"笑话什么，自己幸福就可以，管别人怎么说。"许凌琴毫不在意。

想到这，许凌琴叹了口气："我跟阿霞借了钱，先给林子平家送三千块钱过去，除夕我就不过去了。"

"可惜我没有钱借你，凌琴姐。"

"我没跟你借，你怕什么。我准备今年更加努力工作，争取存个两千块钱，那样的话，只差三千块钱了。"

"真希望早点看到你跟腾云哥在一起的那一天。"

"你什么时候去找涂嘉熙呢？"谈了一会儿黄腾云，许凌琴开心起来，忽然莫名其妙地问了一句。

许若含呆了一下："我不知道要不要去找他。"

"这有什么，也不一定要有关系才去找，就看在他以前对你那么照顾的分上，当朋友来往也不犯法呢。"

许凌琴说得没错，就是普通朋友，他们也是可以交往的。

许若含办好《通行证》，去了市区。坐在通往市区的公交车上，微风从敞开的车窗吹进来，许若含看着手上小小的车票，公交车票上经常印着一些文艺化的语言和文字，许若含手上这张车票写的是：风。

听说许若含要来，涂嘉熙早早等在厂门口，从早上八点等到十点，终于等到许若含。见到许若含之后，涂嘉熙所有的不快消失无踪。

"没吃饭吧？"

"嗯。"许若含轻声回答。

涂嘉熙把许若含带到街道上的饭店吃炒米粉，然后带她回宿舍。涂嘉熙所在的工厂是电子厂，刚来时保底三百块钱一个月，今年开春，公司里已经把涂嘉熙升为领班了，这些许若含并不知道。她跟在涂嘉熙身后走进那间集体宿舍，感觉很别扭，两人坐了良久，相对无言。

工厂的喇叭里播放梅艳芳的《似是故人来》：

> 同是过路，同做过梦，本应是一对。
> 人在少年，梦中不觉，醒后要归去。
> 三餐一宿，也共一双，到底会是谁。
> 但凡未得到，但凡是过去，总是最登对。
> ……

数十年后，许若含才听说，这首歌曲是她家乡一个很有名的作家的小说改编的电影主题歌。许若含就是喜欢这词，喜欢文字里那种淡淡的忧伤以及乐曲里倾诉的音调。

"知道自己错了吗？"静默良久，涂嘉熙像责怪小孩一样问她。

"我知道了，把那封信还给我好吗？"许若含低着头说。让我跟他做普通朋友也可以的，我真的不想失去涂嘉熙这个朋友。

"烧掉了，留着干什么。该留的留，不该留的东西我绝对不会留。"涂嘉熙说。他的话让许若含心中忐忑不安，她不知道该怎么解释。单独面对涂嘉熙，她茫然无措。

"我以前寄了好多封信过来。"

"没收到，我只看到这一封。"

许若含没办法告诉涂嘉熙，自己寄了多少封没有贴邮票的信件，这是根本没有理由的。她为什么写？为什么寄？为什么寄了又不肯贴邮票。

"你还小，不懂。"涂嘉熙低沉地吐出这句话，然后是长长叹出一口气。他不能告诉许若含，他知道许若含已经有婚姻、有丈夫了。他不想跟许若含做普通朋友，他要的是一个妻子，一个有共同话题的爱人。

两个人都沉默了，就那样隔着一段无形的空间，彼此沉默。

许若含从市区回来的时候，许凌琴急急地把她拉到一边，轻声说："我决定了，明天就回家，去腾云哥那个厂里。"

许若含吓了一跳："家里知道怎么办？"

"家里不会知道的，如果家里寄信来，你赶紧转给我，然后我写了寄过来你帮我从这里寄回去。这边没有我们的老乡，不会有人知道的。"

"工资怎么办？"

"这个月没多少钱，不要了。"

"你想好了？"

"想好了！"许凌琴坚定地说。她收到黄腾云的信，信里只有一句话："琴，我昨晚梦到你，我画地图了。"

许凌琴满心满意都是黄腾云信里的那句话。想起这句话，又想起黄腾云宽厚的胸膛，她痴痴地想，脸红了一回又一回，心跳了一次又一次。

归去的念头一旦萌生，就像魔鬼驻扎在心头，许凌琴度日如年。这段时间，许凌琴对黄腾云的思念已到极致，她不停地做梦。在每个梦里，她都与黄腾云比翼双飞，生活得幸福美满。她觉得自己犯上了相思病。

许凌琴踏上了返乡的班车，已经是农历六月的事情了。

当许凌琴出现在黄腾云工作的厂门口时，黄腾云大吃一惊，他正日思夜盼，等待许凌琴的回信，鸿雁未归，心爱的人已经站在黄腾云面前了。大喜过望下，黄腾云语无伦次地一再询问许凌琴路上的辛苦，手忙脚乱地帮许凌琴把行李搬回宿舍。小宿舍只有黄腾云一个人，卢淑芬肚子大了，住在黄家，黄腾辉放不下卢淑芬，三天两头往家里跑。

"你怎么找到这里的？"黄腾云把许凌琴的行李放下，转过身，笑着问。

"闻到你的味道，就找来了。"许凌琴笑道。面对心爱的人，她的心怦怦直跳，幸福感铺天盖地。她庆幸自己终于下定决心来了。

黄腾云爱惜地拨开许凌琴挡在眼前的刘海……

许凌琴就这样顺理成章地在黄腾云的厂里住下来了，黄腾辉回来，只好住集体宿舍。从此，许凌琴跟黄腾云一起上班，一起吃饭，晚上睡在一起。

工厂附近有个工地，每次许凌琴跟黄腾云拉着手去买菜的时候都要从工棚下经过。

"从这里经过，我怎么觉得有对眼睛在死死地盯着我呢？"有一天，许凌琴忍不住对黄腾云说，跟黄腾云的交往越顺利，她越担心，她没办法告诉黄腾云她的担忧，她不能告诉他，自己有一个丈夫。

"不会吧！"黄腾云抬头看了看搭着泥水架的楼房，上面空无一人。

春节的时候，曲明言一家没回去，写信给家里说服装店春节时候生意最忙。夫妻俩就像约定好似的，都不敢跟家里提梁春的孩子。曲明言做了亏心事不敢提，庄兰却是想等过两年把孩子抱回去当作自己生的，不想让家乡人知道。

生了孩子之后，梁春就不再去批发衣服来卖了，店铺里零零落落挂着几件去年的库存衣服。

曲明言问梁春，梁春说现在季节不对，这个时候市场上没有新品，过段时间再进新货。曲明言想想也对。

新品不进，店铺还是正常营业，只是营业员换成了曲明言和庄兰，每天晚上梁春就会找这夫妻俩索要当天的营业收入。

月子过后，梁春就把他们夫妻俩都赶到店里，说他们在家会吵孩子，同时房子那么小，人多空气也不好。

那天中午庄兰来了月经，弄脏了裤子。曲明言看见，勃然大怒冲着庄兰破口大骂。庄兰尴尬又委屈，赌气就回出租房了。

出租房离店铺有两公里多距离，因用废弃集装箱和水泥板搭建的，位置比较偏，房租便宜。白天大家都上班了，所以这里几乎没人。庄兰回到房子附近，担心睡着的孩子被她吵醒，就放慢脚步，轻手轻脚地往前走。走到房子门口，她听到里面有个男人的声音："这个孩子卖不卖？"

庄兰大吃一惊：家里进贼了。

却听见梁春回答："想多了。赶紧把东西收拾好，早点走，万一那对夫妻回来遇到呢。"

夫妻？还有哪对夫妻？庄兰有点蒙。

男人又说："跟你说几次把那两个姓许的弄出来更值钱，你却跑这里来生孩子。"

梁春没好气地说："是你笨，本来都计划好了，结果你把小查给撞死了。对了，那个如安的钱我分少了吧。"

男人说："贼七说会补给你的。"

小查？就是外婆家上次在深市被撞死的那个小查吗？原来是这个人撞的。还有姓许的是哪个？是不是去年正月来家里做客那两个女孩子？庄兰心惊胆战，她正准备悄悄离开，房子的门打开了，梁春站在门口，看着庄兰，冷冷地说："进来，给孩子换尿布。"

庄兰下意识地想跑，又想，是他们犯法，又不是自己犯法，怕他们干吗？她装作一点也不怕，仰起头走进屋里。刚一进屋，一根木棍从头上砸下来，庄兰晕倒在地，梁春拿着木棍又往庄兰头上砸了几下，才扔掉木棍，冷冷地看着庄兰的身体，问那个男人："差不多死了。瘸三，把她处理掉。"

瘸三说："那肯定的。不过现在你还走不走？"

庄兰倒下的动静太大，孩子被吵醒了，哇哇哇地哭。梁春走到床前坐下，抱起孩子，掀开衣服开始喂孩子："不能三个人同时失踪，不然走不远。你把她带走，她的衣服也收拾一下带走。"

　　瘪三把麻袋里梁春的衣物全拿出来，把庄兰的尸体装进去。庄兰的衣服少，也一起塞进麻袋，瘪三背起麻袋准备开门。

　　梁春问："背得动吧？"

　　瘪三回答："又不重，习惯了。"

　　到晚上，曲明言打烊回来，屋里冷冷清清，小客厅一阵凌乱，家里饭也没做，梁春躺在床上流泪。

　　曲明言看见梁春怀里的孩子，心一软，问："那个女人没有回来吗？你饿不饿？"

　　梁春见曲明言回来了，坐起来，哭道："庄兰姐姐下午回来，骂了我一顿，收拾行李就离开了。"

　　"离开了？去哪里？"

　　梁春说："她说要回家，不受我们两个的气了。"

　　曲明言气极了："回去就回去，不要管她。"

　　庄兰"回家"了，平时就没有人给他们两个做饭送饭，住房和店铺距离太远也不是办法，他们就搬到商业区楼上住，楼下就是店铺。

　　曲明言感觉梁春变了，每天找借口跟他吵架，而且再也不让他靠近她的身体。她骂曲明言吃软饭、没能力，养不起老婆、孩子，骂完就哭，哭着哭着就往外跑，在外面待好久才回来。最后一次梁春哭着跑出去一个晚上都没回来，曲明言担心梁春，就把孩子锁在家里自己出去找。结果梁春没找到，回来发现孩子也不见了。

　　曲明言快疯了，想报警又不敢报警。他找了好几天，把欠的房租交了，店铺收起来，开始继续四处寻找梁春和他的儿子。

　　许凌琴回家后，许若含代收到一封信，也没有拆开，装了新信封，贴上邮票，帮凌琴转回青城。信是艾青花写来的，她词不达意地告诉许凌琴她的私事。

　　黄腾云觉得精力越来越不济，精神恍惚，肚子经常作痛，这几天还老是拉肚子。他没有告诉许凌琴自己的身体状况，他不想让她担心。男人有肩膀，他应该给凌琴一个身份和名位。

不过去年答应给许凌琴的那五千元还没给，他连提亲也不敢。

这件事要先处理。

黄腾云算了算，厂里有三千多元工资未领，可以问老板要，然后再跟工友借点，凑足五千元，他就可以光明正大地跟许凌琴走进她家。

在车间的时候，黄腾云这样想。他边思考边上厕所，刚好邻村的阿大也在厕所蹲坑。阿大看见黄腾云，问起黄腾云跟许凌琴的事情，黄腾云说想结婚，但没钱。阿大狠狠抽了口烟，把手头的烟头扔掉，提着裤子站起来："还差多少钱？"

"想去跟老板先领回三千块工资，然后再想想办法。"黄腾云带着无奈。

"老板不会给你那么多，担心工人跑了。你跟他借两千，然后我跟我家那口子商量一下，我明年才盖房子，先借你三千。把事情办了吧。"阿大说完，走出厕所。

黄腾云一下信心满满，从厕所走出来后，来不及跟许凌琴说一声，迈开步就往老板的家里走去。

老板性格爽朗，听黄腾云说要带钱去许凌琴家提亲，很爽快地掏出三千元："腾云，那个女孩子不错，你很有眼光呢。你还有三千多块工钱，你家庭困难我清楚的，我也不压钱了。好好去提亲，喜糖记得带来。"

黄腾云慌忙接过钱，再三谢了老板，揣着钱怀着喜悦的心情走回厂房。

远远地，他看见厂房那边围着一圈人。

停电了。黄腾云想。

再走近些，一些陌生人在拉扯，一股不祥之兆油然而生。黄腾云暗自心惊，慌忙往厂房跑去。再近了，是几个陌生人正在拖许凌琴，许凌琴一只脚穿着鞋，另一只脚光着，哭着不肯走。黄腾云见状大怒，冲上前，对着一个男人当胸就是一拳。

"不要打！他是我阿兄。"许凌琴哭着喊。

黄腾云赶紧收回手，却被许清亮扇了一巴掌。

"你怎么把我妹妹骗来的？找死。"许凌琴的二哥许清平冲黄腾云骂道。

"走吧，走吧，不要在这让人见笑。"许清亮用力推一下许凌琴。

黄腾云慌忙争辩："我们明天会去你家提亲，我把钱准备好了，我们明天就会去提亲的！"

林兴国听完破口大骂："还提什么！都不是人。打！把他打死！"

几个人围上黄腾云，准备大打出手。

"你们再打他，我死给你们看。"许凌琴歇斯底里吼着。她见黄腾云来了，知道事情再无法隐瞒，她用力挣脱三哥许清峰，冲到林子平面前声嘶力竭地喊："我跟你们走，不要碰他！"

林子平避开许凌琴，往众人身后躲去。

"慢慢说，慢慢说。"翠英见过许若平的事，担心许凌琴，赶紧阻止林兴国，"咱路途远，厂里这么多人在看，先把阿琴带回去。"

林兴国不傻，工厂的工人见他们要打黄腾云，已经围了上来，他才不肯吃眼前亏，回头看见躲在众人身后的林子平，心中懊恼。

许清平和许清峰抓住许凌琴，把许凌琴往一辆东风卡车的驾驶室拖。许凌琴认出了，这部车是附近工地的卡车。

"阿琴，阿琴。"黄腾云大声喊，却被阿大拉住。

"黄腾辉哪里去了？"有人忽然想起来。

"刚才说要上街，他老婆要买什么东西。估计快回来了。"

"回来也能帮黄腾云一把，我们又不好出手。"

许凌琴被关进驾驶室，不敢看黄腾云，她掩面而泣。

"阿琴，阿琴，你怎么样了？"黄腾云攥紧拳头，又冲了过来。

"那是我儿媳妇。我慢慢找你算账。"林兴国看见黄腾云工厂的人都围了过来，估计打架是赚不了便宜，就搬出道理，对众人说，"那是我儿媳妇。烧大香拜过佛的，你跟她来往是犯法。"

"你说什么？"黄腾云愣了，"她不是离婚了？"

"她和我儿子结婚了，受法律保护的。有本事自己去娶一个，不要和别人的老婆纠缠。"林兴国丢下一句话。

黄腾云如雷击般，愣住了，呆呆地看着大卡车开走。

爱人是别人的爱人，她走了！

黄腾云的胸口一阵比一阵绞痛，他倒下了。工友们见状，七手八脚把他抬到宿舍的床上。

醒来后，黄腾云浑身乏力，心是痛一阵酸一阵，凄凉一阵悲哀一阵。

黄腾辉从街上回来，给哥哥倒了开水，喊了半天，见哥哥眼睛直直地瞪着天花板，似乎没听见自己的呼唤。黄腾辉上前扶起哥哥，费了好大劲。

"痛。"黄腾云低声呢喃。

黄腾辉点点头，他理解。

黄腾云轻轻摇摇头，表示喝不下水。黄腾辉做了饭，黄腾云也吃不下去。眼看他脸色越来越差，一再地喊他心口痛，豆大的汗珠不断从额头冒了出来。

到第二天，黄腾辉下班回来，见哥哥的精神状态越来越差，不能吃也不能动，奄奄一息的样子，赶紧让老板帮忙雇了车，把哥哥送到螺苑的医院检查。检查结果把黄腾辉吓住了，因为医生说黄腾云是肝癌晚期。

黄腾辉瘫坐在医院的座椅上，手上拿着哥哥的诊断书。他没敢让哥哥知道他自己的病情，哥哥跟老板借的三千块钱交了住院费也快花完了，必须回家筹钱给哥哥治病。

黄腾辉安排哥哥住院，然后跟医生、护士、隔壁病床的人说好话，请他们帮忙照顾哥哥，然后就匆匆往家里赶。黄腾辉不敢告诉母亲实情，只是说哥哥跟一个女的交往被骗了，哥哥想不开，身体虚弱导致胃出血需要住院治疗。

黄腾辉先把母亲接到医院照顾大哥，再回家继续借钱。几年前，父亲生病期间，他们年纪小，没人愿意借给他们。现在他们刚还点钱债，生活有了希望，又要开始借债的日子。钱，很难借。

卢淑芬听说大哥得了肝癌，看着丈夫愁眉苦脸到处借钱，她明白，自己必须跟丈夫共同担起这个重担。她一次次回想当年，黄腾云在她家帮忙总舍不得她干重活，父母亲责骂她，黄腾云就护着自己。曾经师兄一直护着自己，如今需要她出面帮师兄了。她挺着肚子来到父母面前，跟父母借钱，父母不同意，她就流泪、哭泣、喊叫、坐在地上耍赖。她再三保证，这笔钱她会还，就算做牛做马，也会还上这笔债。

受不起卢淑芬的哭闹，母亲终于说服父亲，拿出多年积攒的三万块钱交给卢淑芬。

许凌琴被带回去后，被软禁在家里，几个嫂嫂轮流看守。

想起离别时黄腾云那近乎绝望的眼神，许凌琴心中焦急，她后悔从一开始就欺骗他，如果让黄腾云知道自己的处境和明白自己的真心，一切也许可以改变。她必须马上找到黄腾云，跟他解释。

许凌琴一次又一次地在母亲面前哭闹，希望母亲能理解她。"阿姆，你那天看到了，腾云哥他是真的喜欢我。"翠英没有吭声，她年轻过，她心中清楚，她理解许凌琴的心。而且，黄腾云魁梧的身架、英俊的相貌，确实是自己理想中的女婿标准。再看林子平，小孩子似的站在一群人中间，畏畏缩缩的没有担当。

"如果以前，把钱退给林家，反正你跟他家又没孩子。可是现在提这件事咱们显得理亏。"翠英想到林家的催逼，再想自家这些年也确实欠林家一大笔人情债，又犹豫了。

"阿姆，我们可以赔偿。我跟腾云现在一天也能赚一百块钱了。"

翠英算一下，工资那么高，也可以，赚半年就可以还清林家的人情债了。

许凌琴见母亲犹豫了，趁热打铁："阿姆，腾云哥一家都是好人，他也是真心爱我的。"

翠英骂道："爱，你都有家庭的女人了，跟别的男人什么爱不爱的，被你阿爸听见，他敢打死你。"

许凌琴也火了："打死就打死！大不了像阿平那样，一死了之，你有我阿姊，又不差我一个女儿。"

翠英一听，气得一巴掌甩了过去。

许凌琴没躲开，被打了一巴掌，她惊呆了，翠英还从来没打过她呢。

翠英也惊呆了，她居然打了女儿。

许凌琴："阿姆，你还打人。"

翠英怒道："谁叫你不躲开。"

许凌琴："这是躲不躲开的问题吗？你打了我，我认了，但是你不能阻止我出门。"

翠英急了："你出门干什么？"

许凌琴没好气地回答："去买卫生巾。"

翠英："家里不是有粗纸吗？"

"什么年代了，还用你们那粗纸。"

"我去买。"

"你要把我关死吗！"

"去吧去吧，动不动就死死死的。"

"给我钱。"

"没钱。"

"两块钱。"

翠英无奈地看了看小女儿，拿出钱包，许凌琴眼疾手快，伸手就把翠英手上的两张钞票抢过来了，翠英往女儿手上一拍，没拍到。

"去买了马上回来，我去煮饭了。"

许凌琴走出家门，脚步迟缓地往小店的方向走去，拐个弯，转头见母亲没有跟来，撒腿就跑。她径直往地里跑，越过田野，穿过另外一个村庄，那里有开往城里的班车，从城里转车去青城，她很快就能见到黄腾云了。

许凌琴满怀希望地走进宿舍，宿舍已经搬迁一空，只留下床板，还有墙角曾搁放煤炉做饭熏黑的痕迹。黄腾云和黄腾辉已经不知去向。

许凌琴在宿舍门口站立一会儿，然后往生产车间走去。她不知道这些人会对她说什么难听的话，但是她没办法。

如她所料，没人理会她，他们自顾自缝纫衣服，头也不抬。

站立良久，终于有个人大声告诉她："他们回家去了，你还来找他们干什么。"

那个人叫阿大，她认识，她向阿大走过去，想了解更多，阿大却一转身，走向厕所，再不理她。

许凌琴心中万分难过。一阵议论声从背后传来：

"是来骗钱的。"

"差点被骗了，都已经跟老板借了三千块钱了。"

"阿大说他也准备借钱给腾云了。"

"不用理睬她。"

"都嫁人了还在外面跟人家睡觉，肯定是贪黄腾云长得帅。"

许凌琴低下头往回走，她的心如浮萍般空落落的，没有任何依附。

不行，我一定要找到黄腾云，我一定要告诉他我是真心的，我不是骗他的，我不能失去他。许凌琴边走边流泪。她决定，这一趟去谷山，只要黄腾云原谅自己，她就住在那里，再也不回家。

许凌琴辗转坐车来到黄腾云家门口的时候，她的心中充满恐惧，如果黄腾云也不相信自己，那自己该怎么办？

苏素兰挑着粪桶从地里回来，她一见许凌琴，怒从心生，放下粪桶，拿起舀粪水的长勺冲许凌琴当头砸下，边砸边哭骂："没良心的，还敢跑来我家，撒泡尿照照自己，一看就是骗人。"

许凌琴慌忙躲开，她叫道："阿姨，我来找腾云。"

"你要害死他，还想见他。又来骗钱了。我的儿哪会交这群无良心的人啊！"苏素兰边哭边冲着许凌琴骂。

前几天黄腾辉让母亲帮忙照顾黄腾云，她跟同病房的人说儿子是胃出血，病友告诉她这是小事，治疗过后就可以回去。她以为儿子住院两天就可以回来，因此等小儿子黄腾阳回来替换自己，她赶紧回家处理一些农活，刚好遇到许凌琴。

这时候黄腾辉骑着自行车慌慌张张地赶来，他支好车子，小声对许凌琴说："阿琴，你还是回去吧，我哥不想见你了，他说你们的关系到此为止。"

"腾辉，你让我见见你哥，我要当面跟他解释。"许凌琴听黄腾辉说出这一番话，忍不住泪流满面。

"我哥不会见你，上来，我送你去坐班车。"黄腾辉不客气地说，推来自行车。

"你让他自己和我说……"许凌琴继续争辩。

"都是过去的事了，不用提了。我不想惹我阿姆生气，你走吧！"黄腾辉毫不留情地说，推着车子站在一旁，等候许若含。

许凌琴终于相信，黄腾云是不会再见自己的面了。

涂嘉熙所在的惠港电子厂的老板也是螺苑人，定居香港。深市的电子行业刚起步，缺少技术人员，因此公司里的高级主管大部分从香港聘请，这些人在电子领域里研究多年，有着丰富的工作经验。

涂嘉熙刚来时还是个普通员工，老板听说这个老乡有高中文化水平，就送他去香港总公司实习。实习回来后，涂嘉熙升为领班。

涂嘉熙非常重视这份工作，他虚心请教，勤奋学习，终于在很短的时间内掌握了很多专业性的东西。凭自己的实力、努力，以及出类拔萃的领导方式，他带领的班组在质量、产量、安全生产等方面在全公司二十条流水线里名列前茅。脱颖而出的涂嘉熙在第二年5月升为主管，成了该公司六个主管中唯一的大陆籍管理人员。

升为主管后，涂嘉熙更加兢兢业业，认真对待工作，尽管他的资历各方面都比其他几位主管低，却没有人敢小瞧他。虽然涂嘉熙个子还是那么矮，皮肤还是那么黑，但是他有完美的另一面，他处事是那么有原则性，他那严肃的神色是那么的酷。他成了电子厂多少女孩心中的"黑马王子"。

刚开始，涂嘉熙并没有太多地关注身边射来的"丘比特"信号，许若含的影子在他心中占领的位置太多。

这样又过了一段时间，家书接连飞来，父母、姐姐、哥哥一再催他回家结婚，经过一番深思熟虑，涂嘉熙决定在公司里找个女朋友。一次次的比对和选择中，涂嘉熙接受了来自江北的陆雪琪。

陆雪琪是个漂亮的女孩，一米六五的个子让她乍一看比涂嘉熙还高。她有白皙的皮肤、大大的眼睛、圆圆的脸和樱桃小口。陆雪琪高中没读完，就跟着朋友来深市了，因为学历差不多，所以她跟涂嘉熙之间可以很好地沟通。她非常佩服涂嘉熙用这种方式实现人生的价值，对她来说，涂嘉熙前途无量，跟着他定然可以飞黄腾达。

选择陆雪琪，涂嘉熙没有感觉什么不妥，陆雪琪如火的热情很快淹没了涂嘉熙的情感，让他迅速坠入情网，不能自已。没多久，他想办法把陆雪琪调到办公室当文员，两个人的情感逐日升温。

而对许若含来说，涂嘉熙是仅次于辛夷海的第二个如此关心她的大哥，在他的指引和帮助下，许若含把眼光投得更远，甚至她报名参加了一家杂志的刊授班。这是她走出校门后再拥有的学习机会，她写信告诉了弟弟，许天照已经在读大学二年级。收到姐姐的信件，他很快回信，鼓励姐姐，并把他们学校的几个读汉语言文学的同学介绍给许若含，做笔友。有了这几个高学历的笔友，许若含在学习上更是进步神速。她终于在老师的指点下修改了一篇小诗《雨》，并发表在杂志上：

喜欢你收不住足
倾倒在行人身上

喜欢你飘飘洒洒
点缀着习习微风

喜欢你滴答渐沥
欢快地弹奏自然

喜欢你带着亮意
触动那年的梦

许若含拿到署有自己名字的杂志，激动得无法言语。

在拿到样刊的第二天，许若含请假并坐上开往市区的班车。她没有走进涂嘉熙的公司，也没有让保安去喊涂嘉熙，她耐心地等待在公司门口，想给涂嘉熙一个惊喜。

正是下班时分，陆雪琪穿着一件托人从香港买来的黑底碎花连体裤，淡雅简约，把她那修长的身体显现得一览无余，再加上她那灿烂的笑容，整个人显得特别清纯可爱。

"你说，我们什么时候可以调到香港总公司？"陆雪琪问。

"我们在这工作得好好的，为什么要去香港？我不想去。"

"我想去那边工作，上次不是说总公司要借用你吗？"陆雪琪有点失望，上次她听说香港总公司准备借调涂嘉熙，她才加快追求步伐的。

"如果你想去，我一定争取。"涂嘉熙言不由衷，他知道这是很渺茫的事情。

"好啊！那我就等你实现诺言。"走到厂门口，陆雪琪停下脚步，伸出小指头，"我们拉钩。"

"拉什么钩。"涂嘉熙也停下脚步，在一转头间，他看到站在厂门口神情错愕的许若含。

"嘉熙！"许若含轻声喊了一句，她看到了刚才那一幕，心中酸溜溜的。

涂嘉熙看见许若含，吓了一跳："阿含，今天怎么没上班？"

"我请假了。"许若含明显地看到了自己跟那个女孩的对比，她像一个都市的公主，而自己像村姑。

陆雪琪带着挑衅的眼光上下审视许若含，她继续催促涂嘉熙快点去吃饭，涂嘉熙却有点生气地对她说："你先过去！我有事。"

陆雪琪极不情愿地嘟着嘴，一步一回头往饭店走去。

"对不起。"许若含低声道歉。

"我们先去吃饭吧。"涂嘉熙对许若含说的，对许若含的忽然来访，他没有心理准备，想生气也生气不起来。许若含看见那一幕了，他无法解释，也不想解释。他已经二十五岁了，他必须成家，他必须结婚，这是现实。

许若含还是没有把杂志拿出来，只是默默走在涂嘉熙身边。

吃完饭，涂嘉熙陪许若含在饭店呆呆地坐着，宿舍的工友在午休，他不能把许若含带回宿舍，下午有重要的工作要做，他也无法请假。

许若含忽然发现，涂嘉熙是那么的陌生。许若含终于明白，他们之间隔着一段很长的距离，也许，两个人将如一条平行线，永远没有交会的那一天。

到了涂嘉熙要上班的时间，涂嘉熙眼含歉意地冲许若含笑了笑，看见许若含失望的眼神，涂嘉熙一阵心疼，他想拉一下许若含的手，犹豫了一下，还是转身离开了。

许若含从市区回来后，失落了一个多月，直到收到涂嘉熙问候的信件，涂嘉熙说："值罅隙之光，还望来信一叙，方为友趣。"

在涂嘉熙恳切的言语下，许若含心软了。她回信告诉涂嘉熙，她会在农历八月十五回趟家。信里，她还告诉涂嘉熙："也许你已经知道，我不是自由的女孩了，我恨这个世界，恨那个束缚螺苑妇女的桎梏。生活的希望在哪里？难道必须永远这样面对？"

许若含的坦诚，让涂嘉熙不知道该如何回复，他斟酌良久，回信："生活在不同的角度都有不同的解释，你需要什么样的解释，你去站在哪个角度看待。婚姻如履裹足，合不合脚只有自己知道。"

涂嘉熙的回信让许若含失望了，她本想如果涂嘉熙读懂自己的心，只要给一个暗示的字眼，她就考虑走许凌琴的路。可是涂嘉熙的信回复得那么含糊，模棱两可，她无法猜测。

席姑娘后来调走了。许若含依然当她的基层车工，虽然席姑娘几次想提拔许若含，因为事情卡在人事部那里而不能如愿。

"你好像得罪了杨部长，不然他从来没有这样卡过一个人的人事资料。"临走，席姑娘忍不住同许若含说。

许若含犹豫一下，终于把杨部长如何耍流氓的事情讲了出来。

席姑娘听说，点点头："我明白了，我会跟老板反映的。"

许若含赶紧把席姑娘拉住："不能说，我还需要这份工作，说了我可能无法在这里待下去了。"

席姑娘拍拍许若含的手背："放心吧，我懂。"

席姑娘对许若含是真心的喜爱。临走前，席姑娘再三叮嘱许若含小心行事，安心工作。席姑娘去沙镇后，找机会把圣泓厂杨部长的龌龊行为跟老板提了。老板听说，当天责令圣泓厂的心腹查清事实，然后把杨部长辞退了。

席姑娘走后，许若含跟她通了几回信，后来听说她回香港结婚，不在沙镇上班，两个人慢慢失去联系。

当年的一群人，黄腾云回去了，涂嘉熙离开了，曲明言把林荫带走了，许凌琴去追求自己的幸福了。

这天，叶香红告诉许若含，她要回家了，她的叔叔是个乡长，让她回去读"计划生育"之类的培训课，可以安排在计生办工作。叶香红辞职的手续很简单，回去后，叶香红也将端上铁饭碗，成为公家的人。

送走叶香红，往回走的路上，许若含、王益群和刘佳宇都有点伤感。

"我妈妈托人写了几封信催我回去，我估计这两天辞职。"刘佳宇说。

"你也要走了？"许若含惊讶地问。

"回去相亲吧？"王益群说。

刘佳宇点点头。

"他是干什么的？"许若含问。

"在服装厂里当裁剪师傅。"

"你这么漂亮，一定要找个有钱的。"王益群说。

"有情意就好，你们也知道，我这个人重感情。我要的爱情是一心一意的，如果没有，我宁愿毁掉。"刘佳宇咬了咬牙。

"说这些不吉利的话干什么。你会过得很好的。"许若含说。

"我是说假如。"刘佳宇轻声说。

三个人都不再说话。

"我还会想念 302 宿舍的。"刘佳宇强调一句。

三个人都笑了。

"结婚了也要保持联系。"王益群搂住刘佳宇，刘佳宇又搂住许若含，三个人相拥着走回宿舍，占据了大半条路。

这时候有人在保安室喊，说曲明言来找她们几个。

曲明言出现在许若含、王益群、刘佳宇面前的时候，一身皱巴巴的衣服，乱糟糟的头发，显得很是落魄，把这三个女孩吓了一跳。

怎么能不落魄呢？妻子庄兰一怒之下"回家"了，他不敢写信去问她到家了没有，怕挨骂。梁春，不知道是叫梁春还是林荫，一怒之下跑了，锁在家里的儿子也丢了，人海茫茫，他根本不知道去哪里找，他不知道林荫的家在哪里，但知道庄兰家在哪里却不敢回去找庄兰。

他来到圣泓厂想找庄泉伟，听说庄泉伟请假回家了，还要十天才回来，如果早几天来还能拜托庄泉伟去家里看看庄兰有没有到家。

看着唉声叹气的曲明言，许若含建议他去找涂嘉熙，并且把涂嘉熙的地址给了曲明言，曲明言这才发现涂嘉熙所在的电子厂离他住的地方不远。

曲明言拿着地址端详了半天，良久才感叹道："这个世界，如果一个人消失了，你是永远也找不到的。"

王益群颇有同感："是啊，就像如安。"

刘佳宇说："说不定现在如安已经回家了。"

许若含想起如安的父母那绝望的眼神，觉得如安不会轻易放弃父母的，不可能像工友们说的那样跟着爱情跑了。

"如果如安已经不在这个世界呢？"许若含问。

"这也是有可能的。总之，我们都不在这里，你们几个女孩，一定要保护好自己。这个世界，如果你把自己丢了，真的是找不回来的。"曲明言神色黯然。

生死之别

1991 年，许凌琴和林子平约好去乡政府离婚的那天，林子平早早来到许家等候，就像与许凌琴相约去逛街一样。

许凌琴没有理会林子平，她绷着脸，噘着嘴，自顾自往村外走去，也不让林子平跟着。昨晚她寻思让哥哥用摩托车带她一程，哥哥推说有事，所以她决定骑自行车去乡里。谁知早上发现自行车没有气，想跟邻居借自行车，又担心邻居打破砂锅问到底，只好步行。

林子平倒是骑了部摩托车想带她，许凌琴宁愿走路也不去搭他的车。

于是，许凌琴在前面走路，林子平在后面骑摩托车。

为了与许凌琴同行，林子平行驶一段路，等候几分钟，再催动油门。走在前面的这个女人，是他最爱的女人。读小学三年级的时候，许凌琴刚好和他同班，班里的同学知道他跟许凌琴的关系后，一天到晚在身边喊"林子平的老婆"，结果许凌琴一怒之下不上学，任老师怎么劝她也不肯。往事历历在目，许凌琴说她宁死都不跟林子平在一起，看着许凌琴那坚决的神态，林子平只好动员父母，同意离婚。

许凌琴大踏步在前面走着，走了一段路程，感觉肚子隐隐作痛。

许凌琴放慢脚步又走了几步，肚子越来越痛，她慌忙站住。怀孕了？这样的念头掠过她的脑海，她忽然欢喜起来，在路边找块干净的石头坐下。

林子平看见，催动油门，往前疾驶一段路，停在许凌琴身边。

怀孕了！那我终于可以跟腾云哥在一起了，他没有理由拒绝我了。许凌琴高兴地想。一想到黄腾云，她鼻子一酸，眼泪忍不住"啪嗒"滴了下来。

林子平吓了一跳，忙熄火下车，站在许凌琴身边问："你怎么了？身体不舒服？"

"肚子痛，你走开。"许凌琴没好气地回答。

"坐摩托车快一点，你这样走，走到乡政府人家都下班了。"林子平轻声劝道。

休息了一会儿，许凌琴没有拒绝林子平的摩托车。高高的许凌琴坐在矮矮的林子平的摩托车后头，看着坐在前头比自己矮了近一头的林子平，许凌琴悲哀地摇摇头。

车子开到乡政府附近的街道上，许凌琴的肚子开始绞痛起来，她捂着肚子，连声喊林子平停车。

听见许凌琴的呻吟声，林子平不再犹豫，他掉转车头，小心翼翼地往不远处的卫生所驶去。

许凌琴怀孕了，走了那么长一段路，又在摩托车上晃荡半天，她差点流产。

医生给许凌琴打了安胎针，冲林子平大骂一场："知道你老婆怀孕了，还开那么快的摩托车。"

在病床上躺了一会儿，许凌琴想起来乡政府的目的，喊过林子平："走，去离婚。"

"你这人，死固执，你不要孩子我还想要呢！"林子平责备道，觉得似乎说错话，担心许凌琴生气，连忙改口，"急什么，我又跑不了。你先休息两天，我们再去办手续。"

因为夫妻常年分居，螺东妇女怀孕的概率很小，有的夫妻结婚十几年都没有怀上孩子，只好去抱养一个，夫妻才能正常生活在一起。夫妻双方在一起了，但是没有感情，分房而住的情况不在少数，人们习惯了，也习以为常。两夫妻分房三年五年，甚至是十年八年的，互相之间依然是夫妻，偶尔吵闹，家还是完整的家。许凌琴怀孕的消息对林子平来说反而是件好事。他记得上次许凌琴从谷山回来后，一脸悲戚，听说那个男的跟许凌琴分手了。

确定自己怀孕了，许凌琴心中又喜又苦。她必须再次去找黄腾云。

黄腾云刚住院的时候，以为休息一下就好了，接下来他感觉越来越不对劲，身体不仅没有恢复，反而越来越糟。上腹的疼痛越来越厉害，手脚也开始浮肿起来。治疗的时候，他喊过弟弟："腾辉，你实话告诉我，我是不是肝癌。我记得父亲当年也是这样。"

腾辉装作很轻松地说："阿兄，你别胡思乱想，昨天淑芬去跟他爸爸那边借了三万元钱来了，我们会治好你的。"黄腾云一听，明白了。

黄腾云记得父亲在世时，经常要为两块钱去跟人家好言好语相借。邻居每次见到父亲都是一脸嫌恶。兄弟们不知道受到邻居多少白眼，父亲多次满怀歉疚地在兄弟们面前说："我也活不久了，不是我怕死，是担心家里没有老父，你们三兄弟找个对象也难。"想起父亲的话，黄腾云泪如泉涌。

医生站在门口喊了一声黄腾辉。黄腾辉看了一眼哥哥，便走出去了。

在主任办公室，主治医生告诉黄腾辉，目前病人唯一的治疗方式是开刀动手术，但是手术只能切除根部肿瘤，无法根治，而且病人有可能因为手术更快地死亡，因此医生建议开一些治疗药物给黄腾辉带回家，把病人接回去，让他好好度过最后的日子。

走出主治医生办公室，黄腾辉茫然无措，这是他目前面对的最大的决策，他不敢私自决定，他也没办法告诉母亲，母亲知道这噩讯，只会哭，给自己添乱。从小到大，都是哥哥在决定，如今哥哥的命却捏在自己手上，无论是哪种选择，哥哥都无法逃脱一死的命运。

站在哥哥床前，黄腾辉看见两行眼泪顺着哥哥的眼角慢慢流下来。

"你实话告诉我，我现在是什么情况。"黄腾云轻声问道。

黄腾辉犹豫了一下，终于把医生的话告诉黄腾云，除了跟哥哥商量，他已经茫然无措了。

面对生死，黄腾云没有歇斯底里的绝望，他轻声问："准备出院吧。"

黄腾辉心如刀绞："哥！"

"许凌琴现在怎么样了？"

"她那天来家里，阿姆把她骂走了，我也生气，所以赶她走。嫁人了，怎么不知道差耻？"

黄腾云摇摇头："她是真心的。她是全心全意地爱着我。"

"她让你记得她第一天去找你的事。"

黄腾云想起了那年许凌琴送他的那块表，想起了那张草席上的血迹。沉默了一会儿，他说："不管我以后如何，记住，第一，别让她知道我病重或者死去的消息；第二，如果她再次找来，告诉她，我准备结婚了。"

当许凌琴趁家人没注意的时候再次来到黄家，她听到的就是黄腾云亲口说的这句话。

黄腾云站在她面前，眼神冰冷，说完话他就走进去，顺手把门掩上，连家门也不让她进去。

依旧是黄腾辉把许凌琴送去坐车，只是黄腾辉并不是送到班车经过的村路旁，而是把自行车寄在公路旁人家处，跟许凌琴上了车，一直送到螺苑车站，看着许凌琴坐上开往螺东的班车。

跟凌琴说话的时候，黄腾云的心一阵一阵地绞痛。转身回屋后，他把门掩上，瘫坐在门后，直到母亲从地里回来，把他搀扶到床上。他知道自己的日子不多了，肚子越肿越大，腹部的疼痛撕心裂肺，而且发作越来越频繁。望着在短短时间内痛苦得头发全白了的母亲，黄腾云的心中充满愧疚，作为大儿子，他不能为家庭承担什么，还要为这个在严寒中贫困交加的家再添风霜。

黄腾云觉得阿琴离开了，活着也没多大意思了，反正已经病入膏肓，还是早日离开吧！

看着弟弟每次去医院开回来的蛋白之类的补品和一堆堆药，想起已近临盆的弟妹最近三餐都是稀饭咸菜，一点点好吃的都让给自己，黄腾云开始拒绝治疗，少喝少吃，这样又过两三天，他已经连床也爬不起来了。

黄腾辉不懂得哥哥的心思，却明白哥哥的病情越来越重，心中万分痛苦，忍不住在黄腾云面前哭起来："阿兄，阿兄啊！你要好好的啊！"

黄腾云把脸转向床内，他的身体越来越虚弱，几次病痛发作昏迷后他都以为自己再不会醒来。从医院回来后，母亲把自己的床腾出来给黄腾云住，而这张床，当年送走了父亲，现在又要送自己走。忽然，黄腾云想起一件事，轻声问："腾辉，我那块手表还在吗？"

"在！"黄腾辉打开抽屉，拿出手表。黄腾云把手表握在手心，这块表，是许凌琴的心、许凌琴的情，是黄腾云今生无法达到的心愿，是让他终生愧对的爱。对许凌琴的思念，比病痛还可怕，身体上的折磨只是痛，相思的折磨，让他最后的人生黯然失色。

"阿辉，你帮我做一件事。"黄腾云说。

"需要做什么，你说。"

黄腾云沉默一会儿，不见许凌琴最后一面，他死不瞑目。但是他不能害了许凌琴："在我死后，帮我把表送到许凌琴家里。"

"阿兄，别这样说，你不会死。"黄腾辉的泪水一下涌出来。

黄腾云抱着必死之心，只希望阿琴好好地活下去，她有丈夫，就让她回到原来的生活轨道去吧！这是命运最好的安排。床对面土墙上的镜框里贴着那年他和庄泉伟、许凌琴三个人的合影，当年的黄腾云是那样风流倜傥，许凌琴是那样美丽大方。思念许凌琴的时候，黄腾云就看着这张照片，他用眼睛抚摸照片里许凌琴的脸："阿辉，那张照片得陪着我走。"

黄腾辉泣不成声，他频频点头。

"把庄泉伟的像剪掉。"

黄腾辉点点头。

黄腾辉在第二天一早就带着手表往许凌琴的家赶去，他恋爱过，他理解，他明白。在哥哥离开这个世界之前，他必须为哥哥做最后一件事，就是让许凌琴再来看哥哥一眼，他知道，这是哥哥临死前唯一的心愿。

黄腾辉找到许凌琴的村子，问了几户人家才找到许凌琴的家，许成山接待了黄腾辉。他本来不想让黄腾辉走进他的家门，却担心在门口吵架让邻居看笑话。

"你来干什么？"在问清黄腾辉的身份后，许成山绷着脸问。

"伯父，凌琴姐在家吗？"黄腾辉四处张望，小心翼翼地说。

"别叫我伯父，我不认识你。阿琴去她丈夫家了，你哪里来的回哪去。"许成山带着怒气说。

"伯父，我有一样东西想交给凌琴姐，麻烦你交给她。"黄腾辉说着，伸手往口袋掏去，口袋空空的，他一愣，刚才在许凌琴家门口他摸过，手表还在他的口袋里。黄腾辉赶紧把所有的口袋都翻出来，又走到门外寻找，没有手表的踪影。手表就那样莫名其妙地失踪了。

"丢了？刚才还在。"黄腾辉嘴里说。

"你别赖在我家，什么破东西，难道我们家贪你那东西。"许成山见状，以为黄腾辉想耍什么花招，大怒。

"还不走，皮痒是吧！"许成山操起门后的扫把。

"好，好，我马上离开。"黄腾辉边走边回头看。他不想跟许凌琴的父亲吵架，又担心继续在这里待下去吃亏，只好先离开再说。回去的路上，他苦苦思索，明明走进许凌琴的家门手表还在，为什么最后会丢失呢？回去怎么跟哥哥解释？这么一点小事也办不好。

回到家里，黄腾辉听见哥哥的呻吟声和母亲的哭喊声，知道哥哥的病痛又发作了。黄腾云又陷入昏迷之中，这次他昏迷的时间更长。母亲苏素兰坐在黄腾云身边，握着儿子的手，一声声哭喊，一声声呼唤。

旁边的房间里，卢淑芬的肚子已经痛了好一会儿，只是腾辉不在，婆婆根本没心情顾及她。听见腾辉回来的声音，她喊了几声"腾辉"，因为母亲的哭声，黄腾辉没有听见，等阵痛过去，她从床上爬起来，踉跄走到隔壁的房间里。卢淑芬看见师兄僵直地躺在床上，丈夫跪在师兄床前，不禁悲从中来。肚子又不听话地蠕动起来，她喊了一声"阿兄"就倚着门失声痛哭起来，一半伤心师兄的离去，一半为此际小生命即将降生黄腾辉无法照顾她而伤心。黄腾辉见老婆伤悲，担心影响肚子里的孩子，只好起身把老婆搀扶到外头。

"我肚子痛。"卢淑芬哭着告诉丈夫。

"现在怎么办？怎么办？阿兄看着挺不过今天了。"黄腾辉六神无主，乱了方寸。

　　"找个邻居把我送去我阿爸那里，让他们送我去医院。"卢淑芬哭着说。

　　"不行，万一路上出事。可是阿兄……"想到哥哥，黄腾辉肝肠寸断。

　　"腾云，腾云，我的儿啊！"内屋忽然传来苏素兰的尖叫声，黄腾辉赶紧丢下老婆，冲向里屋。黄腾云睁开眼睛，无神地望着母亲和慌慌张张的弟弟，一行清澈的泪水从他的眼角慢慢流下来。

　　"快，快把衣服拿过去，我给他换上。阿儿，儿啊！我的阿儿啊！"苏素兰知道事情再无法挽回，儿子已经"临终"了。

　　黄腾辉抓紧时间把黄腾云的衣服换上。等把黄腾云的身子收拾妥当，苏素兰叫黄腾辉把床顶的蚊帐收起来，然后拉过被子，把黄腾云的脸蒙上，这才瘫坐地上，一声声哭号起来。

　　一边是生，一边是死，黄家此时乱成一团。

　　卢淑芬听见屋里传来的叫喊声，知道此时的丈夫更加没有主见，她挣扎着往门外走去，准备喊邻居帮忙叫接生婆。她知道现在生孩子必须去医院，不能叫接生婆来家里接生，只是此际已经无计可施了。才走到门口，一股热浪从卢淑芬下身迸发出来，温热的水沿着她的大腿往下流，湿透了裤子。卢淑芬的泪水一下涌出来，她扶着门把慢慢蹲了下来。羊水破了！在这危急时刻，卢淑芬的表哥秋明和表姐秋兰骑着摩托车飞驰前来。

　　原来，卢淑芬的母亲计算着女儿的产期到了，见还没有动静，知道黄腾云离去也就是这两天的事，担心出意外，心中牵挂。刚好大哥的两个孩子过来，她就让他们俩骑摩托车去看望淑芬，吩咐他们把淑芬接回身边照顾。卢淑芬见到表哥和表姐，如同落水之人抓到一根稻草，她让表姐进屋，帮自己拿早已准备的婴儿毯子、衣服、尿布。然后，卢淑芬坐上表哥的摩托车，后面是扶护着她的表姐，三人急急往镇医院赶去。秋明把卢淑芬送进镇上的卫生所后，留秋兰照顾淑芬，又匆匆忙忙往姑姑家驰去。

　　阵痛把卢淑芬折磨得死去活来，她忍不住一声声喊着"腾辉"，等阵痛稍退，她对秋兰说："等下秋明过来，叫他把腾辉拉过来。"秋兰点点头，她没有告诉卢淑芬，当她走进房间，黄腾云已经闭上眼睛。

黄腾辉握着哥哥的手，他感觉哥哥的手越来越冷，越来越僵硬，只得一次次用力把黄腾云的手指头扳开，摊平，扳开，摊平，一次又一次，用自己的手心来暖和哥哥的手心。

邻居听见黄家的哭号声，一个接一个走进黄家，几个年纪大的阿婆安慰苏素兰。苏素兰流泪，哭喊："我苦啊！我可怜的腾云儿啊！"

黄腾云的葬礼安排在他死去的第二天。

看望黄腾云的乡亲来了一拨又一拨。在那几年，黄腾云担起家庭的重担，同时承担下父亲欠下的所有债务，不管父亲有没有提起，只要人家说一声父亲欠过他家的钱，黄腾云马上回答这钱他认了，一定会还。虽然家里依然贫困，黄腾云却得到了邻里乡亲的尊重。

要用的开水、饭食、白布、红布条、白孝衣以及买棺材、买纸钱之类的杂事由邻居族人过来安排，钱由邻居各拿出一些帮衬，等收了白礼再退还大家。负责白礼接收入账的是黄秋阳，他拿着笔和本子，坐在方桌前，细细记录送来的一笔笔白礼，然后给来者一块白布片、一块窄窄的红布条。农村的红白事会有一群善良的乡亲、一帮齐心协力的邻居共同处理，一切井然有序。

听说卢淑芬去乡里的卫生所生孩子，妇女们又安排人轮流带着食物和日用品坐秋明的摩托车去照顾卢淑芬。

"不要让外村人看低我们。"她们这样说。

众人忙碌间，去学校报丧的人陪同黄腾阳从学校赶回来，黄腾阳走近家门，见门口忙碌一堆人，哭吼着大喊一声"阿兄啊"，冲进屋里。瞬间，屋里哭喊声又响成一片。任由黄腾阳再三叫唤，大哥黄腾云已不再醒来。

凄厉的唢呐声响起，装着黄腾云的棺材被四个人抬起。在最后受尽病魔折磨的日子，除了那挺起的肚子，他已经骨瘦如柴，买的又是薄薄的棺材，所以还不算重。

黄腾云的两个弟弟早已泪流满面，声音沙哑，跟在棺材后面，他们不会像乡下女人哭吟，只是一声声凄厉地喊着："阿兄啊！阿兄啊！"

山头几个扛锄头的人等候在那里，棺材放下，解下绳子。一串鞭炮响起，唢呐再次凄厉地吹起，棺材落地，墓地周围的人铲起白灰往墓坑填，白灰末高高扬起。然后是一铲铲的黄土。坑被填满了。

远远观望的人群叹了口气，议论道："一家人也惨，一个个离去，欠的债也不知道能不能还。"

"有咧，都有在还。腾云病了，看腾辉越来越懂事了，见面都先露笑容再打招呼。"

"黄腾阳一定会有前途。"

又一声唢呐尖锐响起，山上的人收拾东西，准备下山。附近村落围观的人群也慢慢散了。

苏素兰沙哑的哭声依然在村落间回荡。

卢淑芬生下一个女儿，后来取名黄一婉。

林子平跟林兴国提着礼物来到许家，跟许成山商量，他们要这个孩子。

林兴国父子明白，只有接受许凌琴的这个孩子，许凌琴才会真心跟他们过日子。

许若含回深市后，记挂许凌琴的事，马上给黄腾云写了封信，等待许久不见回复。腾云哥变了！许若含想。

庄泉伟来 302 宿舍的时候，许若含跟他提了许凌琴这件事。

庄泉伟说："腾云回去后没有给我写过信，我也懒得写信给他。说他结婚是不可能的，他不会不告诉这些老兄弟。春节回去可以见面，那时候你跟凌琴一起过来，虽然他是大哥，我还是会当面骂他。"

"我明年不知道还来不来深市。大家一个个散了，从前的情意都放一边，也许我们这些人会从此天涯，再不联系了呢。"许若含说。

"你别林黛玉了，骨子里那自高的性子就改不了。我这几天也准备离开呢。"庄泉伟笑着呵斥许若含。

"你也要走？走哪里？"

"回青城做夹克，那边工资比这高。"

"你们都走了，我一个人待着也没意思。"王益群见两人聊到这里，也插话。

"你现在当助理了，很快就升为组长，前途光明，好好珍惜。"庄泉伟说。

"本来你也是组长的，不公平，都是那个林荫搞鬼。"王益群对庄泉伟说，竟带着点撒娇的语气，许若含一惊。

"真的？我怎么不知道？"许若含接过话题，惊讶地问。

"是啊！那次是准备让庄泉伟当组长的，不知道后来为什么安排给林荫。"王益群告诉大家。

"都过去了，无所谓，我早晚是要回去的。你继续留下吧！"庄泉伟对王益群说。

"这里离家那么远，女孩子最后还不是要回家照顾丈夫、看护小孩。"王益群心中黯然。

许若含忽然想起来："上次曲明言过来，说林荫也离开他了，还要让你帮他问问他老婆到家没有。"

庄泉伟扑哧笑了一声："他把自己弄成一团糟，还要我们帮他擦屁股。"

王益群也不屑地说："这种没有原则、没有底线的男人最令人讨厌。"

许若含叹了一口气："上次给了他涂嘉熙的地址，不知道他有没有去找涂嘉熙。不管他了。"

那天晚上，庄泉伟和王益群两个人到厂外散步，很迟才回来。302宿舍的人离开了，又加了几个新员工进来，这个宿舍还是十个人，却没有以前那种深厚的姐妹情感，相互之间陌生许多。

许若含的弟弟读大三了，他写信告诉姐姐，父亲的酒少喝了，去附近一家石雕厂上班。父亲交代让许若含回家乡去，螺苑也有服装工厂了，钱赚多赚少无所谓，父亲要像从前那样担起一个家的担子了。

这封信让许若含潸然泪下，她想家了。

想家的许若含同时想起了涂嘉熙，送庄泉伟离开后，许若含独自走在厂区的路上，看着宽敞的羽毛球场，107宿舍就在那里。黄腾云离开了，涂嘉熙离开了，叶香红离开了，曲明言离开了，刘佳宇离开了，现在庄泉伟也离开了，一切变得那么陌生，连羽毛球场也那么孤单。

青春岁月里邂逅的朋友，从此天各一方，走了的都不会再回来，再相聚又是何年呢？

许若含决定辞职回家的时候，最后去看望涂嘉熙一次。这些年，只有自己去看望涂嘉熙，涂嘉熙从来不会来看望自己的，而每当自己想把涂嘉熙忘掉的时候，他的信件就不期而至，言语里满是深情。

想到这里，许若含的胸口像堵了什么似的难受。

涂嘉熙比从前帅了，一身得体的穿着，一份理想的工作，他显得神采奕奕，多了几分风度和气质。看见许若含，他笑容满面。许若含觉得他的笑容非常亲切，可是这种亲切不是深藏在眼神里、发自内心的笑，而是浮在表皮的客气的笑。这种亲切让她陌生。聪明的许若含明白了，那种情感远了，那年的涂嘉熙也远了，生命里的初恋远了。她告诉涂嘉熙自己准备辞职的消息，涂嘉熙并没有挽留她，只是关心地、礼节性地问起她的生活以及工作上的一些事。

许若含从深市回来，最高兴的还是弟弟许天照，他跟在姐姐身后，如小鸟般叽叽喳喳地说着，讲他们学校原来很旧的设备，现在都更新了，而且学校面积也扩大了。

"扩大？"许若含问。

"是的，姐姐，我们还增加了几个系，听说是一个省领导关照落实整顿的，他说教育一定要跟上。"

"学校也需要整顿吗？"许若含很好奇。

"是啊，姐姐。好多学校存在经费不足的现象，光有办学理念是不够的，所以需要领导的支持和社会的力量。"许天照很高兴姐姐能跟他讲这类问题。许天照原来是称呼许若含为"二姐"的，不知道什么时候，许天照就喜欢"姐姐、姐姐"地喊，应该是这几年书信来往称呼惯了。

"姐姐，我很希望有一天去看看'大漠孤烟直，长河落日圆'。到时候你会支持我走出去吗？"

"'大漠孤烟直，长河落日圆'是什么？"

"是西北大漠风光，国家启动三西扶贫开发计划后，我们很多学长申请去了大西北呢。"许天照兴致勃勃地说。

"那很远啊，坐车要坐多久？"

"可能要十几天吧？"

"那么远，去了几年都回不来，国家包分配的吗？"

姐弟俩边说话边准备出门，许天照骑车带着姐姐。

许若含扶着弟弟的腰，感慨万千，想起母亲刚走那段日子，她也是这样带着弟弟去上学。那时候，自己小，蹬自行车脚都不够长。

弟弟现在已经比她高很多了，一米七三的个子，浓眉大眼，帅气十足。

"你有没有比较好的女同学？"过了一会儿，许若含忽然想起最重要的一件事，问。

"关系好的女同学很多，我们学校组织活动，大家都踊跃参加。今年暑假，我们班里几个同学还打算去大西北体验一下那里的生活呢。那边的生活条件比我们要苦多了，都是大沙漠，没有水，那里的人没有经济来源。我们几个同学想着，如果有能力，毕业后去支援。"

"那么苦你就别去了，有个万一的，我们家咋办？"心底一抹阴影掠过，许若含忽然烦起来。

"放心啦，姐，我们都是生活在沿海经济比较发达的地区的大学生，这辈子能用自己所学帮助一方土地，也是件很有意义的事情。不是你想象的那样。"许天照说。他奋力踩了几下自行车踏板，车子顺风滑行，他吹响口哨，是一曲《可爱的祖国》。

许若含望着弟弟的背影，陷入沉思。弟弟长大了，但有点陌生了。弟弟的想法，她根本不理解，去那么穷那么苦的地方，能赚钱吗？有前途吗？"在家日日好，出门条条难"，离家千里万里，去一趟路上都要十几天。

她跟父亲一直指望弟弟毕业后分配个好工作，好帮衬家里。

弟弟似乎不准备按照父亲和姐姐期待的道路往前走。他要去扶贫，怎么扶啊，他自己都没能力养活自己呢。

许若含有点苦恼，年轻人的世界她不懂。

　　年初，黄豆、花生种落地，趁雨水把红薯苗育好，已经是4月份了。许若含去找许凌琴，两个人说了半天悄悄话，谈到黄腾云结婚之事，许若含跟着叹气，说男人无情别用情太深。她想起了涂嘉熙。从深市回来后，因为不方便，许若含和许凌琴再没有跟他们联系了。

　　庄泉伟返回家乡后在青城一家服装厂找到一份打版兼裁剪的工作。王益群继续留在圣泓制衣公司。至于叶香红，有一份收入不菲的工作后，身边的同事都是有文化有知识的人，完全脱离了打工者行业，也渐渐和大家疏远了。

　　黄腾云和曲明言失联了。

　　过一会儿，许凌琴问："真的想去上班了？"

　　"靠我阿爸一个人负担很重，现在农活也忙得差不多了，现在去上班两个月，夏收请假回来，今年有我弟弟帮忙，也不会太忙。"

　　"天照毕业了？"

　　"还没，我弟弟现在大三，下半年大四。"

"青花没有去帮她姐姐看摊子了，去城里的服装厂上班，你去她厂里找她吧。"

"问过了，青花说她们厂没有车位，不要工人。"

"你去过？"

"她家里人说在杜升服装厂，我去过。"

"杜升？好像是子平舅舅的。"

许凌琴问了林子平，杜升果然是林子平的舅舅，于是由林子平跟舅舅打个招呼，许若含也去上班了。

杜升服装厂的厂房是三层楼混凝土结构，三楼的阳台上摆了几盆三角梅。宿舍有三十多平方米，摆着十多张铁床。

"有两间宿舍，另外那个宿舍有外地的人，这间宿舍住的全部是本地人。你睡我的上面的床吧！其他那些床都有人住，有的堆放东西。"艾青花把许若含引到靠墙角的一张铁床边，"床板是干净的，我那天才清理。衣服先放我床上，我带你去买草席和蚊帐，附近空地多，都过立夏了，晚上会有蚊子。"

"宿舍很多人住吧？她们在上班吗？"

"这个宿舍住了十几个人，厂里有三十多个人，有的家在附近。"艾青花说。

艾青花带着许若含往外走，然后把宿舍的门带上，虚掩着。

"这里货源充足吗？"许若含等艾青花关了门，问。

"每年4月份是淡季，6月份开始有外贸单。咱们厂里是做校服、跑步装，老板也有接外来加工，货源不稳定，老板也不想扩大生产线，他说保证这些工人有钱赚就可以了。"

"整件缝制吗？我不懂。"

"刚来不熟悉，多看多学，很简单，很快就懂了。"艾青花鼓励许若含说。艾青花大许若含一岁，思想较早成熟。前几年见许若含不懂事，又矮又丑，穿得不伦不类，打心眼里瞧不起她。现在许若含穿着洋气，会打扮，说话也不像从前那样畏畏缩缩的，艾青花对她多了几分亲近之心。

"买草席和蚊帐、脸盆。"到了厂房附近的小店，艾青花说。

"热死人了！草席在那，蚊帐在上面你自己挑，脸盆我来拿。"小店阿姨胖乎乎的，脸上的肉往脖子坠，在脖子上形成三道肉线。她看见许若含，眼睛一亮，问，"新来的？"

"是啊！"

"哎呀，你们厂还招工？我叫我儿子也去。那边工作天天出死力气，老得快。你们的头家还说人满不招工，真不是人！"

"现在也没多少货，确实不招工，这是我们老板的亲戚。"艾青花帮许若含拿了蚊帐，放在柜台上，然后坐在小店门边的矮凳上，边吹风扇，边等许若含挑草席。

"她还是头家的亲戚？真不简单。"

艾青花烦她，催促许若含快点付钱离开。

"你的女伴水灵灵的，叫啥？"小店阿姨问。

"阿含。"许若含羞涩地对小店的阿姨说。

"我帮你介绍对象吧？"阿姨看着许若含。

"免了。"艾青花把许若含拉了就走。

"哎，我讲真的，考虑一下，我儿子。"

艾青花拉着许若含的手快步走开，没有理会她。

"她好像怪怪的。"许若含轻声问。

"她叫苦旦，每个女孩子来她就想介绍，大家都不喜欢去她小店。"艾青花边走边对许若含说，"我们先吃饭去。"

"还有这等好事？"许若含大笑。

"切，就算好事吧。她儿子三十多岁了还找不到老婆，仗着自己是城里人，有居民户口，找个对象像去菜市场买肉，挑三拣四，嫌精嫌肥。要漂亮的，脸蛋俊，身材前凸后翘，对方家里还得有钱。"

"嗯嗯，这条件稀罕着。"

"以前在国营针织厂，仗着捧铁饭碗，有退休金，相亲了十几次，不是嫌对方眼睛小就是嫌对方嘴巴大，嫌屁股不翘胸脯不鼓。现在针织厂倒闭，他分配在运输公司，每天踩三轮车在车站接货、搬货。以前挑人家，后来人家挑他。如果凑合一下找个对象，城关人想找对象还容易。偏偏他本性不改，如选电影明星似的。自己长得又不好看，瘦巴巴的，脸都成三角形了。"艾青花说到这里，抿了抿嘴。

"奇葩。"

"日用品比如草席、脸盆在这买，汽水、面包、面巾纸我们去另外一家小店买。"

"好啦。"

艾青花假装拍一下许若含的头："我好心提醒，你嬉皮笑脸的。"

这里的服装厂是整件缝制，而许若含在深市是流水制作，她只负责一道工序。整件缝制对她来说，有很大的难度，不懂时她边缝边问旁边的工友，领第二包货后她才初步弄懂缝制的先后顺序。

上班时间，卖炸粿、蛋糕、馒头、肉包等小吃的经常把担子挑到车间，担子一上来，车间总要停下几个人去买。

许若含很好奇，她第一次发现在服装厂可以这么随便的。她发现每次卖小吃的过来，有个女孩子就第一个跑过去，在馒头包子堆里翻来覆去地挑了半天，挑得卖主脸色都变了，她才拿起两个肉包子。

女孩边吃边走到许若含身边："你从来不买？你不爱吃？"

许若含笑着摇摇头："我早上吃饱了，不饿。"

"我早上也吃了，小气鬼。"女孩说。她个子不高，微胖，脸蛋圆圆的，看起来十七八岁模样。许若含笑笑。

"你这部平车以前是我在车，我若不让，你也来不了，这儿的事我说了算！"女孩得意地对许若含说。

"你也会车衣服？"许若含惊讶地问。

"以前是。我不想做工，累死了。"被包子噎着，她拿起许若含的水杯，打开盖子，猛灌了几口凉开水，嘴里的面包屑掉进水杯，沾在杯沿，她没盖上杯子，把杯子放在电平车板上。

"你叫什么名字？"许若含瞥了杯子一眼，忍住心中的不满，客套地问。

"黑兰。我不黑，我阿姆给我取这名字！"女孩非常不满意自己的名字，然后，她边啃着包子边走了。

"她是老板的女儿吗？"等黑兰走了，许若含悄悄问艾青花。

"老板的情妇。"艾青花不以为然。

许若含大吃一惊，这么开放了。

"老板生了三个女儿，老婆结扎了，想生个儿子。"

"小女孩不懂事，老板也太那个了。"许若含想起老板是林子平的舅舅。

"懂什么，是黑兰自己去缠老板。"

许若含张大嘴巴，很想来个惊叫。

正说着，听见一声尖锐的咒骂声："这群死孩子，楼下的线头没剪，你们不去帮忙，菜也没洗，地板没打扫，都死到哪里去了。"

"是黑兰。又在骂老板的孩子了。"艾青花探过头来，小声告诉许若含。

许若含皱起眉头："老板也能忍受？"

"你没看见她已经怀孕了？"

"怀孕了？"许若含大吃一惊，她抬头望去，这才发现黑兰的肚子尖尖地鼓起来，她走路时又故意往前挺了一下，因此显得更加突出。看着略带孩子气的黑兰，许若含想起当年的自己，心中十分难受。

"算命的说是男孩，老板一家老小都让着她呢。"

"变态!"许若含嘟囔一句。两个人不再说话,因为黑兰就坐在离她们不远的衣服堆里,手上拿着一个苹果在啃。

几个月后,黑兰果然生下一个男孩。杜升如获至宝,抱着孩子哈哈大笑。笑着,笑着,眼泪就流下来了:"儿子!儿子!我终于有后了!"

工厂的运作越来越顺利,刚好是秋季的生产旺季,校服、套装的订单越来越多,杜升开始自己接单,货源充足,工价提高了。工厂的效益越来越好,杜升萌生了聘请一名管理人员帮忙管理生产的想法。在改革开放初中期,企业的经营管理人治大于法治,特别是杜升服装厂这种小型企业的老板,一贯按照跟员工的私人关系、员工对自己的忠诚度,以及自己对员工的信任度来划分与任用。杜升经过几番斟酌以及多方面考虑,决定聘请外甥林子平介绍过来的许若含。

当上管理员,许若含跟工友们之间有了距离。原定是跟杜升一家人吃饭,但是杜家孩子太多了,又不想看黑兰那张脸,许若含继续在食堂打点菜,跟艾青花做伴,讲好包吃住工资另算,食堂也不扣伙食费。

所谓管理,无非是帮忙厂里发辅料、点数、剪线头、包装,严格地说做的就是杂工的活。

生了儿子后，许凌琴别扭地住进了林家，尽管林家对她千般照顾，许凌琴还是不把这情意记挂在心上。儿子出生后，许凌琴的整颗心都系在儿子身上，因为奶水足够，儿子长得胖乎乎的非常可爱。她每天抱着儿子，看着襁褓中儿子嫩嫩的小脸，越看越像黄腾云。

林子平从外面走进来，往房间里探头："阿琴，我买了两条鲳鱼，等下蒸了给你吃。"

许凌琴抬头扫了林子平一眼，点点头，继续给孩子喂奶。来林家后，林家人对她的疼爱没说的，好吃好喝全部留给许凌琴，真正是"含在嘴里怕化了，捧在手心怕摔了"。特别是林子平，恨不得整颗心都掏给许凌琴，身上有点钱全部交给许凌琴，看见许凌琴喜欢吃的东西，价格再贵他也舍得买回来。

林子平把鱼拿去厨房，过一会儿，他走进房间。许凌琴掀高衣服在奶孩子。

"阿琴，给儿子取什么名字呢？"林子平讨好地问。

"又不是你儿子。"许凌琴没好气地回答。过了一会儿，她抬头看见林子平苍白的脸，觉得自己有点过分，于是又说："你文化高，你决定吧！"

"叫志腾如何？"林子平心中不快，听见许凌琴缓和的语气，又欢喜起来。

"不行！"许凌琴大喝一声，儿子被吓了一跳，停下来，清澈的大眼睛疑惑地盯着母亲。许凌琴这才发现自己的失态。儿子怎么可以跟黄腾云的名字相近？

林子平没想到妻子的反应这么剧烈，他斟酌了好一会儿，才又说："那就叫林少剑如何？这几天要帮孩子入户了。"

"林少剑？你觉得可以就可以。"孩子要入户了，孩子本姓黄，孩子的父亲，现在结婚了吧？应该也有孩子了。许凌琴默默地想。

林子平挨着许凌琴身边的床沿坐下。许凌琴皱了皱眉，鼻孔轻轻地"哼"了一声，林子平赶紧站起来，走到一边："阿琴，我、我先出去。"

许凌琴心中明白，虽然这个孩子跟林家一点关系也没有，可是孩子在这个家庭成长，是不会受到委屈的，只是自己该如何面对林子平的情意？毕竟是夫妻了，有些事是躲不过的。

"我去看鱼煮熟了没有。"林子平在心里叹了口气，站起来走出房间门，顺手把门帘放下来。

许天照大学毕业后，分配到螺苑农科所上班。农科所就在螺苑县城，离杜升服装厂也就三公里距离。县城到乡镇都有通班车了，小服装厂是没有休息日的，但是许若含一个月会请假两次，跟弟弟一起回家。回家后，姐弟俩一起去地里播种、除草、收庄稼。

苦旦的儿子严长培见到许若含，激动得一个晚上都没睡好。这女孩比西施、貂蝉都不知道漂亮几倍，那羞花闭月沉鱼落雁的容貌不就是自己等待三十多年的缘分吗！当年陈伯卿陈三哥还故意打破铜镜，以换取与黄碧琚相见的机会，自己为了爱情为什么就不能牺牲？严长培迫不及待地找到母亲，催她去找杜升说自己要去杜升的工厂上班。

苦旦一听，这还不简单，一个国企员工降低要求去一个小工厂上班，那是杜升服装厂几辈子修来的福分啊。姑且不谈合适不合适，冲着那个女孩子的容貌，她也一定要为儿子在杜升服装厂找个职位，最好是厂长的职位，才是儿子身份的标配。那个女孩子她见过几次，配自己的儿子算是勉为其难啦。

苦旦来到杜升的办公室。所谓办公室，也只是一张办公桌，几张凳子，茶壶就搁在办公桌上，墙边的地板上铺着麻袋，上面堆放成品的衣服、半成品裁片。

"头家，发财了，恭喜你啊！"苦旦见杜升，笑嘻嘻地说。

"有什么事？"杜升见到苦旦，有点不耐烦。

苦旦走进来，东瞧瞧西瞧瞧："头家，最近生意不错，厝边头尾没相照顾？"

"你城里人，我还是乡下的，谈啥照顾。"杜升没有给苦旦让座，他身材矮胖，凳子坐高了脚不沾地，坐低了手不够桌高，只好把靠背椅摇高，把脚抬到桌子上跟苦旦说话。

苦旦被杜升夸一句"城里人"，忽然觉得地位升高了许多，说话的语气也不一样了："你们要请厂长吗？我儿子是城里长大的。"

"厂长？"杜升被吓了一跳，从椅子上跳下来，像看游乐园猴子一样看着苦旦。杜升认识苦旦的儿子严长培，严长培白白净净的脸，中等身材，高中文化，安排在运输公司上班，说白了就是一个踩三轮车的。苦旦家在城里有房子，严长培又是独生子，父母双职工，家庭经济算是不错，他从二十二岁开始相亲，意志坚定地挑了十多年对象，不是人家瞧不起他就是他嫌弃人家。就是如此，他依然不改初衷，坚持生命另一半必须完美，严格把关，特别是身材相貌上，更为挑剔，一晃就三十多岁了。杜升厂出货的时候，严长培用三轮车来拉过几次货。

"我儿子以前在羊毛厂上班，现在在运输公司，都是国企，我们算了算，就厂长这个职位符合他的形象。"苦旦自信地说。

"运输公司有油水。我这庙小，不敢供那尊观音。"杜升气笑了。

苦旦没听出杜升的话里意思，又急切地说："庙大庙小阮没嫌，一个月一千八百块阮也不计较，只是孩子不要让他太苦了，晚上让他早点下班，城市人跟乡下不同档次。"

"就像屎也有香臭之分。"杜升心里恼怒。

"工厂的女孩子多，来这里上班看能不能走几个。"苦旦没有理会杜升言语里的恼怒，说出了心中的真实想法。

"你儿子想的是天上的仙女，我这里的女孩他看不上。"毕竟是邻居，抬头不见低头见，杜升也不好翻脸，他闭上眼睛，以告诉苦旦，他不想跟她说话了。

"有啊，那个那个，你们那个管理的姑娘，脸蛋那么圆圆的水水的……"

正在这时，黑兰抱着儿子走下楼，她把儿子塞给杜升，嘴里大声嚷嚷："人都死光了，孩子哭都没人去抱。"

杜升笑着接过孩子："你不是在？"

"我要睡觉，哪有闲空抱，你的儿子你自己抱。"黑兰说完，丢下孩子往楼上走去。

杜升接过儿子，发现儿子尿裤子，湿漉漉地沾在身上。儿子一岁多了，还不会走路。

苦旦见到杜升接过孩子，听见刚才黑兰的话，苦旦忍不住问："这是谁家的孩子啊，这么可爱。"

"我的儿子，自己生的。"杜升抱着孩子，自豪地说，然后嘴里哼着小曲，抱着孩子走上楼去。

原来这就是工人说的杜升的小老婆。他们这么公开地住在家里，一点也不羞耻。这是什么社会呀，还有没有道德啊！苦旦边走边骂，赚那么多钱开那么大的工厂，都不肯让我儿子进来当厂长。她越想越火。

苦旦怒气冲冲地边骂边走，肥胖的她走起路来是摇摇晃晃的。

苦旦的丈夫严碰看见她进来，说："长培出去了，他同事刚才过来，说单位叫他下岗，一次性补贴一万二，他打算跟几个同事去单位找领导。"

"一万二，哄乞丐呀！长培呢，叫他别怕，我找领导讲理去。"苦旦一听，火气更大了。

"你知道个啥，让长培去吧！"严碰喊得两句，妻子已经走远了。

苦旦颠着肥大的屁股来到严长培的单位，一进门就大声吆喝："头家！头家！"

两个工作人员慌慌张张地跑过来，小声对她说："有事明天再来，我们领导过来视察。"

"你们领导有事我也有事，他当官的有事，难道我们老百姓没有事，你把他叫下来。我儿子今年三十二岁了还没结婚，他当官的不管，现在又叫我儿子下岗，还叫人家活不活。"

"这些事你明天来再跟我们领导说。"

"我现在就找，叫他过来！头家！头家。"苦旦尖声喊叫，两个工作人员更急了，他们用力把苦旦往外推，肥胖的苦旦站不稳，被推倒在地，干脆撒泼坐在地上哭骂起来。

听见这边的吵闹声，又有几个人围了过来，把苦旦拖出大门外……

在螺苑，你没有生儿子，族谱就在你的名字下面写一个"止"字，意味你的这一脉无丁，到你为止。

黄腾云家族后来重建祖厝，修缮族谱的时候，只能在黄腾云的名字下写一个"止"字。那时候黄家根本不知道林少剑的存在。

杜升想不通两相情愿的事情还要受到政府的处罚，甚至，他还得马上把黑兰辞退回家。

杜升想赶走黑兰，黑兰对这个地方本就厌倦，更何况要面对一个成天哇哇哭闹的幼儿，一天到晚碰那些屎尿，听说可以离开这个家，她心花怒放，恨不得马上离开。

为了留下儿子，杜升付给黑兰两万五千块钱。这笔钱就当着众人的面交到黑兰的父亲手上，众人做证，两下私了。

黑兰的事，受益最大的还是黑兰的父亲，他这辈子第一次拿到那么多钱。回到家里，他关在房间里，一遍又一遍数着钱，老婆几次凑过来看他数钱也被他骂走。

杜升给小儿子取名叫杜阿宝，从此与妻子把孩子待为掌上明珠。

　　这三年，许若含弟弟大学毕业，在农科所上班，一家三人都在赚钱，没有任何负担，慢慢地也攒了一点钱，把欠辛夷海的一万块钱还了，还把屋子后面的半间房给建了。还辛夷海的钱的时候，辛夷海再三推辞，许若含坚决要还，后来辛夷海说了一句："阿含，你记住，这辈子只要有什么事需要我帮忙，你就来找我，能力之内，我一定会处理。"这句话让许若含感动了许久。

　　许若含又想起了弟弟。弟弟大学毕业在工作，家里的房子也收拾好，接下去应该要考虑弟弟的婚事了。

　　许天照的工资从来没有交给家里，听说弟弟认领了几个大西北的贫困生，不仅自己的钱不够用，偶尔还跟许水生和许若含开口要钱。许水生挂念的是儿子的婚姻大事，但是许天照不急，他说刚从学校出来，自己养自己都养不起，不急。

　　许若含也是二十六岁的年龄了，大姑娘一个，欧家没派人过来喊她，许若含也没有去过欧家，事情就那样尴尬地拖着。为了避开村里人的眼光和闲话，许若含后来就去了石镇的服装厂上班。

慢慢地，许若含懂了，比如她跟欧博龙的婚姻不受法律保护，只要两个人去大队打个证明，解除婚姻关系就可以了。包括阿琴姐，不用那么急巴巴地住进林家，也是可以嫁腾云哥的。不过如果不是林子平负起那责任，说阿琴姐的孩子是他的，孩子就不可能平安出生。用一句俗话形容，两个人有缘无分。

改革开放初期，石镇的厂家已经多如牛毛，产业链慢慢形成。

许若含几次特意绕道黄腾云曾经上班的那个厂，想着如果他在石镇，早晚是会遇到的。

许若含住的是黄腾云曾经的房间。她不知道，黄腾云和许凌琴在这个宿舍里曾有一段恩爱的故事。屋角的煤气灶痕迹早已刷白，屋子墙壁也用白灰刷了一遍。这些宿舍楼都是租给厂家的，并不固定属于哪个厂家的，每一年都有不同的厂家来租宿舍，谁租得早，宿舍就属于谁家的。包括工厂的老板，也是三年两年地换。

许若含住的宿舍木门后刻着一行字："琴，I love you."许若含每天进宿舍都看见这行字，但是她没有把字跟许凌琴联系到一起。门上还有很多刻痕、笔迹，甚至漫画。新的、旧的，在每个工厂的宿舍门、车间门、卫生间，甚至墙壁，到处都是这样的涂鸦。

1996 年。台风来临，电闪雷鸣，雷雨一阵猛似一阵。石镇的工厂依然灯火通明。许若含坐在靠窗户的位置正勤勤恳恳地工作着，眼角余光掠过一道闪电，然后是一声惊雷，紧跟着，不远处传来"轰隆"一声，火光闪起，电熄灭了。台风天气，"北风不进屋"，虽然雷雨交加，宿舍还是闷热异常。

第二天中午醒来，还是没电，听说变压器爆炸了，要修理好估计也得两天时间。

许若含心想，电也不知道什么时候修理好，还是回家安全。正在收拾东西的时候，许若含听见外面有人说："这个宿舍我们住过。"声音很熟悉。许若含心头狂跳，想也不想，扔掉手里的东西就冲出门去。

说话的是个陌生的男人，他跟两个男人走在一起。他回头看了一下开门出去的许若含，刚好许若含也在看他。这个人，就是黄腾辉，许若含在杜升服装厂见过他一次。

黄腾辉在三公里外的一个服装厂上班，厂里也停电了，就过来这边找原来的老板。每年的下半年，他还是回这个厂工作。今天他不仅自己过来跟老板确定好这几天搬过来，还带了工友一起过来看厂。看完厂，顺道拐过来看看自己跟哥哥曾经住过的房间。他不认识许若含，礼貌地对许若含笑笑。许若含见黄腾辉跟她笑，想问话一时反应不过来，看着他们离开了。

这个男人应该就是腾云哥的兄弟，连声音都像。他身边有人不方便问话，反正就在这附近，还能遇到。许若含想。

台风天气，坐车的人少，开往螺苑的班车上坐着寥寥几个人。汽油味很浓，许若含往后排移动，找个靠近窗户的位置。车子发动了，驶出石镇杂乱的建筑物和市场街道，然后驶上路边有田野和池塘的柏油公路，一路，不少树木被刮倒、折断，田野间的茅房屋顶被掀开……

回到倒溪坡村，家门敞开，许若含闻到一股浓重的药味，一看包装的报纸，居然是自己那些年准备自杀没用上的六六粉。她心中一惊，循着药味冲到父亲房间，看见父亲正在床上翻滚。许若含吓得魂飞魄散了，冲出家门，向左邻右舍大喊："快来救我阿爸啊！"然后大声哭吼着跑回父亲的房间。

邻居听见哭喊声跑了过来。许成山跑在最前面。过一会儿，许清亮推着一辆木板车快步走来，卖肉的灿堂大声叫道："我去叫木头的东风卡车，我刚才看见他回来了。"

许成山跟一个邻居把许水生抱出来，许若含哭着在旁边帮忙抬脚。邻居递过肥皂水。

"先灌他喝一些再走，不然撑不到医院。"邻居喊。

许若含听了，毫不犹豫，设法把肥皂水灌进许水生的喉咙。

许水生开始呕吐了。

"可以了，送医院！"

"肥皂水带上，路上继续灌。"

木头的卡车经常运载沙子去城里卖。他听说是这件急事，赶紧把车开到路口。大家在木板车上垫条棉被，许成山抱着许水生坐在上面，许清亮扶起车把就跑，其他几个邻居赶来，推的推，扶的扶。木板车推到路口，换上卡车。卡车朝医院快速驶去。

原来却是前几天许若含在岸上留了缺口，昨天暴雨，田里的水拐个头，流到乌麦田里。乌麦今天一大早就来到许水生家门口咒骂，新仇旧恨一起骂，从许若平的死骂到阿勤，骂到这一家子的无良心。乌麦骂到最后居然说许水生没妻子的人，每次去地里干活都偷看她，有一次她蹲在黑潭边小便，许水生就站在旁边看她。

乌麦足足骂了一个多小时。许水生原来在厨房吃稀饭，后来实在气不过，爆粗口回骂。乌麦可就不得了，坐在地上又哭又闹，把许水生的锅碗瓢盆都砸碎了。许水生气极，拿了农药威胁乌麦说再闹他就喝下去。乌麦不管，直到看见许水生把农药喝了，她慌了，从地上爬起来就往家里跑，到了家里躲起来也不敢出门。

乌麦的哭闹在倒溪坡村很常见，大家能躲开多远就多远，只看见她从许水生家里出来，以为事情就这样过去了，没走进许水生家里看看。事情就这样发生了。

许天照也从单位赶回来，气得直骂。许若含拦住弟弟，不让他去找乌麦，她清楚像乌麦这样的人，她还真的是会跑去许天照的单位哭闹的。

乌麦最后还是从大头那边拿到了一笔她丈夫的补偿金，多少钱没人知道。凭她那德行，大头也不敢不给。听说拿到补偿金后，乌麦和大头的关系忽然亲密起来。

六天了，父亲什么时候才会醒呢？许若含趴在病床边，又困又累，默默流泪。

许若含先跟邻居借钱交住院费，这家五百那家三百地借。许天照回来后听说，跟同事借了钱把邻居的钱先还了。

姑姑许玉菊也来接替许若含看护哥哥。

又过来两天，许水生才醒来。

许水生醒来后，见许若含在旁边哭泣，没好气地质问："你没煮饭吗？"

许若含一愣。

许玉菊在旁边说："阿含煮了稀饭，我打给你吃，这么多天，饿了吧。"

许水生出院那天，天气有点冷，许若含就带了件厚衣服给他披上，又在街上雇了摩托车把父亲拉回家去。

听说许若含回来，许凌琴第一时间赶回溪坡村，把孩子塞给母亲，走出家门。

许凌琴买了两根排骨，提着走进许水生家门："阿含，听说你父亲住院了，我也没去看看。"

许若含客气地说："现在没事了。"

许凌琴走进房间看望许水生，问候几句，走出来。

许若含在厨房洗碗。

许凌琴悄悄地问："见过他没？"

许若含回答："没有呢，我还几次特意去你说的那个地址看了，没有。"

"也没遇到熟悉的人？"许凌琴有点着急了，"比如庄泉伟他们或者我们以前的工友？"

"没有。"许若含想了一下，把自己遇到黄腾辉的事情告诉许凌琴。

许凌琴惊叫："是阿辉了，那是腾云哥的亲弟弟啊！你怎么没有上前跟他说话，他也在那边上班吗？你经常碰见他吗？他有没有跟你问起我？"

许若含心疼地看着许凌琴："阿琴姐，你现在问这些问题有用吗？"

许凌琴瞪着许若含："有用没用都要问一问。"

许若含去石镇，许凌琴是极力赞成，她以为阿含能在石镇帮她找到黄腾云。

为什么要找到黄腾云？找到了又怎么样，她都已经跟林子平住在一起五年了。

两姐妹小声地谈论旧事，林少剑蹦蹦跳跳跑过来了，翠英就在后面追，林少剑扑到许凌琴怀里，小脑袋在许凌琴怀里乱钻。小少剑长得很可爱，脸形依旧可以看出黄腾云的模样。

翠英看着许凌琴，皱了皱眉头："孩子都这么大了，还让孩子跟你们睡一张床。晚上孩子留下，你自己回去，孩子给我带两天。"

许凌琴懂得翠英的意思，这些天小少剑成了她的挡箭牌，她每天晚上都要抱着少剑才能入睡，母亲分开她和儿子，无非是为了林子平。

翠英说完话，从许若含的厨房后门走了，拐过邻居的屋角，一边往家走，一边唠叨："你三嫂皮埋，说手酸，我还得忙她家的活。"

翠英走后，许若含和许凌琴互相打听一下什么叫皮埋，又互相把各自知道的知识讲了一下。小少剑一个人玩得很开心。一只母鸡刚下了蛋，咯咯叫了几声，慢慢踱着步，从厨房角那个低矮的猪圈墙边转过来，来到许凌琴脚跟前的土堆里刨土找吃的，少剑蹲下身子，问母鸡："母鸡，你下的蛋呢？是不是下到别人家里了？"

许凌琴对儿子说："母鸡的蛋下在姨姨的灶间，你去捡吧。"

林少剑真的在许若含家的灶间捡到一颗还热乎乎的鸡蛋。

傍晚，翠英把孩子留下，叫许凌琴自己回林村，许凌琴起初不肯，但被翠英赶出了门。

许凌琴磨磨蹭蹭地回了林村，没有儿子，这个夜晚怎么过呢？

没有孩子的羁绊，许凌琴的心有点空。在浴室的灯光下，她一瓢一瓢舀起水桶里的水洗澡。

林子平早早洗完澡，坐在床边，等着许凌琴。

许凌琴默默上了床，侧身面朝床内躺下。林子平自从被许凌琴脚踢手打嘴咬的方式拒绝几回后，对她有了深深的畏惧感，几次想伸手触摸她，想到她愤怒的眼神和强烈拒绝的动作，只能作罢。可是这个晚上，面对许凌琴睡衣内若隐若现的胴体，他又心动了。风扇搁在椅子上，对着床呼呼呼地吹。林子平拉过被子的另一端，盖在许凌琴的身上，当被子拉到许凌琴手臂的时候，他的手停下了，他的心怦怦狂跳，手顺势按在许凌琴的手臂上。见许凌琴没有动静，他的胆子大了许多，偷偷移到许凌琴身边。

许凌琴紧闭双眼，似乎睡着了。

"阿琴！"林子平感觉热血上涌，轻轻呼唤一声。

许凌琴依旧闭着眼，林子平的头发就在她的下巴处擦来擦去，许凌琴的欲望渐渐下降。她想起了黄腾云，忍不住带着微微的怒气哼了一声。听见她的声音，正在艰难搜索中的林子平心中一惊，一泻而出。

第二天早上，许若含吃过早饭，收拾一番，回了石镇。

车间没有人在工作。

"怎么没上班？"许若含看见宿舍的灯亮着，问一个正在晾衣服的女工友。

"罢工，都去找劳动局、法院、村委会了。"

原来趁台风停工，有一辆货车开过来把厂里所有的货装上车运走了，然后把车间门锁了。这两天工厂都没看到任何一个管理人员，工人越想越不对劲，把老板的办公室门砸进去，才发现办公室的东西早已搬光。正在那时候，又有一辆卡车开过来，说老板已经把机台卖给他们，强行搬机台。几个男工友要阻拦，被打了。工人本来就不多，有的在外面玩还没回来，剩下的十几个又大部分是女的。于是机台也被强行搬走，只剩下空荡荡的车间和欲哭无泪的打工者。有几对夫妻是一起来打工的，他们正月做到现在都舍不得借支，现在做的工资都被老板扣留着。

许若含来做了几个月，只是借了少量生活费用。

"去找政府有用吗？"许若含难过地问。

"老板不知道是哪里的，房东也不清楚。法院不受理，劳动局处理不了，村委会那也有人去了，晚上看看，不行的话明天继续跑。城东那家厂老板跑了，工人告了半个多月，最后村委会给了路费让他们回去了。"工友说。

许若含回到宿舍，宿舍没有别人，她独自坐在床上叹了口气，这下，连自己的工资也没了。

这个夜晚，许若含几次被隔壁宿舍女工友的哭声和男工友的骂声吵醒。等再次醒来已经快中午时分。

又等了两天，各种上诉还是没有进展，放心不下父亲一个人在家里，许若含决定收拾行李回家。

石镇的服装厂都是农历十一月半就停工，有的老板门路多的会拿外贸单来做，就是工价压低了。螺苑的工厂也一样，早早地停工了。

回到家里，许若含没有再出去找厂了。

周末的时候，许天照回家。他告诉姐姐，他想申请去夏省支边。

"富夏对口扶贫协作"会议召开后，政府已经确定对夏省的支援工作，他这次是作为支边干部去夏省一个叫银城的郊区，因为他的专业是农业科技，可以更多地为夏省的农业科技做贡献。

"什么时候去？"许若含问。

"过了年再去，上面文件已经下来了。"许天照告诉姐姐。

许若含说："既然是政府安排的，你就去吧。你在大学时我不让你去，是因为那时候你还不成熟，担心你的安全。现在你已经是公家的人了，公家叫你干什么你就去吧，家里你不用牵挂，阿爸也会支持你的。"

许天照的心里非常感动，说："姐，你放心，那边的人很淳朴，没有什么危险的。"

许若含问："咱们已经这么穷了，那边的人比我们穷吗？"

许天照尽量用简单的语言跟姐姐解释："姐姐，咱们现在的生活，虽然没有大鱼大肉，但是也算是有吃有穿的，能正常赚钱，如果勤俭节约还能有盈余，都得益于国家的政策。我们沿海地区是最先富裕起来的，先富起来就要带动内地的发展，全国人民都能有吃有喝有穿的，人们都能过上小康生活，就是国家的发展计划。"

许若含明白了："是的，我在深市的时候就听说了，外省的比我们这边穷，你说的西北地区会比外省还穷吗？"

许天照说："夏省也叫外省，你认识的外省人都是中原地区，以及沿海地区周边的，虽有点落后，但是比起戈壁滩的生活条件，也算是好多了。"

许若含听懂了一个词"戈壁滩"："弟弟，跟我讲讲戈壁滩是什么样子的。"

许天照告诉姐姐："戈壁荒滩的生存生态是非常恶劣的，没有水，几乎寸草不生，一眼望去，是漫无边际枯燥的土地和沙砾。"

许若含惊呆了："他们怎么种粮食？"

许天照说："就是种不了粮食，因为没有水。"

许若含心痛了："那他们吃什么？"

许天照解释："食物是他们最为紧缺的。"

许若含说："我明白了，你是研究农业科技的，你去那边研究怎么种地。"

许天照点点头："也可以这样说。国家培养了我，现在是我为国家做贡献的时候了。我们作为沿海地区经济较为发达的县市，也可以以劳务输入的方式，接受夏省的民工过来这边上班。"

许若含摇摇头："这是不可能的，咱们这边的工作岗位还很紧张。有时候还拿不到工资。"

许天照告诉姐姐："是的，所以咱们要加紧发展的步伐，才有能力带动贫困地区的发展。"

许若含也有自己的观点："工厂要发展，没有钱也发展不起来，如果给我一百万元，我也能开厂啊。我是说比喻，没钱做不了事。"

许天照回答："没错，没钱做不了事，所以咱们这边也在到处拉投资。"

"这样的话，弟弟，我觉得你的任务很艰巨啊。你要去那边种地，那边没有水也种不了地。你要把那边的人带过来咱们这边打工，这边的工厂也不多，特别是咱们螺苑，根本没有几个工厂。"

许天照笑了："姐姐，你说咱们螺苑没有几家工厂，那是因为你的工作不一样，你在服装厂上班，所以你看的都是服装厂。你就没看到，咱们的老爸是什么工作的吗？"

"石雕啊。阿爸最早是打石头的，这几年都在石雕厂上班。"

许天照点点头："对啊，你就没发现咱们身边的石雕厂一家接一家开起来了，并且开始接国内外订单了，特别是国外的墓碑生产订单，也往咱们螺苑飞来了。咱们这边是南派雕刻之乡，雕刻艺术世界有名，前途光明。"

许若含这才恍然大悟："没错，没错。我忽略了石雕工业，可是石雕需要非常精湛的技术，夏省那边的人哪里懂这些。"

许天照说："所以我们带给他们谋生的技术，教他们如何自力更生，这也是扶贫的工作精髓，而不仅仅是给他们一些钱了事。"

许若含继续发挥想象："不过石雕厂还有清理碎石等作用，如果打粗坯的话心灵手巧的徒弟学起来应该也快。"

许天照说："还有，咱们的建筑，也算是国内有名的。建筑需要的工人也非常多。"

听弟弟这样讲，许若含想想自己还算是幸运的，生活在这么富裕的沿海地区，有那么多的工作机会。她安慰弟弟："弟弟，你别急，你先去夏省，当我有能力，我自己开工厂，专门招你们那边过来的工人，让那边的人都能在这赚到钱。"

许天照笑了："有这样的好姐姐，我又何惧这一去的艰难困苦，又何愁夏省不早日脱贫。"

许若含坚定地说："等着哦，弟弟。我会去找一个大厂的管理工作，给夏省的工人留一些工作岗位。"

许天照揽过姐姐的肩膀："我相信姐姐。等我去那边，我会写信告诉你，寄照片给你看。"

许若含点点头："一言为定。现在咱们赶紧去做饭吧，迟了阿爸又发脾气了。"

许天照无奈地叹了口气："阿爸这性格，这么多年了，还不改。"

一抬头，许水生走过来了："你们两姐弟都在家里，到这个点还没煮饭吗？"

许若含赶紧走开："我去煮米粉汤，比较快。"

许水生问许天照："天照，今天不是周末，你怎么就没去单位，是不是人家不要你了？"

许天照大笑："阿爸，你说什么呢，你儿子这么优秀。"

许水生欣慰地笑了："优秀，优秀，是个拿铁饭碗的小伙子。"

许天照趁机和父亲讲单位要派自己出差大西北，时间是三年。许水生听说去那么偏远的地方，心中犹豫，儿子同年龄的人孩子都上幼儿园了，这一去就是三年，回来都快三十岁了，胡子一大把怎么找对象？想到儿子的婚姻大事，许水生就忧心忡忡。

过了年，许天照从单位出发，去省城坐火车。听说省城的飞机场在建设了，下次回来应该能坐飞机了。

社会变化日新月异，一股温暖的春风吹来。

　　许若含打算就在螺苑本地找个工作，年龄摆在那里，二十七岁了。经过上次父亲自杀的事情，许若含不敢再出远门了。她也知道，父亲一直没有走出母亲死后带来的心理阴影。

　　在杜升服装厂当了三年管理员，这个岗位能让她学会更多的管理知识和工作经验，所以她到螺苑县城找工作，重点就是找服装厂的管理工作。在螺苑县城，她从西走到了北，走到东，从繁华街巷走到郊区，见到有工厂的木牌子都走进去问。走到中午时分，但工作还是没找到。

　　严长培下楼的时候看见了许若含，惊喜万分，就和母亲苦旦一同上前纠缠许若含。

　　严长培垂涎许若含的美色，想把她拉到家里去。两人拉着许若含，推上二楼，许若含整个人趴着拽着二楼的楼梯扶把，不肯上去，却哪里挣扎得脱。

　　这时，一阵粗重的拖鞋声走出来，是小肥。他手上提着东西，嘴里嘟囔着往外走。许若含瞧见小肥，像瞧见亲人一样喊了一声"小肥"，满腹恐惧和委屈终于得以发泄，她"哇"地哭出声来。小肥抬头一看，许若含一头乱发，满脸大汗，已经被苦旦母子拖上楼梯，他愤怒地喊道："干啥！"

苦旦认识小肥，知道这个人不好惹，不敢得罪他，只得解释道："这是我儿子的女朋友。"

小肥根本没等苦旦说完，扔下手上的东西就冲上前打严长培。这时，小肥的母亲从屋里走出来，大声对小肥说："别人的事情少管。"

"这是我的女朋友。"小肥冲着严长培怒道。

"他们硬拖我的，小肥，你救我。"许若含哭着对小肥说。因为仓皇及恐惧，许若含的脸色大变，头发凌乱，原本楚楚可怜的她此时像惊弓之鸟，浑身颤抖。

小肥走上前冲严长培的脸又是一拳，然后把许若含往下拉。严长培的半边脸马上肿起来，鼻血"呼啦"往下直流。苦旦见儿子吃亏，赶紧伸手来挡小肥的拳头，小肥的母亲见儿子打邻居也慌忙跑出来，同时大声呼唤小肥的父亲，几个人挤在楼梯中转不过身来，苦旦一脚没踩稳，"砰砰砰"，惊天动地地从二楼的楼梯往下滚落。

"妈！"严长培惊叫一声，顾不上疼痛，赶紧去扶母亲，小肥这才收手，把母亲推进屋子里，拉过瑟瑟发抖的许若含走进他的家，也不管苦旦母子，把门"嘭"地用力关上。

"东西还在外面。"小肥的母亲打开门，把小肥刚才提出去的东西拎进来，赶紧把门关上。儿子老惹祸，苦旦住三楼，邻居抬头不见低头见，居然又惹祸上身了。

"什么事？"小肥的父亲听见外面呼喊声，戴着眼镜，拿着一张报纸从房间里走出来。小肥没有理会父亲，把许若含往房间一拉，然后又是"嘭"的一声，把自己的房间门关上，只留下父母在厅中摇头叹息。

　　门一关上,小肥就用力搂住许若含,紧紧抱在怀里,好久没有吭声。

　　抱着许若含,安慰着,小肥心潮起伏。他知道许若含是涂嘉熙喜欢的人,他一直以为涂嘉熙会娶许若含,所以一直肩负保护许若含的使命。可是涂嘉熙结婚了,而且带回来的居然就是陆雪琪,那个喜欢装腔作势的娘们,他最讨厌这样的人。他也喜欢许若含,可惜朋友妻不可欺。此时自己喜欢的人就在怀里,做梦他都想抱抱许若含,摸摸许若含的脸。当许若含在他怀里的时候,平时放荡不羁的他却心无杂念。

　　缩在小肥怀里,许若含也是泣不成声,刚才那一幕似一场噩梦,她没想到这个世界还有这么不要脸的人,此时只有小肥的怀抱最为安全。等心渐渐平静下来,许若含表示要离开。小肥打开房间门,拉着许若含就走,母亲在后面喊了他几声,他也当没听见。把许若含带到小区外,小肥犹豫许久,他现在能把许若含带到哪里?

　　"你回厂里吗?"小肥问。

　　"回家吧。我不在那边上班了。"许若含胆怯地说,她确实被吓坏了。

　　小肥知道许若含不在杜升服装厂上班了,因为他去找过她几次。在县城,小肥也是大龄青年了,而且还是无业青年。

　　"我骑摩托车送你去车站。"小肥说。他转回身,走到楼道内的杂物间,把自己的摩托车推出来。许若含坐上车,小肥发动车子,往车站驶去。

　　在百货门市部门口的街道,因为街道窄,人来人往,小肥并不放慢速度,反而继续加速在人群中忽左忽右穿梭着往前行驶。忽然,摩托车被人从后面拖住,车子停顿了一下。小肥怒气冲冲停下车,把摩托车脚架支好,把打架的姿势拿出来。"夷海哥!"许若含跟着下车,转头一看,惊喜地叫起来。

　　辛夷海看见许若含,有点惊讶。刚才这辆摩托车差点把路人撞了，见车子在人群中还是那样疯狂，辛夷海心中有火，冲前几步把车子拖住，却不料拦下的是许若含。

辛夷海在海岛、上海承包了几个工地的建筑后，转向花岗岩装修工程。两年后，他带着老婆、孩子回到螺苑，在公路旁建起一栋别墅般的有围墙的三层楼小洋房。然后，他带着花岗岩装修队又转回海岛。见到许若含，辛夷海非常高兴，随即带着怒气望着站在一旁不知所措的小肥："怎么开车的！"

小肥正要回答，许若含拉拉辛夷海的袖子："夷海哥，这是我的朋友。"

"人这么多，找死啊！"辛夷海绷着脸对小肥说。

小肥本要发怒，见辛夷海风度翩翩，像什么高级领导，自己站着也才及辛夷海肩膀的高度，他又是许若含认识的人，心中的怒火渐渐消去，听辛夷海这样一问，不好意思地低下头。

"走吧，我请你们两个吃饭。"辛夷海对许若含温柔地说。

"真的。"对夷海哥，许若含可不客气，转头对小肥说，"我们一起去。"

小肥本想拒绝，又想看看这个穿戴整齐、有一副明星相的人到底是干什么的，于是发动摩托车跟在两个人身后，半开半停往前驶去。

穿过热闹的街道，许若含已经简单地把小肥一直照顾自己和刚才的事件跟辛夷海说了。辛夷海听说这个小肥对许若含一直很照顾，心中感动，转头看见小肥跟在身后忠诚的样子，点点头，这个人看着鲁莽，心眼倒不错。他走近小肥，说："摩托车给我，我带你们俩。"

小肥不敢拒绝，把摩托车驾驶位让给辛夷海。辛夷海把许若含和小肥带进螺苑最高级的螺湖酒店。在门口停好车，刚走进酒店，穿着旗袍的服务员走上来，把三人带到一个豪华包间。

小肥第一次走进这么富丽堂皇的酒店。许若含认识的这个人是第一个把他带到这种场合的人，小肥忽然有了被人尊重的感觉。

"坐吧!"辛夷海进了包厢,坐在面对进道门的位置上,喊许若含和小肥坐在他两侧。服务员拿来菜单,辛夷海问许若含:"你想吃什么?"

许若含摇摇头:"随便吧。"

第一次坐在这豪华酒店的房间,小肥很是拘束,偶尔偷扫屋子里的摆设一眼,见辛夷海把头转向他这边,赶紧端正地坐好。

辛夷海没有看菜单,一口气喊出十几道菜的菜名服务员一一写下,然后鞠了一躬,带着菜单走出去,并轻轻掩上门。

"你在哪里上班?"辛夷海转头问小肥。

"我没有上班。"回答这句话的时候小肥声音很低,显得底气不足。

"你在这里有很多小兄弟,成天在街上惹是生非吧!"辛夷海笑着说。虽然已经三十岁,他还是那样帅,笑起来的样子依然可以迷倒许多人。

"那个……"

"他们都很听你的话吧？"

小肥听了这话来劲了，应了声是，眉飞色舞地跟辛夷海讲起他和他那帮小兄弟。

"哦。"辛夷海点点头。

许若含崇拜地看着辛夷海："夷海哥，你工地有没有适合小肥的工作？"

"愿意跟着我干吗？"辛夷海问小肥。

"跟着你？"小肥抬起头，惊喜地问。

"我有几个装修建筑队，最近拉到海岛去，今天来城关是因为那个邮政大厦的工程，你就在螺苑帮我管理这个工程。"

"我？能管理？"小肥浑身不自在，从小到大没有人说他会管理，没有人托付他这样重大的责任，他连工作都找不到，还能帮人家管理工地。

"对。你放心，这些人员都是熟练工人，他们自己知道怎么做，主要是工人上班时间的记录，经常要采购，比如买菜、买切割机割片、502胶水、维修切割机，还有其他的开支等。你负责购买及工时方面的管理。工资暂时按一个月两千块钱给你。"辛夷海问。

"两千？"小肥惊得跳起来。吓死人了，他爸爸一个月才两百多元。

"年底奖金我会多给你，看你管理的效果如何，奖金一般在一万元上下。"

房间里开着空调，小肥却把全身的汗都吓出来了。

"另外，工地经常会有一些流氓小混混进去骚扰，偷盗工地的材料等的，甚至找工人的麻烦，你负责处理。"这才是辛夷海的真心话。

"怕什么，这里我就是老大，谁敢来！"还没等辛夷海说完，小肥豪情万丈地说了起来。

辛夷海点点头："哦，对了，你帮忙喊一个做饭的，一天三顿饭做完收拾好她就可以回家。工资你看着给，螺苑是什么标准你就给多少。"

"做饭的？我妈妈一直待在家里，可以让她来帮忙吗？"小肥急切地问。

"当然可以。你的同伴如果愿意当花岗岩装修学徒的，也可以介绍几个，我要带去海岛。"

"真的？"小肥问。

"当然真的。学徒工的工资一个月只有一千到一千两百块钱，吃住都算我的，我们的伙食好，每天都有炖排骨、红烧猪脚，一天的伙食基本保证是十块钱。知道吗？我现在的师傅一天的工资都在一百到一百二十块钱左右，其实你的工资并不高。"

夷海的眼里，小肥比其他人实在淳朴多了。

"行，我回去马上喊人。"小肥激动得坐立不安，恨不得这餐饭不用吃，他马上回去炫耀，把好消息告诉家里人，告诉他的狐朋狗友。他也不是想着游手好闲，整天在螺苑街头巷尾惹是生非，这里实在太穷了，几家可以安置他们的企业都发不出工资，濒临关闭。他暗地里感谢起涂嘉熙来，介绍他认识了美丽的许若含，又认识这个大哥，总有一天他也要带同伴坐在这里吃饭。

端上来的菜都是以前小肥听说过没有尝过的菜肴，听服务员一声声报出菜名，小肥想把菜名记住，筷子一伸，他又把菜名忘得一干二净。

"你跟我去海岛吧，海岛那边缺个做饭的，工资也不低。"辛夷海转向许若含，温柔地说。

"我？"许若含听见刚才辛夷海跟小肥说的话，心中羡慕，此时听辛夷海问，犹豫了一下。

"我估计三天后出发，这两天你把行李准备一下，回去跟你阿爸说一声。"辛夷海说着，伸出筷子，在那盘黄澄澄的螃蟹上夹了几下，挑出一个较沉的放进许若含的盘子里。"家里装了电话了吗？"辛夷海问。

"还没有。"许若含小声回答，装一门电话要一千多块钱，家里负担不起。

"明天我要来工地安排一下，然后去螺东街，大约十点你把户口本带去乡里，在邮电局门口等我。把家里的电话申请了给装上，你们姐弟出门，伯伯一个人在家，万一有什么事打个电话也方便。"

"太贵了。"

"没关系。"辛夷海说。

许若含终于点了点头，轻声说："夷海哥，谢谢你。"

"别说谢谢。"辛夷海转头问小肥，"你明天就要来上班，我还没离开，可以教你两天。"

小肥见许若含跟辛夷海说话，盯着辛夷海面前那只螃蟹好久了，犹豫半天，终于鼓足勇气去夹，见辛夷海转过头来，一惊，螃蟹掉落在桌上，小肥赶紧缩回筷子。"可以，完全可以。"小肥回答得很快，他怕辛夷海又收回决定。一个月两千块钱，那是天价了，一斤米也才八角五分呢。一年两万四，还有奖金，一年有三万多块钱，怎么会有那么多的钱呢？小肥算着算着，他快疯了，这么多的钱怎么花？

吃得差不多了，辛夷海掏出一沓人民币，对小肥说："小肥，你去结账。"

小肥受宠若惊，这是他第一次摸到这么多的钱呢。他攥紧钱，站起来，走过去打开门。

"不用过去，喊服务员过来就可以了。"辛夷海说。

小肥听了，站在门外大声喊："服务员，结账。"然后走回来，学辛夷海的样子大大咧咧地坐在座位上。服务员拿着菜单走来，跟小肥对账。辛夷海小声地跟许若含说着话。等服务员离开，小肥把手上剩余的钱递给辛夷海，辛夷海瞟了一眼小肥手上的钱，问："还有多少钱？"

小肥数了数："大哥，还有一千零四十五元。"

"好的。开发票没有？"

小肥一愣："没有。"

"没有开发票，这钱怎么找我报销？"辛夷海严肃地问。

小肥讷讷地站着，想了一下，他马上掉转头走出门，回来的时候手上拿着一张发票，递给辛夷海："大哥，发票开来了，我们今天吃了三百二十八块钱，零头抹去，收我们三百二十元。"

"记得，以后工作，不管买什么东西，或者带客户吃饭，还是其他开支，全部要发票。最好是正式的发票。其他一些小东西可以用普通收据代替。我回来后会查这些发票收据的证明，这也是你的工作职责，少了你赔，多报你走人。"辛夷海正色说。

小肥心中一震："是，绝对不会多报。"

"不管做什么事，账目要清楚，安全要重视。明天早上八点，准时在那栋新邮政大楼的工地上等我。"辛夷海说。

"肯定的，大哥！"小肥暗下决心，一定好好对待这份来之不易的工作。

"把桌上剩下的东西打包，你们两个带回去。记住，不要浪费，特别是工地上，随便一浪费可能就是成千上万的。"辛夷海严厉地盯着小肥。

小肥缩了一下脖子，点点头。

许若含顺路买了块豆腐、一条鱼，回家后又到地里摘了一把小青菜。晚饭煎鱼，烧个鸡蛋豆腐汤，打包回来的菜热了一下。

这个晚上，父女俩边吃饭边讲话，平静地谈了很多话，从许若平的自杀，到阿勤意外死亡，到许若含的终身大事。许若平的自杀、母亲的去世、孩子的意外，这些事件的发生，一直到去深市打工，许若含还是个孩子，处在懵懂的年纪，记忆不深刻，但当涂嘉熙结婚后那种失去后永远不能回头的彻骨的疼痛第一次扎入她的心时，她瞬间全明白了。当许水生躺在医院差点醒不过来时，许若含更加感觉得到，家的担子那么重。

"你要去哪里，阿爸从来不会阻止你。阿爸前几年那样对你，也是我的脾气过于粗暴。我不是女人，没有那样细腻的心思来理解你们。我们家曾那么凄惨过，如果不是你支撑起这个家，培养你弟弟上了大学，让咱家有出头之日，阿爸死了也愧对祖宗。别看阿爸喝醉了，心头明白。"许水生端着酒杯，说。

许若含坐在餐桌旁，她往嘴里扒了一口米饭，说："阿爸，别想那么多，我能做多少就做多少。你现在最重要的是照顾好自己的身体，不是我们做儿女的小气，你就听天照的话，少喝酒。我这一次去海岛，是跟夷海哥一起去，你知道夷海哥是什么样的人，所以你尽管放心。我现在长大了，不是当年的我了！"许若含见父亲身体恢复正常，情绪也比从前好，心情放松了许多。

"你出生时，很黑，像块炭一样，哭起来声音洪亮，邻居都被你吵得没办法。来看你时，她们都说你丑死人了。你奶奶那时候还在，回应她们，哪里丑？我家阿含以后肯定是美姑娘。"许水生开始讲从前的事。

许水生从小最疼爱许若平，许若平的死，罪魁祸首是辛夷海，这是无法改变的现实。这几年辛夷海从来不敢出现在他面前。他也知道辛夷海对许若平是真心实意，也明白从许若平死后，他也有帮忙照顾这个家庭。对许若含想再次跟着辛夷海出门打工，他虽然心头纠结，却并不竭力反对。这个家没有许若含就没有今天，所以，对这个小女儿，他在心里已经有了依赖。

"欧博龙还在海岛？"

"夷海哥说他在。"许若含又顺便把辛夷海当年去深市告诉她的话跟父亲讲了。

许水生沉默了一会儿，说："欧家派人来提过离婚，商量着聘金退还问题。俗话说'相亲看厝宅，娶某看外家'，咱家的情况人家忌讳，当然嫌弃。那是前几年，现在天照顶起来了，咱家的条件也好起来了，也不怕人嫌弃了。这些话我一直没告诉你，翠英跟你提过，对吗？"

许若含点点头："翠英伯母告诉我了，问我准备怎么办。我也是想，如果答应了人家，就要退聘金，当年他家也没打银腰链，按照风俗来说礼数也是不足的。咱也不是贪人家便宜，只是那时候咱家的收入顾前不顾后，也不好去借。还有就是他家没提，咱们也不好开口。"

"你今年二十七岁了，村里也没有年龄这么大还没家庭的。这次去海岛，如果你们两人能在一起，我也省心，如果不在一起，咱们借钱也要把那些聘金退还。一年一年过着，你不觉得快，看我头发胡子白了。"

"我去了再说。夷海哥说博龙在占江也有工地，他很少住在海岛。"许若含听父亲这样说，抬头看了看父亲的头发，父亲老了，她心里说，特别是这次父亲自杀未遂事件后，他更显憔悴了。

许水生又倒了一杯酒。

"阿爸，你少喝一杯，要吃饭了。"许若含盛了一碗米饭，放在许水生面前。

许水生看看碗里的饭，端起酒杯端详："还有一口，喝了我就吃饭。天照为什么要去那么远的地方？"

许若含愣了一下："阿爸，人说'儿孙自有儿孙福'，天照你就别管了，看他的造化了。"

其实许若含一下答应要去海岛，最重要还是为了弟弟。弟弟去西北工作，那边那么穷，如果要把人带到这里来找工作肯定很难的，自己走了一个早上都找不到工作。下午吃饭的时候听夷海哥那样说，他的建筑队肯定非常缺人，而且工资那么高，自己跟着夷海哥，说不定可以帮弟弟安排一部分人，有了收入，那些人就可以养家糊口，培养孩子。

想到建筑公司，许若含想到家里的房子："等能剩点钱，把外面那两间房子也盖起来吧，这房子挤了，夏天西边的太阳直往房间烤，一点风也没有。"

"这些不急。我认为你还是先想想自己，如果确定要跟欧博龙在一起，是该有小孩了。"许水生放下酒杯，端起饭，从盆子里夹了一筷子青菜。

"阿爸，你不用担心我。"

"还有，在外一切小心，辛夷海虽然好，毕竟也是外人。不要一拿到钱就全部寄回来，身边总要藏点钱，想回家的时候可以马上回家。工地住宿不安全，一定要有房间门，门要能拴牢固。"许水生的眼神里，藏着洞察世事的智慧。

"夷海哥说他们现在是装修工程，不要住工棚，可以住套房。"

"那就好。"

这个晚饭，父女俩吃得开心。第一次，他们之间的思想有了沟通，第一次，他们感受到了父女之间亲密的情感。

辛夷海带着许若含离开螺苑，同行的还有几个贴花岗岩的师傅、两个小肥介绍的徒弟工和一个准备去帮忙做饭的阿姨。

次日，许若含一行到达工地。所谓的工地，是完成的建筑大厦，内外装修正在紧锣密鼓地进行着。一个男孩接过许若含的行李。

"小风，把她们两个的箱子拎到大厅东面那个小房间。"辛夷海冲男孩喊。

"知道了。"小风友好地对许若含笑笑。他叫王风，是个东北人，原来在上海打小工，跟了辛夷海三年。辛夷海看他聪明、老实、能吃苦，一步步把他提了起来，他又从上海跟到海岛。

辛夷海在海岛有大小三个工程。为了方便呼唤许若含，也为了不让许若含到处找电话回复，他为许若含配了个中文传呼机，需要交代事情的时候他打电话到总台，让总台传达他的意思。

许若含第一时间写信告诉了弟弟。半个月后，呼机传来一组中文信息：姐姐，我是弟弟。一个0951的外地号码发过来的。

　　许若含以最快的速度冲到工地隔壁的小卖部，给弟弟回了电话。

　　许天照骄傲地告诉姐姐，富省有一个很大的官去了夏省的银城，大家都很兴奋。那个官员待人很亲切，亲自询问他们的科研成果，说在条件恶劣的沙漠、戈壁滩考察很是辛苦，让他们一定要努力工作，多做实事，还关心他们能不能适应当地的工作。

　　许若含很开心。她告诉弟弟，已经跟夷海哥说了，他愿意接受弟弟那边的人员，只要能吃苦，工资不会太低，包吃包住，还可以叫一个文化程度高有管理能力的人带队过来海岛。先过来几个，适应了再让老乡带老乡来。

　　许天照从信里知道二姐去了海岛，虽然有点担心，但是跟辛夷海在一起，也就放心了。许天照也是在大姐许若平的头七那天第一次见到辛夷海，后来又从二姐的信里多少了解这个男人。而且二姐夫欧博龙也在那边，二姐都是奔三的人了，婚姻大事一直是他跟父亲心里的结。

　　许天照放下电话，跟身边的领导探讨了这件事，就问了几个比较熟悉的人，看他们的亲戚朋友要不要去海岛。

　　不久后，许若含收到小肥的来信，信里夹的是涂嘉熙的一封问候信件。许若含没想到的是，涂嘉熙的哥哥涂嘉佑是跟弟弟一起去夏省挂职的富省人之一，自己提出的让弟弟那边安排几个人来海岛工地一事，弟弟也跟涂嘉佑做了工作汇报。涂嘉佑觉得这也是螺苑企业家支持扶贫工作的项目之一，只是不方便按照官方劳务派送工作进行，就让愿意去海岛的人私下跟辛夷海报名。

　　银城的人非常高兴，马上挑选了十几个人，其中有个叫土娃的文化程度最高，高中毕业，本来家里想给他安排工作，但是他听说有个到海岛工作的机会，第一个报名了。

　　夏省的民工到达海岛，已经是第二年的事了。

　　辛夷海把到银城招工的工作交代给了小风，小风背着钱，裹着大棉袄，历经很多艰难总算到了银城，见到了许天照，也见到了土娃等人。一番准备，包括办理各种证件，又是十几天的转车，总算把人给接到海岛了。

土娃近一米八个子，胖瘦跟辛夷海差不多，皮肤黝黑，脸上常带着憨厚的笑容。

一到海岛，土娃说是他舅舅吩咐的，给许领导的姐姐带了枸杞、红枣、核桃等特产，要当面交给许领导的姐姐。

许若含见到了土娃等人，让她头痛的是两个人语言不通，只能半猜半比手势。

小风去过夏省，知道这些人的饮食习惯跟他们不一样，又跟辛夷海汇报，辛夷海就让小风去处理，夏省的民工吃住另外补贴，由土娃安排，包括工作，也交代了土娃。

在海岛，许若含做的就是辛夷海交代小肥的工作一部分，采购、帮忙洗菜做饭。空闲时，她也去工地上，看工人切割石板、安装，帮忙拌砂浆、灌浆。许若含已经懂得一包水泥需要配多少细沙和水，配完这些，她拿着铲子上下飞舞，农村的生活和劳作给了她一副健壮的体格和有力的双臂，虽然这两年一直在工厂上班，力气略减，却不妨碍她得心应手地操纵一把铁铲。

有时候，许若含也骑着自行车去另一个工地帮忙扛花岗岩、抬水泥、挑沙子上高楼。装修的地点在这栋楼的八楼，因外装修已经完毕，建筑架全部拆除，没有电梯，故所有的物料只能靠人力搬运上八楼。这边的搬运是土娃负责，夏省人勤劳，土娃以身作则，一趟一趟不停歇地往八楼搬运。

许若含要上前帮忙扛水泥，被土娃阻拦了，许若含就去筛细沙。

大家正忙碌时，辛夷海来了。他走过去看看还有多少水泥和花岗岩没有搬运，见许若含正在筛沙子，走了过来。

"阿含，他们都不做事吗？怎么你亲自动手？"辛夷海跟许若含打了声招呼，蹲下来抓把细沙观看。

"不是的。来自夏省这些人比本地招的小工勤快多了，土娃也带得好。"许若含喘口气，擦擦汗水。海岛的气候一年四季炎热如夏。

"人呢？"

"他们刚扛石板和水泥上楼，歇歇他们就下来。"

"哦，你不要做这个了。走，我带你去一个地方。"

"去哪？"许若含问。

辛夷海笑而不答。他们走出工地，拦了一部的士，来到城市另一边的一个水上公园。

"我们划船。"辛夷海租了一条船。

"真的！"许若含惊喜地叫着，尽管家离海边不远，她也跟同伴骑自行车去过海边，但是她从来没有上过船，渔船本来就不允许女人上船。她也羡慕过公园划船的人们，她做梦也没有想到夷海哥会带她来划船。在辛夷海的身边，她觉得自己像个孩子，有人宠，有人疼。

沿湖有一排排树木，有木栈道，有石桌、石椅。船划开离岸了，许若含看见一个女人拉着两个小孩急急地走，然后一个男人跑过来，抱起其中一个小孩，女人也抱起另外一个孩子，几个人迅速掩入树林中。

林荫！许若含看清了，那个女人是林荫，那两个孩子是谁？就是曲明言的儿子吗？曲明言只有一个儿子，那应该是另外一个男人的孩子。他们急急忙忙要去哪里呢？

许若含看着辛夷海："夷海哥，那是我工友。"

辛夷海："你认识她？"

许若含还没回答，只见岸上有个人大声哭着往这边追过来，又有几个人跟在后面跑，一边跑一边喊："站住！"

辛夷海用力划几下桨，船离岸更远了，辛夷海这才问许若含：

"那是你的工友？"许若含把林荫在深市的故事讲了一遍。

辛夷海默默地划船，沉默许久后，才开口说："叫你那个工友不用找了，他老婆要不是已经死了，要不就是卖掉了。不过被那个女的杀了可能性比较大。"

许若含吓了一跳："不可能吧！林荫怎么可能杀人。"

辛夷海专注地划船，说："我也只是猜测的。刚才那个男的是个贩卖团伙的小头目，我见过。这个女人跟他们在一起，肯定不是好人。包括那两个孩子，估计也是偷来的，你没看见背后追的那些人。"

许若含急了："夷海哥，咱赶紧报警吧。"

辛夷海严肃地看着许若含："在你无法确保自己安全的时候，不要轻举妄动。另外警方也掌握了相关信息，就是没办法一网打尽。"

许若含说："咱们现在看见了，马上报警，警察就可以来抓他们了。"

辛夷海摇摇头："阿含，你还是太天真了。那帮人，只要隐入人群，你就找不到，他们有他们的地下渠道，一得手就撤，另外换一批人进来，流动性很强。"

许若含想了一下，忽然想到一件事，丢失的如安，听说是跟一个组长走的，那时候林荫不就是在当组长吗，为什么公安局没有查出来？

辛夷海见许若含不说话，转移了话题："把这件事忘了，你没能力管。你如果觉得无聊，我们工地附近有个电脑培训班，广告就立在路旁，你去学学电脑吧。"

许若含抓抓头发，她是来打工的，不能拿着夷海哥的钱去学电脑。

"还喜欢看书吗？"

"年纪大了，没有去想那些。"许若含轻声回答。

"如果你有那兴趣，或者还想学习，附近还有一个培训班，我那天晚上从那经过，看见灯火通明，很多像你这年龄的人，戴着眼镜坐在教室里听课。你考虑一下，买部二手自行车，晚上去读书。工地不安全，新自行车容易丢。"

"我是小学生，人家收吗？"许若含的眼睛一亮。

辛夷海笑着说："去问问吧。"

许若含点点头。

辛夷海用力划了两桨，船调了头："阿含，唱首歌。"

许若含也不扭捏，唱《让我们荡起双桨》。

许若含和做饭阿姨住的同一个房间，分床而睡，做饭阿姨回去后，她一个人独住。房间铺瓷砖了，从工地上抬几块木板回来，垒起几块空心砖，木板一横，铺张草席，就是床。客厅很大，有上百平方米，客厅是做饭和吃饭的地方。厅中垒起空心砖，横几块价格较便宜的603花岗岩石板，就是一张很好的餐桌，凳子有的是自己钉的木凳，有的是垒起的砖头，或者用完黄铜线后的空木架。看书疲惫之时，许若含就到工地上看工人做事，偶尔帮忙铲几锹水泥。到晚上，大厅是最热闹的地方，疲惫了一天的师傅们就在这里泡茶侃大山，聊几段荤段子。

这段时间，辛夷海都是留在这个工地上，许若含每天会加几个菜，他跟工人就坐在大厅喝酒。许若含每天早上四点多起床，打开煤炉做饭，然后去买菜，回来后收拾碗筷，准备午饭，忙得不亦乐乎，到下午才有时间读书。看了一会儿书，许若含把书本放下，准备休息一会儿。她眯着眼，听见虚掩的门被推开了，一串脚步声轻轻走进来，一股酒味袭来。是夷海哥身上的味道。

辛夷海把门关了，走过来，在许若含的床边坐下："阿含。"

许若含的心"砰砰砰"跳着，只得装睡。辛夷海伸出手，轻轻抚摸她的眼睛，睫毛，脸颊，嘴巴。这眼睛，这睫毛，这嘴巴，跟许若平是如此的相似啊……

许若含和辛夷海的关系忽然变得微妙起来，她开始注意起辛夷海的一举一动，他的言行、衣食、穿着，许若含对辛夷海产生了说不清楚的感情。

之后的每一个午后，当工人全部去工地了，许若含就渴望辛夷海再次光临。她常常想，如果夷海哥再次来了，她是不是应该抱住他，留住他？她一再回忆那时的情景，以及夷海哥抚摸她时的那种温暖。

晚上睡觉前，躺在床上，听着辛夷海和师傅们谈话的声音，许若含爬起来，走到门边，轻轻地把门闩拨开。辗转反侧好久，厅中的谈话声低了，消失了，四周一片沉寂。许若含终于起身，上了趟厕所，看见阴暗的大厅，和其他几间紧闭着门的房间，查看了煤炉，回到房间，把门闩牢了，又躺了好一会儿，渴望的脚步声却没有响起。

不久后，辛夷海去了上海，并且把王风也带了过去，他开始专心拓展上海的业务。辛夷海去上海后，海岛这边由他弟弟辛夷发代理。从辛夷发口中，许若含听说，辛夷海在上海闵行区租了办公室和住宅，把妻子雪儿也带去上海了。许若含记得夷海哥告诉过她，花岗岩装修市场的竞争越来越激烈，他想转向装潢设计，往上海那个大都市发展。

再忙，许若含也不放下书本。她开始用心灵叩问宋词，以前她看不懂，现在她懂了一些。在那个夜校，她报的是文学班，因为招生广告里的要求只有文学不用读英语和高等数学，也刚好是她的兴趣和爱好。她学习的课程之一是古诗词，不懂的地方，她虚心地请教老师和同学，有那样一个学习的氛围，加上她发自内心的兴趣，她进步神速。

"聚散苦匆匆，此恨无穷，今年花胜去年红，可惜明年花更好，知与谁同？"

"落花已作风前舞"，"一种相思，两处闲愁"。她在吟诵这阕宋词的时候，她的心里想的，是姐夫辛夷海。自己在犯错，许若含告诉自己，却无法自拔。

　　许若含再次从学校回来的那个晚上，在路边的商店徘徊许久，鼓起勇气，买了两条盒装的男士短裤。她担心短裤小了，红着脸，向售货员描绘了辛夷海的身体特征，然后才挑了一红一藏青两件大号的盒装短裤，付了钱，把短裤塞进包里。上次她帮辛夷海洗衣服的时候，发现夷海的短裤破了。

　　新买的短裤布料是纯棉的，很柔软，如同辛夷海的笑容一般。许若含不时把手伸进包里，摸了摸。她想着明天把短裤洗洗，偷偷跟夷海哥的衣服放在一起。她还想，夷海哥见到短裤，惊讶的样子，然后问她：你怎么知道我穿多大的短裤？

　　大厅依然灯火通明，师傅们不知道是逛街还是去睡觉，只有辛夷海和另外一个人在喝酒，桌上摆着几样小菜，还摆着一个漂亮的水果篮。许若含见来者陌生，没有打招呼，准备从墙边走过去，回到自己的房间。辛夷海看见许若含，没有指名道姓地喊了声："来坐一会儿。"

许若含听话地走过去，辛夷海手一指，许若含坐在桌子的一旁。

大厅一直是大师傅们吃饭的地方。来海岛以后，每次把炒好的菜和打好的汤端上桌，许若含就懂事地和做饭阿姨用另外一个小碟打点菜，端进自己的房间，把菜放在床前的砖头上，两个人坐在床上吃饭。一个人的时候，她还是保持这种习惯。

辛夷海帮许若含倒了杯可乐，放在许若含面前，许若含抬头正好跟客人打招呼，愣了。

许若含没想到这个客人是欧博龙。

欧博龙穿着 T 恤沙滩裤，脸略微有点胖，白白净净，很有几分气质，很帅气。这就是自己名义上的丈夫，结婚十几年，这也是许若含第一次面对面地跟自己丈夫坐在一起。欧博龙见许若含坐下，瞟了她一眼，伸出汤匙，在蛋汤里反复搅了几下，才舀起一勺清汤："阿海，你这里还藏着这么漂亮的一个女人。"

"喜欢吗？喜欢就给你吧。"辛夷海半真半假地说。

"说笑。"欧博龙伸手抓了个鸡爪，大声咀嚼着说。

"喝酒吧。"辛夷海为欧博龙续了酒。

"你把工地分一片给我吧，我现在穷得是一清二白了，占江欠的工钱讨不回来。"

"你好多年没有回去了吗？"辛夷海问。

"没钱怎么回去，都有五年了吧。工钱还没给人家，回去过一个年，一屋子坐满人等你发工资，那日子怎么过？"欧博龙苦恼地说。

"前几年不是赚得很好？咱们这些人就你家最红火。"

"当年不是我吹的，要什么工程还不容易。五十个师傅都不够用，谁知道现在工价涨这么高。这边施工的给个红包，那边验收的请一顿，工钱尾款一欠，什么都不够。"

"你真的不认识她？她也是老家的。"辛夷海指着许若含问。

"看着眼熟，估计街上有遇过。是哪个村的？我几年没回去，当年的小女孩现在都长漂亮了。"欧博龙端详许若含，知道是辛夷海的人，有事求他，也没敢冒犯。

"倒溪坡村的。"

"那个村庄我知道。我……"欧博龙心一动，他想起辛夷海和许若含姐妹的关系，偷偷又瞥了许若含一眼，说话的语调也斯文温柔了。

"再喝一点。"辛夷海为欧博龙倒了酒。

晚上，欧博龙提着水果篮来找他，让他拨一片工地给他。这段时间辛夷海一直在上海、螺苑、海岛三个地方跑，没时间跟许若含好好谈谈。他没想到欧博龙竟然找上自己，更没想到欧博龙认不出许若含。上一代人夫妻结婚十数年互不相识是很正常的现象，也因此闹过许多笑话，20世纪90年代中后期还出现这样的现象，只能说明一点，夫妻已经没有任何感情，陌生到极点。让他们破镜重圆，辛夷海一点也没有这样的想法，他是自私的，他想留下许若含。但是，既然欧博龙来了，于情于理，他都应该给许若含考虑的余地，毕竟他们是夫妻。他表面上躲着许若含，内心是渴望的，他必须给许若含时间，等待许若含的决定。对许若含的思念，他心神不宁，就是睡在妻子旁边，脑海里都是许若含美丽的身影。

见到欧博龙的这个夜晚，许若含翻来覆去睡不着，她想起十四岁时跟欧博龙在一起的夜晚，想起那个生在粪池的孩子，想起杨部长肮脏的手，想起自己这几年的遭遇……

她发现自己是多么渴望有一个圆满的家庭，有一个像夷海哥一样疼爱自己的男人。这段时间，对夷海哥疯狂的爱，她忘记了一切，忘记了自己还是个有丈夫的女人，欧博龙的出现，让许若含对这种爱有了负罪感。"原来我早已结婚了，那么我怎么能配得上夷海哥呢？人家雪儿可是对夷海哥从一而终的……"许若含的泪水涌了出来，这么多年，她已经忘记了这些事，欧博龙的出现无情地让她想起这些。

　　夜市的大排档传来喧哗声、搬动桌子的声音。许若含睡不着，打算到街上走走。

　　许若含坐在离工地不远的灌木丛边，却觉得哪里有一双不怀好意的眼睛盯着自己，她四顾环望，没人。许若含起身回工地。

　　厅中还有人，他坐着，头趴在膝盖上，似乎睡着了，走廊的灯光射进来，他是夷海哥。他醉了？没有回房间休息？许若含房间的门虚掩着，他有没有推门进去？许若含走上前，蹲下来，轻轻呼唤："夷海哥，你怎么不回去睡觉。"

　　辛夷海睁开眼睛，见是许若含，蓦地站起身，把许若含横抱起来，回身朝许若含的房间走去。

　　许若含又惊又怕，不敢挣扎，任由夷海哥把门关了，把她平放在床上。辛夷海拥着许若含，问："阿含，你跟他去吗？"

　　许若含忽然明白辛夷海在想什么了，毫不犹豫地很快地回答："不去，我只愿意跟着你。"刚才的所有不满所有委屈全部烟消云散，在这一刻，她的内心只有欲望，融入爱人怀抱的欲望。

　　"可是我有雪儿，有孩子了，我该如何安顿你才是？"辛夷海喃喃地说，他的唇轻轻碰触许若含的脸庞、头发。

　　"我也可以跟着你？"许若含轻声问。

　　辛夷海没有说话，他要的承诺得到了，如他所愿。他把许若含紧紧地抱住："阿含，你跟你阿姊一样。"

　　许若含的心在刹那间冷却下来，纠缠一个晚上的不快刹那间迸发：原来，我只是替身！原来他把自己和阿姊当成他的玩具。

　　她迅速把衣服拉下来，推开辛夷海，坐直身体。

　　"夷海哥，你知道，我喜欢你，可是我需要一个家。"

　　辛夷海心里也充满矛盾，他爱许若含，这是无可非议的，从许若含十八岁，一直到现在，他对她的感觉、对她的欲望从来没有消失。只是他害了许若平，他不能再害她的妹妹。

　　他想对阿含说自己对她和对阿平的爱情都是一样的，没人可以取代。许若含的抵触是他意料之中的，他再次伸手搂住许若含，接到再次拒绝的信号后，还想劝许若含："你如果愿意，海岛就是你的家，没有人会来打扰你的生活。在工地，这种事很多，你知道的。"

　　"夷海哥，我想要正常的生活。"

　　辛夷海不吭声了，好一会儿，才松开手，像那天下午一样，离开了。

　　几天后，欧博龙又来到辛夷海的工地，那天晚上，借喝了点酒，他向辛夷海提出留宿，由辛夷海出面，跟许若含说了。

　　欧博龙走进许若含的房间，关门的时候，他细细查看门闩，几次插上又打开，开门关门，里面瞧瞧外面瞅瞅，嘴里念叨："这门，外面吃吃，里面睡睡倒也方便嘛。"

　　许若含一听这话，心中就来气，一肚子的柔情瞬间消失殆尽。

　　欧博龙关了门，回头看见许若含坐在床沿，便说："坐着干啥，衣服脱脱早点睡一下。"

　　欧博龙并没有觉得许若含有什么陌生的，两个人本是十几年的老夫妻，根本不需要多少客套。在欧博龙粗鲁的身体下，许若含忽然泪流满面，她想起了深市的那些友谊，想起了涂嘉熙，想起辛夷海的怀抱，想起曾经有过的梦，不由得泪流满面。黑暗中，她如一根木头般躺着，灵魂飘离躯体，带着无奈，和心中无尽的凄苦。

　　许若含依然跟丈夫生活在一起，但是她心中明白，她已经找不回青春了。跟欧博龙在一起的别扭感很久才缓和过来，就像一个偷情已久的女人，又回到原来的生活轨迹，那份漂泊感倒是减少了，但是有很多说不清道不明的感觉却滋生了。涂嘉熙、辛夷海都成为过去的回忆、过去的事。

　　欧博龙大部分时间还是住在占江，他说很多工程款没有收回，必须回占江等待。在海岛，辛夷海另外接了一个小工地，转给欧博龙承包，但是由于欧博龙在过去几年时间里个人信用不好，因此聘不到好的花岗岩安装师傅，担心耽误工程误期，辛夷海只得借给他几个师傅。工程结束后，欧博龙很快把工程款花完了，师傅的工钱还没拿足，于是师傅们转而向辛夷海索要工资，辛夷海只得赔付工人们的损失。这件事让辛夷海大为光火，从此再不把工地转包给欧博龙。

欧博龙又几次要求许若含跟辛夷海求情，要钱，要工地。这样一次又一次，辛夷海终于寒了心，不再事事答应许若含。许若含见辛夷海如此，以为自己跟欧博龙在一起他心中有成见，便跟辛夷海之间有了隔阂。

欧博龙没有经济来源，也不能提供地方给许若含住，许若含只好一直住在辛夷海这里。欧博龙一方面利用着许若含和辛夷海的关系，一方面又旁敲侧击讥讽辛夷海说他大小通吃。这些辛夷海不好跟许若含说清，又气又恼。

许若含怀孕了，这时新的一年到来了，她二十九岁了。那天晚上，辛夷海喝得酩酊大醉。

　　许若含怀孕后，辛夷海叫辛夷发不要给许若含安排任何工作，也不管其他人如何抱怨。那天晚上喝醉后，他就离开海岛。

　　自从许若含怀孕后，欧博龙也没有再来工地。多年后，她才知道，这段时间，欧博龙在占江的另一个妻子怀孕生子，他一直在照顾另外那个家。

　　许若含恢复了从前的孤独，除了肚子里一天天长大的小精灵，她没发生什么变化。这边的工地快完成了，都在收尾阶段，有的地方要等其他的工程队进行了才能收工。工人也慢慢撤去市区的银行大楼，吃住都在那边。这边只剩下四个人，许若含、辛夷发夫妻和一个收尾的师傅。

　　这天收尾的师傅让土娃派小工过来做一天，土娃因为安排不过来，就自己来帮忙，刚好行李还没全部搬过去，晚上就住下了。

　　每天晚饭后，许若含都会到工地外面走一圈。这天晚上去书店把书还了，又买了一些日用品。街上的行人稀少，工地大门对面那个十字路口的大排档摊位人反而更多了，欧博龙没出现的时候，辛夷海带许若含到那个大排档吃过几次。那时，辛夷海喝啤酒，一瓶又一瓶，边喝边看着许若含笑。许若含喝可乐，小口小口地沾，她没敢对着夷海哥的眼神，却在心里偷偷地乐。经过大排档的时候，许若含心里感慨，这一切都过去了。

许若含慢慢走到路对面，只是觉得身后有冷冷的目光跟着她，这是第二次了。

工地的大门关了，看门的老伯伯正要锁住小门，见许若含来，把小门敞开了，让她走进来，再掩上，上锁。

见到老伯伯，许若含心安了，不知道为什么，刚才她心里很紧张。她走进小门，往身后一看，只看见大排档的热闹，没有其他异常。

大排档角落阴暗处吃饭的两个人，其中一个就是林荫，见许若含工地的门关了，林荫抬头问另一个男人：“贼七，就是这个女人，你看好了啊。”

贼七眯起一只眼睛：“长得还不赖，瘪三那么笨，那么好的机会都没拿下。”

林荫恨恨地说：“那时候有两个，买家都看过她们的照片了，价格还算是比较高的，订金也给了，就是没拿下。”

贼七皱起眉头：“这有啥难。主要是肚子里那个看起来没几个月，我们要花时间处理。”

林荫又说：“一大一小也不亏，就怕夜长梦多，这么多年了，没想到还能遇到。那天在湖边我一下就肯定是她了，刚好手上还在忙另外一件事。”

贼七说：“急了反而更办不好事。老丑不是前两天按你的意思进了这个工地，去清理杂物，等他消息吧。”

林荫举起杯子：“看好啊，别又失手了。”

贼七摸了一下林荫的屁股：“开玩笑，也不看谁出手。”

许若含上了楼，在楼道里遇到土娃，他端着一杯水从大厅走过来，看见许若含，他说："我这几天不在，没注意你们那边灯坏了，明天我去修理。"

许若含说了声"谢谢"。

大厅原来很热闹，现在工人撤走了，空荡荡的。辛夷发夫妻都是把饭拿回自己的宿舍吃，这里几乎没有人来了，显得很阴冷。以前作为吃饭的地方，大厅是没有门的，原来照明的一个大灯泡坏了，也没有人来换，每天天黑许若含就要把房间的灯打开，这样她从外面回来就不用抹黑了。还是土娃细心，发现了这个灯坏了。

许若含的宿舍有一个简易的木门，上有一个简单的门闩，实际上用力推一下门闩就会掉。

走进房间，许若含却有心惊胆战的感觉，记起父亲的交代，许若含在进房间的时候把大厅的菜刀拿进去放在枕头下，睡觉前又去大厅搬了几块花岗岩顶在门后。

这样，她心里还是不安稳，就是慌。

不知道土娃等下还会不会来倒水。后来人少的时候，只有土娃偶尔半夜来倒水，其他人几乎都不来这里了。土娃不在这边吃饭，但是只要他在这边工地，习惯性的半夜会来一次大厅倒水。

许若含很是回忆以前那人多热闹的场景，想着明天得跟辛夷发商量一下，自己也搬去市区的银行工地，在那边才有安全感。

许若含匆匆洗了脚就睡觉了，洗脚水也不敢拿出去倒。躺下很久，她还是睡不着，莫名其妙地心慌，几次摸了摸枕头下的菜刀，还是怕。约莫半夜时分，她果然听到外面很轻微的脚步声，径直往她的屋子走过来了，那每迈出的一步，都是轻轻踏下去的，但是在深夜里声音就是那么清晰，声音径直地走向许若含的宿舍。

以前辛夷海也来她的房间，带来的是温馨安稳的气息；土娃来的时候，是脚踏大步的。这一次，许若含闻到很清晰危险的味道。

她把菜刀拿在手上，光着脚站在地上，慢慢走到门边。大厅没有灯，她睡觉不敢关灯，所以变成了她在明处外面的人在暗处。

外面的人推了一下门，门没被推动。

许若含拿着刀屏息站在门边，以为那人进不来的时候，外面马路"嘭"的一声巨响。

在马路的声音响起的同时，房间门也嘭的一声被撞开，许若含都来不及使用上菜刀，手就被对方抓住了。对方的速度很快，夺了许若含的菜刀，拿着一块布塞进许若含的嘴巴，然后迅速把许若含捆起来，塞进麻袋，再扛起麻袋就走。一系列动作很是利索。

许若含非常恐惧，可是叫不出声来，她挣扎了一下，被对方踹了一脚，担心对方踢在肚子上伤害了孩子，她就不敢动了……

头昏脑涨的时候，许若含突然听到一声呼喊："偷材料，有人偷材料了。"

那声呼喊就是留下的另一个收尾的师傅喊的。随着他喊声刚落，一个人影唰地从另一个房间冲出来，越过他，冲下楼梯，追上去了。收尾师傅一愣，知道这个是来自夏省的小工，名字叫土娃。见有人追过去，收尾师傅壮胆也跟着追上去，都是做粗活的人，浑身力气呢，怕过谁。

两个人追上小偷，发现是两个小偷，一个很快被他们绊倒在地，另外一个扛着麻袋迅速往外跑。

扛了东西还跑那么快。收尾师傅懒得追，抓住一个就够了，正要喊住土娃，却见土娃又从他身边窜过去继续追前面那个小偷了。

换成别人，东西偷就偷了，命比较重要。偏偏耿直的土娃不信这个邪，总不能眼睁睁看着小偷跑掉了吧，而且偷的还是他们居住那层楼的东西，这会让他们蒙羞的，回家都无颜见夏省父老。

这时候工地的灯光亮起来了，明晃晃地照射着，其他工程队的民工听见抓小偷的喊声，都迅速穿了衣服吆喝着追出来。民工夜里都会喝点小酒,趁着酒兴有热闹尽管凑。跟土娃打架的歹徒一看不妙,扔下麻袋就跑。

工地其他工程队出来看热闹的,见歹徒跳围墙跑了,也不追,吓唬一下就可以了。回头看看打倒在地的小偷,正蜷缩在地上。有的人认出来了,那个人叫老丑,是工地拉杂物的司机。老丑哭哭啼啼,他是来海岛打工,刚找到这个工作,想趁职务之便偷点东西放在杂物堆里,明天早上再用卡车拉出去。没想到居然被发现了。老丑再三表明,自己就是想偷点杂物。

土娃问:"不对,你们刚才扛着麻袋想直接跑掉。"

老丑哭道:"我跟刚才那个人不是一起的,我不认识他,我没想到会遇到他。如果不是遇到他我不会这么惨,我太倒霉了。"

难得遇到一回热闹,所有人都围在小偷旁边。

看门的老伯拿着手电筒走来,他东照照西照照,手电筒照到了墙角的麻袋,这就是另外那个小偷偷的东西吧。该死的小偷,你就去偷个钱包什么的也不过分,你如果偷工地的电缆电线,自己这个看门人可是要被扣钱的。老伯掂一下麻袋,提不起来,对土娃说:"来来来,那个年轻人,你来帮我把这个提过去。"

土娃见老伯开口,就走过去把麻袋从角落拎出来:"是棉被?软软的。不对,是人!"

麻袋打开,五花大绑的许若含从麻袋里滚出来……

辛夷海连夜赶回来了。土娃这下成了许若含的救命恩人了,如果不是他见义勇为,面对歹徒的匕首奋不顾身,许若含此时已经被歹徒扛着跨过围墙跑了。

看门的大爷说,刚才他开门出去,看见围墙边停着一辆面包车,面包车的窗玻璃是黑乎乎的。

辛夷发夫妻等辛夷海赶过来才从梦中醒来,才知道他们的做饭阿姨差点被歹徒劫走了。辛夷海冲着弟弟一顿骂,上一次许若平出事,也是在弟弟的手下出事，这次许若含差点出事，又是在弟弟的手下出事。

对于土娃，辛夷海说要给他一笔钱，土娃拒绝了，说他们来了几个月，老板都给他们很好的待遇，有吃有住的，还能剩钱寄回去，老家的亲戚朋友都很羡慕他们，他不要钱，问辛夷海能不能再招工，他们还想多带几个老乡出来。

这有何难。辛夷海吩咐下去，第一批来的夏省小工眼色好一点的、灵活点的，都可以提起来当学徒工学贴花岗岩，工资待遇提高，可以另外从夏省再招几个工人。

许若含当天就搬到市区银行工地，那边人多。听说差点被绑架的是去夏省支边的许干部的姐姐，夏省的农民工愤怒了，他们能有这样的好日子都是许若含创造的，如果许若含真的出事，他们就对不起许干部了。让许若含受惊，他们觉得自己没有尽到保护许干部的姐姐的责任，于是写了信回去道歉，说他们接下去会轮流值夜班，不会让许干部的姐姐再受到威胁。

收到夏省农民工的信，许天照才知道姐姐差点出事，他急死了。姐姐从来都是报喜不报忧，这样大的事都不肯让他知道。许天照马上拿起办公室电话给姐姐的呼机发了信息。平时许天照不会轻易用公家的电话打长途。

辛夷海正陪着许若含吃饭。

许若含看见弟弟的信息，准备去外面的电话亭回电话。

辛夷海已经拿出大哥大，拨打那个0951的号码。

许若含拿过电话，跟弟弟简单讲了事情的经过，安慰了弟弟几句，就要挂电话。她知道漫游电话费很贵的，一分钟两块多钱，随便一打就是十几块钱。

辛夷海示意许若含不要挂电话，然后接过电话："喂，天照吧，我是夷海。"

许天照准备把电话挂了，听见辛夷海的声音，就回复了声"是的"。

辛夷海说："你先别挂电话，有件事跟你探讨一下，是这样的，那个救了阿含的人，我要给他钱，他不要，你在那边能不能找到他的家人，给点现金补偿，我让阿含寄钱过去。"

许天照一愣，随即一股热浪在心底翻涌，出事的是他姐姐，帮忙处理的却是那个人。他知道辛夷海不差钱，他来这边两三年了，见多了这边穷困潦倒的日子，这种生活状态不是靠捐款给钱就能改变的，能改变现状而且最为持久的就是教育和办企业了。这边的教育很落后，学校几乎没有设备，如果有课桌椅也是残缺居多，很多小学生还是趴在地上练字。如果辛夷海能捐点钱，给学校买些课桌椅，也是一件好事。他跟着涂嘉佑来支边，也做了不少工作，包括建了一所医院，一所以螺苑命名的学校：螺苑小学。

辛夷海见许天照沉默了，"喂"了一声，问许天照是不是在听。

许天照这才回神，赶紧回答："在的，在的。关于这件事，我也问过书记，那个土娃是书记的外甥。给他们钱可能不是很合适。如果您愿意，能不能把这笔钱捐给学校，买点课桌椅？"

辛夷海奇怪地问："学校还能没有课桌椅？为什么不去买？"

许天照苦笑着："您都是待在海岛和上海那种发达的地区，没办法体会贫困地区的贫困。跟您说吧，这边连老师写字的粉笔都没钱买，更别说课桌椅了。"

辛夷海想了一下，说："我明白了。你说吧，需要多少钱，五万块够不够？"

许天照思想一下没拐过来："多少？"

辛夷海说："五万块钱啊，连粉笔、电风扇也一起买，学校应该没有电风扇吧。"

许天照心里说，哥哥啊，五万块够建一所学校了。

他赶紧跟辛夷海说："哥哥啊，五万块够建一所希望小学了，要不，咱就投资建一所希望小学好不好？"

辛夷海豪爽地说："可以啊，这是好事。这边也派几个师傅过去帮忙，让土娃回去监工，建一所希望小学。这么简单的事情，你早说早解决。那就这样说定了，我安排财务打钱过去。咱们保持联系。"

辛夷海挂了电话，许天照也赶紧把电话挂了，像似怕辛夷海反悔。挂了电话，许天照在心里慢慢咀嚼刚才辛夷海说的话，他要捐款五万，应该申请一下这笔款打到哪个账户合适，应该以螺苑企业家的名义来捐款，这笔捐款也是对自己工作的支持。

书记坐在旁边本来要走的，他听到刚才许天照惊叫的五万块钱和希望小学，就不肯走了。见许天照发呆，他思路拐了个弯，小心翼翼问道："你姐姐情况如何，有没有事？"

许天照还没从刚才的五万块钱回过神来，听书记问，赶紧说："我姐姐没事，倒是您的外甥土娃手臂被刀刮破，住院了两天。"

书记说："男孩子受点伤没事。我听你刚才打电话，是不是那边的老板？他不会觉得土娃他们给他带来麻烦，不要他们了吧？"

许天照赶紧回答："不会，不会，那个老板意思是为了感谢土娃，他想捐五万块钱建所希望小学。"

书记本来担心许天照电话里说的五万块不是给自己这边，现在听许天照确定了，心中激动万分："这是件大事，赶紧召集人开会，这笔款必须用到实处。"

许天照无奈地说："领导啊，八字还没一撇呢。"

书记急切地说："要不，咱们先把打款账户发过去吧。"

许天照心里说，没错，辛夷海是说要打款账户，但是自己还没往上汇报呢，建希望小学，这是件大事。于是他换了个话题："书记，您外甥这次表现不错，咱们这边是不是应该表彰一下？"

书记说："表彰什么啊，他只是做了一个西北汉子该做的事情。

如果不是他去海岛打工寄钱回来，我姐姐的病都没办法医治。我姐姐那个家庭啊，真的是一塌糊涂，我姐姐身体又不好。"

　　书记拍拍许天照的肩膀："幸亏有你们富省的领导干部对我们的支持和帮助。"

　　许天照客气地说："哪里哪里，这是我们的工作。"

　　事不宜迟，得赶紧把这件事确定下来。

　　辛夷海挂了电话，笑得合不拢嘴。许若含奇怪地问："我弟弟说什么了？"

　　辛夷海笑道："你弟弟喊我哥哥了。"

　　许若含叹道："有钱能使我弟弟推磨是不是？你真的要捐五万块钱？太多了吧，而且，又不关你的事。"

　　辛夷海笑道："你的事就是我的事，你们姐弟的事都是我的事。对了，我已经发出寻人启事了，找找你老公在哪里，你回螺苑去吧，孩子快出生了。"

夷海发出"寻人启事"没几天，欧博龙来了，他抱怨道："我那边又走不开，叫我回来干什么。"

辛夷海真的无语了，说："你的老婆怀孕了，你几个月都没回来。你老婆预产期快到了，你也不考虑孩子在海岛生还是回富省？现在你老婆差点被人家抓走了，你依然一点都不关心。"

辛夷海真的后悔了，把许若含那么好的一个女孩子推给一个不负责任的男人。

许若含和欧博龙之间没有办理结婚证，没有准生证，在海岛生孩子成为一个难题，欧博龙建议找个小诊所把孩子生下来，辛夷海坚决不肯。这件事让欧博龙很反感，几次怪声怪气、旁敲侧击问许若含孩子的来源。许若含争辩了几次，也懒得再跟他说，忍住气，辩道："孩子生出来像谁不就清楚了。"

辛夷海不再跟这个垃圾男人商量了，他拿着许若含的身份证，订了飞机票亲自带许若含飞回螺苑送回倒溪坡村，并留下一些给许若含的生活费，说是许若含的工资。这时候，省城的机场已经修理好了，刚通航。回到螺苑，辛夷海才听说许若含和欧博龙还没有办理结婚证，回海岛后又催促欧博龙尽快把身边的事情处理清楚，赶回螺苑跟许若含办理结婚证。

直到许若含临盆，欧博龙依然没有回螺苑。欧新会四处托人，拿着欧博龙和许若含的照片帮他们两个办了两本盖着"螺苑民政局"的婚姻登记专用章的结婚证，欧博龙成了许若含法律上的丈夫。

1999 年。许若含肚子痛，进了镇卫生所。医院为许若含检查之后，要求家属提供准生证，没有准生证是要罚款五千元。

于是婆婆张晚爱又去托人办了一本准生证回来。

住院第二天，许若含在镇上的卫生所生下一个大胖小子。许若含为儿子取名叫欧思庭。孩子出生五天后，许若含搬回婆家曲沙村那张旧眠床，曲沙村近海，村里人有一半是渔民。

许若含的月子里，张晚爱拿着许若含给的钱去村里的猪肉摊买猪肝，邻居见了问："你儿媳妇生了？"

张晚爱得意地仰着脖子大声回答："生了个儿子，八斤重。"

"啧，啧，你儿媳妇那肚子也不大，真能藏。"

"那是当然，我儿子在海岛什么大补食物也买给她吃。越贵我儿子越舍得。"

"好福气。"邻居说。

"那还用说，大包工头。"卖肉的接口道。

给许若含准备好早餐，张晚爱扛起锄头出门了。

一个拄拐杖的阿婆探头探脑地走进来，她轻轻掀开许若含房间的门帘，一束光线射来，许若含抬头一看："奶奶，你来啦。"

来的人是欧博龙的奶奶，她的丈夫十八岁就因出海捕鱼死了，丈夫死的时候夫妻俩还未同床过，没有孩子，后来公公婆婆抱养了欧新会，把奶奶接到家里来守着欧新会。奶奶没有再婚，一辈子就养这个儿子。早些年欧新会经常去深市，奶奶身体健壮，家里上上下下都是她在照料。

奶奶知道孙媳妇生了个大胖儿子，刚才张晚爱在家没敢过来，等张晚爱出门，才悄悄溜进欧家的楼房。她拄着拐杖，一步步挪到许若含的房间里："乖，伊儿，吃饭了吗？"

"吃了，奶奶你吃饭了吗？这边坐。"许若含见是奶奶，慌忙起来。

"咳！咳！奶奶不吃也不饿，你躺着，月子不能起床。"奶奶颤悠悠地走近床，疼爱地看着襁褓中的太孙。

"奶奶，你先坐，等等我。"许若含爬下床，下了楼，装了碗猪肝汤，上楼端到房间里，"奶奶，吃一碗。"

"不要，我没买东西给你吃，怎么可以吃你的东西？"奶奶眼睛盯着碗，嘴里再三推辞，手里还是拿起筷子，慢慢地吃了。

许若含知道奶奶不好意思，就不再看奶奶了，逗自己孩子。

奶奶吃了许若含的东西，心里过意不去，开始唠叨："当年送聘礼，我就说要给你打银腰链，他们说不用。我说要人家的好女儿，哪里可以不打腰链。他们说新时代不流行。别看他们去了海岛，什么都舍不得拿出来的哦。"

许若含微微笑了笑。都过去了，新的生活开始了，她会越来越好的。

张晚爱不在的时候奶奶又来了几次，吩咐许若含，坐月子不要吹风、用温水洗手洗脸等应该注意的细节，教她怎么换尿布、怎么给孩子哺乳、怎么样才能避免孩子的鼻孔被母亲的乳房堵住以致呼吸困难甚至出现危险。许若含很诧异，没坐过月子的奶奶怎么懂得这些？

"你婆婆几个孩子的月子都靠我，每个孩子我都伺候了四十五天，你看她现在那副身板，结实着。"奶奶慢悠悠地说，"老了，他们恨不得我早死呢，死鬼偏偏不让我死，我躺在床上，他非把我扶起来。"

许若含从枕头底下掏出二十块钱，硬是塞到奶奶的兜里。

欧博龙在许若含坐月子的时候从海岛回来过一次，半夜才到家，张晚爱帮他开的门，欧博龙推开房间门时，许若含被吵醒了，问道："现在才到？"

欧博龙没有回答许若含的话，他走到床前，仔仔细细地打量了孩子半天，才问许若含："你说孩子像我还是像辛夷海？"

许若含大吃一惊："你眼睛瞎了，仔细看看像谁。你怎么会这么想？"

欧博龙毫不在意地说："管他像谁，生了就好。"然后走出房间等张晚爱帮他热饭。当天晚上，他住进另一个房间，第二天他一整天躲在家里没有外出，也不到许若含的房间看望她跟儿子。第三天天没亮，欧博龙就急急忙忙地坐上班车，赶回占江。

为欧博龙的话，许若含生了好几天的气，等欧博龙走后，她又原谅他了。是儿子为许若含洗去从前的所有耻辱和委屈。每天抱着白白胖胖的儿子，她觉得世界上最大的幸福莫过于此。

欧家对许若含的态度是从欧博龙从海岛回来后改变的。欧博龙离开那天早上，张晚爱就扛着锄头早早出门，没帮许若含把粥端到房间里，也没帮她炖鱼汤，许若含不在意，以为是婆婆忙，自己梳洗了就下楼去灶间找吃的。没有买猪肝，没有买鱼，许若含喝了碗粥仍然回房间乳孩子。

很快，许若含的儿子满月了。头天晚上，张晚爱跟丈夫欧新会商量第二天买菜的事情，多少户人家，多少份包子，多少个鸡蛋。亲家会过来，许若含的姑姑也会过来，连同自己的亲戚估计还要准备两桌的酒席。商议明确后，夫妻俩才睡去。螺苑没有请满月酒的风俗，一般在孩子出生的十一天过后，就陆续有人请客，为孩子庆生。满月那天，欧家也只是几个至好的亲戚过来而已，许水生按照风俗挑着瓢盆、肉、孩子的衣物等物件来了，热热闹闹地忙碌了一天。

月子一过，许若含就去了镇计生办准备做结扎手术。

许若含结扎回来后不久，麻醉药退了，肚子开始被刀剐如针挑似的痛，她满头大汗躺在床上，口干舌燥。想喝口开水，热水瓶是空的，早上自己还没时间去倒，桌上那碗开水还是自己昨晚倒的。许若含躺在床上，眼睁睁地看着那碗水，她多么渴望自己不用爬起来，水就能流进喉咙里啊！

"爸！妈！"许若含喊了几声，没人应她，只听见他们在楼下兴高采烈地谈论什么，然后声音远了，静了。儿子思庭醒了，"嘤嘤"哭着，许若含挣扎着，侧过身子，强忍肚子的疼痛掀开衣服，把乳头伸到思庭嘴边。

半支起上身侧着身子，太累、太痛、太酸，许若含忍不住把乳头从孩子口里拔出来，平躺一会儿，喘了几口气，孩子吃不到奶，"哇哇"哭了起来，许若含只得又强撑起身子喂他。许若含无助地盯着脚跟处那个枕头，她多么渴望有个枕头垫在自己背后，给自己一个支撑点。枕头就在脚跟，近在咫尺，在平时，她脚一钩，可以把枕头钩到身边的。但是现在，她稍微动弹一下换来的是浑身的疼痛。

儿子刚一吮奶，许若含觉得嘴里的唾沫也被吸进喉咙底了，越来越口渴。床头有半碗开水。许若含挣扎许久，终于喘着气端到碗，喝了口水，冰凉的水在口腔里含半天，许若含才让它沿喉咙慢慢流下去。

昨天儿子满月，许若含穿着睡衣帮忙了一天，床底下一桶尿布还没去洗，本来以为今天可以洗，此刻却躺在床上不能动弹。不知道过了多久，许若含又渴又饿，前段时间这里人来人往，今天却没有人愿意来陪她一会儿，就是帮她倒杯水的人也没有。她弓着身子，强忍着疼痛把两只脚移到地上，穿了拖鞋，手按着床沿，一步一步挪到床角的尿桶，忍着酸痛吃力地撒了几滴尿液。手按着床沿想了一会儿，她要去楼下倒水，却已大汗淋漓，再也不能动了，只得挣扎着爬上床，万分疲惫、气喘吁吁地躺下。

听见欧博海在楼下大喊："嫂子，下来吃饭啦！"

张晚爱在旁边说："你喊什么喊，她刚结扎，能吃饭她早就自己下来了。"

过一会儿，一切又重归于寂静。

许若含去结扎的那天因为走得急，没有多披件外套，回来的路上吹了风，感冒了，开始咳嗽。她一声声地咳，一次次牵动肚子末端的肠子，牵扯未痊愈的伤口，伤口开始渗出血，化脓。

张晚爱见许若含躺在床上呻吟，没办法，唠唠叨叨地去喊村委会的人，村委会的人说他们的工作非常忙，让许若含自己去镇里计生办检查。欧家没办法，只好让欧新会用摩托车带着许若含，颠簸着去镇计生办手术室重新处理伤口。

分家

2000 年端午节的时候，欧家两兄弟分家了。

田园量好面积对半分；锅碗瓢盆分成两份；家里的粮食去掉种子，借来大秤，一一平分。欧博龙结婚早，家具、眠床都是古老的，小弟欧博海快二十岁才结婚，房间里的家具按套房的规格装修，床是新式床，上面铺着席梦思，分家的时候，各人房间的东西归各人。房子分成两份，大哥欧博龙分进大门右手东边楼上楼下各两个房间，小弟欧博海分进大门左手西边楼上楼下各两个房间，厅可以共同使用。厨房是公用的，欧博海自己花钱买了液化灶，在厨房一角搭了灶台生火做饭。楼房旁边的护厝没有分，里面养着一群鸡鸭。分家的时候，欧博龙的奶奶来过两回，说许若含的儿子是家族下一代的头一个男孩，"头男长女"，应该多给照顾。欧新会夫妻没有理会，见她在旁边一再重申，张晚爱凶巴巴地把她骂走了。

分房以后，欧新会夫妻暂住楼下东边欧博龙的房子，欧博海的楼下房子腾一间给父母放置粮食等杂物。欧家早些年虽然赚了不少钱，这几年却分文无收，坐吃山空。因此，分家时没有分债务，也没有分现金。

分家的时候，欧博龙回来过，他根本没过问家产如何分配，每天早上睡到十点多。起床后去厨房喝碗稀饭，然后到村里的老人活动中心打麻将。傍晚，身上的钱输光了，才骂骂咧咧地走回家，到家里掀开锅一看空空如也，便破口大骂。

许若含正在乳孩子，听得欧博龙责骂，心中委屈，却不争辩，拉下衣裳，把儿子塞进儿童座椅里，往厨房走去。欧博龙转头站在家门口跟对家的邻居大声说笑，任由儿子哭泣，充耳不闻。欧博龙离开曲沙村去占江的时候，又跟许若含要路费，许若含无奈，从床底下拿出父亲许水生偷偷塞给她的三百块钱，抽出两张，递给欧博龙，欧博龙却一伸手，把剩下的一张也拿走了。

漂泊了那么多年，终于叶落归根，有儿子，就有许若含的家，再苦她也觉得欣慰。只是欧博龙从来不寄钱回家养她和儿子。孩子才八个月，刚学会坐，她的经济来源已经断绝，除了父亲偶尔塞点钱给她，她没有任何收入

张晚爱也不省事，站在楼下的大门大声训斥："打捕人不赚都已经定型了，查某人也懒惰，好好的家庭交到你们手上就弄得邋里邋遢。"

小叔子欧博海夫妻都在石雕厂上班，他们生了一个女儿，已经两岁，虚岁算三岁。张晚爱帮忙带他们的孩子，每个月底，欧博海领到工资，当着许若含的面丢给他母亲："这是我的工资，你需要多少自己拿。"张晚爱笑逐颜开，又借此对许若含一番讽刺和责骂。许若含有苦说不出。

不只婆婆，邻居亲戚朋友也都说："你们家博龙已经不想赚钱了，你还能待在家里？不去外面看看有什么门路，多少赚点，就是不买你自己的东西，给孩子买点肉也好。看看我们螺苑的家庭，哪一个

家庭不是女人在撑着，再难也要绷一张脸皮给人家看呢。"

　　许若含找到村里的鞋厂老板，说自己学过做衣服，想在他那里找点事做。老板看了许若含半晌，给她安排了一辆平板车。别人做鞋的工人都能用上"高头车"，一双鞋在机器拱出的机头上流利地转上几圈，鞋子就缝好了。许若含没有这样的技术，她慢慢摸索，第一个月，她只领一百三十元工资，比小叔子给婆婆的零花钱还少。婆婆不高兴了，第二个月不再帮许若含带孩子。只好寄在奶奶那边。奶奶带太孙，抱又抱不动，只能坐在旁边看孩子哭。无计可施，许若含便把儿子带去鞋厂上班。她在工场的空地靠近自己车位的旁边铺了几个麻袋，儿子放在麻袋上，搬了些玩物堆在儿子面前，然后，她开始作业。鞋厂污浊的空气，刺鼻的胶水味道阵阵袭来，许若含依然不觉。等到儿子脸上、胸前、后背长满红点，不停地浑身扭曲哭喊，许若含才停下手中的工作，没钱，也没带儿子去看医生。

　　2000 年秋天。农活处理清楚，许若含萌生了带儿子回娘家小住的念头。第二天一早，她收拾一下儿子和自己的衣物，跟公公婆婆说一声，张晚爱索要许若含房间的钥匙，许若含没有多想，就交给婆婆。她背起儿子，婆婆拿出一条黑色裤子盖在欧思庭的小脑袋上，把黑裤的两只裤脚绑在许若含脖子上，在欧思庭的额头抹了灶膛的黑灰。准备妥当，许若含才迈开步往娘家走去。

　　许水生远远看见女儿回来，赶紧跑上前帮许若含把儿子解下来。欧思庭在许若含的背上沉沉地睡，被解下来后也不醒，只是嚅了嚅小嘴。许水生抱着外孙，爱不释手，看着外孙可爱的小脸高兴得合不拢嘴，许若含几次喊他让他把孩子抱去床上，他也不肯。良久，他才想起菜还没有买，赶紧拿钱让许若含去村里的小店买菜。许若含犹豫了一下，还是接过父亲的钱，这个时候，她的身上只剩下五角钱。

许若含在娘家住下来了。过不到十天，欧家派人来喊，说两位老人想念孙子，让许若含把孩子抱回曲沙村。许水生听说，不便多留，默默帮许若含收拾行李，问："博龙从来没有寄钱回来吗？"

"没有。"许若含低声回答。

"叫他们两公婆带孩子，你去附近的厂里做点事，赚些生活费吧。"

许若含她掀开儿子的衣服，让父亲看儿子的背后，斑斑点点的黑点，上次的皮肤病落下的痕迹。

许水生伸手摸摸小外孙的后背，摸出一支烟，点燃了，狠狠地吸了一口。

"阿爸，你上次不是说要戒烟，怎么又抽了？"许若含问。

"一个人在家，没事，抽着玩。"许水生吐出烟雾，说。

"酒少喝，烟少抽。"

"这样吧，阿含，我一个月给你两百块钱，你在家再把孩子带两个月，等孩子大了，会走路了，再说。"

"阿爸，我自己想办法。"

"就这么说定了，我一个月出两百块钱。"许水生加重了语气。

许水生把许若含送到村口，看着女儿瘦小的身子背着外孙，提着大大的包袱，一步一步往前走，他的心一酸。

陆雪琪听说涂嘉熙的姐夫和大哥都在当地的政府部门上班，再无顾忌，收拾了行李，连家人都没通知就跟涂嘉熙结婚了。初婚后，作为妻子，陆雪琪尽职尽责，夫妻和睦相处。只是到香港工作和让涂嘉熙自己当老板的念头却每时每刻缠绕在陆雪琪脑海里，以致当她听说涂嘉熙的姐夫调到银行工作后，她三天两头在枕边催促涂嘉熙，回老家自己创业去。

涂嘉熙明显感觉到危机，陆雪琪骨子里的不安分渐渐暴露出来，特别是定居在香港的老板的小舅子艾伯特来惠港电子厂的那段时间，陆雪琪更是神思恍惚，问东答西，连续多次穿起衬衫配短裙。白衬衫黑短裙，让坐办公室的陆雪琪曼妙的、窈窕的身段更加玲珑剔透地展现出来。

作为公司的文员，晚上和星期天不用加班，但是连续两个星期天，陆雪琪依然忙碌在自己的工作岗位，这不是一向懒散的她的风格，涂嘉熙有点疑惑。巡视完车间流水线后，涂嘉熙忍不住往办公室走去，陆雪琪的办公室在三车间拐角的那间小屋里。绕过货架，从办公室的玻璃窗，涂嘉熙一眼看见陆雪琪手扶着办公桌怪异地站立着，老板的小舅子艾伯特正紧紧贴在她的身后，艾伯特一抬头看见涂嘉熙走过来，从陆雪琪身后走开，弯下身子站在办公桌的大沓文件后面，等涂嘉熙打开办公室的门，艾伯特抱着一摞文件面无表情地与涂嘉熙擦肩而过。

陆雪琪穿着超短裙，若无其事地坐在办公桌前，一手按着账本，另一手极快地敲击着计算器，涂嘉熙敏感地发现，陆雪琪的手在微微颤抖……

涂嘉熙不是傻子。

但陆雪琪坚决不承认自己跟艾伯特有什么，她解释说自己去找艾伯特是因为艾伯特要她补充一些调查需要的东西，她说那些香港主管对涂嘉熙颇有微词，她在极力为涂嘉熙争辩，她的所有出发点都是为了涂嘉熙，她跟艾伯特之间，完全是清白的。说到这里，陆雪琪泪水涟涟，一副痛不欲生之状。

涂嘉熙没有被陆雪琪迷惑，他心里清楚，对陆雪琪的言行是挑不出毛病，这使他变得易怒多疑性情暴躁。个性上的忽然变化导致他在管理上和决策中多次出现问题，工人对他产生了抵触的情绪。涂嘉熙也对这个公司甚至对自己绝望了。如同高考落榜的失落感一样，颓废感重重压下来。涂嘉熙不想离婚，却害怕继续留在这里，陆雪琪会离自己越来越远，于是，涂嘉熙辞职了。因为管理人员不好培养，又过了几个月，涂嘉熙的辞职报告才被批准。

从深市回来，涂嘉熙再次面对生存的危机，柴米油盐酱醋，样样需要钱，生活没有任何希望，身无一技之长的他越来越烦躁。

到晚上，山的影沉沉压下来，黑暗的角落深处似有鬼魅在游动。从深市霓虹灯明亮的大都市来到这个只有几盏黯淡路灯的小县城，陆雪琪的香港梦彻底破灭了。她想起在深市的日子，心里充满不快，她可不想在这样的日子中埋没青春。

等涂嘉熙回来，两个人吵了一架。从前，涂嘉熙的聪明、能干等都是能征服她的优点，可是现在他的这些优点成了她对他厌恶的理由，因为涂嘉熙总是很容易地看出她心里的想法，然后有一堆说服她的理由。

正闹得不愉快，涂嘉熙的大姐涂嘉玲提着大袋礼物回娘家。涂嘉玲每次来都给陆雪琪带了礼品，对这个大姐，陆雪琪有点敬畏。

"还不打算要孩子？"当着陆雪琪的面，涂嘉玲单刀直入地问涂嘉熙。这是她今天来的目的。

涂嘉熙看了看陆雪琪，没有回答。

"钱没钱，房子没房子，生孩子也得有能力培养，若读不成大学他会怪父母的。"陆雪琪当大姐的面虽然不敢无礼，但还是按照自己的意思争辩了一句。

"困难是暂时的，你们夫妻还年轻，两个人一起努力，日子自会一天比一天好，"涂嘉玲说，她四处看看，"房子虽然旧，好好收拾一番，也不会很差，这是十年前阿爸阿妈盖的。就你们俩住，打扫干净一点。"

涂嘉玲转头对涂嘉熙说："考虑学一样什么手艺吗？还是继续读书？你姐夫说现在有自考的政策，国家承认学历，证书读一本出来，以后他好帮你。"

"我还是先学一样手艺吧，现在读书，家庭就顾不上了。"涂嘉熙说。

跟姐姐商量以后，涂嘉熙决定学习电焊技术，跟着师傅制作铝合金门、窗等家具，三十多岁的他开始学技术，这对他来说是一项很严苛的考验。

涂嘉熙的工作越来越顺利。凭着与生俱来的聪明，和后天的努力，涂嘉熙迅速掌握了电焊工和门窗等铝合金制作的作业要点。有了一定的客源，他在螺苑街上开了一家铝合金门窗制作店。同时，涂嘉熙的哥哥姐姐也帮他拉了一些客源，接一些小工程，他的收入越来越好。有了钱，陆雪琪的心渐渐安定下来，她开始学习做家务、种菜，甚至到地里帮婆婆种花生、挖红薯等。涂嘉熙到城里开店，她跟着帮忙打杂。逢年过节，涂嘉熙的哥哥姐姐就大袋小袋地往家里搬东西，吃的、用的甚至戴的。陆雪琪渐渐习惯了这样的生活，慢慢改变了从前的许多想法和做法，不久后，她怀孕了，十月怀胎，生下女儿培培。

新海希望小学奠基仪式，涂嘉佑和许天照都参加了。

新海希望小学的开学仪式的，涂嘉佑和许天照已经结束三年的支边工作，回螺苑了。

在土娃和当地领导的再三邀请下，辛夷海赶到银城参加开学仪式。

踏上前往夏省的路途，辛夷海才发现夏省的偏远。他又是飞机又是汽车又是绿皮火车最后是土娃的自行车，用了近十天的奔波才赶到银城。

土娃的村人也来县城。村里人有的是家人已经去海岛打工、每个月都有固定的钱寄回来，来感谢辛夷海，问候还在海岛两年没回来的家人；有的是来找找老板，看能不能让他家的孩子也过去海岛上班赚钱的。

土娃负责这个希望小学的建筑管理，在许若含离开后也回银城了。回来后，许天照第一时间跟着书记去了土娃家看望他母亲，并且感谢了土娃对他姐姐的救命之恩。土娃本来就是个朴实的孩子，面对许天照的感恩很是拘谨，后来许天照问起辛夷海给他安排的工作，他才又眉飞色舞起来。他觉得非常自豪，出门前对外面的世界一无所知，走了一趟回来，原来自己也能为家乡做点什么了。这所希望小学，如果不是他凑巧救了许若含，辛夷海根本就不会来捐款的，幸亏当时他没答应要辛夷海的补偿。

参加了开学仪式，又在银城考察了几天，辛夷海打算在银城注册个建筑公司，想到来一趟十几天的路程，他打消了念头。但是他跟土娃说，如果土娃不想去海岛，可以留在银城办个建筑公司，他可以小额投资，实际操作看土娃的能力。

这下把土娃激动得说不出话来，他赶紧拍胸脯再三保证。

涂嘉佑在夏省挂职期满，回螺苑后，当了螺东镇的镇长。螺东镇行政区域很大，东边临海，西边毗邻城区，有山有海，由乡改镇后不久，拆成两个镇，南边以及靠东的一些地区还是叫螺东镇，靠西的改为新螺镇。涂嘉佑来到螺东镇后，积极引进外来资金投资当地的石雕产业，鼓励滩涂养殖等渔业，并大胆、迅速处理了上任遗留的一些问题。

而事业、养家糊口成了涂嘉熙这个时期最重要的目标。为了让哥哥更多地帮自己，涂嘉熙一次一次地去螺东镇。

涂嘉熙在螺东镇看到了许若含。她带着她儿子去打预防针，他在二楼办公室，看着一楼的许若含，没有下去跟她打招呼。她已经当妈妈了，而自己也当父亲了，都是有家庭的人了。

再次见到许若含，涂嘉熙的心无法平静。许若含的美是耐看的美，越看越美，浑身散发着少妇韵味，那是可以让人珍藏一生的韵味。

回家的路上，涂嘉熙的心里都是许若含的影子，摩托车开一阵停一阵，直到傍晚才走入家门。停好摩托车，涂嘉熙在走廊里站一会儿，到小厅小坐片刻，又到床上躺了一会儿，他神思恍惚不知道如何是好。

晚饭时分，女儿涂培培娇滴滴地喊他吃饭，他才从梦中惊醒似的，四处瞧瞧，发现自己人已在家里了。

陆雪琪摆好饭菜，她炒了一个青菜、一个红烧猪脚，煲了一个海蛎豆腐汤。

"妈妈，我要吃稀饭！"涂培培爬上桌，看见碗里的米饭，大声说。

"米饭好吃，晚上不吃稀饭，半夜尿床呢。"陆雪琪哄孩子道。

"不要，我就吃稀饭。我要吃面条。"涂培培把汤匙扔在地上，大声哭道。

"孩子不吃米饭你不会去熬粥吗？成天在家里白吃，当什么妈妈。"涂嘉熙心情本不好，见孩子哭泣，满腔怒火没地方发，于是冲陆雪琪吼道。

陆雪琪呆了一下，眼泪"唰"地流了下来，转身走回房间扑在床上抽泣起来。联想到涂嘉熙的粗鲁，联想到自己最初的出国梦，想到嫁给涂嘉熙以来所有的委屈，想到一辈子可能就这样埋没在这个小村庄，她越想越伤心，"嘤嘤"哭了好长时间。

涂嘉熙知道自己的错，走进房间劝她，陆雪琪蒙着被子，不理涂嘉熙。过一会儿，涂嘉熙又端着饭菜进房间哄陆雪琪吃饭，陆雪琪同样不理他。涂嘉熙没办法，心中恼怒，在米饭里浇了汤喂饱女儿，把女儿哄睡了，开启啤酒一杯接一杯喝着，喝得半梦半醒，走到厅中的靠背椅上睡着了。

带儿子去打预防针的时候，许若含看见了站在墙角的华七友，他的手中抱着一个孩子，华七友一脸邋遢的胡子，穿着一条肮脏的西裤，裤身宽松，裤脚因为常年踩在脚下，后跟裤管处裂了一条缝，尽是泥土的痕迹。华七友抱着孩子左右晃动，嘴里不断哄孩子。孩子有三四岁模样，大声哭号，不停把身子往后仰。

许若含把眼睛转向别处，找个地方坐下，这样的男人怎么配得上姐姐？那些往事年代久远，却是生活中最刻骨的痛，姐姐的死，他罪不可逃。按照风俗礼节，后来逢年过节，他也来许家看望许水生，许水生从不理会他。

轮到华七友的孩子了，他抱着孩子走上前，坐在医生面前，孩子见到医生，哭得更加厉害，拼命挣扎。这时候，一个女人从门外走来，走到华七友面前，生气地说："没手没脚啊，这点小事也叫我来。"

华七友赔着笑脸："孩子只要你，我哄不动。"

这个女人竟然是黑兰！

许若含惊讶了。她把思庭竖抱起来，用思庭的身子挡住自己的脸，尽量不让黑兰看到自己。

"你们一家人没本事，生个儿子给你们养还三天两头让他感冒了。"黑兰舔着手上的冰糕，抱怨道。

"是的。"华七友小声回答。

黑兰依然不停歇地唠叨，她把手上那根冰糕吃完，从华七友手上接过孩子，孩子停下来，不哭了。

"你看，他不哭了。"华七友讨好地说。

孩子打完针，他们俩抱着孩子离开了。黑兰和华七友，这种相差十来岁八辈子也遇不上的人却生活在一起，而且还有了孩子。

工人们见许若含回来，跟她打声招呼，然后继续她们的话题，她们低声谈论几句，喊过许若含："阿含，过来。"

许若含以为是工作上的事情，放下孩子，把从超市买的食物和汽车玩具拿到桌上，走过去："什么事？"

工友们一人一句跟许若含投诉："我们的老板和老板娘从来不

住在一起，你是她的好友，你要劝劝她呢。"

"上次她家里那批需要锁边的货，小凤去她家帮忙几天，吃住在那里，她也看见了。"

"你没看见，她每次来这边住了几天也不回去，脾气越来越暴躁。"

"对我们还不是一样，一点点小问题像疯子般发火。对阿含，如对用人般呼来喝去的。"

正说着，许凌琴怒气冲冲地走进来。一进门，许凌琴就恼怒地说："又要补纽扣和织带，东扔一个西扔一个，即使看见了没有人愿意捡起来，这些要扣钱的，你们以为我的钱好赚是吗？"

许若含小声回答："纽扣估计是那时候领料没有点仔细，织带大厂承认是他们打版的师傅算错了。"领货的时候是林子平去领的，是林子平的失误，许若含没有说出口。

"你以为他们算错了不用扣钱吗？都以为我开厂发财了，嫌工资低，要有点良心，早上送孩子上学八九点才来上班，中午十一点要去接孩子，一天才工作几个小时？还背后说我的单价低。"许凌琴越说越火。

许若含看见这样，心里很难受，这句话好像是在说自己。为了不让许凌琴继续往下说，她灵机一动，拿着一件衣服走上前："凌琴姐，像这边这种瑕疵，大厂会接受吗？这是他们的版型和裁片问题，不是我们的缝制问题。"

许凌琴总算停下来，她拿起衣服细细看了一会儿，说："就这样，没关系。"

放下衣服，她走进堆放成品的房间，问："25日要出的货准备好了吗？剩下四天了，不要到时候像鬼一样叫叫叫。"

"没问题，大后天可以完成。"许若含回答。

"每次都说没问题，最后还不是误期了，我不是没拿工资雇你们。"许凌琴冷冷地说。

许若含沉默了。曾经两个人是好姐妹，现在也就是老板和工人的关系了。许凌琴在镇上开服装加工厂，从杜升服装厂拿订单来生产，喊许若含把孩子带去厂里帮她管理，许若含才能从窘困的生活底层解脱出来。因此，她从心里感激许凌琴。

镇上的服装厂放假一天，许若含和工人都回家，没有人看厂。林子平劝说许凌琴待在家里，自己去住在镇上的服装厂，许凌琴冷冷地拒绝了。

吃过晚饭，把收拾厨房的任务留给婆婆，许凌琴推出摩托车。林子平已经把要送去镇上厂里的衣服装进袋子，塞得满满一麻袋，足有两百斤。

"天黑了，衣服明天再送，那么重，路又陡。"林兴国跟林子平吃力地把货抬上摩托车后架，说。

"不会。"许凌琴没好气地回答。

"子平，还是你去看厂吧，阿琴今天留在家里。"林子平的母亲也出来帮忙。

"不用。"许凌琴把货捆在摩托车后座铁架上，跨上摩托车，扶稳车把左右轻轻晃动，试探后面绑的货是否均衡结实。

许凌琴发动摩托车，往镇上驶去。林家一家人的开支费用全部靠这个工厂。林兴国因年轻时落下的病根，近几年经常腰酸，偶尔出门打散工，也只够他们夫妻的日常费用。林子平的母亲因为个子太矮，除了种田外极少出门，耕田、耙地等螺苑女人必须做的农活还是林兴国承包了。

对服装，林子平是外行，他只能帮忙做一些杂活或者送货事情。许凌琴也不计较，负责了所有的家庭日常开支，多余的钱她藏了起来，谁也不知道她有多少钱，包括林子平。

天好像更黑了，附近没有一个行人。一束微光闪了一下，映出路中的一个人影。风刮来，地上的灰尘扬起。许凌琴暗觉不对劲，心一慌，按了几声喇叭，摩托车扶把抖动一下，迅速往左拐去。随着她往左行驶，那影子跟着往左；她往右，那影子跟着向右，摩托车明亮的大灯下露出五个手指头。许凌琴慌忙刹车，摩托车发出一声尖锐的刹车声，斜斜往右边倒下，把许凌琴的右脚压住了，车灯灭了。

许凌琴躺在路上，支起上身，挣扎几次，但无法爬起来。车上的货物纹丝不动，车压着她。脚越来越疼，紧接着有湿漉漉的液体从大腿、小腿流出，脚渐渐麻痹，身体也开始麻痹。一股臭味袭来，汽油从车里漏出来了，沿着许凌琴躺倒的身体往下流，顺着小肚子到大腿。

许凌琴的头脑渐渐模糊。

"腾云哥！"迷糊中，许凌琴似乎看见黄腾云站在她身边，抱着她，"腾云哥！"

许凌琴哭了。

"喂！喂！你怎么样了？你怎么样了？要不要叫你家里人过来？"许凌琴醒的时候，有人蹲在她旁边，轻声呼喊，他讲的是普通话，外地人。他已经把摩托车扶起来，卡住脚架。

"扶我起来。"许凌琴艰难地说。男人犹豫片刻，抱起许凌琴的上身，月亮从云层里钻出来了，男人有力地把许凌琴抱到路边的一块石头上。

许凌琴喘了口气，歇了一会儿，试着站起来，脚还是疼，但是可以感觉到只是皮肉伤，勉强可以走动。

"我在祖赐服装厂上班，天气热，刚才在这附近散步。"男人跟许凌琴说。他走上前，试着发动了一下摩托车，摩托车完好，只是大灯不亮了。

"你要去哪里？"男人问。

"鹏腾服装厂。"许凌琴回答。

"哦。"男人说，"你受伤了，货这么重，不然我帮你送回去吧？"

许凌琴望着黑乎乎的摩托车和高高的货物，没有吱声，脚虽然擦伤，估计不严重，倒是右手肘已经无法弯起，不能扶车把。她站起身，试试脚力，对男人说："你帮我把货送到厂门口，我自己走。"

男人开着许凌琴的摩托车慢慢行驶在前面，摩托车大灯不亮，只好打开左转灯。车子忽高忽低地颠簸，男人用力稳住车。

大街上，借着店面射出来的灯光，许凌琴查看自己的伤口，是小伤。但是裤子也湿透了。今天来例假了，许凌琴惊悟，裤子被经血染湿了。

打开厂门后，没来得及帮那男人卸货，她就冲进房间，把门关上。

男人把摩托车停下，看见许凌琴惊慌的背影，伸手摸摸自己被火烧过的疙疙瘩瘩的脸和独眼，低声叹了口气。他走进门，找到灯开关，打开了屋子的灯，然后开始卸货。他半拖半抱地把货物拖进鹏腾服装厂，把摩托车推进厂房。见许凌琴还在房间，打了声招呼："老板，我走了。"

许凌琴刚换好衣服，打开门，见男人离开，喊了声："喝杯水吧！"男人没有回头，径直离去，灯光中，许凌琴只看见他高大的背影。

许凌琴把门闩上，倒了开水，拿块白布轻轻把手臂的沙土擦去。手肘擦破了，细细的血珠直冒。

歇了一会儿，许凌琴检查了一遍工人机台上的货物，直到晚上十点多，许凌琴才把一切事情处理完。

许凌琴第二天在镇上的工厂里忙碌了一天，第三天下午回家。

到晚上，家里的工人下班后，许久不曾走进许凌琴房间的林子平见许凌琴洗澡回房间后也跟着进了许凌琴的房间。林子平把门关上，许凌琴回头看见林子平，没有言语。林子平喝了两瓶啤酒，脸看起来有点红，他脱去背心，坐在床上。已经是多年的夫妻，互相之间没有羞涩和客气。

2001 年，许天照二十九岁，支边回来任农科所办公室主任。

欧博龙已经在曲沙村住了好几个月，这在以前是很罕见的。

许若含每天一大早起来做早饭，喂养鸡鸭，督促儿子吃饭。儿子慢慢吞吞地吃着，许若含等不及，端起碗来，一勺一勺舀了喂孩子。等忙完一切，都快八点了。许若含匆匆忙忙地把碗筷收拾进厨房，装了几条儿子换洗的衣裤，推出自行车，把儿子抱上车，准备去上班。一般情况下，许若含跟儿子中午都是在镇上吃饭。

刚从赌场通宵回来的欧博龙看见许若含，连忙喊："阿含，等下去，我有事跟你商量。"

"快迟到了。"许若含说。

"没事，你是管理人员。我有事，你进来。"欧博龙把许若含的车子推到一旁，车上的包拎了，往楼上走去，许若含只得跟在他背后。

"什么事？思庭懂事了，我要去上班。"许若含赶紧提醒。

"我跟你商量商量，思庭，去楼下玩。"欧博龙第一次和气地对许若含说话，指指凳子，"你坐下。"

"你今天怎么了？"许若含莫名其妙。

"那个辛夷海最近发财了，一年最少赚一千万。"欧博龙带着妒忌的语气说。

"那是人家的事。"许若含不知道欧博龙葫芦里卖什么药，提防着他。

"这么多年，他怎么不来找你？"欧博龙奇怪地问。

"找我干什么？你又在想什么？"许若含觉察出欧博龙话里有话。

"我能想什么，你说这么多年了，我还没跟他计较儿子的事呢。明天你跟我去海岛吧？"

"你又发什么神经！我不去。"

"我想跟他借点钱，你去跟他借他一定肯的。先借十万，他不会不给你面子的。"欧博龙说。

"我不去。"许若含生气了，这也是这么多年她不肯跟辛夷海联系的原因。

"去了又怎么样，他那儿有吃的有喝的，我又不会说你。"欧博龙涎着脸靠近许若含，"他不是比我帅吗……"

许若含怒气冲冲地朝欧博龙瞪了一眼，提起儿子的衣服，喊了声思庭，带着儿子往镇上匆匆赶去。

晚饭后，天色还早，女工的孩子们吃完饭，有的看电视，有的做作业。带孩子的女工走不开，其他几位饭碗一洗，相约了往歌舞厅走去。许若含刚好也想上街买点东西，于是把孩子托付留在厂里的工友，跟着大家去了。歌舞厅在小镇的西北角，后门对的是田野，两层楼，一楼是地下室，住宿的地方，二楼大门对着公路，六间店面，往内是六个房间，房子结构呈长方形。六个店面加六个房间，歌舞厅一共有十二个房间，房间内摆设着音响、话筒、沙发、桌子之类的必备家具。正是暮色时分，歌舞厅的走廊小灯已经打开，没有音乐声，个别房间传来轻佻的笑声，几个工友面面相觑，有点尴尬。清兰却毫不在意地招呼同伴往走廊尽头走去："到那边，我开个房间让你们唱歌。"

走廊尽头有张办公桌，上面放着一个牌子写着"收银台"。

走了两步，许若含感觉后脚跟松了，凉鞋的带子断了，她心中一惊，低头一看，果然。她只得蹲下来，脱下鞋子。同伴们见许若含停下来，跟她打声招呼继续往前走了。许若含一年只能买一双凉鞋，如果鞋面坏了，缝缝补补又继续穿。这个时候，鞋匠已经把摊子收回家了，估计要等明天再说。她无奈地把鞋往脚上套，想着等回厂里的时候再换拖鞋。正想着，面前的门打开了，一阵淫荡的笑声传来，许若含听见异常熟悉的声音，她忍不住掉头往房间望去。房间里灯光明亮、烟雾缭绕，有好几个人，她看见欧博龙和黑兰正对着门，紧紧搂着靠在沙发上，欧博龙一只手从黑兰的领口伸下去。

许若含跌坐在地，一阵眩晕。有个人从房间里走出来，喊一声"服务员"，又走进房间，"砰"地用力把房间门关上。许若含挣扎良久才站起来，然后，胸口一阵翻滚，她忍不住开始干呕，呕了半天，她的眼泪流下来了。清兰见状，赶紧走过来扶起许若含："晚上吃什么东西？吃坏肚子了吗？"

许若含摇摇头，她几乎没有走路的力气，由清兰搀扶着往收银台走去。她不敢让同伴们知道，自己的丈夫也在这里干些见不得人的勾当，大家顶多也只是口头上帮自己骂几句，事后这还能让工友们背后津津乐道许久。

她不希望自己活在风口浪尖，成为世俗的笑谈。许若含忍不住心头的恶心，冲到门外再一次呕吐了，把晚上吃的所有东西都吐出来，直到吐得胸口发疼，肚子绞痛。见同伴们关切的眼神，许若含干脆不掩饰心底的痛苦，而让泪水再一次汹涌流出。

第二天中午时分，一个戴着眼镜斯斯文文的女孩子走进服装厂，小心翼翼地问："你们这边有个叫许若含的吗？"

许若含走了过去，看着这个人，不认识，不是很漂亮，但是秀气温婉的样子，看起来很舒服，便问："你找我？"

女孩子说她叫齐灵珊，是许天照的同学，她今天来螺东中学听课，顺便过来看看许若含。她手上提了一袋水果，说是给许若含的孩子吃的。

许若含听弟弟讲过，是弟弟的高中同学，城里人，在县城教书，小弟弟一岁。

齐灵珊说："天照说等下午下班回来，让我下午下课后过来你这里，等他一起去你家。"

许若含听明白了，她抓住齐灵珊的手，激动得不知道说什么才好。弟弟已经二十九岁了，什么时候结婚一直是她的心病，父亲也唠叨几次了，她都想着弟弟实在找不到对象，就帮弟弟介绍个工厂女工，按照弟弟的条件，如果愿意找女工说不定小个四五岁人家都愿意。就是没想到弟弟把自己的终身大事都安排妥当了，害她白着急。

昨天的不快烟消云散。

齐灵珊是个中学语文教师，师范毕业，她的父亲是个小学教师，母亲在学校门口开了个小卖部。高中的时候齐灵珊就喜欢许天照，许天照大学的时候她想办法要到地址，开始给许天照写信，也就是普通的书信来往。许天照在县城的时候，也去过她家，不过是好几个同学一起去的。一直到许天照去了夏省，齐灵珊才急了，眼看着大家年纪都大了，父母也在到处拜托人家帮她找对象，她终于厚着脸皮跟许天照表白了。偏偏许天照不解风情，听她一番风花雪月说喜欢夏省、喜欢沙漠、喜欢在那边工作的男人，许天照还劝她好好待在县城教书，说不要想那些虚无的。齐灵珊又担心许天照留在夏省，那么帅气的男人、还是来自富裕的沿海城市的干部，谁不动心啊。

许天照的婚礼定在 2001 年 10 月。

许水生跟乌银店铺订了一条七股的银腰链。齐灵珊说县城没有这样的风俗，不用浪费钱了，许天照还是坚持。送聘金的时候，银腰链送到了齐灵珊的家里，齐灵珊打开包装的新毛巾，轻手轻脚捧出做工精美的银腰链，爱不释手。

许天照结婚前几天，许若含就住到倒溪坡村，趁晚上下班后打打扫扫。第二天起床，她就去看弟弟的房间布置，她已经跟装修师傅约好，要把墙壁再粉刷一遍，许若含要把房间的东西搬出来或者盖好。

许天照已经起床洗漱。婚房置办的东西，未婚妻齐灵珊说了，尽量节省，不铺张浪费。

见到许若含，许天照高兴地跟姐姐打了招呼。他抹把脸，走进房间，从裤兜里掏出钱包，数出一千块钱，递给正在忙碌的姐姐："姐，这点钱，你拿去给自己和思庭买两套衣服吧，我没时间也不懂得买。"

许若含吃了一惊："不行，你现在结婚正需要钱。"

"你就拿着，咱们姐弟还客气这些干什么。"许天照不顾许若含的推辞，硬把钱塞给许若含。

握着钱，许若含心里感慨，弟弟长大了。

"灵珊昨天晚上还在说要帮你打个金戒指呢！"许天照从水缸里舀了盆水，拿了条毛巾，开始稀里哗啦地洗脸。

"别，千万别，我也没给她买什么东西。"许若含正在套袖套，慌忙说。

"你别管了，那是她的心意。她特意交代了，端茶那天，你随便给二三十块意思一下，不然她会当众把钱退给你的。姐，如果没有你，这个家和我，今天不知道会是怎么样的。阿姆死后，我还以为我要辍学跟阿爸去打石头呢。我做梦也没想到我还能读大学。我们村的，有读书条件的那么多人，现在都去建筑、石雕那些工场上做工呢。"

"嗯，你读书聪明，不读可惜了。"许若含边整理弟弟的房间，边大声说。

"姐，我帮你。"

"你今天不用去单位吗？"

"待会。"许天照回答。

"那你先帮我把这些重的东西搬到门外。"许若含吩咐弟弟。

"姐夫回家都在忙啥？"许天照跟姐姐把桌子搬到厅中，又把自己的衣服皮包拿到父亲的房间，回来问。

"他什么也不干，整天混在赌博场、歌舞厅。"许若含站在凳子上，踮着脚准备解窗帘，说。

"那么高，我来，姐你下来。"许天照说。

许若含从凳子上跳下来，看着弟弟轻松地把系在钉子上的窗帘解了。

"妈妈、舅舅，外公叫你们去吃饭。"欧思庭跑进来，大声喊。

"先去吃饭吧。"许天照见姐姐拿起扫把，对姐姐说。

厨房挨着大屋的右边墙壁，姐弟俩走进厨房时，许水生已经炒好一碟青菜、一碟榨菜加蛋，见到孩子们进来，他拿起碗，盛了两碗红薯稀饭放在桌上。

"阿爸，菜订了吗？"许天照问。

"昨天阿爸跟成山伯去看过了，你别担心。就订西村那家吗？"许若含说，转头问父亲。

"就那家。其他小东西我都不懂，翠英会告诉我。"

"成山伯娶了三个儿媳妇了，轻车熟路的。"许天照笑着说。

"办这大事主要还是要靠邻居帮忙，大家共同出谋划策，才能把事情办得顺顺利利，不要让儿媳妇和她娘家的人看着笑话。"许水生拿出一支烟，点燃了。

　　"阿爸，你吃饭了吗？"许若含问。

　　"吃过了。博龙呢？过年到现在没来过。不来也罢，别管他。"许水生叹气地说，心有不悦。

　　"家里全部靠姐姐，那样的男人真的一无是处。"许天照埋怨道。

　　"他啊，一辈子定型了，无可救药了哦！"

鸠占鹊巢

两个孩子都去上班，许水生一个人，吃的就简单了，早上的稀饭吃到中午，晚上有时候煮点面线。这天傍晚他起好火，去灶头准备下锅，一个人影悄悄走进来，坐在灶膛前自顾自烧起火来。借着火光，许水生看见是乌麦，怒从心起，闷声喝了一句："你来干什么，滚！"

乌麦委屈地说："水生哥，上次是我对不起，你一个人很不容易的，我有空会经常来帮你的。"

乌麦的丈夫死了一年多了，其实村里人都心知肚明，乌麦的丈夫是被乌麦和大头气死的。这件事让倒溪坡的人更加讨厌乌麦，如果不是看在她跟丈夫生了一个儿子的分上，估计她就被倒溪坡的人撵出去了。这几年，乌麦继续在家里旧房子的厅里装了很多泥塑神像，动不动就装神弄鬼，说是神明来办事。隔三岔五也会有一个外村的神棍来她家，说是来教她办事，一办事就是一夜。邻居们又恼又怒，只因她说得玄乎，也只能避开一些。

　　许水生看见乌麦装腔作势的样子，鸡皮疙瘩都冒起来了，他直接舀起锅里温热的水往乌麦脸上泼去："赶紧滚，不信你试试。"许水生放下盆，操起菜刀。

　　乌麦看见许水生操起刀，相信他是真的会砍过来。她从灶膛前跳起来，慌不择路地冲出门直往前跑，一点都不敢回头看许水生有没有追过来。

　　其实许水生也只是吓唬她一下。儿子前程似锦，他真的担心影响孩子。只是寡妇门前是非多，经过这次，自家的门天黑就要关掉了。

　　到 2001 年农历十二月二十四，天空晴朗，太阳高照，朵朵白云飘在蓝天。大街小巷张灯结彩，红红的春联和琳琅满目的年货争先出场，年的气氛渐渐浓了。农村妇女们把被套、蚊帐装进大桶小桶，大担小担挑着，前往清澈的溪流边、水潭边，她们一边说着张家长李家短，一边用结实的双手搓洗被单、衣服。在空旷的田野草坡上，或者家门前准备盖房子的白石条上晒棉被。然后回家继续整理房间，擦玻璃、洗地板，把家里打扫得干干净净、井然有序，准备迎接新的一年。

　　服装厂的员工们坐不住了，她们纷纷提议，想马上结束手工的工作，回家忙碌及准备过年的一切。

　　许若含跟许凌琴商量，农历十二月二十五不能跟人家要钱，当然，也不能在这天发放工资，决定在农历十二月二十六正式放假。到农历十二月二十六，工人回厂里，从林子平手头领取一年最后几个月辛苦的所有工资。工人全部回去了，林子平发完工资也回家了，车间清静下来。许若含打扫了车间，整理了机台，到下午三点多才忙完一切。见所有物品已收拾好，许若含拉下电闸，锁上厂门，再仔细检查一遍，才骑着自行车离开。

　　领了工资，有钱了，她先去超市买日用品和儿子喜欢吃的零食，出来后在街上买了一根排骨、半斤香菇、一条鱼，还有一些青菜，然后踩着车子往家里赶去。

南方的冬天，田野除了个别人家种植小麦外，大部分农田空荡荡的。有太阳，因此冷气并不重，在阳光能照亮的公路蹬自行车，许若含的身上还是冒出一层薄汗。她的心情是快乐的，在她那条紧身牛仔裤的兜里，塞着六千多元钱。其中三千元是许凌琴给她的奖金，三千多元是她这两个多月的工资累计。这些钱硬邦邦地塞在牛仔裤兜里，让她心中安然踏实。

这笔钱，留四百块买点过年的衣服和鞋，给孩子买一双相中很久的需要六十多元的鞋；过年的菜跟过年走亲戚的红包礼钱估计要四百元；给阿爸送节费两百元；打算买部摩托车也要两千块钱；留一千元做两个多月的生活费；不可预计的开支（比如红白礼包、万一有个伤风感冒的）最少要五百元。这样一算，节约着过日子，刚领的这六千多元，还没等捂热，瓜分一下，没多久口袋就会空瘪瘪的。

想到这，许若含踩自行车的速度放慢了。儿子看见别的小孩有摩托车接送，已经多次跟许若含提出要求了。想到儿子，许若含微微一笑，她想起儿子红扑扑的小脸、调皮的大眼睛，孩子继承了欧博龙和自己相貌上的优点，长得粉雕玉琢般的可爱。想起欧博龙，许若含又想起在歌舞厅的那一幕，心中难受，停了下来，一只脚踩在地上，支撑着自行车的平衡度。那天晚上，欧博龙彻夜不归，从前许若含以为他是通宵赌博，原来他是在跟女人鬼混。次日天亮，许若含如往常一样吃饭喂孩子送孩子上幼儿园，然后回厂里工作。到第二天晚上回去时，听婆婆张晚爱说占江来电话，欧博龙回占江去了。那次回占江到现在，欧博龙一直没有消息，偶尔听公公婆婆在讲，也还是要债的事情。到底欧博龙在占江有多少钱债没要回来？这么多年了，每次他去要债总是要带上一笔路费，得不偿失呢。许若含问起这些，公公婆婆就顾左右而言他。

到家时已是四点多钟，太阳移到西边的山上，寒气开始笼罩四野。把车子停在门外，许若含感觉到一股陌生的气息从屋子里涌出来，她的心莫名其妙地害怕起来。她走进屋子，一对小男孩正在窗户边的小桌旁打闹，一个是她的儿子欧思庭，一个是陌生的小男孩，那个男孩比儿子大两三岁光景，许若含走进家门的时候，他正一脸怒气，攥紧拳头往儿子欧思庭的胸前用力捶了一拳，当他还要继续打儿子的时候，许若含惊叫一声，冲上前。欧思庭的小脸绷得很红，恐惧和害怕在他脸上一览无余，许是憋了很久的关系，他看见许若含才"哇"的一声大哭起来。

陌生的小男孩斜着眼貌视着许若含，没有再动手，歪歪嘴嘟囔一句"死扑街"。

许若含推了男孩子一下，大声说："你说什么，你为什么骂人！"

男孩被许若含一推，大声哭骂起来。

许若含正恼火，欧博龙听见哭声，从门外闯进来，对着许若含的胸前就是一拳，然后是两个巴掌，甩在许若含的脸上。

"爹地，那个三八婆打我！"小男孩哭着扑向欧博龙，指着许若含说。

许若含在那一刻呆住了，她忘记了胸前和脸颊的痛。这个陌生的男孩子竟然喊欧博龙"爹地"，她还以为是哪个邻居带来的亲戚。

欧思庭吓得不敢哭了，他躲在母亲怀里一动也不敢动。而那个男孩却冲着欧博龙大声号哭着，一副遭受无尽委屈的样子。欧博龙见状，朝着欧思庭就是一脚，许若含赶紧把欧思庭抱开，这一脚踹在许若含的小腿上，许若含痛得蹲下身子。

"善仔，不哭。"这个小男孩叫善仔，欧博龙一手拉着他，一手揽着他的肩膀往父母的房间走去，一转头，欧博龙看见桌上许若含提回来的袋子，便腾出一只手把东西拎回到父母房间。过一会儿，善仔拿着一瓶"娃哈哈"饮料、一包旺仔小馒头出现在房间门口，大口咀嚼着。欧思庭看见，拉着许若含的衣角说："妈妈，我也要喝'娃哈哈'。"许若含一看，善仔吃的正是自己买给欧思庭的零食。

善仔看见欧思庭羡慕的眼神，高高扬起头，不屑地白了欧思庭一眼，从袋子里掏出几个旺仔小馒头，朝欧思庭扔过来，小馒头掉在欧思庭面前，欧思庭看见，跑前两步想捡起来，许若含喊声"不要"，还没等她话音落下，善仔冲上前来，伸出脚把小馒头踩碎了，欧思庭连忙收回手。

欧博龙从房间走出来，大声问："你的工资到底有没有领？"

许若含忍着泪，紧紧咬住下唇。欧博龙见许若含没有回答，便向门外走去，他走到自行车跟前，把吊在车把袋子里的袋子解开，张开袋子一看，问："怎么买这么少的菜，这么一点排骨怎么吃？再去买一块肉。"

许若含依旧没有吭声。她已经没有思维，这些情节像影片中发生的故事，如今强加在她身上。

这个男孩，肯定只是瞒着她一个人而已！

到了晚上，欧博龙带着善仔在楼下父母的房间聊了好一会儿，走进楼上的卧室时，许若含正坐在床沿在帮儿子换衣服。

"我要居呢兜翻高。"善仔大声说道，鞋也不脱就爬上床。

"好的，好的，今天晚上就让你睡这张床。"欧博龙哄着善仔说。

"他们滚出去。"善仔指着许若含母子，改成普通话。

欧博龙盛气凌人地看着许若含："你跟孩子去睡旁边那个房间。"

许若含忍着心头的怒火骂道："你们去睡隔壁的房间，谁知道哪里来的野种，来了就想霸占这里。"

许若含一句话还没说话，已经挨了欧博龙一巴掌，欧博龙爬上床，压着许若含就打。

听见楼上的哭喊，张晚爱走上楼，站在房间门口骂道："没啥大事嚷得邻居听见你才满意。做人的媳妇眼睛要亮，懂得看人家的眼色行事。一个家庭的好与坏是看一个查某人。外面风风光光去人家服装厂当管理，做了几年没看见剩一分钱，谁知道去做什么事。夫婿回来也没给一个笑脸，一天到晚阴沉着脸像神魂被鬼牵走似的。"

欧博龙从许若含身上坐起来，许若含慢慢撑起身子，浑身发抖，一边哭一边骂："你的儿子要自己教育好。"

张晚爱悠然自得地说道："谁好谁坏天有眼。论身材面貌，阮不输你一丁点；论厝宅外家，周围数个村子谁有你家倒霉。晦气都引阮欧家来。眼睛要掰开，若不是有计生阮家人丁少，早被阮家赶出家门。哪里轮到你在这嚣张。"

欧博龙走过来推开母亲："阿姆，你去睡觉，去睡觉。"然后把门掩上。

善仔看见父亲把门关上，大声喊道："我不让他们在这里睡觉。"边喊边推欧思庭，用脚踢许若含。

"滚到隔壁去睡觉。"欧博龙拉开门，把许若含往门外用力一推。

欧思庭被吓呆了，紧紧搂住母亲一点也不敢放松，看见父亲的手伸过来，又是一声惊叫。

隔壁的房间堆放着杂物，没有床，没有睡觉的地方。张晚爱走上楼，抱来一床乌黑发霉的旧棉被，丢在房间里矮凳上，话也不说就转头下楼去。然后欧博龙也把房间一床未用过的毛毯扔来，那条毛毯是生儿子欧思庭后，许水生送来的。

"妈妈，我不要在这里睡觉，我要睡我们的床。"欧思庭见欧博龙离开这个堆放杂物的房间，小声告诉许若含。

"别多话。"许若含带着怒火。

"我不睡觉，我要回倒溪坡。"欧思庭被母亲一凶，就哭了起来。

许若含跌坐在地上，心疼地把孩子拥入怀里。欧思庭还是闹着要回自己的床睡觉，他不敢大声哭喊，躲在妈妈的怀里，小声抽泣着，哭了好一会儿，才沉沉睡去。许若含坐在地上，靠着墙，把毯子拉过来，盖在孩子身上。因为疲惫，不多会，她也含怨靠着墙睡去。到半夜她被刺骨的冷气冻醒，欧家上下都已经入睡。

许若含小心翼翼地把欧思庭放在毛毯上，欧思庭迷糊中醒来，小手紧紧地抓住妈妈的衣服，许若含一动也不敢动，等欧思庭再次熟睡，她才放下他，把张晚爱送来的那床旧棉被摊开，找了两件旧衣服铺在上面，再把儿子抱到棉被垫着的衣服上，毛毯盖在上面，自己也躺下身子，睡在孩子身边。

许若含刚要进入梦乡，门被轻轻推开。

欧博龙打开日光灯，又马上把灯关掉，然后打开房间的小灯，走到许若含身边，坐下来，抱住许若含，同时一双手在许若含身上上下乱搓。许若含第一次懂得了拒绝，她奋力反抗。两个人的厮打动作越来越大，欧思庭在梦中惊叫一声，神情怪异，两只手在空中乱抓，喊着"妈妈"。许若含赶紧靠上前，两手握住欧思庭的手心，嘴里轻声呼唤："儿啊！儿啊！妈妈在这里。"欧思庭的手抓到了母亲温暖的大手，渐渐平静下来。趁这个机会，欧博龙脱下许若含的裤子。

许若含骂了一声，这是她这辈子第一次骂人，话一出口，她自己也吓了一跳。她迅速抽出被儿子抓住的手，提起裤子，见欧博龙扑来，她往一边一滚免得压住儿子，伸出手又跟欧博龙厮打起来。许若含的反抗激起了欧博龙更高的欲望，他淫笑着把许若含逼到墙角的地板上，骑在许若含身上。黑暗中，许若含尝到了痛不欲生的绝望，她忽然停下对欧博龙的攻击，用手肘拼命撞地板，抬起脑袋撞地板，"咚咚咚"的声音就在这个黑乎乎的房间里回荡。

见一向柔顺的许若含如此刚烈，欧博龙渐渐失去兴趣，他从许若含身子爬下来，忽然心头怒火燃起，揪住许若含的头发又往地板上用力撞了几下，说："要死就让你死快一点。"然后，他松开手，往后面一躺不断喘气。棉被下一团硬邦邦的东西硌在欧博龙身上，他伸手想把棉被下的东西拨开，一摸，是卷纸团，摸摸纸团的大小，欧博龙心中有数了。他把那卷厚厚的纸团攥在手心后，找到自己黑乎乎的短裤，提着裤子回自己的房间了。

听见隔壁的门"嘭"的一声用力关上，被撞得眼前金星直冒的许若含忽然醒悟了，她闭着眼睛，躺在冰冷的地板上任由泪水"哗哗哗"地流。自己的命在这里贱如蝼蚁，没有人会在乎自己的性命，只有亲人，还有儿子，自己的死将使他们痛苦一生。

　　第二天一早，许若含饭也没吃，推出自行车带着儿子就往娘家骑去。

　　风"呼呼呼"地吹，许若含艰难地踩动自行车，心比身外的世界更凄凉。娘家年底整理房间、洗被套，每年都是许若含的工作，今年弟弟结婚了，弟妹齐灵珊会过来帮忙。

　　许若含回到娘家后，进厨房吃了碗稀饭，就开始忙开了。

　　"你们两个都没吃饭是吗？"父亲问。

　　"外公，我还没吃饭，我不吃稀饭。"欧思庭喊。来到外公家，他已经把昨天晚上的不快忘记了。

　　"那你想吃什么？"许水生慈爱地抱起外孙，问。

　　"我想吃你煮的猪肉。"

　　"我去买一个猪心来炖汤给思庭吃，啊！走啰，走啰，思庭跟外公去买吃的啰。"

　　"阿爸，你还要去街上买吗？"许若含问，她已经围起围巾，绾起头发，套好袖套。

"去灿堂那里买，我去看看他在哪里。"

正在此时，传来一声响亮的叫卖声："卖肉——卖肉——"

"卖肉的来了，外公，你快点。"欧思庭一边喊，一边朝声音叫喊处跑去。

许水生和许若含相视一笑，许水生摸摸口袋，跟在外孙后面往前疾步走去。

看到父亲摸口袋的手势，许若含忽然想起自己昨天领的工资，跟着摸摸自己的口袋，工资昨晚睡觉的时候塞在破棉被下面，早上一急忘了拿了。

许若含赶紧脱掉袖套、围兜，推出车子。正好父亲带着欧思庭回来，许水生见女儿脸色不自然，关切地问："什么事？急急忙忙的要去哪里？"

"东西忘了带，我回家一趟。"许若含回答。

"我煮了猪心吃了再回去。"许水生说。

"不用了，我去去就来。"许若含已经蹬上自行车离开，远远的大声回答。

许若含满头大汗地蹬着自行车赶回曲沙村，她匆匆支好车架，跑上楼，打开昨天自己睡觉的房间门，棉被还好好地平铺在地上，许若含终于松了一口气。她走到棉被前，翻开棉被，寻找自己昨天晚上放进去的钱，翻遍整床棉被，钱不在了。许若含提着棉被抖了好多次，又寻遍屋里的每一个可以藏东西的角落，还是没有。她坐在地上，仔细回想昨天晚上自己回家后的每一个细节，确定自己的钱就是放在棉被底下。

"你哥呢？"许若含忽然想起什么，匆匆找到欧博海。

"没看见。"欧博海摇摇头。

张晚爱在旁边听见，"哟"了一声："一早出门怎么没想起自己的夫婿？"说完便走向一边。

奶奶坐在楼房侧对面旧房子门前的石头上，听见许若含的声音，喊了许若含的名字。

许若含随口应了一声，又跑到村里的几个赌博场所到处寻找，依然没有欧博龙的踪影。她不甘心地再次找到张晚爱，好言相询，婆婆这才告诉许若含，欧博龙带善仔去城里。

许若含一急，也坐上班车去城里。

到了城里，大街上的人比肩接踵，人来人往。许若含开始往卖衣服卖鞋袜的商店找，大超市也找。已是午饭时分，各个饭店人头攒动，香味缭绕在店里店外，许若含的脚又酸又痛，早饭没吃饱，她也已经饿得肚子咕咕叫。许若含又急又怕，担心再迟一点这些钱让欧博龙全部花光，因此尽管疲惫许若含还是强打起精神在螺苑的大街小巷寻找。又走了两条街道，许若含无助地蹲在街道旁，她很想去求助城的朋友，小肥或者涂嘉熙，可是她终于抹去这样的念头。她不想让太多人知道她的痛苦。身边人来人往，提着大包小包购买来的东西。

蹲在螺湖酒店对面的街道旁，许若含流下了眼泪。

涂嘉熙带着女儿涂培培来吃肯德基，他们从肯德基走出来，提着刚买的衣服，打开许若含身前十几米处的摩托车，父女俩上了车离开了。看见涂嘉熙，许若含慌忙把脸别开，低下，她不想让任何人看见她狼狈的样子。又默默地流了一会儿眼泪，许若含心灰意冷地搭上了回螺东的班车。

涂嘉熙也过得不如意，这是许若含不知道的。为了生意方便，涂嘉熙早早地买了电脑，装了宽带。那天中午他从店里回家，铁栏杆大门闩着，卧室的门虚掩着，涂嘉熙以为陆雪琪在睡觉，轻轻打开外门，推开卧室的门。

陆雪琪穿着睡衣坐在电脑前正在上网，胸口半掩，露出黑点。

门被打开时，强烈的光线照射进来，她刚好准备关电脑，转头见是涂嘉熙大吃一惊，赶紧把桌上写过字的纸撕下来，揉成一团，握在手心。涂嘉熙看见陆雪琪慌乱的动作，脑海灵光一闪，又想起当年陆雪琪跟艾佰特在办公室的情形，长期以来对妻子的不信任让他敏感起来，他快步走向陆雪琪，伸出手："给我！"

陆雪琪惊慌地把手握得更紧了。

涂嘉熙伸过手，开始抢陆雪琪手上的纸，他费劲地扒开陆雪琪的手掌，陆雪琪却丝毫不让，她想尽办法藏着手心的东西。涂嘉熙见奈何不了陆雪琪，愤怒了，他伸手就要抢，陆雪琪迅速把纸条往嘴巴里塞进去。涂嘉熙一下把陆雪琪推倒在地，这一次，他没有像以前那样怜香惜玉。

陆雪琪惊天动地的哭号声引来邻居的围观，几个胆大的连忙上前劝架，把拉扯到一块的两个人分开。

陆雪琪的脸被打肿了，衣服凌乱，她的手磕破皮，血迹渗出来了。涂嘉熙的粗暴终于让她下定了离开的决心。休息了两天，等脸上的红肿消退后，陆雪琪揣上家里的三千块现金悄悄离开了。

陆雪琪离开后几天，都是涂嘉熙在照顾女儿培培，又过了几天，在父母的催促下，他才准备去找陆雪琪。

涂嘉熙去陆雪琪的娘家一趟，住了两天，花了数千块钱，也没有打听到陆雪琪的消息，只好失望而归。虽然结婚这么多年，他认识陆雪琪的家，却发现自己一点也不认识陆雪琪。正式走入婚姻后，陆雪琪爱慕虚荣、喜欢打扮的个性渐渐显露出来，她向往大城市的繁华，向往被男人围绕追求的虚荣，向往香车贵妇般的生活。前几年，刚生孩子，她还能安分守己地操持这个家，这两年来，特别是有了网络以来，她对家里大事小事都不在意，一心向往外面的世界。归根结底，是涂嘉熙没有能力，不能给她荣华富贵，不能给她安逸享受。

不幸的家庭各有各的不幸。在县城找一个人如同大海捞针。许若含无奈地返回家里。看一下时间，已经是下午三点多了，欧博龙到底去哪里了？到下午四点多钟，欧博龙才跟善仔提着几个大袋子回家。许若含急切地冲上前："你拿了我的钱了吗？"

欧博龙撇撇嘴说："你的钱就是我的钱，我的钱也是你的钱，分什么你我。"

"钱呢？"许若含低声相求。

"放在我这里又怎么了。"欧博龙躲开许若含，往楼上走去。

"钱给我，我要用。"许若含向欧博龙苦苦哀求，"我们母子还没买过年的东西，还要交孩子的学费，还有送节，还有很多很多的事情。"

"这些都是小事，你跟辛夷海打个电话他钱就送来了。"

"你怎么老是提起他？"许若含有点生气了。

"我又没跟你计较，你急什么。"欧博龙不想跟许若含纠缠。

"爹地，我要穿新鞋。"善仔抢过欧博龙手上的袋子，迫不及待地打开，从里面掏出崭新的鞋、时髦暖和的衣服，还有玩具、食品。欧博海的女儿欧如兰看见这么多东西，也跑过来，蹲在一旁，看善仔炫耀他今天购买的东西，听善仔讲他们去肯德基的事。

"不跟你计较。"欧博龙见许若含不让他上楼，边说边往门外走去。许若含知道他这一去绝对是去赌博，怎么样也不能让他再把剩下的钱花光了。

"把钱给我。"许若含冲上前拉着欧博龙大声喊，如果欧博龙不把剩下的钱还她，她今天撕破脸也要把钱逼出来。

"你拦着我干什么？"欧博龙生气了，他用力推一下许若含，许若含跟跟跄跄退了几步。可是她马上冲上前，再次拦着欧博龙，声嘶力竭地喊道："把剩下的钱还给我，不然今天这个家里总要死一个人。"

欧博龙见许若含那副找人拼命的架势，反而换了口气说："给你就给你，等下回来给你。"

"不行。"许若含的眼泪流下来，她哭着再次拦住欧博龙，"把我的钱还给我！把我的钱还给我！"

欧博海夫妻实在看不下去，妻子暗示一下欧博海，欧博海走过来，对欧博龙说："哥哥，你也不像话，嫂子一年到头才剩几个钱，你还全部拿走。"

欧博龙见弟弟说话，不再说什么，从口袋里掏出钱，数了五百块钱给许若含。许若含没有接，她的眼睛死死盯着欧博龙手上的钱，伸出手去抢欧博龙的钱。

"五百给你还不够。"欧博龙边躲边骂。

在屋里听了半天的张晚爱也走出来了："该给她的就给她，家里再穷也得撑张脸皮给别人看。"

欧博龙听说，这才又抽出一千块钱给许若含，这时候，他手上的钱已经剩不了几张。他把剩下的钱揣进兜里，任谁呼唤也不理，头也不回地走出去。

许若含看着自己辛辛苦苦的六千块钱变成一千五百块钱，痛得肠子都打成结头，知道再缠也是拿不到的了。

欧博龙离开后，家里其他人也各做各的事去，许若含这才想起孩子还在娘家。许若含赶回娘家的时候太阳都快下山了，父亲招呼她把中午的饭菜热了再吃，许若含这才发现自己的肚子好饿，她没有热饭菜，而是盛了一碗米饭。冷冷的硬邦邦的米饭和油腻腻的菜混着泪水装进肚里，许若含更觉难受。寻找欧博龙浪费了许若含一天的时间，吃饭后，她赶紧套了袖套，围了围兜，继续打扫，直到儿子欧思庭大声喊她去吃晚饭。许天照没有回来吃晚饭，他打来电话说他晚上去岳母家，因此只有许水生、许若含和儿子欧思庭一起吃晚饭。在这里，儿子是开心的、幸福的。

"思庭说欧博龙带一个哥哥回来？"晚饭的时候，许水生问。

"嗯。"许若含不知道应该跟父亲怎么解释,她不想父亲为她难过。

"他有告诉你怎么回事吗?"

"没有,那个孩子大思庭两三岁的样子。"

"我去打听打听,必须问出所以然。"许水生说。

"应该是广省那边的人,你没地方打听的。"

"太欺负人了。"

饭后,许若含拿出送节的两百块钱,包了红纸给父亲。

许水生接过许若含的钱,把红纸放进兜里,另外撕了一张红纸,把两百块钱包好放进欧思庭的口袋里:"外公给思庭发过年钱了。"

"不要,阿爸,你留着自己买点什么东西吧。"许若含哽咽着说,低下头收拾着碗筷。

第二天晚上,许天照回来后,听父亲说姐夫欧博龙从外面带回来一个儿子,满腔怒火,自责自己那些年去了夏省,忽略了姐姐的事,假如他不是去了夏省,可能就会阻拦姐姐跟姐夫的复合。

许若含不想离婚,她不希望孩子没有父亲,不希望离开已经熟悉的那个家。离开那栋房子,她将寄人篱下,租在街上,或者长久地住在厂里。娘家只有三个房间,父亲一间、自己一间、弟弟一间,显得非常拥挤,现在弟弟结婚了,自己更不可能常年地住在这里了。只要欧博龙不在的日子里,有儿子在身边,有一张床,有一个挡风遮雨的地方,她就满足了。而且,她还有一份能养活自己和孩子的工作,何必计较?更何况,就算自己离婚,还是要再婚的,能找到适合自己的伴侣吗?说不定比现在更凄惨呢。

2002年。过了正月，还是春寒料峭，风卷起落叶、尘土，到处飞扬。虽然有风，但阳光明媚的日子，会有渔船驶出港口，到近海作业，海边的人见惯了风浪。

许凌琴听说欧博龙的事情后，一再劝说许若含离婚，还对许若含喊道："阿含，你就是那么软弱，让人骑到头上拉屎你脸上还是挂着笑！"

许若含无奈地叹口气："总比没有房子住好。儿子也不能没有爸爸。"

"你难道不能靠自己努力？一个破房子就捆住你的一生幸福，有本事外面搭一个，不要跟别人共享一个丈夫。"

"凌琴姐，我跟你的情况不一样。"

"同款。一双脚、一双手、一张嘴巴，谁也不特别。别看他那张小白脸，不能当饭吃呢。"

"你在开厂，找一个比较容易。"许若含说。

许凌琴却听出了弦外之音，她的脸在瞬间变得煞白，她想起那天晚上的电话："你的意思是说我开厂是为了搭男人？"

"不是，我的意思是说自己的条件差，嫁谁对谁都是累赘。"许若含急急地解释。

"你当然不会这样说，你是这样想，好心让狗咬了。"许凌琴把气闷在心里，再不理会许若含。她在厂里转一会儿，绷着脸骑上摩托车离开了。

明天是许凌琴的二哥的儿子十六岁生日，许凌琴直接回了娘家倒溪坡村。林子平和林少剑父子则准备在请客当日前往。

倒溪坡村到婆家也只四公里远，她骑着摩托车，满面春风地向娘家驶去。许凌琴一向慷慨，回娘家带的礼物每家有份，还不时塞给孩子零花钱，因此她回到娘家，这家送只鸡，那家杀只鸭，对她极为热情。许红琴去年刚建房子，跟妹妹凌琴借了一万块，经济上较为窘迫。许凌琴想包一千块钱红包，许红琴却只能包三百块钱红包，为这事，许红琴提早跟许凌琴打招呼，说好两姐妹礼数必须一样。因为有姐姐的约束，许凌琴只能跟着包了三百块钱礼钱。

许凌琴的摩托车到达娘家门口的小巷时，大嫂高萍远远看见连忙迎上前来，热情地大声喊着"二姑"。许凌琴停下摩托车，跟大嫂打声招呼，才又骑着摩托车绕过巷子，把摩托车推进父母住的老房子的走廊上。老房子的门前是空地，空地上堆放着一些石头，空地前面是农村常见的旧房子，房子因为年久失修，有些地方已经坍塌，主人早搬到附近新建的房子里。许凌琴的三个哥哥后来建筑的房子是建在老房子附近。其中二哥的房子离老房只隔一栋房子的距离，跟父母之间的来往也比较多。这次喜事请的客人多，蒸包子、烧水、炸粿等大锅的饭菜还是回老房子的大灶烧煮。

祭拜天公五牲的猪、羊、鹅、鸡、鸭挑选公的，早已备齐，看好时辰是下午的两点杀生，就在旧房子门前的空地上。水生叔等几个男人管杀生，女人管绑粽子、搓丸子、准备隔日的碗筷等细活。

左邻右舍来帮忙的人早已到齐，见到许凌琴，都笑容满面地打招呼："阿琴，现在才来，吃饭了吗？中午煮了咸稀饭，先去吃了吧！"

"阿琴，厂里的事能放下吧，还以为你准备来当现成的姑姑呢。"

"阿琴，来这边，帮忙绑粽子，那边搓丸子的已经有两个人。"二婶母喊。

"绑粽子，我还不知道怎么绑呢。"许凌琴笑着走过去。

"你那么聪明，会自己开厂，怎么可能不懂呢。来，我教你。"二婶母说。

许凌琴找了张个小的凳子，坐在婶母旁边，这是她第一次学绑粽子。许凌琴心灵手巧，二婶母教她几遍，她就可以捆出一个有棱有角的粽子。许凌琴来劲了，她开心地看着粽子在自己的手上艺术品般地捏成。

正当忙碌时间，杀生的时辰已到，负责五牲的人准备好器具，随着猪、羊、鹅、鸡、鸭的号叫声，杀生完成。

"阿琴，家里有剪刀吗？我要剖肠子用。"手上抓着鹅的水生叔在门前那块大石头旁边喊许凌琴。

"哎，不知道，我去看看。"许凌琴站起来，大声回答。

"在我们睡觉的那个房间的抽屉里，或者那个藤箱里，好像还有一把，你去看看。"翠英正在准备要烧香的香纸、火烛、五果、菜碗，抬头对许凌琴说。

"好的。"许凌琴回答着。

父母的房间摆设简单，眠床上方横着的架板上搁着两个箱子，一个是藤编的箱子，一个是木箱，床边有张老式桌子，桌子上有三个抽屉，下方两边各有一个小橱。屋角另外立着一个立体柜，那是许凌琴的三哥搬到新房住的时候留给父母的柜子。因为柜子比较大，合适装衣服，为了拿取方便，翠英把所有的衣服往立体柜里装。许凌琴把桌子的三个抽屉两个橱柜都翻找了，没有见到剪刀，她爬上床，把藤箱搬下来，继续翻着。藤箱的东西也不多，一些杂物、一个母亲准备挽髻子用的簪子和几个清雍正、乾隆年代的铜板。许凌琴找到了一把老式剪刀，突然她看到了一个手表，一个她非常熟悉的手表。手表早已停止不走了，但是依然可以见光洁的镜面，静默的秒针、分钟、时针，表链没有生锈。

许凌琴把手表拿出来，轻轻抚摸几下，这块表居然又开始走动，秒针一格一格嘀嗒嘀嗒往前行走。许凌琴翻看表壳背面的第一个格链子，那里依然有字迹，是那年许凌琴要把手表送给黄腾云时，叫表店刻的。

这块表，就是当年许凌琴送给黄腾云的手表。许凌琴依然记得当年，她把手表戴到黄腾云的手上时，黄腾云激动地把她揽入怀中的情景，记得那些跟黄腾云在一起的日日夜夜，静静的夜里，秒针"嘀嗒嘀嗒"行走的声音。这块手表怎么出现在这里？她清楚地记得，在林家去青城把她带回来时，黄腾云跟他们拉扯着，那时候，这块手表就在黄腾云的手上，烈日下，手表的反光刺痛了许凌琴的眼睛。

手表在这里，黄腾云一定来过。

许凌琴似乎看见，黄腾云坐在家里，跟父亲苦苦哀求，父亲许成山毫不留情地把黄腾云赶出家门。许凌琴似乎看见黄腾云给父亲下跪，磕了几个头，求父亲把手表带给自己，然后三步一回头地离开。

想到这里，许凌琴心痛了，过去的一幕一幕浮现在眼前，这么多年了，那个刻骨铭心的爱人，到底过得如何？许凌琴终于相信自己的判断，黄腾云是多情的，不是忘恩负义的男人，那些年的书信来往，那些日子的恩爱相处，自己怎么可以轻易怀疑他？

去找黄腾云！许凌琴忽然冲动地想。这么多年了，黄腾云，不管你现在生活得如何，不管你身边是否有人，我都要见到你！许凌琴疯狂地在心里喊着。她顾不上箱子，握紧手表，匆匆往门外奔去。

灶间是正在烧火的邻居，厅中摆放着早上炸好的各种面粉粿，大门敞开着,许凌琴往外冲的时候,迎面一个人端着东西走来,一面喊："慢点慢点，别碰着了。"话没说完，许凌琴已迎面撞上，一盆滚烫的油就那样全部浇在许凌琴的小肚和大腿上。刺骨的灼热感随即涌来，一阵剧痛袭来，许凌琴当场晕了过去……

许凌琴醒来的时候已经在医院里。母亲翠英本来在准备拜天公的食品，听说女儿被油烫伤，赶紧跟来。许凌琴的腿是重度烫伤，无法行走。灼痛感折磨着许凌琴，她忍不住轻声呻吟。

翠英一家都心急如焚。二嫂细米表面不敢责怪，心里却把许凌琴恨得咬牙切齿，谁希望自家的喜事碰上什么意外呢？三十多岁的人了，还像小孩子一样慌里慌张的，拿把剪刀拿了半天也办不成事，反倒把一盆好好的花生油给浪费了。

"手表呢，阿姆？"一醒来，许凌琴就问。

"手表？什么手表？你不是从来不戴手表吗？"翠英问。

"刚才我攥在手上的手表。那个手表我从藤箱找到的，是哪里来的？怎么会出现在我们家里？"许凌琴一连声问，大腿的痛楚如火烧般难受，但是她记挂的还是那块表。

"藤箱里的？好像是你父亲捡到的。"

"拣到的？在哪里捡的？"

"咱们家门口，怎么啦？难道是你的？"翠英诧异地问女儿。

"阿姆，你实话告诉我，谷山黄腾云来过咱们家是吗？"许凌琴问。

"谷山那个姓黄的？那年他弟弟来过，你想干什么，这么多年了。你还是没有忘记他，子平对你有情有义，你别乱来，背后叫人闲话。"

"他弟弟来过？阿姆，你们怎么不告诉我？"

"人家早就结婚了，你们还要联系。"

"阿姆，手表给我。"许凌琴不想再跟母亲说什么了。

等翠英把手表交到许凌琴手上，许凌琴像宝贝一样把手表收藏起来。睹物思人，想念黄腾云的时候，许凌琴就握着手表，想象当年黄腾云握着她的手一样。

许凌琴住院那几天，家里拉货送货的事情就由林子平负责。林子平没有许凌琴的力气，货送到杜升服装厂，杜升的女儿阿三嘴里喊着"舅舅"就会奔过来帮忙。

阿三已经是大姑娘了，修长的身材，像她妈妈年轻时的样子，越来越漂亮。杜阿宝上学了，看见姐姐们在忙，跑下来，抱了两件衣服就往楼上跑。把衣服搬上楼，让负责点数的人清点数量。

杜升也回来了。杜升个子也很矮，这几年发福了，身材像矮冬瓜，穿上名牌衣服，提着公文包，走出去就是暴发户模样。

林子平看见舅舅，打了声招呼。

杜升带着一个客人回来，看见林子平，大声问一句：子平，今天怎么不是凌琴而是你来送货？

杜升带回来那个人听见"凌琴"的名字，看了林子平一眼。

林子平回答："舅舅，阿琴烫伤了，没过来。"

杜升也没留意林子平的回复，对身后的人说："这边请，曲总。"

这个人是曲明言。曲明言在深市一家公司里当跟单员，那家公司很大，全国各地都有他们的生产厂家。曲明言在业余常跟当地教育部门的人来往，偶尔接一些校服订单回螺苑的厂家生产。曲明言后来还是回家了，因为他是家里独子，多年没回去，看见他回去，他母亲哭了一场。他去庄兰娘家问了，才听说庄兰没回来。庄兰娘家后来又来到他家问庄兰的消息，因为当时是他叫庄兰出去，所以庄兰的父母就在他家里哭闹，曲明言的五个姐姐五个姐夫就轮流过来看家，庄兰娘家也无计可施。

杜升烧水，泡茶。

曲明言问："我那单货还是外发吗？"

杜升说："也不是外发，是分厂在做，车间设在我外甥家。"

曲明言："就是你刚才说的那个凌琴家？不会是许凌琴吧？"

杜升想了一下："是姓许。怎么，你认识？"

曲明言说："应该是的，在深市就是工友了，不过已经很多年没有消息。"

杜升急道："对,对,对,她去过深市。等她来了让她给你打电话。"

曲明言点点头说："也行，如果许凌琴在帮你把质量，我就会考虑把全部订单都发到你这里做。"

杜升大喜过望，忙把林子平喊上来喝茶。

曲明言看着林子平，想起当年的黄腾云，心里暗暗叹气。

许凌琴出院后，在家里休养一段时间，就继续去工厂工作了。

林子平做事没有主见，唯许凌琴的命令是从，这让许凌琴感觉肩膀上的担子更重了。结扎后，她觉得自己亏欠了林家，所以承担起养家的责任。但是她无法把这份愧疚跟自己对林子平的情感融合在一起，一方面她讨厌林子平，一方面不得不把自己绑在这个家。

正忙碌间，手机响了。许凌琴这个手机花了三千多块，每个月就需要交一百多块的话费。电话是曲明言打来的。电话号码是杜升告诉曲明言的。

曲明言跟许凌琴聊了一些服装方面的事，十几年未见，两个人匆匆互问对方近况，曲明言说："阿琴，我这星期天回螺苑，想请你，你肯不肯让我请呢？"

"还是我请吧，你回来一趟不容易。"许凌琴好强，也好客。

"我请吧！这么多年了，你在我心中还是那么美丽。"曲明言说。

许凌琴的脸一红："老了。"

　　两人通过电话叙了叙旧。

　　挂了电话，许凌琴有点动摇，曲明言的语调是那么温柔，他说她是他最纯真的记忆，这样的话林子平从来不会说，也从来不懂得说。

　　"头，你不是说今天是林子平他爷爷的忌日，怎么还不回去？"小凤见许凌琴接完电话站着发呆，笑着问道。

　　"糟糕，家里吩咐从街上买点纸钱回去烧。"许凌琴方才想起。

　　"那我得赶紧走了。"许凌琴匆匆提了包，拿了车钥匙，骑上摩托车往街上的超市驶去。

　　许凌琴刚离开，外面又有摩托车声响起。

　　艾青花把摩托车停在门口，走进来，见只有许若含在，问："阿琴今天没来？"

　　尽管跟许若含也共事一段时间，但她还是无法完全从心里接受许若含当闺蜜，很多夫妻类别的私密话题无法打开。而跟许凌琴她却什么话都可以说，两人同病相怜，经常窃窃私语的就是家长里短夫妻情事。石亭家在村口开了小店，做点小买卖，艾青花就回家看店，经常要到街上批发菜类、肉类回小店卖。

　　许凌琴把车停在超市门口，进超市买了一些祭祀用品。当她从超市走出来，一抬头看见前面一个熟悉的健壮的背影，许凌琴的心像被锤子狠狠地锤打了一下。"腾云哥！"许凌琴惊叫一声。前面那个人转过身子，见了许凌琴，扯开脸皮笑了一下："许老板。"那是张恐怖的脸，半边脸皮皱巴巴的，如山间的小路坑洼不平。若不是身边人来人往，许凌琴肯定自己是遇见鬼了，她的脸在刹那变得非常苍白。那人见许凌琴恐惧的神色，低下头，匆匆拐进一条小巷，很快不见了。

　　若不是他用普通话喊那声"许老板"，许凌琴真的会以为他是被毁容的黄腾云。这个人是谁？声音怎么那么熟悉？许凌琴忽然想起，那天晚上骑摩托车摔倒被救，遇到的应该就是这个男人，这样一想，许凌琴慌忙跑前两步，往小巷望去，那人已不知所踪。这人的出现让许凌琴再次想起黄腾云，一个不吉利的念头忽然从她的脑海里萌发：腾云哥一定遇到什么事情了！她忽然想见见曲明言，这么多年了，她想了解腾云哥的一切情况，而这些在电话里三言两语是无法说清的。

许凌琴回到家，儿子林少剑已经放学回来。林少剑在镇上读二年级，因为伙食好，营养充足，他看起来跟邻居家十一岁的儿子一样高。许凌琴知道，这是因为黄腾云的个子很高，遗传的缘故。儿子像极了黄腾云，那浓眉，那鼻子，厚厚的嘴唇。许凌琴忽然想起刚才遇见的那个人，想起黄腾云，去找曲明言的想法突然间变得那么的强烈。

她想起曲明言的话，她的心微微颤抖着。去！我只是想知道黄腾云的消息。许凌琴在心里安慰自己。

许凌琴又想起欧博龙，那个人长着一张英俊的脸，却如无赖一般，真的是人不可貌相。如果换成自己的丈夫，早会被自己一腿蹬掉，亏是遇上许若含，也只有许若含能忍声吞气这些年。她支持许若含离婚，她觉得以许若含的相貌，根本不用担心离婚后找不到对象。

因善仔的出现，许若含的脾气也变坏了。她会拒绝欧博龙，会跟他扭打，对善仔，她也不再像第一次见面那样客气。有一次看见善仔欺负自己的儿子，她会毫不犹豫地甩了一巴掌过去，在那之前她一直是柔顺如小猫小狗般。她对欧博龙的怨恨很自然转移到欧家人的身上，而欧家人因为欧博龙在外面生了一个男孩，算是家族的长孙，且欧思庭还不知道是不是欧博龙的种，故对许若含母子越来越冷漠。许若含开始厌倦回曲沙村的日子，开始留恋亲情满溢的娘家，留恋厂里温馨的气氛。她跟许凌琴说了，平常日子就住在厂里，她住的就是许凌琴住的那个房间。少有工人愿意住厂，工人回家时，许凌琴或者林子平就要轮流来镇上守厂。因此，许若含的决定，让许凌琴非常高兴。

"阿含，我觉得你还是得跟欧博龙离婚，趁现在还年轻。上次跟欧博龙闹翻了以后你们一直没有同床？"

"没有，我觉得他脏，连黑兰他也要。"许若含红了脸，十几年来，她跟许凌琴之间一直是无话不谈的，但是在这种事情上，她不好意思谈，不像艾青花和凌琴姐是无话不谈。

"以后还跟他和好吗？"许凌琴问。

"死也不会让他碰我了。"许若含毫不犹豫地回答。

"那你却不离婚？"许凌琴追问。

"我不懂得怎么离婚。"

"去镇政府咨询会有人告诉你的，不然我们俩现在去问问吧？"

"不要了，我晚上想想。"

"你跟你弟弟和你弟妹商量一下。如果是我母亲，早就追到欧博龙家打砸了。"

许若含点点头，是的，没有母亲的孩子，总是会受人欺负。

许凌琴也不便多劝，叹了口气，忽然想起一件事："对了，我星期天要去一趟城。"

"好的。"许若含点点头。

许天照和齐灵珊很少在周中回来，周三晚上回家了，要许若含也回家吃饭。

饭桌上，许天照告诉大家，经过一段时间的学习，齐灵珊准备去夏省原来许天照工作过的地方支教。这个消息如同晴天霹雳惊呆了许水生和许若含，因为他们都希望齐灵珊早早生个孩子，给许家带来更多欢乐。但是齐灵珊说自己还年轻，支教只要一年时间，她可以有更多学习的机会，她希望自己能"用一年的时间，去做一生难忘的事情"。这个念头其实起源于许天照还在夏省的时候，但是那时候她放不下父母，也没有机会，现在许天照回来了就在父母身边，她真的想出去，去她深爱的男人工作过的地方、信里描述过的地方看看。她是新时代的青年，投身教育，并且能用自己所学影响一片土地，或者影响一群孩子，都是值得的。

拗不过齐灵珊，大家都同意了。

饭后，许天照收拾碗筷，齐灵珊把许若含拉到一边，说："姐，你也是一个新时代的女人，你有权利选择自己的生活，何必死吊在一棵树上呢？你要想清楚几个问题：第一，你结婚这些年姐夫负担起家庭的责任吗？第二，关于那个广省的孩子，姐夫跟你解释过没有？你准备如何面对如何对待那个孩子？第三，也是最重要的，你自己想想，你还愿意跟姐夫生活在一起吗？你有兴趣跟他一起生活过日子吗？我听阿爸说，你每次回去他家人都不善待你，这样的日子长期过下去也很痛苦。"

"我弟弟怎么说？"许若含想到凌琴也是这么说，心动了，但是她更在乎的是家人的感觉，她不能让自己的生活影响到弟弟。

"天照的意思是，就算你嫁不出去，你老了娘家一样养你，我跟天照都有退休金，这点我同意，姐。"齐灵珊郑重地说。

许若含的心一漾，眼泪"哗"地就流下来了。

许天照告诉许若含，如果欧博龙同意离婚，在镇上协议离婚即可；如果是要上诉离婚，必须去城关法庭递交诉讼书。

欧博龙常年不在家，只有走法院这条路。

第二天，齐灵珊带许若含来到城关法庭，找人写了诉状，复印了身份证，递交诉状的时候才发现许若含没有带户口簿，只好作罢。

"我明天自己带户口簿来，你去上课吧。"走出法院，许若含对齐灵珊说，不知道为什么，知道证件不足无法上诉，她的心情忽地轻松了。前途渺茫，她没有丝毫信心。

"行，你记得把全部的证件都带过来。明天星期五，不然你下星期一来也可以。"齐灵珊建议道。

"知道了。"许若含点点头。

"我们去电信局。"齐灵珊见许若含还是用传呼的通信工具，拉着许若含去电信局，掏钱买了一个小灵通，"有手机，阿爸有事找你打个电话也方便。"

整整一天，许若含神思恍惚，想起下星期要去法院的事情，心里惴惴不安。她从没想到自己的婚姻会走到这一步，自己与欧博龙已经有夫妻之实，有了儿子，居然也要走到离婚这一步，对不起孩子，更对不起自己的心。

许若含回了一趟曲沙村，找到户口簿，才想起自己那天买小灵通用身份证时，身份证放在弟妹的包里。想到好久没有看见奶奶，许若含来到奶奶的旧房子，把两个面包和几瓶牛奶放在木桌上，整理桌子，打扫房间。

告辞奶奶，许若含上楼把自己跟孩子的东西整理好，准备拉回镇上。收拾好了后，她又把一些东西拿出来，放进衣橱里，说不定还得回来呢。

已是夏天，几场大雨过后，天气一天比一天闷热，穿着也一天比一天少而短。

星期天一早，许若含见许凌琴犹犹豫豫似乎想出门又心有牵挂的样子，许若含问："阿琴，你今天不是要出去办事？"

"唔，我再想想。今天我把少剑也带来了。"许凌琴含糊地回答。

许若含以为凌琴是放心不下厂里，于是说："你有事就去办吧，少剑留在厂里我看着，他跟思庭玩得来。中午饭我弄东西给他们吃。"

许凌琴听说，松了一口气，早上少剑吵吵闹闹地要出来镇上，她带出来后才后悔，听见许若含这样说，心头一块石头落地，答道："也好，我今天刚好有事。林子平去办点事，估计要下午才回来，少剑就拜托你了。"

"没关系。该做什么尽管去，孩子有我看着。"许若含回答。

许凌琴听说，不再顾忌，她整理一下衣服，对着镜子照看半天，才走出厂门搭上前往城里的班车。坐在车上，她发现自己的心里是多么期待这次的约会，也许不仅仅是为了腾云哥，还有孤寂这么多年后听到的曲明言的甜蜜话语吧。

在车站下车后，许凌琴犹豫了好一会儿，没有雇车，慢慢地往螺湖酒店方向走。在螺湖酒店门口，她抬起头四处观望，瞥见大街斜对面的"肯德基"，想起儿子的话，今天天气晴朗，本来就该带儿子出来转转，怎么可以把他一个人丢在厂里呢。她心中有点难过，踌躇了一下。这个时候，她的手机响了，是曲明言打来的。

　　快中午了，许若含才想起自己还没有去娘家拿身份证。

　　她下锅煮了面条。儿子说要吃细面条，少剑说要吃粗面条，她去街上买了一块钱鲜面线、几两精瘦的猪肉、两块钱花蛤和一点青菜。面条煮熟了，刚好工人也下班，她赶紧招呼两个孩子吃饭，把面条盛好放在桌上。自己匆匆吃了一碗，盯着两个孩子各吃了面条，然后她吩咐少剑看好弟弟，不要到处跑，才推出摩托车。少剑年纪虽小，却一副大人模样，一天到晚当起孩子王，带着一群小孩子在街上跑来跑去。

　　许若含骑的是弟弟的摩托车。弟弟结婚时，齐灵珊娘家另外买了一部全新的女式摩托车当陪嫁。有了摩托车后，许若含的自行车就丢在厂房一楼的墙角，很快自行车布满灰尘，爬上蜘蛛丝。

　　天气炎热，一条狗蹲在屋檐下伸出舌头，不断喘气，树梢的树叶一动也不动，这样的天气让人心情很是烦躁，让人不由自主地想起许若平跳潭自尽的那个天气。

许若含推着摩托车在厂门外犹豫了一下，要发动摩托车，发动好几次，摩托车一点着火又熄火了。

"叫你别去呢！"工人们见许若含在厂门外踩得满头大汗，走出来，说。

许若含笑了笑，中午休息时间长，工人是下午两点钟上班，她还可以待在娘家一个小时，跟父亲说几句话，她打算上诉这件事还没告诉父亲。

"我来试试。"丽丽放下碗，走过来，使劲蹬了一下发动板，摩托车"突突突"一下就发动了。

"今天的摩托车认生了。"工友们笑了。

"帮忙看着孩子。"许若含看见林少剑和欧思庭还坐在桌边，对身边的工友说，然后，上了车，急急往倒溪坡村驶去。

见许若含匆匆离开，林少剑好奇地问："你妈妈去哪里啊？"

欧思庭回答："我妈妈说要去倒溪坡村我外公家。我外公家好好玩啊，还有很多东西，我们还会去捉鱼。"

林少剑笑话欧思庭："笨死了，你外公家跟我外公家都是一样的。"

"我妈妈骑摩托车载我。摩托车可快了。"

"我妈妈也骑摩托车带我去的，我好久没去了。我们现在也去外公家好不好？"

"外公家很远的。"

"我们骑自行车去，一会儿就到了。"林少剑怂恿道。

欧思庭摇摇头。

"我带你去捉鱼。"

欧思庭眼睛一亮。

林少剑说自己会骑自行车，其实不大会。

丽丽在厂门口吃饭，看见林少剑推车子，问了一句："这么热，不要出去。"

"我们去学校学自行车。"林少剑回答。

"不要跑远了，等下你妈妈骂你们。"大家都习惯了林少剑到处乱跑。

林少剑伸了伸舌头。欧思庭就站住了。

"走，跟哥哥走。"林少剑小声对欧思庭说，他把欧思庭抱上自行车后架，因为他个子高，走了一段路，扶着的车把就越来越稳了。

许若含回家，依然要经过乌潭。几场大雨把乌潭注满了，水葫芦在水面漂浮，花朵已经盛开，那紫的、粉白的花瓣娇艳得有点异样，许若含忍不住往乌潭看了几眼，她觉得水面浮着一层灰色雾气，给人一种怪异的感觉。许若含心中确有不妥的感觉，究竟为什么，她说不出来。

许水生正准备吃稀饭，见女儿前来，拿起碗，帮女儿盛了一碗。许若含没有推辞，坐下来跟父亲就着一盘咸菜边吃边聊。

林少剑推着车子走到乌潭边，已经是满头大汗，坐在后面的欧思庭已经开始哭了。林少剑想返回镇上，看见欧思庭哭，又急着把他送到许若含手上。好不容易来到乌潭边，林少剑赶紧哄欧思庭："走，我们抓鱼去。"

欧思庭止住眼泪："我要找妈妈。"

时值正午，除了这两兄弟，路上没有一个人。

"过来，这里凉快，这水里有很多鱼。"林少剑说。

欧思庭毕竟是孩子，这么热的天气看见水，也开心起来了，跟着林少剑来到水边。

"鱼都在那草底下哪，你别哭，我抓一条鱼给你。"林少剑走到乌潭边，拉了拉从岸上延伸到水里的水草，一条小鱼"扑哧"一声跳起，迅速潜入水底。

"鱼！鱼！"林少剑和欧思庭同时惊叫。

林少剑探头往水草里看，另一手翻开水葫芦。林少剑从水葫芦上揭开一个田螺，递给欧思庭："田螺，给你。"

林少剑刚直起身子，重心不稳，脚却往水里一滑，哗啦直接滑进水潭里。

欧思庭因为刚伸出手要接田螺，也被带进水里，他一紧张，慌忙抓住岸上的水草，脚刚好踩着一块水葫芦。因为身子不是很重，水葫芦勉强能撑住他的重量，随着欧思庭慌乱之间的挣扎，水葫芦也是在缓慢地往下沉。吓得欧思庭不敢哭不敢喊，就那样险险地吊着岸边。

许凌琴走进螺湖酒店的时候，已经是早上十点多，她轻轻地敲1088房间门，曲明言从猫眼里看到许凌琴，把门打开，让许凌琴进去，然后把门关上，拴上保险锁，转身抱住许凌琴。

许凌琴的心一阵猛跳。

曲明言把电视机声音调到最低，转身扑向许凌琴……

"啪"的一声，许凌琴挣扎出来，伸出手，狠狠甩了曲明言一巴掌，这巴掌，把浑身颤抖的曲明言打醒了。他莫名其妙地问："你怎么了？"

许凌琴恨自己，讨厌自己，她觉得自己肮脏，眼泪也同时掉下来了。

"你怎么了？要走了？都是大人了，还有什么过不去的。"曲明言说。许凌琴的愤怒让他失去兴致，他拦住许凌琴恢复了以前的语气："别这样，我们喝杯茶说说话吧，好吗？就当什么也没发生。"

许凌琴的头还是晕晕的，她喘了口气，想了想，最终还是坐下了，只是绷着脸，不愿意面对曲明言。

我应该马上离开！许凌琴想。她不知道为什么要留下来，她是可以一走了之的。曲明言不会把今天的事情告诉杜升吧？

"快十二点了，我叫了快餐，我们边吃边聊，好吗？这么多年了，我们之间都有很多话。今天的事，如果你不愿意，就把它忘了，我也不会说出去的。"

许凌琴点点头，却不答话。她觉得心很乱，没有办法正常的思考。

曲明言把窗帘拉开，热辣辣的阳光在瞬间挤满整个房间，曲明言又把窗帘拉拢。他倒了瓶水，烧开了，为许凌琴倒了杯茉莉花茶，许凌琴这才发现自己的口很渴。

送餐的人来了，曲明言打开门，付了钱。

"这些年怎么样？过得好吗？"曲明言边解开快餐盒的袋子边问。

"还好，开服装加工厂，帮杜升服装厂加工。"

"这我知道。我是问你的生活过得怎么样，跟你老公关系好吗？来，边吃边说话。"

"还可以。"

两个人闷着头吃了两口，许凌琴终于抬头看着曲明言，艰难地问："黄腾云现在怎么样了？"

曲明言正要把一块牛肉往嘴里塞，听见许凌琴问，牛肉停在嘴边，他忘了该吃还是该吐："黄腾云的事，你不知道吗？"

"怎么了？"许凌琴心中一寒，迎着曲明言的眼光，她想从他的眼神里捕捉一些她需要的信息。

"他得了肝癌。你不知道吗？"曲明言说，黄腾云是他的好朋友，他的死对他来说是很大的震撼。

"那他现在人怎么样了？在哪家医院？"许凌琴焦急地问，她从她的包里拿出了手表，当年送黄腾云的那块手表，递给曲明言看。许凌琴这才想起自己的初衷，是来追问黄腾云的事情，刚才怎么就鬼迷心窍？许凌琴的脑海忽然一片凌乱。

曲明言接过手表，觉得表达困难，他不知道应该怎么样跟许凌琴讲过去的事情。

"我去年底才看到这块表。是不是去年的事情？腾云哥知道自己的病就把手表送到我家里？他现在到底怎么样了？"许凌琴带着哭腔问。

"他已经死了，到现在，有九年时间了。那时候，他跟你分手，就是因为知道了自己的病情，才骗你说他要结婚。为了不让你难过，为了让你过得幸福，他也费尽苦心了。"曲明言想起往事，忽然对自己刚才对许凌琴的冒犯有了愧疚感。

仿佛一双魔鬼的手，在那一刻挖空了许凌琴的心，她心如刀绞般，忘了哭泣，她双手紧紧抓住自己的胸口，呼吸困难，脸憋得通红。

曲明言惊恐万分："你怎么了？你怎么了？"

许凌琴却回答不出来了，一头栽倒在床铺上。

这个时刻，正是林少剑一头栽进乌潭水里的时刻。

许凌琴摇摇晃晃地走出螺湖酒店。曲明言要送她，她拒绝了。她觉得自己的七魂丢了一魂，在曲明言扶她躺下时，她没有说话，不停地流泪，浑身无力，却不知道自己因何而伤悲，为何而哭泣。许凌琴不知道自己是怎么走到车站的，站在车站的出口，她依然莫名其妙地万分伤悲，她的一魂已经飘去谷山黄腾云家，她的躯体却茫然无措、迫切地希望回到螺东。可是此际的她站立在路旁，望着眼前交错而过的车辆，却无所适从。人生有无数的十字路口，我错了吗？我在做什么？许凌琴问自己。车子一部接一部从许凌琴的眼前驶过，可是许凌琴却没有任何反应。这一个早上，她经历了太多，先是曲明言的凌辱，然后是黄腾云去世的消息。可是这些都似乎不是许凌琴如此痛苦的原因。

一辆汽车停在许凌琴身边，许凌琴上车，车子又发动了。这是趟开往螺东的班车。因为许凌琴三天两头坐这些汽车，司机和售票员对她很熟悉。许凌琴坐下后，木讷地从包里掏出钱，买了车票，包里还有一个手表，是当年许凌琴和黄腾云的定情之物，许凌琴把手表拿出来，戴在自己手上。看着手表，睹物思故人，面朝窗外，许凌琴旁若无人地继续泪如雨下。

在村口的公路上，车停下来，许凌琴走下车，伤悲再次袭来，身边无人，许凌琴开始大声抽泣，呜咽出声。站在路口哭了一会儿，许凌琴才想起自己是应该直接回镇上，儿子还在镇上。

从城里到镇上要先经过林村。

公路离村庄还有一里多远，许凌琴慢慢地往村庄走去，她的心迫切地希望快点回到村里，她的脚却不听使唤地不断打战，以致她迈了几步就要停下来喘口气。村口的那棵松柏树旁围着一群人，有的正站在凳子上拉扯什么东西。许凌琴知道，村里又出意外事件了。

远远看见百米外那些忙碌的人们，许凌琴心中一阵悲痛，忍不住放声大哭，为她这些年的委屈，无处倾诉的爱与痛，还有心底恶浪般翻滚却不知缘故的苦痛。她哭得昏天暗地，一个人在离村数百米之外痛不欲生地哭号着。不知道哭了多久，身边有人骑着摩托车匆匆来去，一辆摩托车停在许凌琴身边，是邻居的阿细，阿细是个赤脚医生，他一只脚支着地，嘉陵摩托车的噪音在许凌琴身边"轰轰轰"地响着。他大声对许凌琴喊道："你儿子躺在那边的地上，你在这里哭有什么用。我去买张草席，你快回去先拿个被单或破衣服给孩子垫着。"

看着阿细的摩托车"突突突"驶去，许凌琴停止哭泣，想起阿细那些奇怪的话。

这天到中午十二点多，倒溪坡村卖肉的灿堂还有一半的肉没卖完，天气渐热，买肉的人不多。

"成师傅，买块肉吧。"灿堂大声叫着从尾堂村孔成家门口经过。

"不买了。家里什么吃的都有。"孔成说。他刚帮一个人推拿完，流了一身汗，拿着一本书当扇子扇着从屋里走出来。

孔成家门前的龙眼树下，村人正坐在树下乘凉，有人接口说："现代人生活水平提高了，兜里有了几个钱，嘴巴挑了，跟几年前完全不一样。"

灿堂把车子停下，坐在一块石板上，插话说："现在的孩子受宠啊，特别是十岁以下这些小孩，每家只有那么一两个，疼得心肝宝贝一样，一天到晚炖海鳗、熬鸡汤、煮螃蟹、蒸大鱼，孩子想吃什么，大人就赶紧掏钱买来。"

又有人说了："再就是比教育，经济好一点的人家在城里买了户口，把孩子往城市的学校送。在孩子身上的投资大了。"

"互相攀比。"旁边的人接话。

"什么世道啊！"灿堂叹道，他站了起来，"回去，回去。"

"灿堂，到我家喝口水再走吧。"孔成喊道。

"不了，我自己带着。"灿堂大声回答，他发动摩托车，摩托车"突突突"吐出几团乌烟，灿堂催动油门，准备先返回倒溪坡村吃午饭，把剩余的猪肉放进冰箱，睡个午觉，下午时分再骑摩托车去叫卖。

灿堂的摩托车经过乌潭的时候，他看见了岸边支着一架自行车，没有多加留意，摩托车继续往前行驶，驶了十多米后，他心中疑惑，停下车转头却不见附近有人的踪影。于是他调转车头往回行驶，在经过乌潭时，他看到惊心动魄的一幕：一个小孩的头露在水面上，两只小手紧紧地揪住岸边的水草，水几乎淹到他的嘴巴，他就仰着小脸，在那浩瀚的水面上显得特别惊险和可怕。

灿堂惊叫一声，来不及停稳摩托车，随手一放就朝小孩冲去。

倒溪坡村有户人家来了客人，他远远看见灿堂载着肉的车子驶来，就站在村口等，可是他看见灿堂又往回走，然后把摩托车推倒向乌潭狂奔的身影。摩托车倒下后，由于油门没有推回，惯性地继续加油，倒地后的摩托车前轮着地，后轮翘起，随着油门的催动而发出尖锐的"呼——呼——呼——"声，后轮胎轻轻擦着黄土路，灰尘一股股被迅速转动的轮胎卷起。摩托车的旁边，停留着一辆自行车。

"出事了！出大事了！"那个人大声喊着，第一个沿着公路往乌潭跑去。

欧思庭得救了，林少剑却因溺水时间太长，救回岸上的时候已经停止呼吸，小小的肚子鼓胀得老大，停了很久，水才慢慢从他的嘴角流出来。

许若含赶到的时候，儿子又惊又怕加上水浸泡太久的缘故瘫倒在旁，先到的邻居把欧思庭抱在怀里。许若含看见林少剑湿漉漉的尸体横在岸上，又看见儿子睁大无辜的眼睛看着自己，怒从心上起，把儿子从邻居手上抢来，便要往潭中抛下，哭着骂道："养你这孩子有何用！"

欧思庭吓得"哇哇"大哭，旁边的人赶紧把许若含的手抓住。许水生看见女儿疯了般拿幼小的外孙出气，心中不舍，从许若含手上抢过欧思庭，想带孩子去医院检查，许若含坚决不让，声声哭喊着让欧思庭给他哥哥下跪。

翠英号啕大哭，一声一声呼唤"我的乖孙"，许成山却大声咒骂着是谁把少剑带到乌潭边来的，现场一片混乱。直到灿堂大喊着必须先把少剑送回去，许凌琴的大哥许清亮才如梦初醒，叫二弟许清平抱着孩子的尸体，自己骑摩托车，一行人哭哭啼啼地往林子平的村庄行去。许若含赶紧骑上停在路边的自行车，跟在队伍后面，许水生则乘机抱上浸泡得发软的欧思庭，叫灿堂帮忙载着往镇上的医院赶去。

在林村村外停下，早有人进村通知林兴国夫妻，夫妻俩慌慌张张跑来，见此光景，双脚瘫软，毫无主见。幸亏邻居赶紧从林家搬来桌椅，带来热水瓶等茶具，吩咐妇女去林子平家里拿套林少剑的衣服来给孩子换上，借来帆布搭起棚子，有的去买草席，有的去买金纸、银纸，商量着订制小棺材等。厂里的工人听说，也停下手中的活，赶过来帮忙。

许若含跪在林少剑的尸体前，泣不成声，悔得肠子都青了。她哭了半晌，一抬头，看见许凌琴面无表情地站在身边。"怎么让少剑躺在这里，地上都是石子，大粒大粒的沙，硌人。"许凌琴说着，走近少剑，坐下来，像抱婴儿般把少剑横抱在怀里，轻轻拂去他脸上的沙土。

一个工人匆匆赶来，把被单和少剑的衣服递给许凌琴，许凌琴毫不留情地用力推开。她紧紧抱着少剑，脸轻轻擦着少剑的小脸。

"孩子裤子湿了，先换掉。"旁人劝道。

许凌琴木讷地盯着身上的儿子，林少剑湿漉漉的身上沾满的泥和沙子糊上许凌琴的上衣、裤子、脸："尿布洗了没有？"她撩起上衣，把白皙丰满的乳房往儿子的嘴巴塞。林少剑冰凉的嘴巴触到许凌琴温热的乳房，她忽然惊觉了，把儿子往地上一抛，喊道："这不是我儿子。"随后号啕大哭起来。旁人见状，含着泪，帮林少剑把衣服换了。

买草席的人回来了。有人扛来几捆稻草，在地上垫了，铺上草席。林少剑小小的尸体已经僵直，放倒在草席上，蒙上被子，一些亲戚才在旁边坐下，抽抽噎噎地哭泣起来。

曲明言送走许凌琴后，洗了个澡，坐了一会儿，想起刚才的聊天，许凌琴的儿子竟然是黄腾云的儿子，这么多年，对一个女人来说，谈何容易啊！对许凌琴，他油然而生敬意，不敢再有冒犯心理。黄腾阳毕业后在海关工作，黄腾辉也混得不错，黄家的日子比从前好多了。上次碰到黄腾阳，他还亲切地喊他"明言兄"，让他有时间去家里坐坐。

曲明言想到这里，不再犹豫，他必须把黄腾云还有一个遗腹子的喜讯告诉黄家兄弟，让他们兄弟也高兴高兴。他换了衣服，提着母亲上次吩咐从香港买的药，走到酒店门口，叫了部的士回谷山了。

到黄家村，曲明言从黄家家族新建的大厝旁边走过，这是黄家的祖厝，他上次就听黄腾阳说他们村子要重修祖厝，每户男丁需要出多少钱的问题，现在看来祖厝已盖好，装饰辉煌。祖厝的大厅内围着一群人，曲明言没有往里面看，从大厝旁边匆匆走过，直奔黄腾辉家。

黄腾辉和黄腾阳兄弟俩已经各建起一栋三层小洋楼，与原来的房子并排，新房旧房呈一字排开，旧房子在最右边，黄腾辉的房子在中间，然后是黄腾阳的房子，两兄弟的房子建筑格局一样。母亲还是住在原来的房子里不肯搬出来，房子里面挂着黄腾云和他父亲的遗像，现在他父亲的遗像估计已经移到祖厝，但是黄腾云因为没有娶妻生子的缘故，遗像是不能进古厝接受后代的祭拜的。

黄腾云是有儿子的！曲明言想起黄腾云的遗像不能进祖厝，在心里说。那一刻，他忽然激动万分。

黄腾阳家的大门关闭，黄腾辉的家大门敞开，曲明言边叫着黄腾辉的名字边走进黄腾辉的家门。

"我爸爸去秋阳爷爷家了。"一个小女孩清脆的声音传来。她就是黄一婉，十岁了，是黄腾辉的女儿。另外一个小男孩看起来五六岁模样，也跟着跑下楼梯，他是黄腾辉的小儿子。

"你去把你爸爸喊回来，就说明言叔叔有急事找他。"曲明言说。

"好的，你等等！"黄一婉让弟弟在家里等她，然后撒腿就往外跑。

黄家重修的古厝依照旧式建筑，大檐横梁一根根架起，红砖绿瓦一片片垒起，屋檐翘起，所有的房子粉刷一新，大门精雕细琢，摆上了崭新的木桌木凳。黄家在这里是大户人家，黄家的祖厝集资建造，在村里是件大事。祖厝修建完成，开始修撰族谱。

黄腾辉和一帮族人正在祖厝里商量族谱修撰之事。这次村里编族谱，依然由黄秋阳负责。黄秋阳是退休教师，热心公益事业，每逢村里大小事都请他参与，所以这次修族谱他理所当然地成为组长。

"黄腾云的这支脉怎么办？还有人接吗？"坐在八仙桌前的秋阳老人抬头，问旁边的人，看到黄腾辉，又问了一遍。

黄腾辉还没回答，旁边的人答道："腾阳也是只生一个孩子，捧铁饭碗的，已经没有机会再生了。只能看腾辉这边了，能不能把一婉留下，扶腾云这一脉香火。"

"这不好说，时代在发展，孩子以后还不知道能不能听我们安排。"黄腾辉为难地说。

"那就算到他这边为止了。"秋阳老人又一次询问黄腾辉。

黄腾辉点点头，这是无奈之举。

于是，秋阳老人在族人名单上、黄腾云的名字下面用毛笔写上一个"止"字。

黄腾辉长长地叹了一口气。

正在这时，黄一婉跑来，喘着气告诉父亲："爸爸，明言叔叔说要找你。"

黄腾辉听说，站起身，对秋阳老人说："那就这样了，我先回去。"

秋阳老人点点头，回头问下一家。

黄腾辉回到家，看见曲明言，很是热情，一边烧水一边招呼他坐下："晚上在这里吃饭。炒两个菜，刚好腾阳也回来，我们三兄弟喝一杯。"

正说着，隔壁房子的大门传来开门的声响，黄腾辉说："我弟弟回来了。"

他走到阳台，大声喊着黄腾阳。

不一会儿，黄腾阳也来了。

曲明言与黄家兄弟是多年相识，因此见面后没有多解释，他直截了当告诉兄弟俩，黄腾云有一个遗腹子，由许凌琴抚养，在螺东镇，今年虚岁九岁。

兄弟俩面面相觑，觉得不可思议。

"我哥哥临死之前，我去过许凌琴家，怎么没有听说此事？"黄腾辉自言自语。

"你去过她家？"曲明言问。

"嗯，我送了一块手表还她，听说那手表是她送给我哥哥的。"

"手表我见过，今天她还带在包里，她拿给我看了。"

"可是在进她家门的时候，手表丢了。我还为此让她父亲凶了一顿。"

"肯定是他们后来捡到的。"

"她儿子确定是我哥哥的？"

"阿琴不会骗人，也没必要拿这件事骗人。"

"什么事是真实的？谁的儿子？"楼梯口传来问话的声音，是苏素兰来了。

"阿姆！"黄家两兄弟站起来，把苏素兰让到沙发上，黄腾辉为苏素兰倒了杯开水。

"你们刚才提到腾云，是什么事？明言也来了，晚上在这吃饭吧。"苏素兰说。

黄腾辉把刚才曲明言的话告诉了母亲。

话还没说完，苏素兰就打断他的话头，说："那你们还坐在这里干什么，去看看孩子啊！可怜的孩子，一出生就没有了父亲，可怜的腾云儿，死后也没香火延续。"

苏素兰说着说着又要流泪，黄腾阳见外人在，赶紧岔开话题："现在三点多了，路那么远。"

"现在有摩托车，很方便，不像我们以前去海边卖柴是挑着担子一步步丈量过去的。去看看，看一眼孩子，回来告诉我，孩子是什么样的。"苏素兰说。

"现在吗？"黄腾辉问。

"当然是现在，我说了半天你们没听见吗？那边在修族谱，现在还能改呢。你们先去看，那女人不生气我再去认孙子。"

素兰发怒了。黄家兄弟见母亲生气，不敢再争辩，他们一起转头，看着曲明言。

曲明言担心这件事骚扰了许凌琴的平静生活，又欣慰自己终于能为好友做点事了。

"也好，不然我明天早上就回去上班又得几个月才回来，现在去看看。"黄腾阳说。

"也是，刚才秋阳伯也在问，这事也凑巧。"

事不宜迟，黄家兄弟各自回房间换了衣服，往口袋里揣了钱，曲明言把许凌琴的手机号码和工厂、家庭住址写在纸上递给黄腾辉，也把她的基本情况交代了一遍。兄弟俩推出摩托车，苏素兰在旁边再三交代："儿啊！咱们去看一眼就回来，人家让我们认，我们就认，不要强迫人家。撒菜种容易，给点水就生长了；栽菜苗就不容易了，一会儿担心菜长不高，一会儿担心照顾不活，天天浇水、施肥、捉虫，费心神呢。咱们做人不能没良心啊！不能摘菜连根拔。"

"知道了，知道了，阿姆。"黄腾辉有点不耐烦地说。

小小棺材

兄弟俩合骑一辆摩托车往螺东驶去，走了一个多小时，才到达螺东镇。凭地址，他们找到了"鹏腾服装厂"，厂门关闭，问旁边的人，都回答不清楚。打许凌琴的手机，手机关机了。于是，兄弟俩问清林村方向，掉转车头往林子平的村庄驶去。找到林村，已经是傍晚时分，暮色开始下沉。黄家两兄弟在路边商量了一会儿，想进村找许凌琴担心影响人家，退回去又怕母亲催促询问。

"直接找到人家家里不妥当吧？还不被打死了。"黄腾辉有顾忌。

黄腾阳从小最得哥哥宠爱，到现在，心中比黄腾辉更加迫切地想看一眼哥哥的遗腹子："也没啥担心的，就说你现在做服装跟单，手头有订单叫凌琴姐做，他家里人肯定不多说话的。"

黄腾辉一想，也是。且事已至此，他们只能硬着头皮发动摩托车向村庄徐徐驶去。

在村口，他们从帐篷旁边驶过，帐篷里悲悲戚戚的哭号声让他们听了心中难受，又走了几栋房子，黄腾阳说："就在这里问问吧，说不定就在这附近呢。"

此时各家的厨房灯已经打开，炒菜的声音、锅盆碰击的声音、自来水"哗哗"流动的声音传来。这里的人大部分用上了电炉电磁炉液化灶。

黄腾阳走进一户人家，刚好一个中年妇女拿着盆从厨房走出来，黄腾阳迎上前问："请问大姐，许凌琴的家在这附近吗？"

中年妇女打量了黄腾辉和黄腾阳一眼，随即热情地说："你们刚才没有看见吗？就在路口，已经搭了帐篷了，走过去，拐个弯，就是你们进来那条路。可怜的孩子，你们是他们的亲戚吧？"

黄腾阳不明白她说的什么意思，但还是点点头，道了谢，跟着哥哥掉转车头往回走。

"二兄，那个大姐说'可怜的孩子'，原来他们早知道孩子的身世了。"

"孩子确实是可怜，出生就没有爸爸，到现在应该还不知道他爸爸是谁吧？"

"凌琴姐应该没告诉过孩子。"

"肯定不会。按说也不应该让村里人都知道才是，凌琴姐做事比较稳重的。"黄腾辉疑惑地说。

"已经搭了帐篷，是怎么回事？"

"不知道，不会是刚才经过的那帐篷吧？是不是他家谁出事？"黄腾辉打开摩托车大灯，此时天完全黑了。

"那我们方便过去吗？"

"见机行事吧。"

来到帐篷外，把摩托车停下来。帐篷外已经支了一张桌子，有个中年男人背着个包在那边走来走去，看见黄腾辉他们停下摩托车，就走回那张桌子旁边，拿出包里的本子和笔，这个人是负责丧事收支的。

凌琴姐出事了？难怪刚才那位大姐说"可怜的孩子"。兄弟俩知道这个帐篷的含义，心头狂跳，对视一眼，都从对方眼里读出惊恐和不安。

"请问，许凌琴在吗？"黄腾辉问背包的男人。

"阿琴呢？阿琴在不在？"背包的中年男人掉转头对帐篷内大声问道。

"刚才还在呢。"帐篷内的哭声已经停了，有人大声回答。

黄家兄弟一听，心一阵轻松，不由自主地露出微笑。

"回去吧？"黄腾辉说。

"不要进去看看吗？"黄腾阳问。

"不方便吧。"黄腾辉回答。

"就这样离开？"

"就这样离开。难道你还进去送了钱再走？"黄腾辉笑着问黄腾阳。

"钱多了。"黄腾阳呵呵一笑，往帐篷内看了一眼。

帐篷内的草席上躺着一具小小的尸体，上面盖着条灰色被单，旁边跪着一个年轻的女人，两个老一点的妇女靠着系帐篷的树干，另外几个人，有的坐着，有的站着，都不认识。

听得旁边有人在问："阿琴呢？怎么没看见？"

"刚才还在。"

"她离开好一会儿了，不可能没有回来。"

"还是去看看吧，从她回来到现在神思恍惚，哭一会儿笑一会儿，不会精神受刺激了吧？"

"子平呢，叫子平去找找。"林子平刚才在儿子身边哭了一场。刚走出帐篷，听有人喊他去找许凌琴，应了一声就往家里走去。

黄家兄弟推着摩托车刚要发动，许凌琴有了哥哥的遗腹子，在兄弟俩的心中，已经把她当成嫂子了。她到底怎么了？听到这些话，他又停下来了。"那个肯定是凌琴姐的丈夫。"黄腾辉小声对黄腾阳说。

"随她哭吧，儿子死了是在割心肝，谁不疼。"旁边的妇女悲痛地说。

许凌琴的儿子死了，黄家兄弟对望一眼，心吊到嗓子眼上。两个邻居从林家出来，烧了饭菜抬到村口，听说在找许凌琴，应声说许凌琴没回家。众人一听，才急了，慌忙又喊了几个人去找。

"找不到阿琴了？"黄腾阳拦住抬饭菜的人，问。

"没看见回家里。儿子死了，也不懂得在这守着，也不懂得哭，该不会又去厂里了吧。"邻居气愤地回答。

"先过来吃饭再说。"有人招呼黄家兄弟，并盛了几碗咸稀饭。办喜事煮面条，办丧事煮咸稀饭，这是规矩。

如雷轰顶，黄家兄弟内心一阵空白。凌琴姐几个儿子？一个还是两个？她跟现在这个丈夫应该也生过儿子吧？兄弟俩木讷地接过碗。黄腾阳把碗放下，走进帐篷，蹲在地上，掀开孩子脸上的被单，脸色一变，鼻子一酸。林少剑的脸跟大哥黄腾云的脸长得一模一样，鼻子、嘴巴、脸型同副模具刻出来似的，他忍不住悲伤，眼泪就掉下来了。走出帐篷外，拉过二兄，悄悄地告诉了他："是哥哥的儿子，才会跟哥哥一模一样。"兄弟俩心中悲痛，不敢表露，他们走近负责丧事收支的人，各掏出五百元钱让那人记下。普通人家包一百元白礼，如此大礼，定是至好亲属，那人一边收钱，一边拿出本子例行登记，抬头问："姓名？谁家亲戚？"

黄腾辉报了名，说是许凌琴的亲戚。那人把本子盖上，钱退给兄弟俩，说："是阿琴的亲戚要等阿琴来了再说，这白礼还不知道阿琴收不收。"然后改变了态度，客气地招呼兄弟俩坐下喝茶。

"是少剑的舅舅吧？跟少剑长得一模一样。"旁边的人问黄腾阳。

"嗯。"黄腾阳支吾着不敢多话。

"是表舅。"黄腾辉迅速回答。他打听过了事情发生经过，考虑了一会儿，让黄腾阳先给家里打电话，说清晚上不回去之事。

"怎么说？"黄腾阳问。

"别让阿姆知道，女人可以让她们知道。"黄腾辉说。

"阿琼下午带孩子去她娘家，先打电话告诉二嫂吧？"

"这样好，先跟淑芬说一声，她是女人，比较懂这些。"黄腾辉说。

商量完毕，给家里打电话报了信，然后，两兄弟避开人群，黄腾辉讲起大兄的病情，讲起当年狠心拒绝许凌琴的事，腾阳叹道："阿琴真是个痴情的女人，阿兄没有福气。"

"可不是。今天才后悔，唉，不应该瞒她阿兄的事，阿兄临死唯一遗憾的是不能再见阿琴一面，可惜我没有能力去帮助他们，现在说什么都没用了。"腾辉说。

"我们应该好好感谢她，孩子出了这事，她比谁都难受。"腾阳说到这，喉咙哽咽了。

几个寻找许凌琴的人到村里转了一圈又回来，都说没看到许凌琴。

这时天色更黑了，伸手不见五指。林子平和邻居的阿细一起，沿着坑坑洼洼的村庄旧道从林家祖厝走过，林子平心中充满焦虑，儿子的死和妻子的失踪有着莫大的关联，如果妻子再遭不幸，这日子还有什么盼头。他们拧亮手电，走进林家的祖厝。古厝的房间堆满稻草、花生藤、红薯藤等，其中一家拴着一头牛，一家关锁着鸡鸭。把每个房间都照了，没有人的踪迹。两个人正准备往外走，阿细觉得眼角一道反光掠过，瞬间消失了。他觉得奇怪，四望却什么也没看见，正想往外走，忽然想起："屏风后面我们没有查。"

祖厝的正门进来是小厅，然后是天井，再进来才是大厅，大厅厅中供着林家家族的几十块灵牌。厅侧靠墙放着犁、耙等农具，还有人家丢弃不要的旧床和一张木梯、一张竹梯。大厅正中有面屏风，后面还有一个小房间，也堆满了茅草。阿细拿着手电照照，一双脚就那样晃悠晃悠地出现在他们头上，那是许凌琴。

阿细惊叫一声，冲上前抱着脚往上提，同时喊林子平快点搬梯子。

两个人把许凌琴解下来，阿细把许凌琴的脉，还有微弱的跳动，慌忙进行心肺复苏按压。许久，许凌琴才缓缓醒来，却只剩一个躯壳在世间飘荡。她目光呆滞地盯着前方，仿佛身边无人般。

阿细不方便背她，林子平又背不动，两个人只好搀着她走，她长踏一步短踏一步，根本不按常规走路，不时"嘻嘻"傻笑一声。

"是癔症，精神受刺激的，会好的。"到了村口的棚子旁，阿细悄悄告诉林子平。有村里的妇女帮许凌琴打了饭，许凌琴看也没看，只是张着嘴巴，任口水从唇角往下流。

"傻了吧？"众人背后悄悄议论。黄腾辉和黄腾阳见了，不敢上前跟许凌琴相认，站在人后，看着许凌琴的样子，黄腾辉想起当年在青城的许凌琴那俊俏的模样，心如刀绞。

许凌琴神志不清，没有人问他们兄弟从何而来。许成山回到溪坡村一趟，又赶回林村，看见黄腾辉，记忆里有点印象，不由多看了一眼，黄腾辉慌忙站起来跟许成山点点头算是打过招呼。许成山心中恐慌，顾忌两兄弟知道林少剑之死前来闹事，暗中戒备，见兄弟俩老老实实、悲悲戚戚地坐着，防备之心渐渐淡去，相互间竟有种同甘共苦的感觉，便招呼兄弟俩吃饭喝茶。

夜晚，麻将桌就摆在棚子旁边，却没有人有心情打。螺苑风俗里，死了人，族人乡亲朋友会过来帮忙守夜，有些老人的灵柩一停就是半个月以上，这时候，就会摆上几张麻将桌，供守夜的人消遣。同时，会安排人煮夜宵，饮料、茶、酒供应不断。像林家遇到这种不幸，亲朋也是过来看看，叹息一番就离开了。剩下几个，安静地坐在茶桌前，也不言语。

黄家兄弟走进帐篷内，守在素未谋面的侄子身边。几个工友看护着许凌琴守了一夜，许凌琴还是那副模样，眼神呆滞，口角流涎，人家喊她吃她就吃，困了倒下就跟儿子一头躺着。

……

许水生颤悠悠地从口袋里掏出一个袋子，走到主事人桌前："我先带五千块过来，其他事项，该怎么处理就怎么处理。"

主事人也不推辞，收了钱，入了账。

许若含看着疯疯癫癫的许凌琴，心中愧疚难当，跪在林少剑身边放开声音号啕大哭起来。

黄腾辉和黄腾阳已经把每人五百元的白礼钱交了，他们把许成山拉到一边，轻声商量，让家里的女人也过来送送孩子。许成山坚决不肯，倒催促黄腾辉兄弟早点离开。林子平虽忙碌，看见跟儿子相貌相似的黄腾辉兄弟，心中有数，虽不当场计较，对许凌琴的不满却开始滋生，原来这么多年，他还是无法摆脱黄家人，他从不计较地把林少剑抚养长大，换来的就是这样的结果。一泡屎一泡尿辛苦养大、亲热地叫喊自己"爸爸"的儿子离开了，妻子疯了，自己的生活将会是变成什么样的？在这个悲戚的场合，林子平开始重新打算自己的人生。

早上九点多，卢淑芬和黄腾阳的妻子阿琼想瞒过婆婆，匆匆赶来，黄腾辉去路边等候，说明情况，建议妯娌俩先不进来，就在路边等候。

小棺材已买来，择时将林少剑装殓，许凌琴竟从地上爬起来，走进棺材欲躺下，嘴里念着："我也要去，将我一起带走。"众人慌忙把许凌琴拉出来，背地里抹泪摇头，翠英抱住女儿，带着泪一声一声呼呼："儿啊！孙啊！我的儿啊！我的乖孙啊！"

棺材被"嘭嘭嘭"钉上，曾捆过石条的粗壮麻绳从棺材底下绕过，一根粗壮的竹杠穿过绳子，一声唢呐，小小的棺材被两个男人轻轻松松扛起。黄腾云出葬的情形历历在目，黄家兄弟泪如雨下，躲开人群，掩面而泣。

折腾了整整一天，许水生一家才回倒溪坡。许天照和齐灵珊已经把晚饭煮好了。

小夫妻俩很不赞成林家这样的做法，说要报警，许水生就发火了。

被逼承受一系列烦琐的缛节的欧思庭一到家马上沉沉睡去，没吃饭。许若含浑身无力，也跟儿子躺在床上。

许天照不放心，到姐姐房间催了几次，许若含疲惫地说想睡觉不吃饭。

第二天醒来，已经中午时分。许水生去许成山家道歉，许成山看见许水生，扛把锄头就出门，也不肯跟许水生说话。

"阿爸，我去厂里看看，不知道工人有没有来上班，还急着送货的。"

"吃了午饭再走。"

"不用了，我刚喝了稀饭。"许若含说完话，推出摩托车，往镇上驶去。

许若含到街上的时候，只有小凤和丽丽在做事。前天工人听说许凌琴家里出事，把门锁了都离开了。昨天工人相约去送了林少剑，见许凌琴疯疯癫癫的样子，心中难过。难过归难过，她们首先想到的还是30日发工资的问题。工资一向都是许凌琴发的，现在她疯了，工资找谁拿？每家每户都等着这些工资做生活费呢。而且，许凌琴如果这样一直疯下去，这厂还开不开？

鹏腾服装厂人心涣散，眼看是支撑不下去了。许若含脑子一片空白。

下午，许若含给工人逐一打电话，工人是回来了，做了一会儿，推说要买菜接孩子，又离开了，只是一再问许若含，30日能不能准时发工资。许若含含糊答应了。

谁知道第二天，工人一个也没有来上班，打了电话过去，都没接，家里人找了一大堆借口。

许凌琴赚的钱一直是自己保管，每个月拿足够的钱给林子平作为家庭开支，平时林家的红白喜事都是许凌琴在负责。问林子平，林子平浑浑噩噩，一问三不知。货期又逼在眉梢，许若含心急如焚，搭车往杜升服装厂赶去。杜升在林少剑出殡那天去过一次林村，听说鹏腾服装厂的工人都无心做事，让许若含回去把鹏腾服装厂的工人工资详细核算一遍回报他，并让她转告工人，工资马上发放，不用等到30日。这边工资的发一个月压一个月，等于工人都有两个月工资还没领到手。许若含回到鹏腾服装厂，把情况解释了。当天晚上，鹏腾服装厂一人不缺地加班赶货到十二点。

许若含知道，这不能怪服装厂的工人，她们都跟自己一样每个月等这些钱过日子。

许若含用了一夜时间把全厂工人上个月的工资整理出来，工人工资数目一直由林子平在计算，只是见工友们情绪不安，许若含不放心地重新计算一遍。28日下午三点多，杜升带大女儿阿大来到鹏腾服装厂帮忙，同时喊来林子平签字做证，杜升把鹏腾服装厂上个月的工资发了。鹏腾服装厂已经有三十五个员工，连许若含在内有三十六名员工，厂里正在生产六千多套学生服运动夏装，货期是次月5日。到5日，经过全厂员工的日夜奋战，这批货终于赶完，大家齐心协力修剪线头，验货，把货装车了，许若含押车送去杜升服装厂。工人们万分疲惫，也对鹏腾服装厂再没有信心，再三交代许若含不要领货了。

　　货送到杜升服装厂。又过了几天。

　　"头，阿琴姐还有几批货账没结吧？工人还有一个多月工资未发，您这边得帮忙处理。阿琴姐都已经送去精神病院了，工人拿不到工资，不会罢休的。"

　　"这些我会找子平算。"杜升正在对账，头也不抬回答。

　　"我找了林老板几次，他都推说不知道。"

　　"工人的钱又不是你的，关你啥事。"杜升脸有愠色，抬头盯了许若含一眼。

　　"阿琴姐一生高傲，从不愿欠人家的钱。"

　　"过几天再来，我在算账你没看见吗？"杜升见许若含还是在提钱，站起来，走上楼去了。

　　杜升没有表态说要把货款结了，也没掏钱发工人工资的意思，许若含急了，就算她的工资不要，还有三十多个姐妹辛苦一个多月的血汗钱。她算过了，这个月的工人工资竟然达到近五万元，对她来说，这是天文数字。工厂一停工，就面临发工资问题。刚开始的几天，没有人催促，过了半个月，三天两头就有电话打给许若含。许若含去找林子平，林子平推脱两次，说自己没钱，后面就躲着许若含。实在躲不过了，他说："不然你们就把机器卖了。反正钱我是没有的，你也知道的。"

卖机台设备那天，天乌压压的，飘着小雨。

"鹏腾厂倒了，你想去哪里上班呢？"有人问。

"估计会去祖赐服装厂，那边厂比较大，也是每个月发工资。"另一个人回答。

"我也跟你们过去吧，不知道有没有平车。"

"会有的，可是听说那个老板外面欠人家很多钱。"

……

鹏腾服装厂叫了三家车行过来，第一家出价一万八千块，林子平不同意；第二家出了两万二，工人也不同意；第三家也是出两万二，再三讲价后，对方同意付给两万五千元钱，连同灯架凳子箩筐工铁床一起。许凌琴一向高傲，辛辛苦苦筹备起来的设备就这么被一扫而空。曾经红红火火的工厂，在瞬间成为废墟，地上只剩下破布、纸袋等垃圾。围观的人很多，有的叹气，有的幸灾乐祸，有的纯粹抱着看热闹的心理。

工人工资只能发放一半。她们守到了晚上还不肯离开，再三要求林子平给她们打欠条，可是林子平在众人不注意的时候已经从后门溜走了。

回到倒溪坡村，许若含万分疲惫。这几天为了厂里的事忙得焦头烂额，经常把老父和孩子都忘了。偶尔看到儿子，她又会想起林少剑的惨死，特别是听儿子断断续续地讲了当时的情景后，她又是后怕又是愤怒，恼起来就拿孩子出气。许水生见女儿如此，心疼外孙，不让许若含靠近欧思庭。见女儿端着碗无法下咽的样子，许水生问起缘故，许若含说了，许水生叹了口气，说："这几天，成山夫妻俩见了我像见了仇人一般，从前碰见都是他们先打招呼，现在我跟他们打招呼他们也不理。去他们家里，他们也很冷漠。"

"本来就是我的错，那天凌琴姐把少剑交代给我，我也答允了。"

许水生说："阿含，我一句话不知当说不当说。"

许若含停下筷子说："阿爸，你有什么话就直说。"

许水生点点头："林少剑出事到现在，除了包了那个白礼钱过去，我们没有再出什么钱。照理，孩子的死跟我们有莫大关系，他们没找我们要赔偿，已经是仁至义尽了。如今厂里出现这种情况，林家如果再不出钱，你必须想办法把这些工人的工资还了，不要让她们骂阿琴一句，阿琴已经够可怜了。"

许若含点点头，她何尝不是这样想，可是她没有办法啊！她甚至从来没有首饰，也没有值得变卖的东西，除了弟妹齐灵珊上次帮她买的这个手机，她身边没有任何值钱的东西。许水生带去的那五千块，还是跟姑姑等亲戚筹的。弟弟年初刚结婚，还欠下不少的债务未还。

"你去找同伴借，我也去找亲戚问问。还欠两万五千块是吗？也不多。我们再借点，想办法凑够了一起把这些债给还上。"许水生说。

许若含见父亲如此明理，不仅不责怪她，还想帮她办法，心中感激，鼻子一酸，一行热泪顺着脸颊流下来，连同稀饭一起"稀里哗啦"吞下肚。

除了许凌琴，许若含跟村里的女伴一向少来往。她买了些水果，来到阿霞家，阿霞一看许若含的脸色，心中有数，一见面就讲起丈夫赚不到钱，背负了一些债务。"日子难过啊！"阿霞叹道。许若含没有把自己借钱的意思说出来，就回家了。

又去了艾青花家。艾青花也有难处，不过还是拿了一千块出来。

许若含又四处筹钱，齐灵珊送了五千块钱过来，许天照又拿了两千块给姐姐。许水生也不知道从哪里借来的两万元钱，几笔钱合在一起，许若含挨家挨户找到那些工友，把鹏腾服装厂没发完那部分工资全发了，直到发完所欠的最后一百块钱，许若含才吁了一口气。

有一段日子，许若含囊空如洗，她的心也跟她的口袋一样空瘪瘫的。如一场戏，身边的演员一个个退场，最后只剩下自己在唱独角戏；如一部小说，所有的角色一个个被命运吞噬，只剩下自己的灵魂在宇宙间飘荡。她又进工厂了，当了一名服装车工，她每天机械地在祖赐服装厂工作着，在缝纫机针的快速起落间，密密麻麻地缝纫岁月赐予的支离破碎的创伤。父亲已经去附近的石雕厂打工，用他久不磨损的钎、钻，继续打磨他多灾多难的人生。

一个月后的中午，许若含和父亲正在家里吃饭，大头来了。大头原来是石窟老板，赚了第一桶金，然后就拿着那笔钱放高利贷。本来利息也没这么高，许若含一家人到处借钱，被华五行知道了，他就唆使大头加高利息，反正许水生这种老实人又担心儿子前程，也不敢怎么样。

父亲看见他，马上站起来，准备把他拉到里屋说话，大头摔开许水生的手："这个月两千元利息，下个月三千元利息。"

"马上还，马上还。"许水生低声下气说。

"什么利息这么高？"许若含一惊，站起来。

大头拿着借条："白纸黑字，你自己看，到现在，本钱都好几万了。"

这时华五行一瘸一拐地从门口走进来。许水生没见过华五行，许若含却是见过的，仇人相见分外眼红，她死死盯着华五行："你还敢来！"

华五行涎着脸看许若含："你家常年欠债不还，告到县里我们也不怕。你还吧，你来还我好不？"

许水生看着大头手上的纸条："常年？我不是上个月才跟你借的两万块，说好明年还清的。"

华五行抢过欠条，冲许水生喊："这是八年前你儿子读书的时候你借的钱，你看你看，你看看日期。"

许水生看了一眼借款日期，落款果然是 1993 年，他大怒："你当时叫我先不写日期。"

许若含这次知道，父亲落入这些人的圈套了，上次听清兰讲过有这样的段子，没想到落到自家头上了。这帮人就知道弟弟在政府单位上班，为了弟弟的前程不敢太过宣扬，好多人都是选择花钱消灾。但是眼前就是害死姐姐的凶手，她恨不得拿刀把这个人砍了。

华五行看着许若含凶巴巴的眼神，猥琐地笑道："拿你抵债也不够呢，还想要那个姓辛的出头吗，欧博龙都把你签给我了，我光明正大地都可以睡了你。"

大头说："华五行，别多事，咱们要到钱就可以。"

"你叫华五行？"许水生的脸色变了，原来这个人就是当年害死阿平的人。他怒喊一声，从地上操起一把平时去石雕厂用的锤子。

大头下意识地一躲，华五行却喊道："报警报警，叫派出所的过来，看看他儿子要不要判刑。"

一提到儿子，许水生的气就泄了，他垂下手。

华五行趁势抢过锤子，往许水生身上一扬。

许若含眼看不妙，慌忙把父亲往身边用力一拉，许水生险险地避过锤子。

大头瞪了华五行一眼，华五行白了白眼："欠债不还，打死活该。"

大头笑着说："水生兄弟，我们只要钱，你还是把钱还了吧，没必要把事情闹大了。更何况你的这笔钱是从华总这边拿的，你也为孩子的前途想想。"

"我不要钱，就要他女儿。"华五行大笑，一瘸一拐地走到椅子旁边坐下。

许若含冲地上吐了口水，华五行说："今天不给钱，我们就不走的，最好是整个倒溪坡村重新提提，以前他家大女儿的风流韵事，和今天借高利贷的事。"

许水生脸色苍白，他借钱是真，无论如何这件事都不能扯到儿子身上，就算一丁点儿的公家调查儿子都承担不起。他颤巍巍地走进房间，翻箱倒柜的声音传来，不一会儿，他手上捧着一条银光闪闪的银腰链走出来。这条银腰链是阿勤的，最后一次洗好回来，阿勤收起来了，她出殡的时候，许水生人事不省，所以也没跟着阿勤埋进土里。这一次为了许天照，他一狠心把银腰链拿出来了。

看见银腰链，大头和华五行都睁大眼睛。华五行一把抢过银腰链，对大头使了个眼色："才三股，不值钱。"

大头说："行啦行啦，诚意也足了。先走吧，筹到钱再来赎这条腰链吧。"

两个人一前一后离开后，许若含含着泪说："阿爸，那是阿姆的银腰链。"

许水生叹气道："你阿姆在，也会这样做的。"

许若含和许水生没想让许天照知道这件事。许天照是他们的最后希望，他们不希望许天照一怒之下做出什么出格的事。

2002年8月底，齐灵珊跟着螺苑的另外一个同事，坐上前往夏省的飞机，开始了她为期一年的西部支教活动。为防意外，离开之前她特意去医院查一下自己有没有怀孕，得知还没怀孕后，她松了一口气。

许天照默默地帮齐灵珊收拾行李，从衣物到日常用品，他清楚那边的气候和生活状况，知道妻子这一去是去吃苦，但是他还是从心里默默地支持。回来后，他的心里依然放不下那片土地。他参加了新海希望小学的奠基仪式，没有参加开学仪式，这是他心里的遗憾。因为这所学校与他的两个姐姐有关联，所以倍感亲切。他特意交代了齐灵珊，找时间去新海希望小学看看。

临走，齐灵珊心里也充满不舍，她笑着跟许天照说："当年你在那边，我真担心你被香香公主留下来。"

许天照也幽默地回答："香香公主现在要去省亲了。"

夫妻相视一笑，许天照轻轻地搂过齐灵珊："何其有幸，今生有你。"

这些年郑大贵夫妻同时参与赌博活动，服装厂因为经营不善，也不赚钱，两夫妻借了数十万的高利贷。郑大贵陷入山穷水尽的地步。祖赐服装厂连发工资的钱也没有。

许若含绝望了！辛苦一个多月，望眼欲穿终于盼到了发工资的日子，可是命运竟然跟她开了这样一个玩笑！

祖赐服装厂的工人聚集在车间里，从鹏腾服装厂转过来的员工嘴里不断地骂："倒霉！真的倒霉！那边厂倒闭，才来这工作没几天，这个厂又倒闭了。"

旁边的工友怒道："我们在这做了三年了都没有发生什么事，为什么你们一来厂就倒闭了？是你们带来晦气！"

工人们全部来了，守住厂门。要债的来了、卖服装辅料的来了、卖缝纫机器的车行来了、布行也来了，大家这才知道，郑大贵外面欠了那么多钱。

见外面的人来势汹汹，工人们分出一半留守看厂，不让车行、商家搬机台，一方面组织十几个人去镇政府求助，另外几个人上城找劳动部门。

劳动局派人来了，镇上的工作人员也迅速赶来了。郑大贵被迫出面，他的小车在厂门口马上被拦住，几个商家围到车旁，担心那辆车被人家偷去似的看护着。同时拦住那部车的还有派出所的民警。闹了几天。涂嘉佑一方面命令工作人员保护好祖赐服装厂的机台设备，一方面赶紧联系评估单位，准备对祖赐服装厂的资产进行评估折卖后先发放工人工资。郑大贵则埋头坐在办公室，一言不发，任由现场一片混乱。

这天，一部黑色轿车停在厂门口，众人以为又是债主来，都怒目而视，担心来分一瓢。

　　车门开了，走下来的是一个个头不高身材微胖的戴墨镜的年轻人，他的身边跟着两个人，提着黑皮包，像黑社会老大的随从一样紧跟着。来者走到二楼，在人群里看到许若含，走上前，拉起许若含的手就走。许若含又惊又喜，这个人是小肥。小肥带着许若含走到涂嘉佑面前，涂嘉佑认识两个人，面无表情地点点头算是打招呼。

　　小肥对涂嘉佑说："镇长大哥，这个工厂我们新一海公司要了，工人工资我们公司发，如何？"

　　涂嘉佑已经接到弟弟的电话，心中疑惑，却忍不住心里的高兴，他立马绽开笑容。螺东的企业本就少，关闭一家乡镇企业，对螺东镇的就业情况造成的影响非同小可。如今大名鼎鼎财力雄厚的新一海建筑公司要来收拾这个残局，可是帮他一个天大的忙。他心中清楚，祖赐服装厂的厂房是租的，就凭厂里这一百多台破机器卖不了几个钱，根本支付不了工人工资。之前新一海在夏省建希望小学，现在新一海又出来解决工人工资问题，新一海，真的是他的福星呢。哪天得请一下辛夷海辛总，当面致谢。

　　当着郑大贵的面，众人把祖赐服装厂的机台清点了一遍。

　　难题摆在面前了：祖赐服装厂的所有机台设备折旧估价为八万五千块钱，而工人近两个月的工资就要用去将近二十万。还有电费未交，水费要交，甚至半年一交的房租也已经拖了二十多天了。

　　小肥看着涂镇长，此刻他不言语了，涂嘉佑也一筹莫展，无计可施。他把头转向劳动局副局长，劳动局副局长摇摇头，表示他也无可奈何。

　　小肥见众人为难，笑了笑说："镇长大哥，你为难，看着嘉熙面子上我不计较，可是公司要计较的。我们公司按照原计划把工厂盘下来，但是需要你们帮忙两件事。"

　　涂嘉佑回答："说。"

　　小肥看着郑大贵："一，我们公司只负责工人工资，其他服装辅料等外面所有债务我们不负责，我们把厂盘下来后，不希望经营过程中受到骚扰。"

涂嘉佑看了看派出所所长，派出所所长点头说："我们就在这附近，只要你们报警，我们随时赶到。"

"他们可以走法律途径。"涂嘉佑说。

"二，我现在只能算一个月工资。剩下的工人工资等年底一起算。愿意做到年底的工人才能拿到这笔钱，中途离开的我们概不负责。这个要镇政府担保。当然，如果你们有顾虑，我们会先押五万块钱在镇上，当是押金。如果今年服装厂能盈利，那笔钱就让镇政府处理，看捐赠学校还是别的急需用钱的地方。"

把祖赐服装厂的一百多名工人留下来，就是留下一笔莫大的财富。虽然工人有可能与新老板有矛盾到镇政府闹事，但有这五万块钱，镇政府可以自由支配，如此，怎么算也不吃亏。小肥这个年轻人就是与别人不同的眼光和经营理念。

签了转让合约，接下去就是召开全厂员工大会，宣读关于祖赐服装厂转给新一海建筑公司的决定，祖赐服装厂从此改名为啸天服装厂。小肥把许若含拉到众人面前，大声说："从今天开始，许若含就是啸天服装厂的厂长。工人各就各位，开始正常生产，原来的管理人员如果肯配合的就留下来，不肯配合的我们绝对不会挽留。明天早上发放上个月工资，工资发放方式依然是发一个月押一个月，如果厂里赚钱，年底最后一个月工人的工资都会给另外的补贴。希望大家都能以厂为家，共同渡过这个难关，争取公司有更多的盈利，然后回馈大家！"

众人慢慢散去。涂嘉佑没有离开，他带着小肥、许若含回到办公室。许若含局促不安，心中暗暗责怪小肥，一下把自己抬到这样的位置上。许若含跟着辛夷海去了海岛，夷海哥的事就是她的事，如今这个厂是辛夷海的，不管她是什么官衔什么职位，她都会尽心尽力地维护这个厂的利益。在跟辛夷海的关系上，她自觉比小肥多几分亲近，这样一想，买下祖赐服装厂，她的责任比小肥更大了。

夷海哥是因为我懂服装，才愿意把这个厂买下来的。许若含想。自从自己跟欧博龙生活后，他对自己渐渐冷漠了。

在海岛那段时间，是许若含最幸福的时光，如今，好日子又要从头开始了。过去种种，该让它过去了。当许若含最困难的时候，辛夷海总会出现，他永远是她的贵人、她的福星。许若含开始在脑海里构思起祖赐服装厂的管理计划：流水线不能堵塞，上线前各项主辅料要备齐，拿到样衣和制单特别注意客人的做工要求。许若含正专注地想着工作安排，涂嘉佑唤了两声她也没注意听，小肥碰碰她的手，她才醒悟。

"管理这个厂有难度吗？"涂嘉佑问。他说话的语调、看人的眼神和涂嘉熙相似，许若含忽然感到亲切。

"没事，跟从前一样。"许若含回答。她算过了，只要有固定的货源，定能发展得红红火火。她一定会尽力帮夷海哥的，就像在海岛那样。

"有信心就好。嘉熙一直在担心你。"涂嘉佑微笑着看着许若含。

许若含忽然心虚地低下头，这个涂镇长怎么提到嘉熙了，难道他知道什么？

"搞定了！"小肥冲门外打了个响指，大声喊。

许若含抬头往门外看去，涂嘉熙从外面走来，带着得意的笑容跟办公室人员打招呼。

许若含已经多久没遇到涂嘉熙了。

当天下午，涂嘉熙协助小肥办理了工厂移交手续，次日，发放了工人工资。

工资一发放完毕，涂嘉熙和小肥把原祖赐服装厂的几个管理人员喊到办公室，开了个碰头会。祖赐服装厂原来从来没开会过，会议的气氛有点冷淡，众人一阵沉默，许若含也是第一次面对这样的场面，她的脸憋得通红，结结巴巴地说："流水线，一定要顺畅，你们各人安排好。让员工都有事做才对。"

"大家散漫习惯了，还需要多加约束。"一个外地的管理人员讲。许若含抬头一看，是一个叫张友贵的贵省人，许若含在二组工作的时候，张友贵管理的是四组，全车间只有张友贵管理的那个组产量跟得上，效率最高。张友贵一米七几的身高，三十二岁了，还没有结婚。听说他小时候，父母把他锁在家里，他玩火引起火灾，脸被烧毁半边，另外小半张脸没有被烧，依稀可见清秀的旧相貌。因为这副尊容，张友贵谈了几次恋爱都告失败。最长一次交往是一个江省的女孩子，两个人一起来这里打工认识的，同居了一年多，女孩子回去江省后就没有再来，打电话过去她家里人也不让接，此事只能不了了之。到后来，张友贵在这里打工习惯了，见螺苑的女人勤劳善良，想娶一个本地的女人当上门女婿，更不想走了。厂里工友帮他介绍了几个，都是相亲的时候直接泡汤。

张友贵的话，把许若含暂时从尴尬中解救出来。"裁剪师傅呢？"许若含忽然发现少了裁剪单位的人。

"裁剪师傅是自由的，他不固定在这里上班，有事的时候喊他，没事的时候他去别的厂工作。这边好像是讲好一年给他一万五千块。"张友贵说。

"是一万六，今年涨了。"郭英说。

"估计明天也会回来要工钱的。"

"现在我们有几个管理人员？"许若含问。

"拿月薪的有四个组长，三个包装的、一个办公室文员。其他工作人员比如机修也是需要的时候打个电话他就过来。"

"那你们先按照原来的方式继续工作，我们一步一步来改变。"

众人离开后，许若含想了好一会儿，让办公室贴出一条公告：

"从今天起，在啸天服装厂赌博的人员，无条件开除。"许若含明白，管理必须从根源抓起，若不除去一切恶根，让它重新滋生，久而久之就会变成肿瘤。

这则公告让许多人心中不快，想到厂长也是为大家着想才出此下策，加上被扣押在厂里的工资，各人心里的不快也只能暂时抛开，只是趁厂长不在大声谈论发几句牢骚。

爱上一个小镇，不需要理由，只是因为熟悉，怀旧。爱上一个小镇，从一条街道、一个店铺、一所传出琅琅读书声的小学开始。

许若含开始爱上这个小镇，以前她只是把这里当成一个临时居住点，她的心里，还在怀念深市的日子，怀念海岛的生活。如今，小镇上也有她的一番事业了。林少剑的死、许凌琴的疯，这些痛并没有走远，但是许若含似乎看到了希望。悲观、灰心、消沉、颓唐等情绪在将来的日子会越来越少的。每天，她都工作十五个小时，吃住都在厂里，作为一个毫无根基的劳动者，努力奋斗才是生活的根本。

快乐的日子其实很短暂，晃一眼，发工资的日子又到了。财务给的报表体现，需要发放的工资有近十万元。

小肥已经一星期没有露面了。他留下的那两万块钱，去掉工厂开销和员工借支，到现在只剩几百块钱。

许若含有过两次发不出工资的教训，早早地给小肥发信息，小肥天天找借口推脱，一直没有明确的回复。

十万元啊！

完成的产品应客户的要求先送了三次货过去，然后又拉了两次布料过来。刚上任，厂里还有老客户和正在运作的订单。

十万元，对许若含来说是天文数字！她一辈子可能也无法有那么多的存款呢。如果新一海公司没转账过来发工资怎么办？这一百多个工人只认许若含这个厂长。十万！这不是鹏腾服装厂那一两万块钱的事。

夷海哥一贯慎重诚信，为什么这次却处理得如此不妥当，也从不露面？不会是在报复我？许若含心中掠过这样的念头，吓出一身汗。

多少年没有见过夷海哥了，为什么自己会对他产生怀疑的念头？

后来，在一个阳光明媚的上午，许若含走进螺苑城关庭，平静地递交了离婚诉状。前几天，她收到法院的通知，离婚诉讼已经立案，由城关庭一个叫仇水城的人负责。法院电话告诉她，男方不在家里，男方亲人不肯接收通知，问许若含有没有别的办法，如果没有的话要公告，许若含问公告是怎么回事，对方告诉她，公告要交两百块钱公告费，公告生效后如果男方依然没有过来，就可以开庭判决。

不知道翻了多少次身，从床内到床外，从床外到床内，这一件件事如同一块块巨石，沉沉地压在许若含的心中，她没有能力解决。折腾到最后，她的思想又回到工人工资问题，毕竟这是最严重最难以解决的。

假如新一海公司对啸天服装厂不管不顾怎么办？

直到后半夜，许若含才迷迷糊糊地睡着了。

接受啸天厂的管理后，许若含还了工友的散账，她的身份以及社会地位都因为啸天服装厂厂长这个头衔而改变了。原祖赐服装厂那些原辅材料的老客户也一个个走进啸天服装厂的大门，也"许厂长、许厂长"亲热地称呼着。毕竟新一海建筑公司的品牌在那搁着。华五行听说辛夷海出面了，动动畸形的大腿，倒也不敢再跟大头来催债了。

啸天服装厂有一百多个平车工人，分成四个组，组长是郭英、张友贵、王火祥、孙美兰四个人。为了给自己腾出更多的时间处理其他事务，许若含决定把贵省人张友贵提升起来当车间主任。

虽然有过管理经验，面对这么复杂的职位，许若含还是第一次，只能摸着石头过河。她面对的一直是如何做饭的问题，她完全懂得多少人该下多少米，多少水。至于米是从哪里来的，还需要挑选季节泡稻种等它发芽、撒种、插秧、灌溉施肥拔草、割稻谷、晒稻谷、扬谷草、收入瓮里的过程，许若含没种过稻谷，这是她从来没有接触过的。

这批货做完，下一单货去哪里拿？

涂嘉熙打电话给自己从前的所有同事及好友，打听到香港的服装公司订单很多，有的在广省生产，很少一部分发到内地，主要是没有人牵线搭桥引进到内地生产。经过涂嘉熙的一番争取，香港桂兰亭服饰公司派了涂嘉熙深市的好友埃文拿着一大沓制单和款式样品来到螺苑。

埃文来后，涂嘉熙打了几个电话给小肥，小肥却推三推四，说自己非常忙碌，涂嘉熙生气，只好亲自陪同埃文来啸天服装厂见许若含。

桂兰亭服饰公司采取的是卖单的合作形式，即订单及产品品牌由桂兰亭服饰公司提供，布料、原辅材料由桂兰亭公司指定的厂家生产，啸天服装厂作为下游的一个服装生产单位，负责买布、打板、制作样品、直到衣服成品、包装。香港桂兰亭服饰公司预支百分之三十货款，其他货款等产品通过验收合格后按合同付给所有款项。

听埃文介绍完，许若含心中欢喜，原来这行竟然有这么大的利润。她频频点头称是，接单，对啸天服装厂来说这是发展的最佳捷径，但是她迫在眉睫的，不是订单，而是流动资金。她思虑片刻，说："埃文能不能先把样衣留下，等我们老板从上海回来再给你答复？"

埃文有点为难："这些单子都有交货期，你们老板能确定要接单吗？我要请示我们的席经理。"

"留下样衣，我们肯定会给答复的。"许若含犹豫了一下。

"你是厂长，难道不能拍板？是订单价格问题还是其他什么为难之处？"埃文疑惑地问。

"阿含，埃文来一趟不容易，你看哪里不妥当我们可以当面讲，接单肯定比你现在加工有前途。"涂嘉熙也急了。

"不，只是有些事情我不敢做主。"许若含有苦难言。

埃文拉下脸来，他听出许若含言语里的推脱。

从啸天服装厂出来，埃文开始责怪起涂嘉熙："我相信你，想在大陆开发更大的生产市场，这么大老远跑来。你看啸天的厂长做事优柔寡断，能管理好一个厂吗？我还真怀疑我们的产品能否按时按质完成呢。"

涂嘉熙再三地跟埃文解释啸天服装厂目前经营中遇到的难处，埃文还是为自己白跑了一趟而心中不快。这天晚上，涂嘉熙把埃文留下来，在螺湖酒店开了个房间安顿好埃文，打电话让小肥过来做陪。

许若含并不知道，从祖赐服装厂到啸天服装厂的演变，是涂嘉熙和小肥策划的，辛夷海并不知情。

那天，涂嘉熙来镇政府焊接一个停车场的棚子，看见很多人涌进镇政府，然后听说了祖赐服装厂的事，他的心一沉，可怜的许若含，连工资也无着落了。他第一个想到小肥。小肥听涂嘉熙一番大义凛然前景广阔的劝说，也动心了，况且此事关系许若含，他的至爱。他让出纳提出十万元现金风风火火赶往螺东镇。在新一海建筑公司，十万元是笔小数目，小肥可以随时调用而无人怀疑。他是新一海建筑公司在螺苑分公司的经理，深得公司老总辛夷海的信任。在他赶往螺东的路上，涂嘉熙也打了电话给哥哥，告诉哥哥此事，让哥哥多少给点帮助。小肥一心想着只要把厂盘下来，涂嘉熙告诉过他，过不了多久，厂子赚了钱，马上可以把挪用的十万元窟窿补上。

对服装，小肥是外行，盘下祖赐服装厂他是一时冲动，在祖赐服装厂显示了一番英雄气概后，他开始后悔了，一想起来心头就后悔：要帮忙许若含，不如直接拿点钱救助许若含，哪里用得着盘一个自己根本不懂的企业，涂嘉熙害我上不得下不了。因有了这样的想法，小肥对涂嘉熙产生了反感。答应给螺东镇政府的那五万块钱空头支票没有着落，挪用公司的这十万块财务也一直在催着要辛夷海的签名。

小肥把涂嘉熙恨得咬牙切齿。因为辛夷海的信任，螺苑的分公司才一直由小肥管理。小肥心里清楚辛夷海绝对不会赞同投资服装行业，假如辛夷海发火，他就自己出钱，再借点钱，堵上新一海建筑公司的窟窿。说不定阿含因此动心，说要嫁给他。想到这里，小肥忽然高兴起来，吹了下口哨。再次接到涂嘉熙的电话，小肥爽快地应下来。订单他不懂得接，招待客人他却有极好的优势，他使出多年在酒场应酬的本事招待埃文，把埃文服侍得眉开眼笑，埃文郁闷失望的心情在小肥的精心安排下荡然无存。

"许厂长，明天会发工资吗？"原祖赐服装厂的文员潘婷一上班，就问许若含。

"当然会。你听谁说明天不发工资？"许若含神态自若地回答。

"如果明天发工资，我今天要把工人的工资表贴出去给大家核对。"

"你该做什么工作就去做，工资明天准时发放。"许若含说。等潘婷走出她的办公室，她赶紧打小肥的电话。小肥关机了！

许若含无奈地搁下电话，匆匆交代一下工作，就亲自去新一海公司找小肥，顺便问问夷海哥，到底是几层意思。

新一海公司就在自来水公司旁边，走过一条排水沟的石桥后，一排围墙内，两栋外面贴白瓷砖的五层楼房，一栋三层楼，还有一排平房。

许若含走进大门对面那栋装修华丽的房子，推开门，一个年轻人迎上来，用普通话问："请问你找谁？"

"小肥在这里上班吗？"许若含怯怯地问。在她记忆里，辛夷海不可能有这么大的规模，小肥那种放荡不羁的人更不可能接受这样的约束。

"小肥？没有这个人。"来者说。

许若含的心一沉，完了！

她掉头往回头。

许若含走到大门外，转头看看大门，大门旁是一对石雕，她刚才走进去的那栋房子楼顶立着几个广告架子，显眼的几个大字"新一海建筑公司"。是这里，没错。

"喂，你找谁？"看门的阿伯见许若含在徘徊，大声问，他说的是当地的方言。

"阿伯，这里有一个叫小肥的人吗？"许若含抱着最后一丝希望问。

"小肥？有啊！他们住我家楼下，他父亲跟我关系很好，我叫严碰。我就是他介绍来这里的。"严碰热情地回答，上上下下打量着许若含。这么漂亮，估计是小肥的女朋友，当年自己的儿子如果娶这么漂亮的女孩子，多好。

"我刚才进去，他们说这里没有小肥。"

"哦，他在这里不叫小肥，他叫杜焕斌。"

许若含恍然大悟，跟严碰道声谢，往刚才那栋房子走过去。路上她忽然想起，住小肥家楼上，姓严，不就是严长培的父亲吗？世界还真小。

　　年轻人听说许若含找的是杜焕斌，忽然变得万分热情，把许若含迎到会客厅，嘴里说："我们经理早上一般九点多才来上班，今天不知道为什么还没有过来，我打个电话问问，您先坐会儿。"

　　许若含刚坐下，看见玻璃门外一个熟悉的身影走过，那高大的身影在她的印象中是那么的深刻。夷海哥来了！她心中一喜，站起身追了出去。刚出门，撞了一个男孩，抬头一看，许若含惊叫："小风？"

　　那个人轻声喊一声"小心"，冲许若含笑笑，侧身一让。许若含这才发现，她认错人了，王风后来一直在上海帮夷海哥处理工作。这个人还是个大男孩，王风应该有三十岁年龄了。

　　辛夷海是前一天晚上回来的，听说小肥在外面陪香港来的客人吃饭，他没有给小肥打电话，在公司看了一些文件，处理了一些事项后才离开。此刻刚来公司，听见身后司机和许若含的叫声，停下来，转头一看，万分惊喜："阿含，你怎么来了！"

　　他把公文包交到男孩手里，把许若含的手一拉，一搂："好几年不见，又长个子了。"

　　许若含满脸通红："老了，没长。"

　　辛夷海把许若含迎进他的办公室，吩咐男孩倒水，脸上满是笑容："怎么今天想来看我？这些年，我的业务非常忙，匆匆来去，已经好几年没有回家过年了。"

　　见到夷海哥，许若含满心的酸楚抛到九霄云外了，她不停笑着，不吭声，听夷海哥一连串的解释。她一直以为夷海哥把她忘了。

　　"这是我的司机耗子。耗子，去小谢那边把要带走的资料整理一下。阿含，坐下，让我看看你这几年变老了没。嗯，脸上有皱纹了，皮肤粗糙。你今天怎么想起来找我？"

　　"我是来找小肥的。"许若含不知道怎么开口。

"哦，我就想嘛，你怎么会记得我这个当哥哥的。"辛夷海呵呵笑着。

许若含正琢磨着要不要把服装厂面临的困境告诉辛夷海时，小肥来了。他的身后跟着埃文。小肥昨晚跟埃文玩得很开心，两个人吃喝玩乐了一个晚上。今天把埃文带来公司参观一下，等下准备送他坐车。小肥的普通话带着螺苑地方腔，埃文的普通话带着粤语调，这些并不影响他们的交流，走在新一海公司办公室走廊，他们还是大声交谈着，不断重复着他们要表达的言语。

"叫小肥过来。"辛夷海对许若含说。

许若含点点头，走到门口，轻声喊了声："小肥。"

小肥见辛夷海的门打开，吃了一惊，又看见许若含，忽然想起服装厂的事，吩咐人接待埃文，忐忑不安地走进总经理办公室。

尽管性格上依然留存小混混的戾气，但做任何事小肥是不敢有丝毫瞒辛夷海，如今见许若含也在，辛夷海脸色也不好，他早想好了，把责任全部担下来，辛夷海怎么处理他绝对不喊屈。所以一走进门，他就站在辛夷海面前说："辛总，啸天服装厂的事情是我没处理好，非常对不起！你该怎么处理就怎么处理，我绝对不会怪你的。"

辛夷海一头雾水，瞪大眼睛盯着小肥："什么服装厂？"

小肥一听，辛总叫他来不是为这件事，不禁转头看看许若含："阿含没告诉你吗？"

许若含摇摇头："我刚到。"

　　小肥心头一块石头落地，自己先坦白事情还有挽留的余地，如果让许若含先开口，估计辛夷海要炒他的鱿鱼了。于是，他把买下祖赐服装厂的经过细细道出。

　　辛夷海听后脸色变了，他把螺苑分公司交给小肥，小肥可以开展业务，可以自由支配部分基金，但是前提是在建筑范围内。买下一个服装厂，开什么玩笑，让许若含管理，许若含懂吗？更何况，新一海建筑公司目前缺的是管理人才，还能分谁去管理那个破服装厂？

　　最让辛夷海心疼的并不是这十多万，而是他明显地看到了许若含的疲惫和委屈，让一个女人管那么大一个工厂，不累才怪。虽然这些年他忙，也不想打扰她的生活，但是对许家姐妹，他始终有种说不清道不明的感情，那种情感凌驾于爱情之上、亲情之上。自己最初走出去，还是卖了许若平的银腰链筹集的路费，就冲这点，他永远承着许家的情。

　　小肥把话讲完，一屁股坐下来："辛总，如果新一海公司不愿意投资那个服装厂，那就算我出的。这十万块钱由我来还新一海公司。我不会让公司受到损失。"

"可是明天没有钱发工资了！还有房租水电，需要十多万块钱呢！"许若含听了他们两个人的对话，绝望了。她这才明白，工厂的事辛夷海根本不知情，这是一个陷阱！

这个陷阱已经跳进去了，但是工资是必须要支付的。她忍不住眼泪"哗哗哗"地往下流。这些年的委屈，这几个月的疲惫，以及这几天难以承受的压力，她在辛夷海面前毫无顾忌地发泄了。

辛夷海怒了。许若含的眼泪刺痛了他的心，他几乎是咆哮着拍着桌子冲小肥喊："把厂买下来，工资却没办法发放，害死阿含还嫌早？"

小肥原本出于好心，却没想到开服装厂还要自己先垫工资，不像建筑行业还没开工对方就要预付现金买材料，叫工人，然后边开工边找甲方要钱。

"马上走！看看怎么回事！"辛夷海凶小肥。办公室外不时有身影晃过，辛夷海发那么大的火，员工们还是第一次看见。

辛夷海开车带着许若含往螺东镇赶去，一路上，辛夷海询问许若含关于服装厂的事，许若含对答如流。

辛夷海准备把这个服装厂转出去的念头渐渐淡了，他发现，许若含对这很感兴趣。

走进啸天服装厂，他看到整洁的地板，堆放井然有序的货物，工人们看见客人过来，只是抬头看一眼就低下头继续工作，耳边听到的是"突突突"的机器运行声。管理人员每走过一个车位就把工人刚缝制的衣服拿起来，细细查看线路和剪接部位。

公告栏贴着一张公告："从今天起，在啸天服装厂赌博的人员，无条件开除。"

辛夷海指着公告问许若含："谁想出来的？"

"上一个老板就是赌博破产跑路，我看见工人那么辛苦赚的几块钱都拿去赌博，所以我不允许工人在厂里赌博。"

辛夷海点点头："手头这批货能做多久？"

"十天左右，下一批货还没决定。"许若含想说自己已经跟杜升服装厂商量过，如果货源跟不上先从杜升服装厂拉一些货来给工人做，见夷海哥在，这些应该不用她操心了。

小肥开车带着埃文也来了。

众人走进办公室，许若含烧水，埃文则从挎包里拿出订单和样衣给辛夷海看，并向辛夷海介绍了经营情况。

辛夷海拿着图纸和样衣端详半天，细细询问了埃文的合作策略。敏感的他从这里看到了商机。这些年，螺苑的轻工业刚刚起步，服装这种传统经营模式其实比建筑行业的风险还低。

看着看着，辛夷海想到一个很重要的问题，他让小肥泡茶，把许若含喊到门外，详细询问了厂里产品的款项支付问题。许若含一一回答，辛夷海却感觉不妥当，他又问许若含关于香港这些订单是否适合生产以及可能遇到的问题，听到许若含肯定的回答后，辛夷海决定了，让许若含从埃文的订单里挑选款式简单的样衣，谈好货款支付问题、送货问题，签下合同。

埃文满意地回香港了。

辛夷海一边接过潘婷送来的工资表，一边让许若含整理一下服装厂这一个月的开支记录。等送埃文的小肥回来，三个人带上跟订单公司签的合约和几次交货的票据，风风火火地往白水市区的订单公司赶去。如辛夷海所料，啸天服装厂前几批送过来的货款已经被郑大贵结走，因为合作多年，订单公司不疑有它，见郑大贵万分心急，就先把钱给他了。订单公司根本不知道服装厂已经换领导的事。

许若含有苦说不出。自己的善良被对方利用了，照这样下去，啸天服装厂就是资产再多，也逃不过倒闭的结局。

"郑大贵的账怎么算我不管，你们没有收货单据就让郑大贵结账，这是你们的管理漏洞。手头这些产品，必须现金提货，包括我们交过来的成品工钱，一分不少，帮我们理清了。我们做事讲信用，质量问题你们不担心，钱得准备好。或者选择走法律程序。"面对客户，辛夷海不亢不卑，硬邦邦地扔下这些话，带着许若含和小肥回了啸天。

"我把王风调回来帮你一段时间，王风很精明，你太老实，我不放心你。"辛夷海告诉许若含。

"可是上海的工作怎么办？"许若含担忧地问。

"没事，我小舅子也在那边。"辛夷海回答。

听辛夷海提起他小舅子，许若含心酸酸的。雪儿，那个幸福的女人，能让辛夷海宠爱这么多年的她，该是一个国色天香的大美女吧！

小肥坐在后面，不敢吭声。辛夷海回头瞪了小肥一眼："糊涂人净做糊涂事。"

"是。"小肥老实回答。

"不过也算做件好事，以后这样的事必须先经过我的同意，否则剥夺你所有管理权力。"

"老大啊，你说我还敢有以后吗？"小肥对天发誓。

辛夷海和许若含都忍不住笑了。

在辛夷海的安排下，啸天服装厂的工资正常发放，许若含跟工人介绍辛夷海是啸天服装厂的大老板后，看着轩昂俊朗的辛夷海，工人悄声议论，暗生羡慕。新一海公司的全力支持，给员工增加了更多的信心。

王风从上海调回来，与许若含本来相识，更真心地帮啸天厂处理一些比较重要的事务。他白天在啸天厂，晚上就回新一海公司，作为惩罚，小肥的车让给王风开。等手头的订单完成，客户果然现金提货，连同前几批的货款全部结清。

　　有了一定的资金、人力，啸天厂出现生机勃勃的生产场景。

　　辛夷海走过啸天服装厂的车间回办公室时，一些喜欢幻想的女孩子就会抬头偷偷地看。辛夷海习惯这样的目光，不作理会，径直走进办公室，许若含正拿一包工人车错的衣服坐在办公室的沙发上拆线，见辛夷海走进来，赶紧烧水泡茶。

　　辛夷海坐在许若含面前，看了看沙发上的衣服，问："要翻工的？"

　　"是的。管理人员没有注意看制单，做错了，幸亏我不放心，重新核对一次，不然损失更大。"

　　"管理这个厂你会觉得吃力吗？"辛夷海问。

　　"哪里，我觉得比以前好多了。在凌琴姐厂里管理那么多年，什么都要自己做，现在有这么多人在帮忙出谋划策，很轻松。像这种大厂最重要的是培养有能力、信得过的管理人员。香港的订单质量更加严格，要多加几倍的小心。"

　　"还是那句话，你要多学习，提高自己的文化水平。"辛夷海语重心长地说。

　　"前段时间有乡下的小厂过来，问能不能让她们领一些货回去家里加工，我没敢答应。"

　　"是什么样的小厂？"

　　"私人开的小加工厂，家庭作坊模式。工人是一些妇女，在家里带孩子，不能到我们这种大厂上全日班，每个厂有十来个人。那些妇女技术不错，质量方面没问题，几乎每个村庄都有几个这样的工厂。"

　　"那你的顾虑是什么？"辛夷海问。

　　"也没有什么顾忌，但是这些要征求你的意见。"许若含斟酌了一下，说。

　　"发出去对啸天厂有利吗？"

"当然。香港的订单非常饱满，一直催我们多接一些单子过来。我们的生产能力有限，如果能发展外加工厂，我们可以接更多的单，然后可以雇货车直接送货。现在的送货方式，托物流货期容易拖延，寄客车成本高。"

辛夷海点点头，问："听你这样一说，还是可以继续招工，扩大生产线的。"

许若含犹豫了一下："应该是可以的。"

"有困难吗？"

"这两年服装熟练工往江浙一带转移，招工有难度。"

辛夷海笑道："你不是一直想从夏省招工，解决那边的劳务输出问题吗？"

许若含如梦初醒："夏省！"

是的，这些年，自己过得不如意，而且弟弟也从那边挂职回来了，她就忘了当年自己的争取、到处在问有没有工厂愿意接受那边的劳动力。

辛夷海问："土娃记得吧？"

提起这个名字，许若含心里一阵激动："当年是他救了我，他现在还在海岛吗？"

辛夷海说："他在夏省，那边经营的建筑公司还算稳定，我上个月才过去。如果有招工打算，就跟那边联系一下。"

许若含很是兴奋，没想到这么多年了，她果然能实现当年跟弟弟说的那句话，如果自己开厂，就去夏省招工。

许若含把齐灵珊去夏省支教的事情告诉辛夷海，跟辛夷海要了土娃的电话号码。

辛夷海疑惑地问："天照还没孩子啊，都几岁了。"

许若含苦笑道："他们文化人的思想我们不懂。"

辛夷海微笑着看着许若含，他端起许若含为他斟的一杯铁观音茶水，忽然神色凝重地对许若含说："阿含，我把这个厂交给你，从今往后，这个厂就是你的厂了。"

许若含思维一时短路，追问了一句："什么？"

"从现在起，啸天服装厂是你的，阿含一个人的，跟新一海建筑公司没有任何关联。新一海建筑公司在啸天服装厂投下的资金，你不用还了。"辛夷海轻轻叹了一口气，心里默默地说：阿平，啸天服装厂就算你当年的投资吧。

"那不行！"许若含惊叫，"夷海哥，你是怕我亏本吗？我会小心经营的，像上次那种受骗的事情我会尽量避免，你相信我！"

"不是这个意思。你跟着我那么长的时间，你应该知道，建筑行业利润是多少。在上海创办了风尚空间装潢公司后，我还想把海岛的建筑公司收起来呢，不过那边现在是夷发在处理了，我让他亏盈自负。夏省也是土娃自负盈亏。说实在的，我宁愿在别的城市继续发展建筑，也不想为这么一个服装工厂耗神。营业执照已经办下来，法人代表写你的名字，注册资金是五十万。如果有难处，小肥会继续帮你。"

"这里根本不要你费心，我能管理，凡事我会处理得妥妥当当，你就当聘请小肥一样聘请我，我会尽心尽力的。夷海哥，你要相信我。"许若含急了，她的眼睛一红，眼泪差点落下来，她觉察到夷海哥对她的不信任。

"傻丫头，别这样想。我的文化程度不高，很多决策也是走一步算一步，我根本不想再分心干别的行业。不仅精力跟不上，跟我最初的理想也有差距。我算过了，如果你勤勤俭俭，继续这样发展下去，过两年，你在螺苑的企业里也会有一点名气的。至于发展资金，你不要担心，我还是会尽力。如果你破产了，新一海公司不会要你一分钱，你担心什么。"

许若含呆呆地看着辛夷海，她的夷海哥正以一种非常信任的、鼓励的眼神看她，她不说话了。三十多岁了，她真正快乐的时间就是和辛夷海相处的时间，不管是在管弦乐队还是在海岛。如今，自己最困难的时候，夷海哥又出现了。在这样的心情这样的日子里，她只想靠着夷海哥的胸膛，就像在海岛，他抱着自己那样。这些年，多少梦幻与自己分道扬镳，多少情感渐渐淡漠，只有夷海哥，在最艰难的时候总能出现，始终相伴。

望着眼前的许若含，辛夷海更是胸怀澎湃。年过不惑，在人生的棋盘上，他跟自己下着一盘从没有输赢的棋，下着下着，发现不管是自己跟自己下的棋，还是自己跟别人下的棋，都无法悔棋。比如那年，把许若含推到欧博龙怀抱，情感再无法回头。

"生命，其实就是一个支付时间的过程。我需要钱，我拿时间去换钱；我需要名利，我拿时间去换取名利；我需要安静的心灵，我就拿时间，找一个安静的茶馆，花去一个晚上的时间静坐。"

曾经，涂嘉熙经常在许若含身边讲着人生哲理。如今，夷海哥也有这样的感叹，是不是男人的思维比女人更为睿智和敏捷？不去想了，亲爱的夷海哥，从今往后，我都会把你藏在心底最深的角落，你不知道的，那样的感觉很好。我已经是个不幸的女人了，我希望你对雪儿好，她也是女人。虽然我自私，希望得到些什么。许若含在心里说。

"作为一个卑微的人，一个没有任何外来支援的硬件，唯一可以倚仗的必须是自己出类拔萃、能扭转不利局面的才华。阿含，从今起，啸天服装厂只能靠你一个人努力拼搏了。我会留一条路让你自己去走。只是，不管任何时候，记得有我在。"辛夷海真诚地说。

"夷海哥，我懂。"许若含面对着辛夷海，真诚地说。

许若含的离婚案于 2002 年 11 月开庭。

开庭那天，许水生和许天照两个人陪许若含进了法院。

法院的围墙下是花圃，花草枯萎，在微风中稀疏摇曳。花圃的土壤干得发白。弯弯窄窄过了两条水泥车道，是几栋房子，一栋五层楼房子，还有两栋三层楼房子围成一个空地，空地上有一个环形楼梯，楼梯旁边的房子里电影院似的摆了许多靠背椅子。

许若含的心怦怦直跳，对公家的地方她心里一直抱着畏惧。

"是这里了。"许天照抬头看了看，说。

许若含局促地走进大门。许天照示意许若含在原告的位置坐下，他和许水生坐许若含后面的那排座位。许若含小心翼翼地坐下，两腿并拢，两个手不知道放哪里才好。她畏畏缩缩地，往法官座位上看了几次。

不一会儿，一个女人大踏步走了进来，在书记员的位置坐下，又过一会儿，法官"嘭嘭嘭"走进来，拉凳子的声音很响，然后他一屁股坐下,凳子发出一声轻微的"吱呀"声。法官是个发福的中年人,中等身材,一张方形脸,他一坐下就斜着眼盯了许若含好一会儿。

审判员很响地咳嗽一声,说开庭了。他叫仇水城。

这是五个人的法庭,但是丝毫不影响它的法律效力。仇水城宣布开庭后,许若含对着状纸念了一遍。没有人反驳,没有人斥责。程序照常走了一遍后,仇水城为难地告诉许若含:"你的案件非常难办,因为男方不到庭,我们无法处理,照这样只能判不准你们离婚。"

许若含心中难受,问道:"不然我现在怎么办?"

"我认为,你最好是撤诉。"

"可是撤诉也是不能离婚对吗?"许天照问,他一心研究农业,对这些没留意过。

仇水城瞪了许天照一眼:"这里是法庭,我在询问原告,闲杂人不准多话!"

许天照脸色一变,抬头看了看法官头顶的国徽,不再说话。

见许天照不再多话,仇水城威严地问许若含说:"原告,问你的话。你想撤诉吗?"

"那我撤诉了对这个案件有什么好处?"

"你现在如果撤诉,下一次开庭的时候我就可以判决你离婚。"仇水城斩钉截铁地说,他的言语带着不可否认的肯定。

"我现在撤诉了,下一次开庭确定可以判决离婚吗?"许若含怯怯地问。

"当然,这是肯定的。"仇水城说。

"好吧,那我可以撤诉。"许若含稍一思考,说。

许天照疑惑地看了看法官,也没说话。

"那行,你过来。"仇水城喊过许若含,把手上一张纸翻到背面,"你的撤诉书要这样写。"

许若含凑近一看,纸上写着几个大字:经过亲友劝告,决定撤诉。

许若含点点头，仇水城又认真地看了许若含的脸一眼，才放心地盖上文件夹，说："好，今天开庭就到此为止。"然后头也不回地离开了。

过两天，许若含找个时间，去螺苑城关法庭递交撤销诉讼书，退回一百多元诉讼费。从法院回来，许若含开始期待下一次离婚诉讼时间。她现在是一个工厂的老板了，她完全可以选择自己喜欢的生活方式。

许水生拿钱把大头的高利贷还了，大头笑容满面地从他手里接过钱，说了一大番恭维的话，不停地夸许水生养了一个能干的女儿。

"腰链呢？"许水生还了钱，没拿到阿勤的银腰链。

大头收起笑容："腰链是华五行拿去的，你应该去找他拿，找我有什么用。"

许水生气得浑身发抖："你们是强盗啊，我要去告你们！"

大头脸色一变："你就算告到北京也没用。钱你是从我这里借走的，你跟我借两万元，现在还我两万元，邻里邻居的，我一分钱利息也没跟你多要，你不要太过分了。"

许水生破口大骂："你们就这样骗人家的钱的啊！"

大头也凶狠狠地骂："明明腰链是你家赔偿华五行的，当年你大女儿讨契兄的时候你叫人打断了华五行的腿，你说腰链是要赔偿他的，现在居然莫名其妙牵扯到我了，走走走，咱们去派出所讲理去。"

听见吵架，围观的人越来越多。

大头扬着手里的钱告诉围观的人，说自己当时借许水生两万块钱，看在许水生当年在自家石窟帮忙分上，一分钱利息也没多要，现在许水生来还债，两个人债务一笔勾销，可是许水生居然想要敲诈自己一条银腰链。

许水生哑巴吃黄连，当时银腰链确实是被华五行拿走的，但是大头带的华五行来自己家里威胁要债，自己才会拿出腰链抵押。

围观的群众听说了事情缘由，也劝说许水生应该去找华五行要回银腰链，不能来找大头。

华五行的脚是辛夷海打断了，现在社会法治化了，真的追究起来辛夷海故意伤人，也要接受法律惩罚。阿含的工厂，就是辛夷海给的，再揪着银腰链的事不放，连累了辛夷海，好日子也就到头了。

许若含开厂这段时间，许水生走路可以高高抬起头了，村里的人看见许水生来串门，会热情地搬凳子、泡茶、递烟。在从前，许水生在倒溪坡村的地位卑微，几乎不引人注目。如今，他儿子是国家干部，他女儿是老板了，不能因小失大啊。

带着一千块钱去还艾青花时，许若含有些尴尬，艾青花也有些尴尬。艾青花的尴尬是当时实在没办法挤出更多的钱借许若含，许若含的尴尬是因为经济窘迫跟艾青花借过钱。两个人各怀心事，东一句西一句聊了一会儿，许若含就告辞了。

欠艾青花的一千元刚送过去没几天，许若含接到通知,石亭死了。

石亭是死在工地上的，因为是异常死亡，作为艾青花的娘家，倒溪坡村每家每户各出一个人前往帮忙。许若含和其他女伴也赶了过去。工地不大，是一个小镇的菜市场楼房。承包工地的人已经不知所向，相关负责人也不见踪影，赶到工地的有上百人，包括石亭的亲戚朋友和倒溪坡村的人。石亭的尸体停留在毛坯房的一张床上，身上蒙着被子，两只穿着黑皮鞋的脚长长的僵直地露在被套外。据工友说，昨天晚上他们五六个人下班后，在宿舍喝了几瓶啤酒，然后各回各的宿舍睡觉，早上喊石亭起床，才发现他已死去。也报警了。法医来了，检查不出外来的武力，没有被杀迹象，死者死得很平静，看不出中毒之类的迹象。初步怀疑是饮食问题，如果要确定，必须把尸体运回去解剖。解剖如果证明是死者自身问题，工地负责人可以摆脱所有责任；如果就这样写结案证明，工地负责人必须赔偿，因为人确确实实是死在工地上的。

"不用查了。"艾青花在石亭尸体边哭得死去活来，听法医这样说，拒绝解剖，"人都死了，还要把他大卸八块，把肠肚都挖出来，像杀鸡杀鸭一样，你们也狠得下心。"

其实艾青花知道，石亭的治疗到了后来，虽然有点见色，但是他心太急。不知道什么时候开始，他又跟华五行混在一起，而且听从华五行的话，从哪里弄了一个土方药服用。听说那药半好半坏，一滴酒都不能碰，服药期间喝酒很容易引起化学反应而致命。艾青花劝说石亭几次，石亭不听，反而打了她。再以后，石亭借口家里欠债要赚钱还债回工地上班，就是偶尔回家也是一次也不肯再碰触艾青花的身体，对石亭，艾青花终于死心了。石亭的死，肯定跟那药是有关系的，让法医一查，不就什么都露馅了。这些年，家里为了给石亭治病欠下太多债务，包括姐姐的和娘家的，还不如直接拿点赔偿金还外债。有点钱，自己以后的日子也有依靠，抱养个孩子，就在石家守一辈子算了。

艾青花遵照习俗守在石亭身边，赔偿一事由石亭的姐姐秋花去协议。

秋花不愧是做生意的，很快就把赔偿金额谈定。后事都由秋花和她丈夫安排处理，艾青花作为未亡人，哭着陪石亭的尸体从火化到装骨灰盒到安置，从头到尾，她不停地哭喊着。哭石亭的死，也哭自己的命。

石亭死后第三天，艾青花才想到，秋花已经回去菜市场开店了，但是一句也没跟她提石亭赔偿之事。刚开始两天大家都伤悲，也不好开口讲钱，已经三天了，秋花难道会把这样的大事忘记了？到晚饭时分，秋花回了娘家，艾青花逮住机会，问起石亭赔偿的事。

秋花听艾青花问，很诧异地反问："石亭是我父母的儿子，我父母养了他这么多年，难道石亭的赔偿金该由你拿？"

艾青花一时愣住了，她没想到秋花居然说出这样的话。

"先吃饭，自家人谈这些也不怕人家笑话。"石亭的母亲准备好饭菜，摆碗筷。

艾青花一听，不行，这些话必须讲清楚。在饭桌上，左等右等，没等到秋花来吃饭，艾青花感觉不妙，跑到门外一看，秋花的摩托车不见了，秋花已经悄悄推着车回家去了。

不管艾青花如何讨要，艾青兰也帮妹妹催秋花给钱，石亭的赔偿款都没人给艾青花一个说法。一气之下，艾青花跑回婆家，端起准备杀虫的"乐果"就往嘴里倒。幸亏邻居发现不对劲，赶过来把农药从艾青花的手上抢下来。

秋花听说家里出事，回来后气冲冲地对父母说："死就死，大不了她家来闹一场，是我们的人，死了又不用赔她娘家钱，反正你儿子到了那边孤苦无依，他老婆去了正好。"

艾青花的姐夫石秋航知道这些事，很是愤怒，带了几个看起来不好说话的人站在秋花摊位前，让秋花先把这件事处理一下，不然不给做生意。艾青兰见妹妹受人欺负，也很气愤，每次有客户去秋花摊位买东西，她就上前骂秋花。秋花没办法，只好叫她父母分出三万赔偿金给艾青花。后来她也把摊位搬到别的地方去了。

　　法院通知许若含去取回生效通知书。通知书取回来后，她放进抽屉，工作一忙就不管了，因为她知道，下一次上诉必须间隔一年时间，她在等，她会等。

　　啸天服装厂兑现了小肥许下的诺言，在年底发完员工工资和奖金。结完所有的账后，啸天服装厂的资金所剩无几，勉强够新年开工的开支。但是形势是好的，啸天服装厂已经在当地树立起企业信誉。

　　至于招工问题，按照许若含跟土娃沟通的，新年派人到夏省招工。夏省的工人都是生手，可以对新工人进行简单的培训，再分配到各条流水线上。

　　年三十晚上，许若含在倒溪坡村吃了年夜饭后，带着儿子回啸天服装厂住。螺苑出嫁的女儿除夕夜是不能住娘家的。弟弟许天照没有回来，说除夕夜陪岳父岳母吃饭，正月初一再回倒溪坡村。父亲留许若含在家里过夜，许若含不肯，齐灵珊还没生孩子，将来有个什么不妥当自己负不起责任。

　　欧思庭想跟外公住在倒溪坡村，许水生担心女儿一个人住在厂里害怕，于是劝走了欧思庭，再三交代许若含大年初一早上要回家吃饭，许若含说厂里有买菜，不回来了，然后发动摩托车离开倒溪坡村。

　　工厂附近几家卖烟花鞭炮的小店热闹非凡，不时有小朋友跑过来，买了爆竹烟花。大人小孩站在路旁，五颜六色的烟花带着呼哨声飞往高空，在空中发出一声响亮的爆炸声，烟花散开，开出五彩缤纷的礼花。许若含为欧思庭买了一排烟花，母子俩站在厂门口把烟花放完了，才回到楼上。

　　啸天服装厂的一楼是店铺，店主人早早地都关了门回家去了。大门是一个店面的卷帘门，楼梯就在这个店里，通过楼梯可以上到二楼。店铺层高有五米多高，楼梯还是显得陡了些。二楼是办公室、包装车间、裁剪车间，三楼是啸天服装厂的缝纫车间，四楼是工人宿舍，五楼只搭盖半层，许若含住在五楼。厂里静悄悄的，只有许若含母子俩，许若含把一床厚厚的毯子搬到办公室的沙发上，准备晚上躲在被窝里看春晚。电视机原来放在五楼，工人放假后才搬到办公室。

　　许若含烧了杯水，坐在沙发上发了几十个祝福信息给亲戚朋友，包括涂嘉熙，涂嘉熙马上回了："还在喝酒。"许若含当了啸天厂的厂长，涂嘉熙来得勤了，没人的时候，他会偷偷拥抱一下许若含，许若含总是羞涩地把他推开。陆雪琪离开后，涂嘉熙到她娘家找了几天，临走告诉她娘家人，说他们的关系就此结束。

　　看了一会儿春节联欢晚会，欧思庭渐渐入睡了。这时一楼传来"砰"的一声猛烈的撞击声，欧思庭被惊醒，坐直身子，问："妈妈，怎么了？"许若含也吓了一跳，她静静聆听，听见一楼的卷帘门传来几声响亮的撞击声，是谁拿东西在撞门？

　　许若含浑身的血液都凝固了，有危险。她首先想到儿子，早知道今天晚上不能把儿子带来镇上。这时候，楼下几声骂声传来，许若含听出来了，那是欧博龙的声音，她的心稍安，如果是欧博龙撞门而进，就算自己吃亏，儿子也不会有事。

许若含从窗口探出身子往下一看，一块小石子打来，差点打在许若含眼睛上，许若含一惊，又有一颗石子打在玻璃上，玻璃裂了一道痕。

欧博龙喝醉了，他摇摇晃晃，掷了几颗石子，撞了几回门后，他喘了一口气，靠在墙上歇一口气，嘴巴乱骂着。

许若含又惊又急，拿出手机就打涂嘉熙的电话，却关机了，又打弟弟的电话，电话响了半天也没人接听。许若含想打家里的电话，想起父亲已经年迈，就算来了也无济于事，反而会吃亏。至于辛夷海，他下午刚回家，听说雪儿提早两天回来收拾家里的。今天是除夕夜，大家都有家庭，不适合在这个时候打扰他们。巨大的恐惧感向许若含袭来，再一次，她感到了无助和孤独。

欧博龙歇了一会儿，拿着石头又开始砸大门，嘴里不干不净地大声骂着。

欧思庭惊慌地说："妈妈，是爸爸，他要干什么？"

许若含无助地摇摇头，抱紧儿子。

对面那栋房子有人探出头，冲着欧博龙怒骂，将一盆温热的水泼在他头上，冲他喊："马上滚，不然叫几个人把你阉了。"欧博龙不敢再多话，歪歪斜斜骂骂咧咧地离开了。

这幕闹剧结束，春节联欢会也结束了，《难忘今宵》的歌曲响起。许若含没有心情看电视，担心欧博龙来吵闹，又担心他从窗户爬进来，不敢回五楼睡觉，于是把窗户关严，把另外一张沙发推来，两张拼在一起，哄欧思庭睡了。自己去裁剪桌上拿了一把大大的剪刀，再把厨房的菜刀拿来放在沙发下，有了这两样东西，她不再害怕，一个人，看了一会儿电视，开着电视迷迷糊糊也入眠了。

许若含迷迷糊糊地睡着。似乎听见父亲和弟弟就在楼下跟欧博龙吵架，四周吵吵闹闹，一刻也不让许若含休息。谁家在炒菜，浓烟袭来，许若含被呛得拼命咳嗽。这些都不影响许若含的睡眠，她睡得那么香甜。直到欧思庭不断地翻身，嘴里嘟囔着喊"妈妈，热"，许若含才从梦中惊醒。她听到窗外嘈杂的焦急的呼唤声，什么东西不断砸在她的窗玻璃的"啪嗒"声，楼下是谁在撬卷帘门，男人们使劲喊的"一、二、三"的口号声。电视没有声音，屋里没有电，浓烟滚滚，热气腾腾，欧思庭拼命地咳嗽，醒了，他惊恐地拉扯许若含："妈，妈，开灯！"

许若含从睡梦中醒来，她听到了外面的叫喊声："着火了！里面有人吗？快点醒来！"对面楼房灯火通明，许若含努力睁开眼睛，一个妇女焦急地靠在窗户上，大声叫喊，一再肯定地告诉楼下的人，昨天晚上母子两有回来，估计都熏晕了。

着火了！

许若含惊醒了，她咳嗽着往窗户扑去，强憋住呼吸打开玻璃窗，趴在窗台上。

醒了！醒了！快跑！三楼、四楼全部烧着了！楼下的人拼命喊。

不能走楼梯，从窗户上跳下来，才两层楼高，不会死。浓浓烟雾中，有人大声喊。

有几个男人，正拿着长棍在撬楼下的卷帘门。许若含听见"噼噼啪啪"的声音正在头顶上响着，炙热的气温阵阵袭来，她拼命咳嗽，脑海里一片迷糊。

火光照亮了这个小镇，无数黑乎乎的人影从四面八方涌来。

一张床垫从厂房旁边那个家具店搬出来，垫在许若含的窗下，有棉被从对面的楼房扔下来，被楼下的人迅速捡起垫在床垫上。跳下来！下面的人命令，并护着床垫四周。

许若含转身抱过欧思庭，欧思庭抓住母亲的袖子，大声喊："妈妈，我怕！"

　　许若含冲楼下喊一声："帮我接着孩子。"然后扒开欧思庭的手，一狠心，往床垫方向扔下去。欧思庭哭了两声，直到安全落在棉被上，弹了一下，旁边的人赶紧把孩子抱起来。欧思庭抬头看母亲，哭着喊："妈妈，你跳，你快跳！"

　　许若含捂着鼻子，回身在桌上摸到手机，跟着爬上窗台往下跳。跳到床垫上，她只觉得脚一痛，再无法伸直，旁边几个妇女慌忙把她抬到一旁。许若含抬头惊慌失措地看着火舌正肆意舔着三楼的窗户，滚滚浓烟从四楼的窗户上钻出来。

　　消防车来了。从车上下来，消防人员迅速行动，搭起梯子，打破三楼的玻璃窗，从外往内喷水。在这样的夜晚，消防人员已经连续扑灭两家因烟花爆竹燃放而着火的人家，这是第三家。

　　天蒙蒙亮，火被扑灭了。

　　许水生接到许若含的电话，带来许若含和欧思庭的外套。

　　许天照接到姐姐的电话，也骑着摩托车赶来了，说昨晚岳父高血压犯了照顾老人，所以没注意看手机。

　　忙碌一个晚上的小镇邻居见许若含有亲人回来帮忙，才慢慢散了。

　　只有三楼着火，四楼的其他东西全部被熏黑了，二楼也受了些影响。

　　天亮之后，室内的温度渐渐退去，许若含跟父亲走上四楼，看见工人宿舍内的东西全部黑乎乎的。许若含悲从中来，脚一软无法再爬五楼，蹲在地上，大声哭起来。

　　许水生看了女儿一眼，叹了口气，独自爬到五楼，五楼的门窗关紧，竟丝毫未损，许水生暗中庆幸，站在楼梯口喊了女儿几声，许若含才神情恍惚地爬上五楼。

　　许天照走到二楼，马上找来破布，打来一盆水，擦洗办公室的物品。听见传来许若含的哭声，他停下手中的活，跟着上了楼，劝道："往好的地方想，假如昨天晚上你跟孩子住五楼，着火了往楼下跑，现在是什么情形。烧一点东西算什么，人没事就好。"

许若含一想也是，渐渐止住哭泣，又想起假如昨晚住五楼可能发生的可怕后果，心中后怕，忍不住颤抖起来。

三个人把重要的东西整理好，叫人来修理卷帘门，许若含把厂门锁了，跟着父亲回倒溪坡村，弟弟的岳父高血压犯了，他还得回去看看。

许若含也劝弟弟先回他岳父家，齐灵珊去支教，她也放心不下两个老人家。

正月初二，许若含吃过早饭又骑摩托车往镇上驶去。独自走在空荡荡黑乎乎的厂房内，她心中害怕，不敢上三楼，那些黑漆漆的墙壁似乎是魔鬼的身躯，从二楼一直延伸上去，并且在头顶，沉沉地压下来，包围过来。

这一刻，她很想逃离这里。

许若含到街上买了些菜，回倒溪坡村。

刚停下摩托车，许若含发现父亲正在扫地。

欧思庭听见摩托车声音，从屋里奔出来，哭着大声喊："妈妈！妈妈！"

许水生抬头看看女儿，不言语。

许若含走进家门，吃了一惊，家里的电视只剩下一个壳；家里的十几个瓮没有一个完整的，瓮的碎片落了一地；放在厅中的碗盆架被砸成两半，剩下的半个架子晃悠悠地立在墙角。再走近厨房，厨房炒菜锅、铝锅也被砸烂了。锅和碗都已经不见了，没有煮饭的家伙，也没有吃饭的工具。

"欧博龙刚才来了。"许成山提着一桶面线走过来，看见许若含说。在林少剑刚死那阵，他对许水生一家充满怨恨，随着时间的流逝，他跟许水生又走得近了。

许若含明白了。啸天服装厂着火后，派出所来调查起火原因，许若含顺便把除夕夜欧博龙闹事的情节说了一遍。派出所传问了欧博龙，欧博龙心中怀恨，就来倒溪坡村砸东西了。因为是自家人闹矛盾，邻居只能劝解，不能把欧博龙赶走，许水生的家就在瞬间被欧博龙砸个稀巴烂。正月初二本来是女儿、女婿回娘家的日子，许凌琴疯了，艾青花守寡很少出门，阿霞带着老公孩子回来了，只是也没过来许若含这边瞧瞧。

被欧博龙这么一番折腾，许水生也累了，他对女儿说："含儿，工厂也别开了，女儿家，不要太贪心。这婚能离就早点离，有好主你去过你的日子，咱们安分吧！"

许若含点点头，她愿意的。只要父亲能再过几年安稳的生活，不要一直受她连累，她什么都愿意。

"天照今天能回来吗？"许水生问。

许若含愣了一下，说："他说等下就回来吃饭。"

许水生往地上的破碗踢了一脚："养的儿子都成别人家的了，还吃什么吃。"

等正月十五过，把厂里剩下的东西估价处理出去，房子重新油漆一番还给房东，房租已经交了半年，送给房东当是房子的赔偿。然后，带部平车回家，到附近的服装厂领货回倒溪坡村做，边照顾父亲、孩子，边赚钱。至于欠夷海哥的钱，这辈子有机会，总能还上的。许若含想。

正月初十晚上十二点多，许若含被手机铃声吵醒，她睡眼蒙眬打开手机，是张友贵的号码。张友贵说，他带领工人回来了，正在厂门口等，问许若含在哪里。

外面寒风呼啸。

许若含吃了一惊，慌忙披衣爬起床，打开灯，打开门，冷气袭来，许若含冻得瑟瑟发抖。这样的天气让张友贵他们在一无遮挡的厂门口等候，到天亮不冻成冰棍才怪。

　　许水生年岁大了，每天晚上总要醒好几次，听见女儿的开门声，也爬了起来。许若含急急地把工人在厂门口等她开门的事告诉许水生，说要赶紧回镇上。许水生担心许若含的安全，许若含却说无妨，摩托车有灯。她穿上厚厚的外套，带上手机、钥匙，推出摩托车。

　　"这么冷的天气要煮点东西给他们吃吧？"许水生说，然后找袋子，装了面条、三个包菜，还有一些初九敬天公剩下的菜肴。

　　许若含把袋子挂在摩托车把上，骑上摩托车离开了。

　　"安排好马上打电话告诉我。"许水生追上前吩咐一声。许若含远远地应了一声。

　　啸大服装厂门口黑压压坐着一群人，有男有女，两三个带小孩的妇女抱着孩子坐在人群中。许若含停下摩托车，把钥匙递给张友贵，张友贵打开厂门，招呼大家把行李全部搬进厂内。

　　许若含走上前，一路打开灯，张友贵在后，把工人领上二楼。张友贵看到二楼的墙壁黑乎乎一片，心中诧异，问起许若含，才知道除夕夜工厂着火之事。

毕竟是火里逃生过的人，听说后，张友贵反而不急，安慰许若含："工人已经来了，再买几部机台，马上可以开工，担心什么。"

然后，他招呼几个老员工跟着他往楼上走去，寻找有没有可以使用的棉被。

许若含给父亲打了电话报平安，搬出叠好放进麻袋的毯子，铺在沙发上，让几个抱小孩的妇女把小孩放在沙发上。又匆忙烧水，唤几个熟悉的女员工去厨房煮面条给大家吃。

许若含大略清点一下，这些工人认识不认识差不多有三十多个。

老员工熟悉情况，去寻找自己的东西，新工人则默默坐在办公室的椅子上，或者拿张纸皮垫着坐在地上。

四楼损坏程度比较大，许若含让工人全部搬到五楼居住，搬完行李，面条也煮了几锅，大家轮流吃饭，忙碌了一个多钟头，凌晨三点多钟才各回各的床铺睡觉。

几天没休息好的工人很疲惫，很快进入梦乡。许若含走进自己住的宿舍，床上的棉被和二楼办公室的毯子全部让给工人了，因为棉被不够，工人又从二楼布料堆里抱了几匹布，当被子。

这个晚上是注定睡不着了，回家还是在床上坐到天亮？

张友贵走进来，他也没有被子，他对许若含说："我们去二楼泡茶？"

许若含点点头，她冷得直发抖。到二楼，许若含去烧水，张友贵去一楼把摩托车推进来，拉下卷帘门，上楼来，在裁床下面找到一块比较干净的布，走到办公室，许若含已经烧开水。张友贵把布匹扔给许若含："你围着，暖和一些，不要一直发抖。"

许若含感激地接过布匹，对张友贵说："我想把厂收起来，不开了。"

张友贵似乎意料到许若含会这样说，他镇定地问许若含："为什么不开？"

"太累了。"

"是工作量大？"

"不是。工作上有你们帮助。"

"是没有工人？"

"不会，有你们的支持，本地的工人这几天知道厂里的事，都跑来看情况，叫我继续把厂开下去。前天郭英还过来帮我整理厂区，王火祥、孙美兰也打电话过来问。"

"那么是没有订单？"

"桂兰亭公司初八开工，昨天打电话过来说要寄样本来，问我们今年需要多少订单，赶紧报给他们，他们好安排。"

"机台烧毁了，没钱买机台？"张友贵问。

"也不是，现在机台不贵，况且机台都可以赊欠不用现金的。还有，去年赚了点钱。"

"那就是房子被烧了，没地方放机器？"

"好像也不是，房子虽然烧了，壳还在，油漆一下又光亮了。那天已经雇人把所有的垃圾清理出去了。"

"那是为什么不开厂？"

"为什么？"许若含想了很久，张友贵提的这些问题都解决了，她还有什么理由不能开厂？

张友贵没有打断许若含的思路，看着眼前这个无助得不知所以的女人，他没有继续追问下去，尽管面部毁容了，却不影响他的思想。他走到裁剪床下，把一袋碎布从麻袋里倒出来，钻进碎布堆躺下，很快打起呼噜。

许若含想了一夜，她确实想不出自己为什么不开厂的原因，况且，目前已经三十多个工人等候在厂里，这些人千里迢迢来这里投靠她。

许若含接到企业安全生产部门的通知，啸天服装厂是"三合一"工厂，必须马上整改才可以生产。

这时，住在对面的李明强夫妻听说此事来了。这对夫妻救了许若含的命，许若含心中感激，她已经买了礼品去拜访了这户人家，门口出入期间又碰见几回，互相之间也熟悉了。

李明强夫妻提着一提茶叶来了。许若含客气一番，烧水泡茶。

李妻看一下李明强看一下许若含，说："明强，你有没有发现阿含和你阿姨很像？"

李明强端详了一下："阿含你是收养的吗？"

"我不是。我阿姆是。"

"哪里的？"

"我阿姆是童养媳，听说很远的地方抱过来的。"

"那就有几分了。"

许若含笑笑。

李明强告诉许若含，等下一次回来，他问问他外婆是不是有个女儿从小送人。

然后，李明强说，正月十六他们一家人又要去深市，家里的房子空着，许若含如果需要可以租给她，五楼不能动，二至四楼许若含可以使用。

听说可以租下剩余的三个楼层，许若含欣喜万分。

李明强在四楼、五楼的楼梯拐角处焊了个铁门。

安排妥当，夫妻俩离开螺东，去了深市。

接下去是开工准备工作，许若含去了一趟青城。

青城一家做外贸的服装公司的业务员在去年曾通过老乡的关系找到啸天服装厂，让啸天服装厂帮忙赶一批准备空运的货，同时，他们让啸天服装厂在今年开春一定继续做他们公司的货，帮忙到4月份。许若含去的时候老板正愁着他们招不到工人，手上的产品无法及时生产出来，见到许若含如同见到救星，二话不说，定好价格立马派厂车把裁片拉到啸天服装厂。许若含也学精了，见客户实在急，谈好交货付百分之六十加工费，另外百分之四十一个月后拿钱。

回到啸天服装厂，张友贵正带领工人清理厂房，买来涂料和油漆，自己粉刷。几天后，啸天服装厂焕然一新，房东来看了几回，叮嘱大家注意安全生产就离开了。

过了几天，回家过年的外地工人陆续回来，因为去年回家前厂里开会动员大家新年要带老乡来啸天工作，所以他们每个人都带来几个老乡。齐灵珊听天照说了这边发生的事，在周末的时候去县城找了土娃，也通过土娃从夏省招了一些工人过来。啸天服装厂一下增加上百个员工，机台数量不够，有几家车行闻讯过来，争着以优惠的价格赊给啸天服装厂机台。

许水生也不再劝说许若含。每天工人一上班，他就来到厂里，拿着水瓶，搬个凳子坐在厂门内看守大门。

工人越来越多，啸天服装厂把机器安装到四楼，甚至五楼也摆上了打扣、套结、下兰机等专用机台。包装桌搬到四楼，二楼多买了一张裁剪桌。啸天服装厂劫后重生，一番忙碌后，在火灾后反倒扩大生产规模，开始更为兴旺、轰轰烈烈的生产。两个月后，从潘婷给的名单上，许若含吃惊地看见，啸天服装厂的工人总数已经达到两百多人。从四条生产线扩到八条生产线。人多事杂，为防万一，啸天服装厂雇了三个保安，两个看守厂门，一个安排在宿舍。厂门的对面是宿舍的大门，因此，三个保安人员可以互相轮休，换班。

为了适应香港公司的订单要求，许若含决定招一个懂英语的大学生，她把这件事用 QQ 告诉弟妹齐灵珊，让弟妹帮忙把关。听许若含说要招一个懂英语的大学生，齐灵珊想起自己的表妹路文珊，马上把她的联系方式给了许若含，许若含跟路文珊联系了。路文珊来后，很快熟悉了工作，桂兰亭公司的订单从订单进来到出货日期，她都全程跟踪。

啸天服装厂的管理框架初步形成。张友贵负责生产，啸天服装厂的账面及对外联络、办公室等的事务就由路文珊管理，潘婷也归路文珊管理。

周末，许若含看到齐灵珊的留言，一星期齐灵珊才能跟这边联系一次。她问："姐姐忙完了吗？"齐灵珊是周末坐车去县城上网，她在那边的学校信号很差，有手机也很难打通电话，都是周末的时候出来县城，回复家人电话，刚好也处理积压一周的邮件和留言。她问许若含，还有没有库存衣服，寄一些过去，那边的孩子们都没外套。

许若含问："去年不是寄了一批过去？"

齐灵珊说："早发下去了，不够。"

然后，齐灵珊又给了许若含一份贫困生名单，问许若含能不能在螺苑这边找人帮忙资助，帮助这批贫困生完成学业。

齐灵珊给许若含发了一张那边的孩子们在寒冷的天气光着脚丫在学校的操场上跑的照片。他们个个又黑又瘦，脸颊很是干燥，穿的衣裳也是破烂的。

许若含拿着照片呆呆地看着，她没想到还有比自己更困难的家庭，还有更穷的地方。许若含无法想象儿子有一天落到那么穷苦的地步将会如何。

路文珊敲门走进来："许总，您喊我？"

"这些照片你看看。然后去查一下，厂里有多少库存货。给夏省的你姐寄过去。"

路文珊看了照片，说："许总，其实不一定要新的衣服，我们公司这么多人，让她们把孩子不穿的衣服拿出来，应该可以搜集很多。现在大家的生活条件都不错，每个家庭就一两个孩子，都舍得把钱花在孩子身上。我们以前在学校也有组织这样的活动，为贫困地区捐款捐物。"

"这样可以吗？"

"当然可以。"

"那好，这件事你去办吧！"

路文珊点点头。她把照片洗出来，跟告示一起贴在公告栏上，号召大家捐出家里没用的衣服，给贫困地区的孩子一个美丽的春天。这件事在啸天公司影响非常大。稳定的生产以及较好的福利，让啸天制衣公司的工人每个月都能领到不菲的薪水，他们不仅捐出自己孩子们的衣服、玩具、书包，还你三十、我五十地捐出不少钱，请许若含帮忙把钱送到那些孩子手上。

正当啸天公司的员工慷慨地捐款捐物时，辛夷海从上海回来了。他现在每次回来，都是先到自己公司转一圈，然后到啸天公司转一圈。啸天公司离他的公司有三公里路程。辛夷海来到啸天公司，看见办公室门内门外数堆大包小包的衣服，非常纳闷。

"转手收破烂生意？跨度不小呵。"

"不是。"许若含笑笑，把齐灵珊那边的情况说了一下。

辛夷海听了，说："也是，我每次去了都只到县城，没有去过乡下，听说那很落后，吃穿都困难。"

许若含又把贫困生名单拿出来，说："去年的一份名单我让我弟弟帮忙找到对接扶助的人了，这份名单，你解决吧。"

辛夷海端详了一会儿，无奈地说："行吧，我让身边的同行和新一海公司的人分摊认领一下。"

许水生来了，站在门外，看见辛夷海在，脸一沉，背转身就要走。

"阿爸，你来啦。"许若含知道父亲心头的结，喊了一声，走过去把父亲拉进来。

辛夷海站起身，掏出一包烟，抽出两根，递给许水生。许水生老了，站着不到辛夷海胸膛的高度，他见辛夷海请他烟，两手慌忙在裤子上擦了擦，才伸出手，小心地接了根烟，夹在耳朵上。烟接了，心也缓了，找个靠边的位置坐下。辛夷海走到门外打了个电话。过一会儿，辛夷海的司机跑上来，拿着一条中华烟，辛夷海把整条烟放在许水生的身边："伯，这烟你带回去抽吧！"

"不，不，不，我从来不抽这么好的烟。"许水生把烟拿起来端详一会儿，随即还给辛夷海。

"阿爸，你就拿着吧。"许若含说。

许水生接过烟，也不再说话了。

辛夷海看了一眼外面，说："齐灵珊真会合理利用啊，把你这个姐姐当坚实后盾了。可是这些衣服怎么寄过去？"

"去邮电局寄吧，打算寄去土娃那边，让他派车。"

"数量太多了。"

"只是号召一下，没想到有这么多，一个人带了一大包衣服过来，听说连小孩子曾在幼儿园用过的被子都拿来问要不要。厂里还有不少库存货，有棉衣和裤子，是大人的衣服，可以一起寄走。"

"小孩子没有衣服，大人就更穷了，我们都是当爹妈的人，心中有谱。"辛夷海往厅中一看，说。

"现在衣服堆放在那里，客户来也不好看，我正发愁呢。"

"叫辆车送过去吧，再买些书籍、文具、食物等东西，车费也才几千块。刚好过去看看齐灵珊生活得怎么样。"

听见儿媳妇的名字，许水生慌忙凑过来着急地问："她怎么了？出什么事了吗？"

"阿爸，没事，我们想送一些衣服给弟妹。"

"先雇部车派人跟车去，我坐飞机去那边跟他们会合，我刚好也打算最近去一趟夏省。"辛夷海说。

"我也去。"许水生忽然说，想起话说急了，心中别扭，坐在那生起自己的闷气来了，"我跟司机去，我自己出路费。"

辛夷海听说，跟许若含对视一笑。

"阿爸，你如果要去，等过段时间天气暖和再跟夷海哥坐飞机过去，不过长途劳累，担心你的身体。"许若含说。

"我坐车。"许水生坚持着说。

"长途货车要两个驾驶员，加上一个厂里派去的人，坐三个人，不能再载人了。"许若含告诉父亲。

"伯，我带你去，没关系，你别急。"辛夷海柔声对许水生说。他的话有一股潜在的威严，许水生终于不言语，一刹那的错觉，许水生感觉辛夷海像他的儿子般，他这些年是在跟儿子斗气呢。许若平死去快二十年了，辛夷海始终照顾着这个家，时刻为他这个家着想。这也是一个亲人。许水生忽然想。这么一感慨，他对辛夷海的感情亲近了许多。

接下来，为了解决路程安排问题，许水生不知不觉地跟辛夷海讲了很多话，让辛夷海心中一阵感动一阵温暖，这么多年，许水生终于肯原谅他了。

计划好了之后，辛夷海打电话跟许天照说明了情况。许天照一听，很是感动，赶紧联系了相关部门，安排车辆，定好出发时间，并且跟夏省那边也沟通好了。

出发的时候已经是立夏节气了。辛夷海与许水生准备了行李，许若含还是帮父亲买了一件羽绒服。

本性难改

2003年。从夏省回来，许水生一直叹气，那个干燥、那个寒冷啊，嘴唇和脸颊都不是自己的。风一刮，尘土飞扬。灵珊那孩子，冻得脸、手、脚都裂开了。路那么难走，走了多长的路还没到，大卡车到不了，衣服和一些杂物后来卸在镇政府，听说会分出去几个贫困的山村。许水生直说齐灵珊这孩子真能吃苦。

许水生的描述，在许若含的脑海里交织成一幅贫瘠的西北画面。

"我就是去给齐灵珊交学费的。"辛夷海苦笑道。

"灵珊也要交学费？"许若含吃了一惊。

"不是灵珊，是她班上的学生，几乎都没交学费，没钱。"许水生解释道。

"灵珊见了我，可是很不客气，就跟我哭穷了，她的个性不是这样的啊。"辛夷海笑道。

"她平时在家不会，帮家里买东西给她钱她都不要。"许水生分辩道。

"难怪弟弟一直说，扶贫西部，教育要先行。听说他的工资好多都是援助那边的教育事业了，一直喊没钱。"许若含如梦初醒。

"灵珊也把她父亲的退休金敲出来不少。"许水生说。

"我刚才跟天照打了电话，打算在那边再建一所希望小学，让他跟当地政府联系进行对接。"辛夷海听了那父女的几句话后，说。

"你之前投资五万块建的希望小学还在吧？"许若含忽然想起。

"在的。建在市郊。土娃带我过去看了，那个学校现在发展得很好。齐灵珊请假半天，也跟我们去了。"

"听说有搬迁政策，搬到适合居住的地方出来。搬出来的人们生活就好起来了。"

"现在外面的经济活跃了，年轻力壮的人出去打工，家里剩那些妇女、孩子和老年人，能过一天是一天。"

提到打工，许若含忽然想起来："对了，咱们服装厂又招了几十个那边的人。潘婷，潘婷！"

潘婷没进来，张友贵刚好拿着一些报表走进来。许若含抬头问："那些宿舍都整理出来了吗？夏省的工人估计这两天可以到了。"

张友贵说："宿舍都空出来了，机台也调试好了，他们一到马上可以进行培训。青城好多工厂因为没有工人倒闭了，没想到咱们这边一直能招到员工。"

许若含交代道："所以要对夏省的人好一些，接下去他们将会是咱们这家企业发展的主力。他们刚来，都没钱，先每人预支三百元生活费。培训是安排谁负责？"

张友贵说："郭英吧。郭英责任心比较强，又是本地人，流动的可能性小，万一我以后有事离开，她可以顶一阵子。"

许若含赞许地看了张友贵一眼："还想着离开呢。"

"或者帮我找个入赘的地方。"张友贵把手里的外发报表递给许若含。

辛夷海打量了一下张友贵："服装厂女孩子那么多，你一个高管还单身，不怕人笑话。"

张友贵笑着说："弱水三千只取一瓢。"

许若含翻看外发明细表："小碰那批货的货期来得及吗？"

"没问题，他们有一半产品已经成品，剩下两百多件上拉链，后天估计可以全部完成。"张友贵回答。

"你下午还要出去外发厂吗？"

"我要去镇西，看看那边的生产情况，然后回来把 14 日要出的货清理一下。"张友贵说。

许若含点点头，张友贵的安排，她放心。

看着张友贵离开的背影，那样的背影很熟悉。是谁呢？

辛夷海边喝茶，边注视着许若含，一直到张友贵离开，才说话："这个人有管理才干，有胸怀。只是那张脸，你看了不会害怕吗？"

许若含想了一下："那张脸，也还好吧，习惯了看着也是很精致的。"

辛夷海笑笑："你善良，眼睛看到的，都是对方的优点。"

许水生说："就是那张脸烧坏了，不然那个体格身材看起来还挺帅气的。"

许若含忽然想起一个人，黄腾云。是的，张友贵的背影看起来有点像黄腾云，当年她在深市的工厂里，看得最多的，就是黄腾云的背影。

"我带叔叔先回倒溪坡村，买点菜，你等下回来吃饭。"辛夷海说。

许若含奇怪地看了辛夷海一眼，嗯，夷海哥把倒溪坡村当自己家了。

许水生说："天照下午也回来的。"

许若含笑了："弟弟是牵挂灵珊。这男人，自己的老婆去了那么苦的地方他也不心疼。你们先回去，我这边事情处理完了就回家。"

"天照整天忙忙碌碌，不懂得心疼灵珊。可怜灵珊，叫她回来也不肯，真不懂得我生的这个儿子脑子里到底在想什么。"许水生边往外走边说。

"再过两个月暑假，灵珊就可以回来了。"辛夷海个子高，给许水生虚挡了一下门楣，笑道。

"我真的是生他们的气。"许水生不满地唠叨。

"阿爸，你们慢点，我事情处理完就回家。"许若含把他们两个送到门外，就回办公桌坐下。

随着香港桂兰亭服饰公司把越来越多的订单安排到啸天服装厂，啸天服装厂不得不扩大生产规模。为了提高管理人员的积极性，管理人员的工资在原基本工资上增加提成。此时，桂兰亭公司已经把啸天服装厂列入大陆的固定生产厂家之一，不断派人前来啸天服装厂辅导和培训员工；强调啸天服装厂做到5S管理，实行"整理"，设法"整顿"，彻底"清扫"，维持"整洁"，严守"教育"和实行目视化管理。香港老师深入浅出的培训讲解让啸天服装厂的管理人员茅塞顿开，许若含联想到圣泓制衣公司的管理模式，并着手安排人去处理、适应、遵从。啸天服装厂的管理情况马上改观，企业迈入了现代化生产管理模式。啸天厂又买了一部面包车，雇了司机小汤，这部车为几个加工厂之间的货物运送发挥了很大的作用。

许若含买了四台电脑，自己配置一台，路文珊配置一台，潘婷配置一台，剩一台，她允许几个管理人员在没加班的时候进来办公室学习。她整理桌上的制单，已经生产的放进身后的纸箱，正在生产的搁在电脑旁边，还未生产的她放进桌上注明"待处理文件"的架子里。

"潘婷。"许若含边整理边喊。

"哎，来了。老板，不好意思，我刚才去卫生间。"潘婷急急走进来，把刚才喝茶的茶座整理了一下，茶杯洗了，茶渣倒了，桌面抹干。

"你把这些资料整理一下，分类收藏，能用的便留下，不能用的当废品处理。"许若含拿起桌上的资料，对潘婷说。

潘婷走后，许若含重新泡了一壶红茶，拿起一本管理方面的书籍翻看起来。

爱看书是她从小养成的习惯，这么多年，她从未放下过书本。从前家里存的是杂志，或者地摊上的旧书、盗版书；现在有钱了，她经常逛新华书店，以及城里的小令书屋。小令书屋在城西，螺苑高级中学围墙外一处旧落的宅院里。宅院曾是一华侨的故居，一楼石头房子，二楼上半截是红砖结构。院落地上铺的青石板，数排干净的石桌石凳，院子围墙侧树木郁郁葱葱，三角梅竞相开放。院子里有两株比三层楼房高的玉兰树，每逢花开，香味浓郁，满溢在书屋四周，令人心绪澄澈。房子里文艺化装修，数排衣架。许若含到了小令书屋，选择靠窗的位置，点了一杯绿茶，拿出一本喜爱的书，可以翻阅一个下午。毕竟文化浅，有些名著读起来颇觉辛苦，比如《红楼梦》，用了相当多年的时间来读，最近才读完。看完《红楼梦》好长一段时间，许若含写日记的文字竟然不由自主地随着林黛玉的言语腔调，似乎一直在迷恋那种无法言状的忧伤。

"又在读书了，习惯难改啊！"一阵爽朗的笑声传来，许若含抬头一看，是庄泉伟和涂嘉熙来访，她慌忙起身接待。

庄泉伟回螺苑后，渐渐地跟大家的关系就淡漠了，再不联系。直到那天，庄泉伟在谷山的新房子要装修，到城里看看门窗的价格，找到涂嘉熙的店里，跟涂嘉熙的大徒弟永强讲价讲了半天，才发现涂嘉熙坐在旁边看着他窃笑。那之后，两个人继续友情的来往。

"去找涂嘉熙，老涂在看书，他还想考大学呢。来找你，你也在看书，都是一群书呆子。当大老板了，还记得我吗？小妹。"庄泉伟笑着问。

许若含脸一红："泉伟大哥，你说的什么话。"她赶紧站起来，让座，泡茶。

涂嘉熙没有坐着，他站起身，走到生产现场到处观看，看见工人在忙碌做事，各组的机台人员满座，架子上的裁片堆得满满的，厂区空旷地域现在已经堆满成品衣服，好像是准备包装的衣服。看了一会儿，他走回办公室问许若含："阿含，埃文经常过来吗？"

许若含点点头："他有时候送布和辅料过来，有时候来跟踪进度，有的主辅料客户指定要香港或者广省的。"

"这边工人很多啊。"庄泉伟接口说。

"嗯。我们的工资高，准时发放，很多本地的工人想来这个厂上班。有的工人自己来问了，可惜没有机台，地方也不够宽敞，所以没有继续招工。货做不完干脆发给外面的加工厂帮忙。这段时间又从夏省招了几十个员工过来，这下真的是满满当当的了。"

"不错，别人愁的是没有订单，你的订单居然如此多。"庄泉伟笑道。

"知道香港那边是谁在掌控大陆的订单吗？"许若含也笑了。

"谁？"庄泉伟问。

"她以前的组长，那个席萍萍席姑娘。"涂嘉熙说。

"那个后来调去 C1 车间的席主任？阿含，你的运气真好。"庄泉伟叹道。

"那是我的贵人，真的，我也不知道她为什么对我这么好，从一开始，到现在，她都是在全力扶持我。"许若含说。

"因为你可爱呗。"涂嘉熙笑着说。

"林黛玉。"庄泉伟说。

涂嘉熙对许若含眨眨眼，许若含的脸一红。

"难怪你能做这么好，席姑娘在那边，你连货款都不用担心的，没有任何后顾之忧。怎么不想趁这个机会扩大生产线？"庄泉伟问。

"能力不足，管理上忙不过来，这边厂房面积也小。"许若含老实回答。

"我们就是为这而来。"涂嘉熙告诉许若含，"庄泉伟这些年在青城石镇当厂长，我劝他回来帮你。还记得我第一次工作的那个针织厂吗？厂早已经倒闭，厂房正在招租，厂房设置适合，我觉得你可以去看看。"

许若含淡淡一笑。在深市同事那么一段时间，庄泉伟也只是基层员工，管理不是那么容易的事，庄泉伟能力如何，还得靠日常的细节来体现。许若含没有马上回答，给他们续了茶，才说："厂里的管理人员也有劝我要扩大规模，桂兰亭服饰公司也这么提过。我想时机还不够成熟呢。资金也不足。就目前这边还稳定吧。"很明显就是拒绝的话。涂嘉熙忽然发现自己轻率了。庄泉伟也有点尴尬。三个人坐着，忽然间无话可谈。

"现在服装厂的机台成本不多，大部分车行的机台可以赊欠，有钱或者年底的时候才来要账。你现在只是准备租厂房的钱就可以。这样的话，就算倒闭了，最多也只是亏个房租钱。"庄泉伟继续争取。

涂嘉熙接着说："这些，我跟庄泉伟都商量过了。他只是没有人支持，也没有你现在这种稳定的生产基础。扩大规模这条路你迟早要走，走在人家前面和走在人家后面而已。"

许若含想着既然涂嘉熙有这想法，听他一次吧，于是说："那我找时间去看看。"

"阿含去城里，咱们几个想喝杯茶聊天也方便了。"涂嘉熙说。

许若含一下明白了涂嘉熙的意思。她又想起了几年前自己在县城附近找工作，绕了一大圈都找不到工作的事，那以后，她才去的海岛，才又跟欧博龙生活在一起。命运作弄人啊。

过了两天，涂嘉熙又来到螺东啸天厂。

　　他最近又捧起书本读书，店里的生意较淡，交给大徒弟永强看管。看着书，深市那些往事又浮在眼前，许若含的身影一直在他眼前晃，他干脆合上书本，找了借口来到许若含厂里。这段时间他常来，在啸天厂吃了午饭，然后才回城。许若含正在车间忙碌，见了涂嘉熙，抬起头冲他笑笑，走进办公室泡了壶茶。

　　"中午在这吃饭吗？"许若含问。

　　"行，我来蹭饭的。"涂嘉熙开心地笑了。看到啸天服装厂风风火火的生产场面，涂嘉熙为许若含感到高兴，同时，他也看到了自己的不足。这些年，尽管身处绝壁，许若含依然坚强地往上爬，尽管每一步都是那么艰难。而自己，有那么好的背景，那么好的条件，却安常处顺，没有追求和目标，想当年自己还那么大言不惭地对许若含说，只要你在进步中，你就会有明确的目标和方向，有正确的人生观。许若含问得对，什么叫人生观？自己这些年遵循是什么样的规则？什么样的人生目标？都是对自己人生的一场敷衍罢了。

　　啸天服装厂的厂房整洁，虽然平车旧了一点，但也被工人擦得干干净净。啸天服装厂的机台全部面对面排列，机台与机台中间是一个木头桶子，工人车好的裁片推入木头桶里，才不至于掉在地上染上脏污。机台的顶上是一整排日光灯，光线直直地照在工作岗位上。装衣服的木桶因为使用年代久了的关系，旁边有的地方被磨损，细细的木屑一根根竖起来，只能用透明胶纸粘住。一个工人从木桶里拿起衣服，忽然惊叫："我的衣服又被刮破纱了，又要换片了，真倒霉！"

　　涂嘉熙正在车间欣赏许若含的管理成果，听工人喊，走上前一看，果然，那件已经完成作业的衣服布料上有一根纱被钩起，那块布料再无法回复原状了。涂嘉熙做过服装，知道就这根纱就要导致这件衣服被当成破衣服。看着工人哭丧的脸，涂嘉熙想起昨天晚上在书上看到了一个半圆形的图，他拿出随时带在身上的卷尺，量了木桶的大小宽窄，在纸上画了几幅草稿图，就陷入思考中，直到许若含喊他吃饭。

涂嘉熙边吃饭，边构思着他的设计图，等饭吃完，来不及跟许若含告辞，涂嘉熙急急回到城里。

永强正在忙碌，见师傅进来，把今天收的货款交给涂嘉熙，又忙碌他的活去了。

涂嘉熙坐下来对着图纸勾勒半天，喊了永强，对照图纸跟他解释半天。两个人，剪一块方形铝板，两头用铝材束起，再焊一个跟木桶相似的铝材架子，只是四个脚固定着不让跑动，像最早的学生课桌，两边各有三根竖起的铝管，中间一根较长，立起有一点五米高，顶端横接一个铝管，横着的铝管处装一盏日光灯。琢磨了几个钟头，终于做出一个桶的模型。铝管是空心的，脚架上安装一个插座和电线，电线顺着插座从管子里往上穿到最高处，接在日关灯上，灯的开关也接在日关灯上。把最早剪的铝板密密地套入架子上，就是一个比木桶更先进的容器。

涂嘉熙初步完成了一个桶，他在服装厂待过，知道服装厂需要的是什么样的容器。他在图纸上斟酌着又更改了一些尺寸和数字，重新焊了两个桶，想出了拧螺丝和其他对接的方式，照着图纸又做了两个桶，永强打来饭，师徒俩吃了晚饭后，继续研究。

第二天快中午时分，许若含走在车间巡视时，看见涂嘉熙和徒弟搬着几个白色的铝桶"哐当哐当"地走来，很是惊奇。

涂嘉熙把木桶换走，吊在头顶的电平车插头拔掉插在机台下的铝桶架上，打开桶架上的自带照明灯。现场情景马上发生了变化，用铝桶的那些机台明亮，排列有序，用木桶的灯光昏暗，黑乎乎的木桶跟白晃晃的铝桶形成了明显的对比，流水线外观马上改变。

张友贵站在一旁抚摸平滑，干净的桶身，不断赞叹："聪明，居然能研究出这样的东西。"

"你是怎么想到这个办法的？"许若含惊叫。

涂嘉熙笑而不语。他从这个小桶里看到了商机，他把铝合金材料换成比较便宜的材料，投入所有资金，雇了几个工人，日夜加班，生产出一百多个桶，这些桶投入市场几天，无人问津，只好找到他叔叔帮忙。叔叔给工商局局长和税务局局长打了电话，局长马上让属下的人把开发区的鞋厂、皮包厂、服装厂老板召集过来，当场示范了涂嘉熙新设计的铝桶，美其名曰"为企业解决实际困难"。涂嘉熙的销售困难当场解决，几家企业都跟涂嘉熙预订了他的产品，订单如鹅毛大雪飘来。涂嘉熙找到一家规模比较大的厂家，让他们帮忙加工。

在桂兰亭服饰公司打来一笔二十多万的款后，许若含马上转了十万块钱给涂嘉熙救急。这笔钱让涂嘉熙的胆子放得更大了，他大量购买材料，工人加班加点，一边卖桶一边用收来的定金买材料。涂嘉熙的腰包在很短的时间鼓鼓地涨起来了。为了业务方便，涂嘉熙买了一部轿车。他把车开回来的第一个晚上开到了螺东镇的啸天服装厂门口，打通了许若含的手机。

"你会开车？"许若含下了楼，见到涂嘉熙，惊喜万分。

"小意思，在深市的时候我就考驾驶证了。"涂嘉熙志高意满。

"赚一点钱，狂了。"许若含钻进车里。

"在你面前，狂也无妨。"涂嘉熙发动车子，把她带到书峰山上。

"我前段时间报读成人高考，考试通过了，圆了我的大学梦。都三十多岁的人了。"走在书峰山的山道上，涂嘉熙说。

"真的？太好了。我的文化程度太低，否则我也会选择成人高考的。你考哪类专业？"许若含回答。

"企业管理，等我拿了文凭就可以参加公务员考试。几年前，我的前途很灰暗，过一日是一日，没有方向，现在好像有了一种与众不同的人生观，对我来说，文凭好像没有多大意义，我只是想拥有。"涂嘉熙伸出手，握住许若含的手。

"你现在那厂怎么办？"许若含四周看看，没甩开手，就让涂嘉熙拉着。

"继续经营，我想开家门窗厂，我的大徒弟永强好学，技术各方面都很好，几乎可以代替我了。"涂嘉熙说。

夜幕浓浓地降落了，书峰山的山间小道不时出现几对相拥的人影。涂嘉熙带着许若含借着天幕薄弱的光线向一块大石头走去，坐在大石头上，能看见山下的城，万家灯火，城里建筑最高的螺湖酒店灯火通明。石头旁边是一堵长长的围墙，围墙旁边有一个小石门，从石门出去，下几级台阶，是一泓泉水。早些年，还可以从石门下山返城。

夜风轻轻地吹，多少年过去了，谁跟谁不是依然走在路上。

许若含的日子忽然温馨明亮起来。每天晚上，她跟涂嘉熙通了一会儿电话才睡觉，第二天醒来，她躺在床上想了一会儿涂嘉熙的话，然后就会看见涂嘉熙发来的信息："懒猫，起床哦！"

从夏省回来后，辛夷海除了忙碌自己公司的事，就是跟欧博龙的谈判，欧博龙不松口，一口价，二十万。在法院，一手交钱，一手签离婚协议。辛夷海回复他，回来后，在法院商量，他会动员许若含把钱带去。辛夷海清楚，只要他一答应，欧博龙又会马上加钱，漫天要价。欧博龙却说，钱打过来再回去。谈判成了僵局。

齐灵珊支教回来后，陪着许若含去螺苑法院城关庭。

被告席上依然缺席，原告席上并排坐着许若含和她的律师，这一次，辛夷海帮她请了一个律师。

老父亲许水生坐在后面一排。这是涉及许若含私人的问题，她不想让更多人参与其间，更确切地说，她不想让更多人看到她的无助、她的尴尬。依然是仇水城负责这个案件，通知书上早已写明。当走完一切程序，仇水城坐在法庭上宣布此案判决不准离婚时，许若含强忍着怒气问："你去年不是让我撤诉，今年会判离婚吗？"

"你别污蔑人！我什么时候说过这样的话？这是法庭，你说的每一句话都要负法律责任，你可别血口喷人！"仇水城恼羞成怒，冲许若含喊。

许若含气得浑身发抖，他不止说了还引诱她看了那一行字。

"你明明是那样说。"许若含的鼻子一酸。

"法庭之上岂容你开玩笑。"仇水城的眼睛睁得像牛眼。

"那你现在怎么判决?"许若含强忍着怒气问。

"按照法律规定,判决不准离婚。"仇水城的眼睛根本没有看原告许若含。

"不准离婚"四个字,他说得很响亮。

许水生听到这里,怒火上升,忍不住拿起身上的手机,朝仇水城掷过去。

"你还敢在法庭上行凶!法警,法警马上过来,把他拘留几天再说,他这是蓄意行凶,加判几年徒刑。"仇水城怒气冲冲地咆哮着。

"不要,不要,我父亲不懂事,求求您,饶了他!"许若含站在第一排,她冲上前,拦住书记员,书记员推开她,她哭着喊,"我父亲错了,我替他求您了还不行吗?求求您,放过他吧!他已经那么老了!"

许若含无助地喊,她的呐喊更多的是心底的悲凉。

"法警!法警!快点叫法警!这个法庭有人蓄意行凶!"仇水城看见许若含拦住书记员,自己从身边走过,快步往大门走去。

齐灵珊赶紧护住许水生,她没经历过这样的场合,一时不知所措。

"不要!不要!求求你,我不离婚了,求求你,不要伤害我父亲!"许若含心如刀绞,苦苦哀求。

许若含的律师跟着她冲出来,见此情景,一手拉住仇水城的胳膊,趴在他耳边悄悄地说了几句话。

仇水城抬头看了律师一眼,依然怒气冲冲,不肯罢休:"记下来,把这些记下来!"

许若含后来才从律师口中了解,如果第一次开庭许若含不撤诉,第二次判决肯定是判离婚。她被法官骗了。

　　开庭后的第二天早上，许若含正在办公室整理文件，两个身材矮胖的女人闯进来，问许若含："你叫阿含？是许若平的小妹？"

　　许若含抬头一看，对方身材矮小，估计只有一米五左右，却有一百四五十斤重，胖乎乎的身躯由两只穿着高跟鞋的脚支撑着，摇摇欲坠。她两个腮边的肉垂到下巴，形成三层条状。眼睛倒是很大，声音响亮。另外一个女人看起来比她老，身材略高，也不那么胖。许若含刚站起来回答了一声"是"，两个女人已经扑上前来，按住许若含的身子就打。

　　许若含连呼喊也来不及，就被两团软绵绵的肉体压住，压得她喘不过气来。她想呼救，却呼不出声音，只觉得脸和胸部被捶了好几拳，头发被扯得发疼。幸亏胖女人边打边大声哭喊，才引来几个人，用力把扭在一起的她们分开。

　　许若含拼命地喘气。

　　胖女人大声哭骂："自己不嫁人，和阮抢别人的丈夫，大姊小妹都同款。"

　　当姐姐的在旁边一听，赶紧拉一下她妹妹，着急地喊："骂错了，不是这样骂。"

　　眼前这个女人，一看就是没有经历过骂架的气势，还没喊两句，自己先骂起自己来。围在门外的工人一听，有的已经掩嘴偷笑。

　　庄泉伟等人涌入办公室，命令其他工人马上离开，经过一番询问，对方一番颠三倒四的回答，众人这才知道眼前这个个子矮胖的女人竟然是辛夷海的妻子，那个帮辛夷海生了一个女儿一个儿子，长期住在上海总公司的新一海公司老板娘。

　　许若含目瞪口呆。

　　愣住的不只是许若含一个人，包括这屋子所有认识辛夷海的人。辛夷海几次来啸天厂，他风度翩翩，气质轩逸，待人和蔼可亲，彬彬有礼。而这个女人身材矮胖、脸庞硕大，智商如同孩儿般。听人询问，她不再回答，一个人坐在沙发上，两手摊开两侧，嘴一瘪，仰起脸，"呜呜呜"，大声哭起来。

辛夷海赶来时，雪儿已经被劝走。

辛夷海看出了许若含的诧异，笑笑说："生活就是这样，娶个妻子，为你生几个孩子传宗接代。人生还有什么渴求的。她年轻的时候也很漂亮，脸圆圆的，眼睛大大的，只是个子有点矮。那几年我在外面长年不归家，她虽然不懂得农活，但是每次煮点好吃的都让我父母先吃。"

许若含叹了一口气："很善良。"

"善良是她的一面。你没有说出你心里的话，你的意思是说，她外形跟我完全不相配。"

许若含沉默了。

"作为一个女人，不管她外貌如何，内心修养是必不可少的，不能把自己卖给婚姻。在为婚姻和家庭尽责的时候，还要不断地自我提升。像雪儿，她是一个贤妻良母型女人，这些年，凡事顺从我，顺从得竟然失去了她自己。"

许若含点点头。

辛夷海接着说："可惜她文化程度低，看不远，她的世界只有家、男人、孩子。她本性懒散，随着生活条件提高了，她也更加懒了，在上海，没有社交圈子，不喜欢运动，这样一年一年走下来，就成了现在的她。"

"她的命好。"许若含想到了程金花。

"命好不是生下就带来的，也是每个人在生命的路程上不断探索、不断追求的。不同的人有不同的生活观念。不能以偏概全，因为某个人的生活现状而断定什么都是命。"

"不，我真的是这样觉得。夷海哥，你曾告诉我知识可以改变一个人的命运，为什么我觉得真正改变女人命运的是婚姻？一段失败的婚姻后，无论你怎么挣扎，在别人眼里，你都要低人一等。就因为一场失败的婚姻，不管以后你过得如何，这些都将让你无法抬头。"

"这是一种错误的观念，也是我们螺苑妇女对婚姻的一种错误理解。说来说去，螺苑妇女非常勤劳，在某方面导致了男性的懒惰。"

"这样的错误不能全部由女人承担。"许若含分辩道。

"但是这种意识上的错误是很多螺苑妇女陷入婚姻危机的关键。"

辛夷海深深地再看许若含一眼："那些年，你在海岛我的身边，你长得越来越像你姐姐了，我怕自己忍不住。我清楚，我必须留一条路给你走，一条完整的路，我不能害了你姐姐又害了你。我看着欧博龙长得不错，性格也比较温和，以为自己再帮一把，能把他拉起来，成全你的名节，却不想是害了你。"

许若含的泪水一下涌出来。

"我原以为你可以在家跟我妻子一样带着孩子，什么也不愁。我知道婚后在他家你曾吃过很多苦，但是我无能为力，有些苦，你必须吃；有些累，你必须担。俗话说'苦尽甘来'，你的甘，他却无法给你。欧博龙在外面有孩子的事我是几年后才知道的。那些年，他在外面的工地一些散账可以回收，经济上过得去，一年一年下来，他越来越不如从前，听说他的那个女人经常跟人家在外面鬼混。我不用跟你讲这些，只要他肯拿了钱，你就自由了，以后这些都跟你没关系了。好好经营自己的人生，只要你在不断的行走中，生活会回报你的。每个人心里都有一尊神，有的人穷此一生都遇不到心中的神，但是你可以。"

许若含没有回答，淡淡一笑。

辛夷海忽然苦笑一声，"欧博龙拿了我的一万元钱，再无身影，真是个宝。他开价十万块钱，这样你就可以与他离婚。"

“可以答应他，夷海哥。”许若含心中一喜。

“答应了，第二天又打电话给我，要二十万。”

“给他。”许若含咬咬牙。

“他那个人，你一答应，他就认为吃亏了。”辛夷海的嘴角含着轻蔑的笑。

“那怎么办？”许若含心中难受。

“如果他愿意当面跟我谈，我能说动他。可是他一直躲避我。哦，那年他找到我，说欧思庭是我的，让我补偿他十万块。”

许若含哭笑不得，担心夷海哥生气。

“我是担心你，不然揍他一顿。”辛夷海眼睛盯着茶盘里的茶水，“如果真的是，就不用走弯路。我从来不顾世俗和偏见。”

许若含的心一动，心底有了莫名的深深的懊悔。

“如果钱能解决的问题就容易多了。”辛夷海站起来，说。

辛夷海走后。张晚爱来了，她在门口探头，看见许若含，径直走了进来，拉长声调怪声怪气地说："别以为你上诉了就可以离婚。告诉你，在螺苑，我们说了算，我们想离婚就离婚，不想离婚你怎么告也没用。"

"你不要得意。"许若含站起来，看见张晚爱的嘴脸她就满腔怒火。

张晚爱说："姓辛的以为自己很有钱，想用钱哄我儿子离婚啊，在海岛没跟你们两个计较，你们还成形了。"

张友贵走过来，把张晚爱往门外推："出去，出去，你出去。"

张晚爱还想留下来，张友贵手上使劲，她站不稳打了个趔趄。

张友贵一生气，原本变形的脸丘陵般都扭到一起，高低起伏，张晚爱心中害怕，边走边回头，嘴里不干不净地嘟囔着。

过得两天，张晚爱又从地里摘了新鲜的蔬菜，送到啸天服装厂给许若含："我们老人年纪大了，也希望儿孙日子平安顺利，你什么时候想回就回去，家里的门已经修好，孙子你没时间照顾我们接回去照顾。"

"不用了。"许若含正在包装部检查明天要送出去的货，她冷冷地回答。她发誓再不跟这家人扯到一起了。

张晚爱不死心，她今天送米，明天送面。

欧博龙没有再来啸天厂闹，许若含后来上街买菜的时候碰见他，他咧嘴一笑，走过来想跟许若含打招呼，许若含没有理会他。欧博龙并不在乎许若含的冷淡，他比从前更加勤快地往倒溪坡村跑，不时给许水生带两瓶酒，或者买点下酒菜。欧博龙一转身，许水生就把东西提到门外的垃圾堆。欧博龙又去欧思庭的学校，给孩子买衣服买玩具，带孩子去外面吃饭。小孩子经不起哄，跟父亲的关系又一天天要好起来。

这天，许若含接到父亲的电话，知道翠英死了的消息。

翠英死的那天，听说乌麦也死了。

许若含把手头的事务安排后，叫小汤开车，送她到许成山家里。许水生同另外的堂亲坐在八仙桌前对着本子在讨论丧事的开支等问题，一些妇女在洗碗、洗菜、刷锅，有一句没一句地唠家常，也谈论乌麦的死。

许若含跟艾青花、阿霞几个女伴约了，为显隆重，还是统一黑色服饰，穿黑上衣黑绸裤去治丧，简单朴素，不过银腰链还是要佩戴的。

许若含先到，走向负责收白礼的人，掏出钱。

翠英的丧事，亲戚朋友邻里乡亲都到了。死的是老人，按照大家的话说，做奶奶外婆的人了，也可以去了。

有不知情的亲戚问："小女儿怎么还没赶来？阿琴不是自己在开厂吗？老母死了还想赚钱。"

"林家去催了几趟也没有人愿意过来。"高萍回答。她刚去大门外把儿子小伟拉进来给奶奶守孝。奶奶死了，十九岁的小伟依然蹦蹦跳跳，在外面跟大家瞎忙乎。平日里，这小子趁家人没注意，就会拿剪刀剪衣服，衣橱里的或者洗后刚晾上的，他拿到手就不管三七二十一地剪。剪完再用针线缝起来，乐此不疲。天知道这小子对布料的东西怎么这么上瘾。

许若含包了白礼钱给负责丧事的收支人员，取回一条面巾、一条红布条、一块香皂，正把布条往毛巾上系，听到许凌琴的事，她的脸煞地白了。

翠英的遗体还躺在床上，蒙着被子，一杆大大的秤杆连带秤砣和尺子压在她身侧的被子上。被子是龙凤印花大红被，上面有手缝的几个大补丁，一盏长明灯搁放在翠英的脚末端的床沿，许红琴、细米跪在床前的稻草上，嘤嘤哭着。老三许清峰正往一个破铁锅里烧纸钱，许清平坐在一旁。许清亮站在外面，不断有人请教他们需要购置的物品和如何安排饭席。清亮的小女儿和清平、清峰的孩子也都坐在一旁。

许凌琴临时从疯人院接出来，但是没人看着她，也不知道跑哪里去了。

许若含蹲下身子，泪水在眼里积蓄了一会儿，终于滴落了。她想起了自己的身世、肩头的重担；想起姐姐的死不瞑目；想起母亲、姐姐和自己阴阳两隔；想起掉进厕所的那个孩子；想起因为自己的疏忽造成林少剑的死亡，还有疯疯癫癫的许凌琴；想起那些年翠英伯母对自己女儿般的疼爱和照顾。这些往事无时无刻不在缠着她，怎么也无法放下。她越想越难过，由抽泣变成"呜呜咽咽"地哭，越想越痛苦，终于忍不住"哇"地大哭起来，喊一声"婶啊"、喊一声"母啊"……

高萍拉着儿子小伟走进来，命儿子给奶奶跪下，然后也坐在一旁的草席上陪许若含哭了一阵。

等许若含走出去，高萍跟着出来了，把许若含拉到一旁，握着许若含的手，艰难地开口说："阿含，我自己没什么事，就是这个孩子。你也听村里人嚼舌头了，说我们家一个疯的，一个傻的，你跟阿琴这么要好……"

"我，不是。"许若含不知道怎么回答这话。

"阿琴的事我不敢怪你，只是我这个小伟，现在他奶奶撒手去了，我得去做工，丢下他天知道会闯出什么祸。你也听说，他喜欢剪布料。"

许若含的心咯噔一下，还是点点头："想让他去我厂里？"

"我也不敢开口，你就好心，每次回来把厂里不要的布带一些回来，让他剪剪也好。"高萍说着，眼泪哗哗止不住掉落了，呜呜咽咽，比在婆婆灵前还要伤心。

许若含想起年少时许清亮对自己的帮助，想起自己对许凌琴的亏欠以及翠英这些年对自己一家的照顾，望着高萍渴盼的眼神，她说："等过年把小伟带去我那边上班吧，事情我会安排的。"

高萍一听，激动得不知如何是好，连连摇着许若含的手："你让他扫地也好，搬东西也好，工资我不要的，孩子伙食费多少我自己出。我们夫妻就是做梦也希望他跟正常人一样，能有点事做。"

许若含点点头。

事情办完，小汤送许若含回螺东。公路两侧的田野里红薯叶曼曼，薯花早已盛开了，喇叭花一样点缀着广袤的田野。一群孩子在前面的公路上追逐，小孩的前面，有一个几乎光着下身的女人在跑，她穿着一条破三角裤衩，乌黑的双腿上疙疙瘩瘩的是烫伤过的痕迹。小孩子们边追着女人边拿石子砸她，嘴里大声骂着。

"小心孩子，速度慢点。"许若含说。

"好的。"小汤回答。

女人慌慌张张地跑着，不小心摔了一跤，跪倒在地。

车窗开着，许若含看到了她抬起的脸：许凌琴！

许若含大吃一惊。

于是叫小汤掉头，送许凌琴回丧礼现场。许若含折回自己家里。父亲也回来了，正在准备鸡食，他饲养着一大群鸡鸭，经常给许若含送去。见到女儿，许水生问："你不是回厂里了？"

许若含说："刚才在路边看见阿琴姐，我把她送回来了。她这样也不是办法，翠英伯母死了，成山叔一个大男人又不能照顾她，她的哥哥嫂子虽然多，但也自顾不暇。"

"林子平那边怎么说？"许水生准备烧水，许若含连忙说自己不喝。

"子平又结婚了，娶一个外地的女人，带一个孩子过来，直接住他家。听说女的怀孕了。阿琴开厂的尾款，杜升全部算给林子平了，好几万块呢，他们的日子过得也滋润着。我去查过，林子平和阿琴姐两个人根本没有办结婚证，现在都重视结婚证了，没有结婚证就等于非法同居，不受法律保护。所以这事也不好处理。只能让村委会出面看能不能取得一些赔偿。"

"要把阿琴送去精神病院治疗，看能不能好起来。"

"阿琴才多大年龄，一定要医治好。她的病，我们也有责任。"许水生摸出一根烟，把话题一转。

"我知道。他们说要继续送阿琴姐去医院。"

"我这还有一万多块，你先拿卡去领了吧，给阿琴送去。"许水生不再去揣测女儿的心思，说完话，走进房间准备去拿存折，许若含慌忙阻止父亲："我明天会送钱来，然后送阿琴姐去医院。"

"林子平太没良心，阿琴操持那个家也有十几年了，没有功劳也有苦劳，现在得病了他们一家就不要人了。"许水生摇了摇头，良久，叹道。

"成山叔说林少剑不是林子平的孩子，是谷山那个黄腾云的。

林家养了这么多年已仁至义尽。阿琴姐结扎，不能再生孩子，林家可不能断后。最重要的是他们两个人没有办结婚证，根本没有法律保障。听说林子平跟现在这个老婆办了结婚证，他们是合法的。"

"你跟欧博龙如果没有办结婚证，现在事情也好办了，不用走这么多弯路。"许水生忍不住说。

　　经过紧张的准备，啸天制衣公司在城里的工厂正式开业。在应聘的管理和员工中，许若含惊喜地遇到王益群等一批原深市圣泓厂的工友。

　　啸天制衣公司的厂区很大，大门左侧是一个保安室，进了大门是条宽敞的水泥厂区大道，三十多米长，然后是栋房子，有三层楼。一楼是裁剪部门和包装，二楼、三楼是生产车间。进门的左右侧各有一排二层楼房，左边是宿舍，房子的阳台上可以晾衣服。右边是办公区域和布料临时堆放地点。本来进来的时候没打算规模要办多大，厂区后面那两栋房子没租下，针织厂的领导把前后之间堵住了，后面那部分厂房通道从侧门走。开始生产后不久，又从夏省招了一批新员工过来，都是夫妻对居多。

　　经过大家一番商量，啸天厂跟针织厂重签了合同，拆开堵住的墙，前后打通，啸天制衣公司有了更宽阔的厂房和绿化面积、活动场所。

　　许若含开出合适的工资，招来几位熟练的裁剪师傅作为啸天厂的固定工人，螺东厂和螺苑厂的布匹全部在螺苑裁剪作业。许若含又把王火祥和孙美兰从螺东厂调来城里帮忙，郭英因为家庭在螺东镇的关系依然留在螺东，配合张友贵的工作。路文珊调到城里当业务主管，螺东厂的办公室只留文员潘婷。

　　庄泉伟发挥了他的管理才干，很多决策比许若含预想的要好。螺东有张友贵，螺苑有庄泉伟，两个人都是帅才，不用许若含费太多的心思，他们把工作安排得有条有理。

　　嘉熙门窗厂由永强管理，涂嘉熙一边当老板一边勤奋读书。疲惫的时候，他就往啸天公司跑，坐在许若含的办公室里，看许若含忙碌。许若含的一颦一笑，对他来说都是最美的。为了看许若含，他可以放下所有无关紧要的事情。十几年了，两颗备受感情折磨的心贴近了。他们再不孤单，再不彷徨。

　　"我们结婚吧！"终于在一次热烈的拥吻后，涂嘉熙扶着许若含的肩膀，郑重地说。

　　许若含惨淡地一笑。

　　"陆雪琪回来了怎么办？"

　　"我跟她的结婚证是假的。而且她那种人绝对不会回来的。"涂嘉熙非常肯定。

　　"麻烦会很多。"

　　"钱能解决的都是小事。"涂嘉熙说。

　　"钱能解决吗？"许若含脑海一亮，却有点踌躇。

　　"钱能解决，他肯吗？"涂嘉熙深情地盯着许若含，反问。

　　许若含莞尔一笑："谁不贪财。"

　　"那就对了。"涂嘉熙抱着许若含，身体的躁动让他不能自已地往许若含身上压，许若含忍不住一步步后退，直到身子靠到墙壁。

涂嘉熙紧紧盯着许若含，喃喃说："全部给他，阿含，我们什么都不要，我只要你。"

办公室的电话不合时宜地响起了。电话响完，有人在楼上大声喊着"许总"，声音越来越近。

许若含跟来人下楼去了，好久没回来。

涂嘉熙端起桌上许若含喝了一半的水，喝了一口，欣赏办公室生机勃勃的盆栽，边回忆起十八岁水般饱满丰腴的许若含。那时候，他看见她在吹口琴都希望自己的嘴巴能盖着许若含的嘴唇盖过的口琴。如今，一切如他愿了，尽管是经过这么多的曲折。等了一会儿，许若含没来，又接了永强几通催促的电话，涂嘉熙在桌上留下一张纸条："等你电话。"

在路上，许若含打电话过来："刚才话没说完，我准备继续上诉了，这钱到底给不给呢？"

"给！"涂嘉熙说。

许若含沉默着，没吭声。

涂嘉熙以为许若含心中顾忌，说："我今年投资比较多，只能先打十万到你卡上，要留点流动基金。况且，永强也不会让我把所有钱款取出来，他现在有股份了，我们雇了会计了。"

"不是这，嘉熙。我只是觉得他不会这样轻易答应的。"

涂嘉熙理解许若含的焦虑，心疼说："别担心，有什么事我们共同面对。记住，我会一直在你身边的。"

许若含点点头。

涂嘉熙告诉许若含："晚上我父亲生日，兄弟都会聚在一起，所以我得早点回去，刚才就没等你了。"

许若含点点头，忽然非常难受，原来她和涂嘉熙之间还是很陌生的，涂嘉熙的父亲生日，她却连祝福的资格也没有。

当涂嘉熙开车回到家的时候，陆雪琪正在厨房忙碌，培培在看电视。涂嘉熙走到大厅，看见陆雪琪，脑海里一片空白。

陆雪琪回来了！

失踪了近四年，她居然莫名其妙地就回来了。

陆雪琪转身看见涂嘉熙，笑了笑，说："快点洗洗准备吃饭。"

"姐来了，爸叫我去陪。"涂嘉熙犹豫了一下，说。

"爸爸，爷爷今天生日，我姑姑她们都回来了。"培培看了看妈妈，说。

涂嘉熙拉起女儿的手，看也不看陆雪琪一眼，就往父亲家走去。

失踪这么久，陆雪琪怎么忽然就回来了呢？

事情越来越棘手了，那边欧博龙的事情还没处理好，这边又冒出来一个。

涂嘉熙头痛欲裂。

大家正在厨房忙碌，母亲因为菜炒得不好，在一旁当帮手，两个姐姐几次来帮忙，都被赶出来。涂嘉佑下班后带着饭店买的几个海鲜菜回来了。一家人分成两桌，大人笑小孩闹，其乐融融。等姐姐、姐夫吃饱要离开时，涂嘉熙悄悄告诉大姐涂嘉玲："姐，雪琪回来了。"

"真的？刚才培培在说，我以为是听错了，怎么没叫过来一起吃饭。"涂嘉玲责怪涂嘉熙。

"那种女人，不要也罢，叫她回去。"涂嘉熙回答。

"你笨啊，你能说要就要不要就不要。我们家的事情她知道得那么多。"

"我不会再跟她在一起的。"涂嘉熙说。

大姐摇摇头："没那么容易，你们没离婚。"

"结婚证是假的。"

"可是培培入户是真的，这事捅出来对咱们一家都不利，你自己斟酌处事。"二姐说。

"她敢？"涂嘉熙喝了点酒，酒劲上来，对陆雪琪更是恨之入骨。

"刚才你哥跟我讲，他估计又要升职了。"大姐说。

涂嘉熙沉默了。

"先看情况，跟她好好谈谈，你们俩的事情，不要连累太多人。"大姐严肃地说。

"不跟她继续生活你还能怎么办？你哥哥生的是女儿，你再不生个男孩，我们这些姑姑回来都没地方吃饭了。"二姐涂嘉平准备回家，听见了，走过来说。

涂嘉平的女儿思思大声喊着妈妈，说快点回家。

涂嘉平没理她。

思思走过来拉扯："妈妈，回家回家，我要做作业。"

涂嘉平摆开女儿的手，说："等下，我在跟舅舅说话。"

涂嘉玲也推开思思："大人说话，小孩站一旁。"

思思有点怕涂嘉玲，只好嘟着嘴坐到一旁。

涂嘉玲看看思思，问："思思办独生子女证了吧？"

涂嘉平说："办了。她爸爸思想进步，担心影响到工作，第一时间就去处理计生问题。"

"思思，你进去跟妹妹玩，你妈妈一会带你回家。"涂嘉熙冲思思喊。

等思思离开了，他们继续刚才的话题。

涂嘉玲说："你二姐说得对，你争取生个男孩。如果离婚再娶，除非娶到没生过孩子的，不然对方一个孩子你一个孩子，算两胎了，不符合生育条件。"

涂嘉熙有点不高兴："不一定非得生，对方带过来的咱们真心对待就可以，就算亲生的将来也不一定肯为我们养老。"

涂嘉玲怒道："幼稚！话不是这么说，对方带过来的姓涂吗？名字能改，姓改得动吗？"

涂嘉平也劝道："陆雪琪既然回来了，两个人好好说话，夫妻床前打架床尾和，没有隔夜的仇。"

涂嘉熙想起许若含，心里叹了口气，看来，想跟阿含在一起，还是困难重重。

涂嘉玲继续说："我们三个家庭都顺顺利利的，你看你，一团糟，家是靠经营的，你也老大不小了，好好考虑，不要让爸妈操心太多。"

涂嘉平也赞同："对啊，你们家庭和睦，我们才想回来。叔叔，你哥，姐姐姐夫，在外面都是能呼风唤雨的，你做事，也要多斟酌。"

涂嘉玲警告涂嘉熙："就这样说定了，不准提离婚，能过就过，不能过也得过。"

这时涂嘉玲的电话响了，她拿起手机："儿子！好的，好的，妈妈马上回去。"

挂了电话，涂嘉玲说："也不早了，要回去了。"

"不着急，路上慢点。"涂嘉熙松了一口气，担心姐姐继续说什么，赶紧喊了思思，"思思，你妈妈她们要回去了。"

涂嘉玲和涂嘉平跟父母告辞。

涂嘉熙回头看见大嫂正在收拾，他没有进屋，带着女儿回家了。

回到家，陆雪琪吃完饭，在看电视，见涂嘉熙带培培回来，赶紧把培培带去洗澡。培培对妈妈很陌生，走进浴室把门关上不让母亲进去。

培培洗澡完，自己回房间了。

涂嘉熙一个人坐在厅里抽烟，陆雪琪也走进浴室洗澡。房子还是很小，涂嘉熙上次在螺苑最繁华地带看了一处楼盘，准备过去把房子买下来。他的计划是买了房子，装修了，许若含那边的离婚案件也办得差不多了，两个人就可以住在一起，他不能让许若含再心惊胆战地过着没有人保护的日子。

陆雪琪的回来打乱了他所有的计划。

陆雪琪洗澡后抹得喷香，披着浴巾走近涂嘉熙，她温柔地坐在涂嘉熙身边，然后把头埋在他的身体间，哽咽着说："我错了，嘉熙，原谅我吧，记得我从前的好，原谅我！我再也不会离开这个家了。"

涂嘉熙有点厌恶，他冷冷地把陆雪琪的头推开，说："你先去睡吧！我一个人静一静。"

"嗯，早点睡觉啊！"陆雪琪边走边回头，对涂嘉熙说。

涂嘉熙点点头，没有回答。他又点燃一支烟，烟雾缭绕中，许若含孤苦无助的神情在眼前频频出现,姐姐的话又不停在耳边回响。

陆雪琪回房间铺好床，把浴巾解开，光着身子钻进被窝，本想等涂嘉熙过来，因为在火车上颠簸一天一夜，困意袭来，忍不住睡着了。天亮醒来，她发现身边还是空空如也。陆雪琪匆匆穿上睡衣走到外面，涂嘉熙依然坐在厅中，连姿势也未变。他眼窝深陷，神情迷离，陆雪琪吓坏了，走过去蹲在涂嘉熙面前问："嘉熙，你怎么了？为什么要这样？"

涂嘉熙摇摇头，推开陆雪琪，走进内屋拿了车钥匙，开车回店里。

陆雪琪回书峰村有一个月时间了。

涂嘉熙曾与陆雪琪谈判，让她选择离开的方式，什么条件，多少钱，在他的补偿能力之内。

陆雪琪不接受。

涂嘉熙亦非昨日的涂嘉熙，他有钱、有地位了，放弃他等于放弃一棵摇钱树，陆雪琪深深明白。涂嘉熙不理她，她就比从前更加勤快地照顾这个家，对涂嘉熙的父母兄弟更加孝顺友好了，涂嘉熙只管忙碌他的工作，陆雪琪把家、孩子整理得一点也不用他操心。

四年前陆雪琪在网上认识的那个作家，戴着副眼镜，文质彬彬。他在聊天窗口对陆雪琪说："我喜欢站在洁净宽大的阳台上，看浅红地板砖和鹅卵石相映衬，阳台上有翠绿的叶子和娇艳的花朵。身后的窗内，是我的书桌、台灯、纱窗、整齐的书架和袅绕的清茶。我觉得，人的生活，需要情调。"这样的言语打动了陆雪琪。比起涂嘉熙的木讷和土气，作家更懂得生活。懂得情调的作家虏获了陆雪琪的心，还来不及衡量得失她就躺在他的怀里。

然后，作家带着她采风，到贵省的偏远山区体验生活，作家说要写出一部惊世之作，一部轰动世界的往诺贝尔文学奖冲击的鸿篇巨制。贵省那个山区，下车后还得走六七个小时的山路，带他们进山的那个老乡手上操根木棍，他说路边经常有野兽出没。到了目的地，村庄就在陡峭的半山腰，一个村庄没几户人家，再往山顶，隐约可见那么一两户人家。地处深山之中，家家户户养着狗，平时天一黑，村民几乎不出门。住下的第三天，作家说要一个人进山采风，把陆雪琪留下。

当天晚上，那户人家告诉陆雪琪，他们当尽家产凑钱买的陆雪琪。那个男人的父亲瘫痪，母亲关节炎不大能干重活，曾有一个哥哥，掉进悬崖死了，留下三岁的女儿，没多久，嫂子丢下女儿改嫁了。男人老实，只会种田，一个人撑起家，养育父母和侄女。家里穷得揭不开锅，所以三十多岁还没娶到老婆。

在这叫天天不应叫地地不灵的地方，她没有任何抵抗的能力。

男人去山里忙活，她就被锁在房间里。陆雪琪直到生了儿子后，才有一点人身自由。对这个儿子，陆雪琪没有太多感情，虽然儿子绊住了她，但她逃跑的决心从来没有改变过。

这里吃不好住不好，穿的衣服还是当年带进来的。这里蚊子成群，三更半夜野兽就在家门外不远处凄惨地吼叫。她做梦也想逃离这个地方，可是一来从村里走到能坐车的地方最少要六七个小时，沿途野兽毒蛇防不胜防；二来自己身上没有钱。直到有个做药材生意的广省商人去贵省山区，住在邻居家里。陆雪琪仗着在深市学过的一点粤语，请求帮助，商人终于想办法把陆雪琪给带出来了。

陆雪琪回到娘家，被父母狠狠地训了一顿，她才记起涂嘉熙的好，于是她爬上火车就回来了。

　　坐在火车上，她幻想跟涂嘉熙见面后惊喜交加的场景，幻想回到书峰村后继续从前那安逸的生活。踏入现实生活，陆雪琪失望了，涂嘉熙对她的冷漠让她心底发冷。但是她已经没有退路，贵省的儿子和螺苑的女儿让她意识到，青春不再，她如明日黄花，能欣赏她的人不多了，她不能再放纵下去，守住家她才有希望。至于涂嘉熙提出让她离开螺苑的事，那是根本不可能的。她有自己的撒手锏，随便放大一些涂家的秘密，他们都受不了。

　　心里这样想，在一次涂嘉熙胁迫性地提出让她走的时候，她把这些搬了出来，她看见，涂嘉熙的脸色在刹那间非常难看。

　　秋天来了，沿海地区的服装生产旺季也就到了。青城不少品牌厂家早投下巨资生产夹克、风衣，以期机会一到马上攻入市场。这时的沿海地区，也有不少服装公司成功推出自有品牌，占领国内市场，产品销量迅猛增多。不少品牌商找到了啸天服装公司，开出高价请啸天服装厂帮忙加工，竞争最高的时候加工倍数是平时的三倍。

　　冬天，寒风袭来，此时一间普通的夹克厂家能在一天内打包出货千件甚至万件夹克。

　　许若含在城里的时间长了，朋友多了，同行间的交往也密切起来，天天有人来办公室泡茶闲聊。大家谈起服装发展的现状，谈起青城某家服装公司，一年前还是做加工生产，后来开始设计自己的产品并销往乌市，一年后发展成有两三千员工的大厂，然后通过各地代理商批发的方式把产品继续推向全国各地，还申请了品牌，最后买地建厂房。有人说政府打算建一座螺苑到青城的跨海大桥，通车后螺苑到青城只有半个小时路程，劝许若含在青城设立一个办公地点。

这话一出，众人惊呼，在茫茫大海上面建桥，谈何容易。

许若含记得当年村里有个服装设计师，擅长做西装，一米布买十来块，做成的西装一套卖四百元。那是 20 世纪 90 年代初期，服装款式少，他的西装非常畅销，每个人要出门做生意，除了带上螺苑的石雕产品外还要带两套他设计的西装去送人。虽然他的西装不是品牌，但是设计合理，穿着合身，成了送礼佳品。

许若含敏感地从这捕捉到商业信息，自己做市场，不受限于任何人。啸天制衣公司最初的产品定位是男女风衣，按许若含的意思设计了一款女性风衣，在螺苑一家服装店放几件样衣代销后，其他的全部送去石镇的服装批发市场代销。没想到，两天后，石镇焦急地打来电话说要补货，问厂里还有多少产品他们全都要了，并且要马上送货，同时他们已经把第一次送去的两千多件风衣的账款打到啸天厂的账户里。

啸天厂看到了远大的前景，众人一鼓作气，又开发出好几款样衣，投放到石城的批发市场。为了运输方便并能及时获取市场信息，啸天厂购买了一辆轿车。

啸天公司正式设立设计部门，招聘设计师。许若含花费大部分时间在公司的设计部，事无巨细，亲力亲为。从布料的确定到款式的设计，即使是一个扣眼，她都要再三审核。

这个时候，许若含已经敏感地感觉到，啸天到了一个转折点。埃文去了国外，席萍萍离职去了一家意大利服饰公司，失去了经营多年的桂兰亭公司的业务优势。如果失去桂兰亭这个大客户，企业该如何转型？而如今做市场投资看到希望，是否加大投资，开发自己的产品？

许若含召开了紧急会议，螺东的张友贵也来了。

会议上，大家照例把手机关了或者调到静音状态，讨论了两个多小时。会议结束后，许若含才拿起手机，发现手机里有几个未接电话。电话有一个是幼儿园老师打来的，还有一个欧博龙的电话号码。许若含回拨电话，幼儿园老师说，欧思庭在幼儿园跟同学玩的时候，被一个个子高大的同学撞倒在地，小臂骨裂、手掌破皮，老师把孩子送去医院的时候打电话给许若含，许若含没接，她们就打给了欧博龙。许若含赶到医院的时候，欧思庭已经包扎好手臂坐在病床上，双眼哭得红肿。

"妈妈！"欧思庭看见许若含，喊了一声，大哭起来。

许若含冲上前抱住儿子，又是惭愧又是心疼，眼泪扑簌簌往下掉。林少剑溺水的场景又浮现在眼前，她庆幸儿子还能逃过一劫，却也担心因为自己的粗心让儿子再出意外。

"跑哪里去了！孩子都没照顾好，像一个当妈的人吗！"欧博龙刚打了开水回病房，看见许若含便冲她大声吼着。

"爸爸。"欧思庭可怜兮兮地抬头看着欧博龙。

"手好了就跟爸爸回家去。妈妈不是一个好妈妈。"

欧博龙毫不掩饰他对欧思庭的疼爱，对欧思庭的关心，这反而让许若含有一点感动。欧博龙一直怀疑欧思庭不是他的儿子，欧家对这个孩子不怎么疼爱，儿子缺乏父爱，这是许若含的心病。

张晚爱和欧新会匆匆赶来，两夫妻冲进病房，把手上的东西搁下，从许若含手里抢过欧思庭，紧紧搂住，一口一声"阿狗""乖孙子"，然后急切地查看欧思庭受伤的手。

良久，张晚爱才把欧思庭轻轻放在床上，打开带来的袋子，里面是一套欧思庭的衣服。张晚爱把欧思庭那件带脏污和血迹的上衣轻轻脱了，换上她带来的衣服，受伤的那只手不能动，因此她给欧思庭换的是一件衬衫，穿半边，半边不穿。然后，张晚爱把被子拉过来盖在欧思庭身上，掖结实了，转头问欧博龙："住院费都交了？"

欧博龙看了许若含一眼，回答："还没交钱，刚才我一个人，忙不过来，现在你们来了，看着孩子，我等下回家借钱来交。"

许若含默默地走出病房，来到医院收费窗口。

医院收费窗口挤满了人，排队的人已经站到十米外的柱子旁。

一个男人缓缓走来，皱着眉，微跛着脚，随着他一走一晃，一股浓烈的骚臭味弥漫，众人赶紧捂住鼻子，往后退了几步。

那人浑然不觉，也不理会排队的队伍，慢慢挨到收费窗口，站在许若含身前，许若含慌忙往后退。前面正准备把钱递进去的人转头一看，一阵反胃，慌忙缩回手，往侧边让开。那个人把药单递进收费窗口。

"华五行，三百四十二块半。"收费窗口里面喊。

那个人从裤兜里掏出钱包，拿出一沓皱巴巴的十元钱在数。

华五行！许若含盯着这个男人的人，他已经失去前几年去她家催债那种耀武扬威的神色。

华五行提了药，又开腿走到一旁，仔细点数着医生找回的钱。

旁边已经有人在嘟囔："臭死了，还不快走。"

华五行听见，走上前，伸出中指，直直地往说话那个人嘴巴插去："哪里臭，有你的嘴巴臭吗？"

那人见华五行身上恶臭，担心碰上他的身体被传染了，不敢跟他较劲，见他缠上身来，转身就往楼上跑去。华五行走路有点困难，眼见追不上，骂骂咧咧地离开了。

华五行离开后，许若含跟身边的人捏住鼻子，等空气里的异味消失后，众人才皱着眉，骂骂咧咧地靠拢走近收费窗口。许若含交完钱，正要离开，听见有人在唤她，转头一看，是杜阿三，她在隔壁另外一排，也准备交钱。

许若含笑着问阿三："来看医生？"

"是我小弟，感冒了一个多月，还没好，每天都发烧，来办住院。"阿三说。

许若含听说，既然遇到了，刚好不想去看那一家人的嘴脸，也去看看吧。跟着阿三上了楼，阿宝在吊瓶，程金花愁眉苦脸地坐在阿宝的病床上，许若含说了几句客套话："没去市里大医院看看。"

"感冒，根本不用来医院的，厂附近就有诊所了，打两针就好了。我们那个时代连药都没有，感冒还上医院看，笑死人了。可是杜升说一定得来。"程金花说，言语里颇有不满。

"该来就来，拖这么久了。"阿三听母亲这样说，顶了一句。

"住一次院又要花很多钱。"程金花不满地说。

"如果没好，准备送去市大医院。"阿三对许若含说。

"还是去大医院全身检查一下。"许若含对阿三说，又聊了两句她就离开了。

在医院观察两天，医生同意欧思庭回家休息，于是许若含把欧思庭带回啸天公司。许若含依然住在公司里，没有自己的房子。她本准备年底在城里买套房子，听说城里买的房子欧博龙也有拥有权，她只好作罢。她又想把房子挂在弟弟户下，又担心是不明财产连累弟弟，只好暂时住在啸天公司。这样也好，上下班方便，大门有保安看着，也安全。回到办公室，许若含看见办公桌上有一份烫金请帖，打开一看，是小肥的。拿着请帖，许若含有种怅然若失的感觉。

欧思庭坐在沙发上，对许若含说："妈妈，我想回家。"

许若含一愣："我们不是回家了吗？"

"去爸爸那里。爸爸叫我回家，爷爷奶奶说要杀鸡炖鸡汤给我喝。"

"外公不是也杀鸡吗？"

"我想住曲沙村的楼上。外公家没有楼上睡觉。"

童言无忌，欧思庭的话让许若含的心一阵阵地疼。是啊，这几年，孩子跟着自己过着寄人篱下的生活，这边住几天，那边住几天，没有一个固定的家，没有一种稳定的生活。就厂里的宿舍，他们已经住了两年多。孩子有权利选择他喜欢的生活。

欧博龙在门外探头探脑，看见欧思庭坐在沙发上，提着个小保温桶走进来："阿姆给你们母子俩炖了鸡汤，刚才我坐车过来汤可能凉了，去热了喝。"

许若含正要拒绝，欧思庭已经快乐地叫起来："我要！我要！"

许若含无奈，只好提着小保温桶往侧边一个小房间走去。当她热好鸡汤走出来时，欧博龙跟儿子正兴高采烈地谈论什么。欧博龙说："阿姆说了，你工作忙，思庭的手也没这么快恢复，让我把思庭带回曲沙村，你如果想看孩子，我就把孩子带过来，或者你去家里看他也可以。"

"孩子要读书，不行！"许若含断然拒绝。

"妈妈，我要去。"欧思庭的目光里满是渴望，"妈妈，我想去。"

欧思庭再说一遍的时候，眼泪已经含在眼睛里，许若含的心软了，她默许了。但是那些鸡汤她一口也没喝，叫欧博龙带回去。

许若含在欧思庭的兜里塞了五百块钱，欧博龙看见了，当没事般掉转头，过一会儿才说："思庭，不然爸爸下星期来带你吧，爸爸这段时间照顾你没去赚钱，怕没很多钱买东西给你吃。"

欧思庭急了："爸爸，我有钱，你看。"

"那些钱不够你来去的路费呢。"

"我去要，我去要，妈妈有钱。"

"你看，我要提着桶，又要担心你的手，爸爸又买不起小轿车。"

一股无名火在许若含心头燃烧："我让司机送你们去车站，就不用路费了。"

"好吧。"欧博龙说。早晚你的钱还不是我的钱。他想。

许若含打了电话，小汤来了。欧博龙把装鸡汤的桶提在手上，带着欧思庭离开了。

从曲沙村回来，欧思庭一直想着回曲沙村的楼上睡觉。别人的孩子在班里炫耀自己的爸爸妈妈多好，欧思庭也讲，他的爸爸在广省包工地，他的妈妈在开厂，同学们非常羡慕欧思庭。特别是欧思庭把爸爸从广省买回来的玩具带到班级的时候，同学们个个伸出小手，小心翼翼地抚摸欧思庭的玩具。欧思庭成了同学们的偶像。回到家，做完作业，躺在许若含身边，欧思庭就跟妈妈讲爸爸的好话。

许若含小心翼翼地问："那妈妈如果跟爸爸离婚呢？"

欧思庭惊恐地看着母亲："妈妈，你们为什么要离婚？不要离婚好不好？我们班石子的爸爸妈妈也离婚了，他妈妈去别的地方，他爸爸也不要他了，他跟他奶奶吃饭，跟他奶奶睡觉，他什么也没有，铅笔还要跟我借，同学们有吃的他没有。"

欧思庭睡着了，许若含却迟迟无法入眠。那个家庭曾经对儿子的伤害，儿子已经忘记了。小孩子容易忘却生活中的一些伤害，他们会下意识地排除这些伤害。

第二天一早，许若含准备送欧思庭去幼儿园的时候，欧博龙出现在啸天公司："阿含，我想送爸爸去市区医院给他的脚动手术，想跟你借车。"

"厂里要用。"许若含绷着脸。

"妈妈，我要爸爸送我去学校。"欧思庭兴奋地说。

"我晚上就把车开回来，我爸爸脚不方便，最近又吃不下饭。我送思庭上学，傍晚回来刚好接孩子。"欧博龙诚恳地说。

欧博龙话刚说完，欧思庭撒娇地抱着许若含的腿，然后拉着欧博龙的手，急急地就想往外走。

许若含见状，无可奈何地从房间里拿出轿车钥匙，面无表情地递给欧博龙。

傍晚，涂嘉熙从外地学习回来，没有回家，先来看望许若含。他把车停在洗车场，走进啸天厂的大门，一辆小轿车从他身边飞驰而过，浓浓的灰尘扬起，蒙住了涂嘉熙的眼睛，轿车又开了几十米，"吱呀"一声急刹车，又往前滑了几米才停住，那是许若含新买的车子。

"进厂了还开这么快，万一出事，哪里雇这么一个鲁莽的司机。"涂嘉熙心里有点火。

车门开了，一双穿着皮鞋的脚从轿车里钻出来，那个人潇洒地站起来，手里拿着公文包。

"是客户向阿含借的车。"涂嘉熙想。身边有几个钱，每个人都趾高气扬的怪模样。

副驾驶室的车门打开了，许若含的儿子欧思庭兴高采烈地跳出来，大声笑着，大声喊着："爸爸，快走，妈妈在等我们了。"父子俩手拉手亲热地往楼上的办公室走去。不一会儿，楼上传来许若含的笑声。

涂嘉熙的火气如火柴点燃干燥的冬草啪地冒了起来，他一声不吭地往回走。回到店里，思来想去，心中不是滋味，到晚上，他把许若含约出来，一见面便质问道："我快疯了！阿含，你怎么趁我不在就把他接回来了？你想旧情复燃？"

"不是，他只是借车。"许若含争辩道。

"事实就摆在面前，你敢否认！他开你的车，他去接孩子，你跟他大声地笑！"涂嘉熙恶狠狠地喊。

"只是开车，只是接孩子，你怎么那么敏感？"许若含不解。

"你们是什么关系？阿含，再也不要见他。别让他接近孩子。"涂嘉熙大声吼着。

"你那么大声干吗！孩子喜欢他，孩子要他这个爸爸，我有什么办法？"许若含瞪着无辜的眼睛看涂嘉熙。

"孩子喜欢跟着他，就让他带走。大不了你多给一些生活费。"

"不行，我不能离开孩子！"

涂嘉熙忽然想起姐姐的话，急道："你年轻，路还很长。长大了，儿子还是你的儿子。你也得有自己的生活，思庭跟着他，你多关心过问就可以了。你有自己的事业，对孩子照顾也不到位，如果欧家愿意把孩子接过去，说不定照顾得比你好。儿孙自有儿孙福，别吊在一棵树上想不开。"

"我已经结扎了，不能生孩子了，我必须跟他们争，就是法律判决，孩子也应该是我的。"许若含解释说。

"你结扎了？"涂嘉熙一愣，随即说，"结扎了还可以解扎，现在医学这么发达，你还能生孩子的。我们一定要有自己的孩子，你那么聪明，我们一起培养一个上清华或者上北大的孩子，这是我这辈子唯一的梦。"

"你有一个女儿，我有一个儿子，我们两个都不符合生育条件了。"

……

许若含忽然发现如今涂嘉熙很陌生。这个晚上，两个人不欢而散。

第二天，涂嘉熙又去外地学习了，但涂嘉熙没有告诉许若含，两个人心中都憋着气。

刮风了，一阵猛似一阵，地上的灰尘、树叶、袋子被风卷起来，扑簌簌地四面八方飞扬。海边的小城，一年四季就是风大。望着窗外，许若含的心情又乱糟糟起来，她拿了件外套往街上走，不知不觉来到涂嘉熙的店里。涂嘉熙已经把店铺后面的大片空地租下来，搭盖简易厂房，厂门口横着块广告牌子"嘉熙门窗厂"。十几个工人在厂房里忙碌地切割、焊接、抛光、上漆。原来的店铺有四十多平方米，装修成样品售卖店，摆了一个办公桌、一套沙发和一张茶几。

永强正在泡茶，和一个客人聊天，见许若含走进来，跟她打了招呼："许老板，喝茶。"

许若含没有打涂嘉熙的电话，坐了下来。

"师傅他去学习了，三天后才回来。"永强帮许若含倒了杯茶，说。

"哦，知道了。"许若含言不由衷地说。昨天晚上涂嘉熙没有告诉她，今天又要去学习，难道两个人之间真的出了问题。

"永强，把这鸭子拿去炖，你们中午一起吃吧！"门外一辆摩托车停下来，有个女人冲店里喊。

许若含抬起头，那个女人没有发现许若含，把鸭子放在门外的一个小凳子上，发动摩托车离开了。

她是陆雪琪。

许若含愣了，心如被锤子砸了一下似的狠命疼痛起来。看样子，陆雪琪回来许久了，涂嘉熙从来不提，涂嘉熙一直在欺骗她？

永强走过去，把鸭子提到厨房。许若含站起身，没有跟永强告辞，一个人默默地从涂嘉熙的店里走出来，走在阳光灿烂的大街。

路上，许若含接到欧博龙的电话，他说奶奶死了。

奶奶死了？许若含还记得最后一次去曲沙村，欧博龙的奶奶坐在墙角，冲许若含喊："伊儿，得回来啊！"许若含那时候心情极度不好，不想理会，低下头当没听见匆匆往前走去，没想到那是最后一别。这几年，她已经把那个老人彻底忘了。

奶奶的丧事，许若含出了五千元白礼钱。奶奶的尸体装殓时许若含去了一趟，她跟欧博龙是烧过香拜过佛的，还没离婚，只能按照礼节双双跪拜。

奶奶出殡的时候，许若含又去了一趟，送走奶奶就回城了。刚好是星期六，欧思庭喜欢热闹，不跟许若含回城里，在曲沙村住下，欧博龙说星期一他会送儿子上学。

星期一，许水生带着只鸭子又来到啸天公司，见到许若含，他问："思庭从曲沙直接去学校的？"

"是的，他现在每次去曲沙村都不想回来，欧家现在对这个孩子的态度也是转了一百八十度角，宠得要命。"许若含提到这件事，心里有气。

"那是因为你有钱了。如果你们离婚，思庭一定要争取过来，这是我唯一的要求。你刚才说欧博龙想去你厂里帮忙？"

"是的，他这两天一直在跟我商量。我不答应，他就唆使孩子，孩子为这件事跟我也在闹。真不知道怎么处理。"许若含矛盾地说。

"广省那边的孩子他怎么说？"许水生问。

"听博龙说那个女人带着孩子嫁人去了，天知道是真是假。"许若含想起夷海哥说的，那个女人经常在外面胡来。欧博龙有钱的时候她愿意当他小老婆，欧博龙没钱的时候她当然可以重新选择。

"如果那边他处理好了，能在一起还是在一起吧，为了孩子，也为了你的身体。你也结扎了，再找也是当后娘的命，后母难当，还不知道人家会对孩子怎么样。人非圣贤，孰能无过，错了知道改就可以了。你自己考虑，我的意见只作参考。"

父亲的话说到许若含的心坎里，她忽然想起涂嘉熙说过的话。

她想了很久，忽然发现欧博龙这个人其实没什么缺点，跟她的感情也不是很糟糕。厂里有好几个女工家里很不幸，她们在外面打工，回家后还要服侍老公，更糟糕的是老公成天赌博，输光了回家还打骂老婆，偷老婆的钱，偷嫁妆首饰去卖。每家都有一本难念的经，比她更命苦的大有人在。人们常说，一日夫妻百日恩，更何况他们之间还有一个欧思庭。孩子，是他们之间血肉相连的纽带，谁也无法放弃。如果再婚，能保证自己找到合适的吗？就比如涂嘉熙，他已经明确说了，不要欧思庭。

父亲走后，许若含打电话给涂嘉熙，她希望涂嘉熙能给她一个合理的解释。电话响了很久，一个温柔的女声在那边响起："是阿含吗！嘉熙忘了带手机，在后面的工场，有什么事吗？"

那是陆雪琪的声音。许若含没有说话，她把电话挂了。一个人一款命，一辈子没有多长时间，能过就过吧。涂嘉熙有涂嘉熙的生活，他有家庭，有陆雪琪，有女儿。

而自己只有欧思庭，没得选择，万金买不到亲生儿子。

涂嘉熙完成考试后，一直忙着到处结账、收账、应酬，每天晚上忙到近半夜。打电话给许若含，她在电话那头不冷不热，信息也少回。

这天晚上送货去青城回来天已黑了，身边收了十几万块钱，手头有了钱，他想起了许若含，对许若含的爱在心里熊熊燃烧。他想起那天晚上对许若含的语气重了，估计许若含还在生气，应该回去跟许若含道歉，不管将来如何，许若含都将是他这一生最后的爱，任谁也阻止不了。陆雪琪或者欧博龙，都是多余的人。他们要的，不过是钱而已，给笔补偿，叫他们滚蛋！陆雪琪答应了，等过完这个年，把离婚手续办了，年后离开螺苑，涂嘉熙一次性付给她二十万。至于欧博龙，大不了许若含那个公司全部给他，自己有能力养她，就不信欧博龙受不了这个诱惑。

　　涂嘉熙坚信。他忽然想起来，这么多年了，自己还没有给许若含买过什么礼物。这念头一跳出来，涂嘉熙马上掉转车头，往市区驶去。他来到市区一家珠宝店，帮许若含挑了一串金项链和一条金手链，付钱以后，又看中了一个钻戒，本想买下，想起戒指的特别含义，踌躇一番，决定等自己和许若含都自由的时候两个人再一起来挑选。

　　涂嘉熙没有给许若含电话，决定直接去啸天服装公司找许若含。许若含不在公司里，庄泉伟为涂嘉熙泡了杯茶，犹豫半天才告诉他，许若含跟孩子回曲沙村住了，这段时间，许若含经常回去。

　　"劝劝阿含吧，她有时候很孩子气的。"庄泉伟担忧地说。

　　涂嘉熙没有回答。世界里最后一盏灯关闭了。他把手上的杯子重重地放在茶盘里，不理会庄泉伟，直接走出办公室。涂嘉熙疯狂地把车开到书峰山上，停车，熄火。寒风呼啸的山顶，这个世界从未这么寒冷过，曾经热情似火的许若含在这个冬天却不能给他任何一丝温暖了。

　　等冷静下来，涂嘉熙又打了几次电话给许若含，他迫切地希望她能给自己解释，只要许若含给他一个合理的理由，他想自己还是可以接受的，也许，事情不会像自己想象的那么糟糕。

　　许若含接了电话，都是冰冷的语气，不管涂嘉熙在那边如何咆哮。涂嘉熙从失望到彻底绝望。

　　冬天了，涂嘉熙从店里又搬回家住了。就是在家里，涂嘉熙也不回房休息，陆雪琪也不勉强，每天晚上洗澡后，披着浴巾，在厅中看电视，找东西，白花花的大腿就在涂嘉熙的眼前晃。涂嘉熙躲到书房里，陆雪琪会泡上一壶热茶，轻手轻脚地端进去，放在涂嘉熙的左手边，一句话也不说地离开了，留下一缕幽香。忙完家务，她也拿起了书本，专心致志地看起书来。望着陆雪琪的背影，涂嘉熙心底一阵茫然。

　　大年三十晚上，欧家十个人围在热气腾腾的火锅旁，桌上是满满的山珍海味，大家纷纷帮许若含装饭、夹菜，许若含尝到了团圆的幸福滋味，她满足了。临近午夜，许若含才回到自己的房间，看着在房间另一张小床睡觉的儿子，许若含的心慌张起来，欧博龙跟在许若含身后走进来，一进门，把门关闭，扣上，开始脱衣服。

　　"我去隔壁睡觉。"许若含说。

　　"今天是年兜，你别想躲。"欧博龙冷冷地说。

"家我回了，车子给你开了，这事，你别逼我。"许若含慌忙坐直身子，说。

"把衣服脱了。"欧博龙喝了半瓶红酒，酒兴刚上来，他不由分说，拉过许若含，开始剥她身上的衣服。

"不可能的，我死也不从。"许若含挣扎着说。

"老婆自己不用，留给那个辛夷海用吗？"

"你别污蔑夷海哥。"许若含也来气了。

欧博龙不容许若含拒绝，趁着酒劲，开始动用武力，用力扯开许若含的夹克，一把铮亮的剪刀别在许若含腰间，许若含迅速抽出剪刀，扭曲着脸凶狠地对着欧博龙低吼："你别逼我，否则今天看死你还是死我。"

欧博龙被吓了一跳，脸色变了几次，终于走到一旁，倒下头往床上"噗"的一声躺下。

大年三十晚上，涂嘉熙在厂里忙到七点多才回家，草草吃了饭，春节联欢会也不看就回房间，躺在床上想许若含。想起许若含，身体燥热起来。辛苦地挺过除夕夜，到大年初二，涂嘉熙的两个姐姐回娘家，涂嘉熙跟姐夫喝了酒，回来后就再不能自已，头脑里不停想着许若含的躯体，还有陆雪琪白花花的大腿。他终于走回卧室，陆雪琪见状温柔地贴近身子。

过了年，涂嘉熙把相中很久的那套楼房买下来，又花了数十万块进行装修，楼上铺木地板，有回廊、小阳台，一个套房，一个小书房。楼下两个房间，另外有厨房、卫生间、餐厅、客厅，楼梯下装饰假山、水，套房装修简约、雅致。房子装修完，陆雪琪和女儿涂培培搬进去了，涂嘉熙说要读书，自己住楼上的小套房，陆雪琪偶尔会到他的卧室过夜。

过完年，欧博龙正式走进啸天服装公司。许若含一直在设计部，已经很久没有注意生产车间了，生产部门依然是庄泉伟在管理，庄泉伟把欧博龙安排在裁剪部门帮忙拉布，看管仓库。欧博龙做得很认真，不嫌苦与累，哪里需要他帮忙他就去哪里，下班了也不休息，继续忙碌。他不仅改变了从前一口一句"屎母"，甚至，他连赌博场所也没有去。因为他人长得帅，说话和气，又有一个准老板的身份。几天后，厂里人越来越喜欢他，一个月后，厂里一些大事小事都先问他，等他拿了主意再汇报给许若含，不知不觉间，他的权限超过了庄泉伟。

　　除了啸天公司，欧博龙在回螺东的时候也经常参与螺东厂的管理。

　　清明时，许水生和许若含为过世的母亲做了"捡骨"仪式。仪式做完后，大家回倒溪坡村吃了午饭，然后许若含挑着娘家置办的物品头也不回地走向曲沙村，担子的一头是娘家回的面包、米粉条、一块肉；一头是一把亮着的手电筒。从前是用火炉，篮子上要放一些碳，一路加碳，不能在半路熄灭了，现在很多人家用手电，一路点亮到婆家不能熄灭。轿车让欧博龙开走了，面包车小汤今天去厦市载货，她只好挑着担子走路。她要把娘家分给她的东西挑回婆家给儿子欧思庭，再怎么说，欧思庭身上流的是欧家的血，他的根在曲沙村。

　　到了曲沙村的家门口，许若含拿出自己早已准备的一串鞭炮，点燃。鞭炮声"噼噼啪啪"地响着。听见突然响起的鞭炮声，邻居走出来，看见许若含的担子，心中明白，问了一声："你母亲'骨头捡'了？很多年了？"

　　许若含点点头："十八年了。"她挑起担子，走进家门，放在大厅中的佛像前。听见鞭炮声，欧新会和张晚爱匆匆赶来，看见许若含，轻声责怪道："你阿姆'捡骨头'，应该知会家里，我们好安排。"

　　许若含淡淡笑了笑，把扁担抽了，告知两老一声，离开了。

　　许若含打了电话给张友贵，他听说，赶紧骑了摩托车来曲沙村口载许若含。回工厂的路上，他跟许若含谈起今年招工困难的问题。这里的工厂工资是每年年底全部清算，第二年从头开始招工。因此，每年的正月都是各大厂家拼命招工的阶段，到农历二十过，工人才基本稳定，而今年到 4 月份了，啸天厂的工人还在不断离职，大部分转到别的地方上班了。

　　因为工人都往江浙一带跑，这两年已经出现招工难的问题，工人的流动性强，许若含一直不疑有它。

　　来到螺东啸天厂，看着空旷旷的车间，许若含的心里有点难受，她问张友贵："江省和贵省的工人为什么走了？"

　　"哦，他们去别的工厂了。上次我跟您提过了，您说欧总会处理。"张友贵回答。

　　"是有这件事，我以为欧总会把他们留下来。他们不是在这做了好几年了吗？今年来了怎么忽然想离开了？"

　　"估计是想换个环境吧。"张友贵小心翼翼地说。

　　"哦，那也没办法，工人的流动本来就很正常。接下去招工是重点工作。"许若含无奈地回答。

　　"那好，我的一批老乡前两天刚到，我正在安排中。"张友贵点点头。

　　"还有夏省的工人呢？"许若含问。

　　"夏省的工人被欧总开除了一部分，剩下的就一起走了。"

　　"为什么？"许若含吃了一惊。

　　张友贵看了许若含一眼，欲言又止。

　　许若含心中有了疑问："你是最早跟着我的，有什么话你可以说。"

　　"欧总说他们不做事。"张友贵斟酌了一下，回答。

　　其实是因为夏省的工人跟辛夷海有牵连的，欧博龙就是要破坏这种关系。

许若含沉默了，因为弟弟的关系，她对夏省人有感情，更何况这帮人还是土娃帮忙招的工人，他们千里迢迢来啸天，也是真心实意要帮啸天的，欧博龙就这样把人开除了，确实是过分了。

"许总，很多管理和工人都说，再让欧总这样管下去，郑老板就是前车之鉴。"

许若含心中一凛，说："怎么回事？"

"我们今年新来的那几个组长都是外地人，男的，欧总不让他们做，他们带走啸天服装厂近一半的工人。如今厂里剩下的工人就是以前你那个厂的工友和一些本地妇女。"

许若含非常惊讶："我怎么不知道？"

"欧总说是你的决定。所有我没有问你。"张友贵说。

"怎么可能！"

"还有，现在我们这边加工的货款是谁在收，这个月工资已经拖延时间了。"

"这么严重？"许若含大惊。

张友贵站了一会儿，见许若含没有什么指示，就劝道："许总，您有空多分心一下这里吧。"

许若含点点头。

张友贵离开后，许若含一个人静静地坐了很久，才站起来。欧博龙的脾气不好，个人素质差，必须跟他当面谈清楚，以后不许他来管厂里的事。还有，钱的问题，自己这段时间忽略了，是该严管了。许若含想。

张友贵带来的贵省老乡中有几个带小孩的，为了安全和方便管理，张友贵把有孩子的工人全部安排在李明强家的三楼，允许工人自己烧饭。

李明强春节回来，他问过外婆，外婆说自己没有卖过孩子，但是外婆的堂姐嫁青城，曾经生育一个女孩，那个女孩后来不知道去哪里了。堂姐后来改嫁给一个军官，去了台岛，从此音讯全无。

说这些话的时候，李明强眼里闪着光，他也觉得许若含看起来邻家小妹般亲切，也说不定真的是他的表妹呢。可惜无从查询。

许若含心中虽然遗憾，想想就算认了亲戚又如何，母亲已经不在了。只是跟李明强之间多了几分亲近。

巡完生产线后，许若含来到宿舍区。

三楼有个房间的门开着，她走过去，有个工人慌慌张张地跑过来，从许若含身旁经过。

"哎。"许若含喊了一声。

那人一听，停下来，他穿着简单朴素，高大，俊朗。

"你是新来的？"许若含问。

上班时间偷跑回宿舍，又被老板撞见，这下糟糕了。男人脸上带着不安："是的，来五天了。"

"你叫什么？"

"我叫张友初。"来人搓着手，低声回答。

"哪里人？"

"贵省人。"

"你的家人也来了？"许若含走到房间门口，看见屋里的人，回头问。

"我父亲不在人世了。我就把儿子和母亲接出来，还有一个侄女准备去读小学。我们四个人。"张友初小声回答，心中惴惴不安。完了！大哥再三吩咐别让老板知道自己一家全部来厂里，自己什么技术也不会，拖家带口地来投奔大哥，如果老板再不肯留自己，该流落街头去了。他心里难过，小心翼翼地看着许若含的脸色。

许若含走进房间，张友初的儿子两三岁模样，由张友初的母亲抱着。孩子没有穿裤子，两只小脚伸直，从脚丫到大腿都肿起来了，还有很多水泡，有的皮肤开始溃烂，并且有水从皮肤间渗出。

"孩子怎么回事？"许若含惊讶地问。

张友初的母亲指着孩子的脚"哇哇哇"讲了好一阵，抹一下眼泪。

许若含没听明白，回头看看张友初。

"被开水烫了。"张友初拘谨地垂着手站在一旁。

"为什么不带去医院？"看着孩子的脚，许若含的心一阵一阵地疼，孩子很可爱，像他父亲，以后是个帅哥。

"这边没有我们山里的草药。"张友初的母亲说，见许若含听不懂，张友初在旁边解释。

"赶紧送医院，不然孩子的脚保不住了。"许若含眼睛酸涩，心里很是难过。

"呵呵，没事，过几天就好了。"张友初搓着手说。

孩子睁大眼睛看着许若含，似乎听懂了许若含的话，无声的眼泪从眼眶渗出，慢慢地，顺着脸颊流了下来。他没有哭，也没有抽泣，直直地盯着许若含，任由眼泪在脸上纵横。

"赶紧把孩子送医院去，不然这脚可能保不住了。"许若含心疼地说。她边说边走出来，她跟客户定好晚上一起吃饭。

"等下带去看。"张友初谨慎地说。

走到外面，许若含忽然回头问："你刚来，没钱送孩子去医院是吗？"

张友初摇摇头，又点点头，眼睛却红了。

许若含这才醒悟，知道这家人的尴尬。她往楼下走，张友贵刚好从车间二楼走下来，她喊来张友贵："张友初是怎么回事？"

张友贵见许若含从宿舍楼下来，问到这件事，知道她刚才遇到了张友初，堂弟一家来这边的事情自己还没来得及请示她。他匆匆回答："许总，我还没时间告诉你。他是我族弟，他很勤快的，我安排他在裁剪房拉布，做点杂活。"

许若含略一沉思："他在厂里有没有工资？"

"刚来几天，还没工资。许总，我是想跟您商量一下，他们一家虽然住在厂里的宿舍，但是宿舍费用我们可以扣。"张友贵心中难过，麻烦了，许总要把弟弟赶走了。

许若含抬头看看张友贵："我没说让他走。"

"哦，谢谢许总！"张友贵心中一块石头落地了。

"让他去潘婷那边预支两千块钱，赶紧带孩子去住院，钱从工资里扣。小脚再拖下去估计毁掉了。"许若含说。

张友贵听许若含这样说，心中感激，说："知道孩子被开水烫了，几次问他，他还说看了医生。"

"他没钱是吗？"许若含问。

"他家还负债。再说，老家那边也没烫伤送医院的，我当年这张脸……"张友贵实话实说。

"你当年这张脸如果送医院，现在应该能找到老婆了。"许若含瞪了张友贵一眼。

"是的，是的。"张友贵同意这样的说法。

"先把孩子送去医院。"许若含说完，正想上办公室，一部轿车停在许若含身边，摁响喇叭，许若含回头一看，涂嘉熙摇下窗玻璃，笑着对许若含点点头。许若含的心一荡，从前的柔情蜜意涌上来，竟然无言以对。涂嘉熙是来找哥哥涂嘉佑，哥哥此时已经是书记了，许若含只是在去年底镇政府召开的企业领导会议见过他，平时从不来往。

张友贵对涂嘉熙点点头打了招呼，就匆匆往宿舍楼跑去。

过一会儿。张友初跟张友贵回了厂里办公室，又回宿舍跟他母亲抱上孩子下楼了。几个人不太敢看许若含，从对面的马路往前面走去。

许若含轻声问涂嘉熙："能不能帮我带个员工回城看医生？"

涂嘉熙看看衣衫褴褛的张友初母子，点点头。

"张友贵，叫他们来坐这车。"

涂嘉熙帮忙开了车门："我刚好要回城，带你们过去。"

张友初局促地站在一旁，看了看哥哥一眼。

"上车啊！"张友贵大声说。

张友初这才抬高脚，跨上涂嘉熙的车。他母亲抱着孩子费了半天劲，才坐进车里，却不懂得关门。张友贵走上前，把门关紧了。

"孩子烫伤了，把他们送到医院，如果有时间帮忙挂个号。"许若含吩咐涂嘉熙。

"遵命！我等下打个电话给我同学，他在烧伤科。"涂嘉熙笑着回答。

"麻烦你了。"许若含说。

涂嘉熙一笑："我二姐子宫瘤，住院手术中，我也刚好要去医院，不麻烦。"然后发动了车子，离开螺东。

到医院门口，涂嘉熙停好车，见张友初不懂得开门，赶紧上前帮张友初打开门。

陆雪琪送女儿上学后，过来医院照顾涂嘉平，刚好准备回家，走出医院大门，她看见涂嘉熙的车，以为涂嘉熙是来接自己，开心地向涂嘉熙走来。走到车子旁边，她看见从后门下车的张友初和他母亲，吃了一惊，正要躲开，又看见了张友初的儿子，孩子光着下身，两只小脚红肿，流着脓水，一脸痛苦样，她心如刀绞，冲上前去从张友初母亲的怀里抢过孩子，"哇"的一声就哭出来了。

张友初的母亲看见陆雪琪，脸上又喜又气，指着陆雪琪"叽里呱啦"说了一大堆话，涂嘉熙听不明白，转头看着张友初，张友初腼腆地说："她是我媳妇。"

涂嘉熙顿觉一阵眩晕。

陆雪琪没有理会涂嘉熙，她哭着抱着孩子往医院内快步走去，涂嘉熙赶紧跟上，边打电话给烧伤科的同学，然后直接把孩子带到治疗室。

把许若含交代的事情办完，涂嘉熙窝着一口气从医院走出来，漫无目的地开着车在城里的街道转圈。

看着涂嘉熙的车子离开，许若含让张友贵把螺东厂的资料都拿过来，带回去看。然后许若含打电话给欧博龙，说要使用车子，欧博龙说他正在外面谈生意。

无奈，许若含只好走到路边搭中巴车回县城，心中懊悔刚才忘了搭涂嘉熙的车。到了螺苑车站，许若含雇辆摩托车回公司。

螺苑是小地方，摩的是主要的交通工具，从车站到啸天服装公司只要三块钱就可以了。许若含走到厂门口，发现保安室没有人，她探头看了看，这时候，门卫从外面提着菜回来了。原先雇了两个门卫，平时看门收发信件。庄泉伟定下规矩，来客要登记。欧博龙来后，这些规定慢慢取消，门卫也乐得清闲，上班时间虽然在岗，却不积极。

"许总，我去买菜。"门卫看见许若含，赶紧解释。

许若含点点头，她没心情训他。

回到办公室，许若含把所有的账本都找出来，想自己算账，按了半天，什么结果都是错误的。许若含只好把电话打给涂嘉熙。

"阿含！什么事？"涂嘉熙刚到家。许若含已经很久没有主动打电话给他了。

"你，在忙吗？"许若含小心翼翼地问。她在思考，要不要把这件事告诉他，涂嘉熙会不会怪罪她，笑话她？

"不忙，有事你说。"涂嘉熙讨好地说。

"我在啸天公司，一些账目的事，我不是很懂，算不出来。想叫庄泉伟帮忙算，他也没时间。"许若含简单地把事情说了一遍。

"你在哪里？"

"办公室。"

"那好，你等着。"

半个小时后，涂嘉熙带着一个年轻人来到啸天服装公司。

"这是会计师事务所的小张，我的朋友，可以信得过，什么事你直接跟他说。"涂嘉熙指着年轻人对许若含说。

许若含点点头，她把两个人带到办公室，简单地说了一下她目前碰到的情况，去年年底发了大约多少工人工资，去年收了多少货款，去年做了多少市场货，那些市场货有的退回来，有的估计要打折给客户，去年投资了大约多少钱，公司每个月的开支大约应该是多少。所有的数字，在许若含心中都是一个模糊的概念。在欧博龙来之前，她不留意这些，但是每个月都有人跟她汇报，她心里有底。现在，她似乎置身事外了。

小张打开电脑，一边询问许若含，一边让许若含搜集他需要的票据。涂嘉熙因为厂里有事，先离开。一直到第二天中午，小张的账才基本算完，啸天公司有大笔的货款不知去向。去年上半年到十月份，啸天厂一直是盈利的。做市场服装产品后，表面赚了很多钱，其实支出大于收入，还有很多钱不明不白地流失了。

"你们厂没有聘请专业的财务会计人员吗？这么大的公司这样做是很不规范的，早晚会出事的。"小张边整理边说。他把整理好的资料交给许若含，指出不妥当之处，便离开了。

许若含知道欧博龙会挪用啸天的钱款，不过自己作为欧博龙的老婆却无法尽妻子该尽的义务，钱算是对欧博龙的另外一种补助吧。只是没想到事情会发展到这么严重的地步，啸天公司内部财务空虚。许若含的心一阵绞痛，这辈子，她第三次面临发工资困难问题。只是这次的面额，比从前两次要大，而且，还有主辅料等外面赊欠的资金，数额不小。

"咔嚓咔嚓"的高跟鞋声音走进来。许若含抬起头，是一个陌生女人。这是一个看起来很整齐的女人，脸瘦长，胸脯不怎么鼓，腰身倒是细细的，个子没许若含高，却有一股精明的气质。她穿着一件米白色丝罗布上衣，外面披件薄料黑色时装外套，看着布料质地很好，裤子是条黑色的紧身裤，手上挽着一个黑色小挎包。

她一走进来，平静地坐在许若含面前，不言不语，她那从容的架势压得许若含有点喘不过气来。

"你是？"许若含坐直身子，竟然有点心虚。

"我是欧博龙的妻子。"停了一会儿，她操着一口粤语腔调的普通话说。

"谁让你上来的？"许若含惊讶地看着她，是那个女人。

自己没找她，她竟然找上来了。她转头四顾，涂嘉熙他们刚走，工人还没上班，正在宿舍，办公室附近一个人也没有。

"我跟保安说是找你，他们就让我上来了。"女人说，"害怕了？我不会杀你的，我让你看一些东西。"

女人说完，从精致的皮包里掏出一些证件，一本通红的结婚证，一本户口本，她打开了，结婚证上面有她和欧博龙的结婚照，持证人是胡湘桂，户口本上的户主是欧博龙，户口本里还有两个人，一个是胡湘桂，一个是欧善仔，也就是许若含之前见到的那个孩子。

女人就是胡湘桂，她特意让许若含看了结婚证上的登记时间：

1992 年 11 月，还有登记机关盖的红彤彤的圆圈大印。

　　"我是欧博龙的老婆。受法律保护的老婆。"盖上本子，收进包里，胡湘桂得意扬扬地笑着。

　　"我也有结婚证。"许若含不知道自己为什么会说出这样的话语，但是她却说出来了。这样的言语，似乎是一种无力的争辩。她在跟谁争辩呢？跟荒谬争辩。她不是一直在努力跟欧博龙办离婚吗？这一刻，她的智商降到如此之低。

　　"我不知道你的结婚证是不是自己印的。我跟龙仔打过电话，他马上回来了。"胡湘桂把所有的证件收进包里，似笑非笑地看着许若含。

　　听见楼下传来汽车的喇叭声，许若含知道欧博龙回来了。

　　欧博龙上楼，看着两个女人，也不吭声，他自顾自倒了杯水，坐在沙发上喝起来。胡湘桂却不像刚才那样平静了，她拿着挎包朝欧博龙砸过去，欧博龙头一偏，闪开了。

　　"有话好好说，好好说，都已经来了，你还想怎么样？"欧博龙喊。

　　"有我没她，有她没我。"胡湘桂指着许若含。

　　"不就是为了生活吗？何必呢。"欧博龙言语谨慎，似乎怕泄露什么秘密。

　　"欧博龙，你得跟我把事情说清楚！"许若含看到这阵势，气得浑身发抖，她不懂得骂人，也不懂得发脾气，只是窝着一肚子火，生气起来就浑身发抖，又不知道如何发泄，话也说不流利了。

　　胡湘桂揪着欧博龙的耳朵骂道："这么几个月没回去，我就知道出事了，你给我滚回去。"

　　欧博龙挣扎出来，喊："你等我把事情办完啊。"

　　后栋车间的工人们陆陆续续上班了。庄泉伟也来了，他走到办公室门口，看见办公室有几个人，他转头就走。自从欧博龙来啸天服装公司后，他似乎被架空了，除了生产现场，其他的事他都没有参与的份。

"泉伟哥！"许若含像看见救星般，喊了一声。她有多久没有这样喊庄泉伟了，这段时间，她都是叫"泉伟"。回忆起去年春节欧博龙砸她的厂门，她心有余悸，她畏惧暴力。

庄泉伟听见许若含叫，走进办公室。欧博龙却拿起车钥匙，把胡湘桂拉了就走，胡湘桂转身把刚才掉在沙发上那本红彤彤的结婚证捡起来，放进包里。

欧博龙用力把她往外推，边快速地跟她用粤语说话，慢慢地，两个人说话的声音越离越远，然后就听见车子发动的声音。

许天照接到许若含哭诉的电话，赶来了。

齐灵珊把孩子留给父母带，也跟着许天照过来了。他们问清发生什么事情，决定先去曲沙村看看欧博龙有没有回去曲沙村。

欧新会和张晚爱看见许若含带着弟弟几人一副问罪的样子，有点心虚。他们夫妻俩再三保证他们只有许若含一个儿媳妇，广省那个是儿子以前在外面交往的，他们不知道。

许天照很严肃地告诉欧新会夫妻，如果查清欧博龙重婚的事实，他们一定毫不留情的。

张晚爱得意地一笑。齐灵珊看见张晚爱的笑容，严肃地说："我知道我姐姐的结婚证是你们走后门办理的，这个应该可以查得出来吧。"

张晚爱吃了一惊，急忙说道："他们两个是正式夫妻，政府承认的，不用找关系的。"

齐灵珊说："你们能找到关系给我姐办理结婚证，肯定也能给她办理离婚证，我们可以不追究你儿子的重婚罪，但是你们要恢复我姐的自由。"

许天照轻声说："如今姐姐已经在法院起诉两次了，有案底了，没有判决书也没关系的。"

齐灵珊生气地说："那也不能就这样算了，姐姐都被他们欺负成这个样子。"

许若含第三次递交了离婚诉讼书。对她来说，这是非常痛苦的，在第一次上诉和第二次上诉之后，她又荒唐地跟欧博龙生活了一段时间，说她跟欧博龙之间没有发生什么，谁相信呢。律师告诉许若含："目前最重要还是要收集证据，比如照片、录音、证人证明、短信等。如果可以的话，最好能拿到欧博龙跟胡湘桂的结婚证复印件。或者去发证机关寻找证据，这是最直接的。如果欧博龙的重婚已成现实，法院可判决欧博龙三年以上徒刑。"许若含当时被证件上的照片唬住，没有注意看是哪里颁发的结婚证。而她甚至不知道欧博龙的住所落脚点。

胡湘桂出现了，她跟欧博龙的婚姻关系什么时候才能解除？如果要告欧博龙重婚，需要取证，这个取证是个艰难的过程，许若含根本不知道欧博龙住在哪里。结婚了十多年，现在才知道自己扮演的是小老婆的角色，儿子欧思庭是私生子，而自己甚至没有任何证据证明自己是受害者。这是个比离婚更令人尴尬、令人痛苦的问题。

这时，许若含想着只有辛夷海能帮助自己。于是她打了几次电话给辛夷海，辛夷海没有接听，到晚上，辛夷海回了电话，电话那头的他非常疲惫，说话音调低沉，非常失落的样子。

"你病了吗？夷海哥？"许若含心疼地问。

"不是。"辛夷海轻轻叹了口气，"你打我的电话？有事吗？"

许若含听出辛夷海心情不好，小心翼翼地说："没有，只是想问候你一下。你到底怎么了？"

"没事，工地出了点事。"辛夷海停了一会儿，说。

"严重吗？"许若含问。

"电梯故障，坠落了，工人还在医院里。"辛夷海告诉许若含。随即，他说自己还要忙，把电话挂了。

许多年了，许若含一直依赖辛夷海，她从未想到辛夷海也会遇到困难。

第二天，辛夷海又打电话给许若含，告诉她，是雪儿的弟弟管理上的失误，叫一个从来没有开电梯的员工去操作，造成了严重的事故。

听辛夷海的声调平缓许多，许若含也向辛夷海讲了昨天发生的事情。

辛夷海想了一下，说欧博龙现在不住在占江了，他不知道搬到哪里，欧博龙在占江买过一套房子，听说那套房子卖掉了。胡湘桂当时跟了欧博龙的时候，是因为欧博龙是个包工头，有钱。但那时欧博龙的很多业务都是胡湘桂跑出来的，所以欧博龙怕胡湘桂就是这个原因。但是当年欧博龙肯定不是在占江办的结婚证，也许是在海岛的哪个区，或者佛市，听说胡湘桂是佛市人。说到佛市，辛夷海忽然想起一件事，胡湘桂跟那个拐卖妇女儿童的团伙好像有点联系，有一次欧博龙喝醉酒把这件事拿出来炫耀了。

辛夷海在电话那头还告诉许若含，电梯坠落，死了两个工人，重伤两个工人，当地领导都来了。这个难关不好过了。

聪明的许若含一下明白了，夷海哥需要自己的帮助了。许若含叫来庄泉伟，让他尽量把外面所有的货款收回，公司遇到前所未有的危机了。庄泉伟没有多话，去处理了。最后收到十多万元，连公司原本的流动基金，再跟涂嘉熙借了点，凑齐了给辛夷海汇了三十万元。

"工资怎么办？"庄泉伟担心地问。

"我跟外面一个朋友先挪了一些。"许若含小声说。

"利息不能太高。"庄泉伟说，他看了许若含一眼，就走出去了。

许若含拿起手机，给涂嘉熙打了电话，让他拜托小张帮忙找一个会计。没多久，涂嘉熙回复了，他说小张建议许若含把财务部门做起来，出纳会计都要聘请。

辛夷海回来后，来到啸天公司，他似乎苍老许多，一脸疲惫。坐下来，泡了茶，辛夷海把电梯事故原因和赔偿处理结果告诉许若含，问起了欧博龙的事。

许若含痛苦地说："他们的结婚证是1992年办的，我跟他的结婚证是1998年年底办的。按照民间风俗，我们是正式夫妻，而按照法律规定，我们是非法夫妻，胡湘桂是合法的，那么我变成小老婆了，思庭变成私生子了。"

"我确实不知道他们办结婚证了，他们那天离开就不知去向吗？"

"嗯。胡湘桂闹完，欧博龙跟着她离开螺苑，把我的车子开出去，我找了很久，后来才在一家洗车行看见车子。欧博龙把车子抵押在那里，并且借了三万块钱，有借款条，他们拿给我看了。涂嘉熙找熟人才把车子赎回来。"

辛夷海点点头，安慰许若含说："我让外地工作的老乡和朋友帮忙找找。应该很快会有消息的。"

许若含苦闷地低下头："我现在已经不知道怎么办了。"

辛夷海爱怜地看着许若含："你这段时间瘦了。被欧博龙骗去那些钱，你就当买个教训吧。换个角度想想，这样也不错，你现在就不用去担心欧博龙的敲诈了。现在厂里经营很困难吗？"

许若含踌躇了一下，才违心地说："还好，现在比当初稳定了。"她不想让夷海哥再为她操心。

"把孩子带好，日子会一天天好起来的。"辛夷海拍拍许若含的肩膀。这个小女人，是他喜欢的小女人，从她十六岁开始，他就一直在等着她长大。但是他现在只想保护她、靠近她。

这次工地事故，辛夷海萌生了把产业缩小，退回来螺苑发展的念头。他隐约觉得，许若含需要他的帮助，需要他在身边更多地出谋划策。许家需要他来撑起一面伞，为这个家遮风挡雨。那次带许水生去夏省，两个人相处和谐，许水生心里已经把他认作儿子般，而他，对这个老人，多的是愧疚、尊重和心底油然而生的亲近感。因为许若平和许若含姐妹，因为许水生，他曾那么盼望，这个许家有他的一席之地，许家的饭桌上，能摆上他的碗筷。

雪儿见过许若含后，不再像从前那样信任辛夷海。在姐姐和弟弟的指点下，她一次又一次地调查辛夷海的去处，搜他的皮包，打开他的手机查找蛛丝马迹。辛夷海只要离开上海，不管是去海南还是回家，雪儿都一再询问，一再追查，甚至派弟弟跟踪。然后，雪儿开始查辛夷海的钱，她听说辛夷海给了许若含很多钱，便不分日夜地催辛夷海跟许若含要钱，还几次打电话骂许若含，到后来许若含不接电话，她就把电话打到许若含的办公室。

许若含这一代是螺东童婚习俗的最后一代殉葬者，比她们年龄小三两岁的，还有几个在十六七岁结婚，更小的，因为教育的普及，开始懂得抗争，懂得自我保护，懂得追求爱情，追求理想。

石亭死后，谣言排山倒海，艾青花的第一个丈夫死得不明不白，第二个丈夫还是死得不明不白，再加上石亭家的无情，娘家的指责，艾青花度日如年，这样的日子，没有任何盼头。记得在青城磁镇做小工那时候，她们风华正茂，一个个水灵灵的，笑靥如花，平日给砖厂砍柴，论斤计算工钱，收工后偶尔会帮尼姑庵带回一两担柴木。佛堂幽深，过正厅到后庭、到后厅的厢房后面的小厢房，是一个清姑的居住之地。听说清姑淡泊世事、从不见外人，吃喝都要人家端进来。艾青花见过她一次。那天下雨，没有出去砍柴，阿霞和许凌琴在屋里玩扑克牌，艾青自己悄悄走到后厅厢房后的空地。清姑还年轻，秀丽，一张苍白的脸和没有血丝的嘴唇。看雨线千条万条从天而降，她自言自语："该来的时间到了自然会来的。"抬头直直盯着艾青花，轻声问："你什么时候来？"见艾青花怔怔不言语，冲着雨雾叹了口气，掩了门，回屋去了。

在一个雨夜，一声惊雷过后，艾青花猛地记起当年清姑的言语，犹如醍醐灌顶，甘露洒心。她猛然间清醒了，她收拾一下简单的个人衣物，当天晚上就离家了。

几天后，遍寻艾青花不到的家人才听说，艾青花落发为尼，在当年她跟阿霞、许凌琴去晋城做小工落脚的那一家庵堂。

没有任何人的阻拦，按照法律程序，在新年来临之际，许若含和欧博龙成功解除夫妻关系。

许若含恢复了自由。

2007 年，许若含三十七岁，儿子欧思庭九岁了。啸天厂被欧博龙挪用了大笔资金，又转了三十万去支持辛夷海，已经是负债经营。新年的房租、税收及各项费用，投入市场的买布、买原辅材料的费用，都成难题。路文珊不断把费用单拿给许若含签名，不断向她汇报啸天厂的资金运作状况。

涂嘉熙的姐夫是银行行长，知道啸天服饰公司的实力，当涂嘉熙带着许若含来他办公室的时候，他依照政策，帮许若含申请了企业贷款。

银行行长提醒许若含，企业管理不要拘于现状，要走出去。同样做服装，青城有的服装品牌工厂已经做到上市了。政策对民营企业的支持力度很大，啸天公司可以参考别人的经验，走出一条适合自己发展的阳光大道。

上市对许若含来说是一个新鲜的词语，她连股票是什么东西都不懂。但是从啸天贷款这一刻开始，她明白了，有了政策的支持，只要她抓住机遇，她甚至可能把品牌做到国外去。

嘯天公司发展这么多年，还是以加工为主，或者生产中低档市场产品，在小商品市场上买个商标贴上去。而青城的大部分工厂从一开始都打出自己的品牌，注册了商标。对比一下，嘯天公司确实是落后许多。

当务之急，是申请属于自己的商标。

通过熟人介绍，刚好有一个"笑天"商标要转让，许若含马上把这个商标买下来。买了商标，就找人设计 LOGO，嘯天生产的市场产品，全部用"笑天"商标。

这时候的沿海地区已经发展成为全国最重要的服装生产基地之一，产业链的完善，是商业发展最重要的因素。采购原辅材料和送货都要去青城石镇，来回半天时间。

嘯天公司再次升级了管理层。分人事部、业务部、设计部、财务部、生产部、QC 部（品质保证部）多个部门。听说青城很多大厂聘请了服装工程师对企业进行改善，嘯天公司继续物色服装工程师，打算再成立一个工程师部。当然，如果再完善，还需要企划部，不过目前企划部先归入业务部路文珊那边。部门太杂人才不够也是虚设。生产部的管理人员又有生产厂长、车间主任、组长几个阶层，其他部门都只有一两个人，分工明确，责任到位。人事部招聘了大学生；业务部还是路文珊负责；生产部和 QC 部由庄泉伟管理。

小肥婚后，带着老婆小燕来到嘯天公司。小燕是天海建筑公司的文员，大学毕业，样子清秀，一副精明能干的样子。结婚让小肥在忽然之间成熟了，他不再吊儿郎当，穿着西装一本正经坐在沙发上。

许若含缺财务人员的时候，想到了小燕，就跟辛夷海要了人，把小燕调到嘯天公司当出纳，负责嘯天公司所有出入款项。会计另外招聘。

设计部是许若含自己负责，她的大部分时间都在公司的款式设计里。

设计部有三个设计人员，设计师们开发一件新产品都要自己去石镇买面料、订辅料。交通不便、信息不到位，让许若含萌生了把设计部搬到石镇的想法。

她通过新闻知道了，跨海大桥奠基了。如果跨海大桥通车，到石镇路程也就半个小时。

然后，是设计部隔壁那个大厅，要利用起来。

许若含站在办公室旁边的空房间里，看见辛夷海过来，说："夷海哥，能帮我找几个装潢的师傅来吗？我办公室旁边这个房子要做展厅，需要装修好一些。"

"展厅设计可以让王风来帮忙。他在上海经常要去时装店设计装潢，包括衣服摆列、衣架模特位置设计，他这几天刚好回来，叫他安排时间就是。"辛夷海说。

王风过来看了，说"高级"暂时还不适合啸天，"极简、精致"可以作为啸天展厅的风格，企业的展厅要侧重于产品的展示而不是留白。装修的时候采取了顶棚镂空漆黑、筒灯、射灯、木架、绿植等配置。

王风安排员工开始展厅的布置，许若含则带领团队准备秋冬产品。这一次，她准备召开一个秋冬产品订货会。对于还没有一个属于自己的专卖店的啸天来说，如果没有客户的到来，订货会就是失败的。

那就需要一个属于自己的销售团队，销售部门必不可缺。只是已经无人可用，只能重用路文珊，把销售部归入业务部，由路文珊管理。另外招了一个文员放在螺东厂，潘婷跟着笑天的时间长了，可以提升，调到石镇服装城开店，开"笑天"专卖店，让潘婷考驾照，配了一部轿车。

石镇开了一家店，螺苑这边也可以开一家。刚好王益群说302

宿舍的朱丹萍嫁到谷山，问啸天厂有没有招聘月薪人员，想过来啸天上班。许若含大喜过望，直接安排朱丹萍在螺苑县城租了店铺卖啸天产品。

新店开始遇到的第一件事就是上架的产品。由设计部和生产部配合，直接外面拿了几个新款回来仿制生产。

"五一"期间，石镇和螺苑的"笑天"专卖店正式开张。由于产品齐全，价格合适，当天销售额爆发。

紧接着，许若含在白水市区也开了一家"笑天"专卖店，这一次却是用加盟的方式。因为一个螺苑的服装店主人看见隔壁的"笑天"品牌卖爆了，便到啸天公司跟路文珊签约。

有一家就有两家、三家。到 2007 年 7 月底"笑天"秋冬订货会开始的时候，已经有十几家"笑天"专卖店了。

这还只是个开始。许若含带着设计团队，以最快的速度设计了一百多个新款，当然，由于时间紧迫，不少式样是去市场上抄袭的。

埃文和席萍萍的离职，对啸天公司来说是一项大损失，有关桂兰亭公司的业务项目不再稳定,企业的发展需要另辟出路。开专卖店、做自己的产品，许若含硬是闯出一条路出来。

自己的品牌刚起步，厂里数百名员工需要养活，继续接外贸订单是啸天公司生产计划重要的一个环节。

夏天正是棉衣生产旺季，因为缝制的难度，货期一直往后拖，只能靠延长工作时间来保证产量。这样一来，工人的工作时间越来越长了，从每天晚上加班到十点半延长到十一点半。

"小洪有送工人回去吗？"开完订货会，几天没关注生产的许若含问庄泉伟，小洪是新来的司机。

"有的，一般超过十一点，我们都不让路程较远的工人自己骑车回去，而是派小洪去送，然后第二天早上小汤再去接回来。"一般情况下，晚上下班后城里的员工自己骑摩托车回去，稍远一点的几个工人因为家里放心不下，需要天天回家而不住在公司，见加班时间那么晚，每个人心里发愁，害怕下班后不敢独自骑车回去。为此，许若含特意下命令让面包车司机小洪每天晚上开车送工人回去。

"这样好，一定要保障工人上下班的安全。"许若含说。

"这些你交代过的，大家都在执行。"

晚上，在灯下做作业的儿子边写字边问："妈妈，明天下午小汤叔叔会开车送我们去玩吗？"

欧思庭已经读小学了。

许若含倒了杯水，坐在儿子身边看儿子做作业，回答说："明天公司很多事情，我们下星期去好不好？"

"可是我想去呢，妈妈。爸爸如果回来就好了，他有时间带我去玩。"

许若含的心一痛，手一颤，水杯的水差点洒出来，那天的事情，欧思庭还不知道。

欧思庭停下笔，认真地对妈妈说："妈妈，爸爸上次告诉我了，他要带我跟你去北京玩，去看长城。"

"好的，好的，你快做作业。"许若含对儿子说，她端着水杯走到电脑前，打开电脑。欧思庭见许若含开始忙碌她的工作，就不言语了。他把作业做完，收拾好作业本和铅笔，喝掉许若含帮他倒的牛奶，看了一会儿电视，就自己走回房间睡觉了。

过了一会儿，许若含进房间看儿子。欧思庭已经睡着了，他浓密的眉毛坚毅的唇形在睡梦中显得特别可爱。儿子的眉毛跟欧博龙一样，鼻子也像，就是嘴巴像弟弟许天照，不像那个善仔，一副贼头贼脑的样子。

她帮儿子盖被子，关灯，把门虚掩了走出来，再把办公室的玻璃门拉合，下了楼，走到后面的生产车间。

　　几个管理人员看见许若含走过来，微笑着跟她打招呼。庄泉伟正在修理机台，两手都是油渍，看见许若含走过来，他只是抬头点了点头，又埋下头继续拧螺丝。

　　许若含走到验收室，拿起几件成品的衣服，摊在桌上量了尺寸，针距，拿起工艺单要求细细阅读了一遍，对着工艺单把整件衣服的做工都看了一遍，这才放下衣服，走出验收室。作为一个从基层走上来的服装厂老板，她重视服装质量，在会议上，她经常告诉啸天厂的管理员："质量第一，以质量求生存。"

　　王益群看见许若含，走过来，说品质保证部的人员已经下班了。

　　许若含对王益群点点头，转身又走进验收室，拿起刚才看的那件衣服，指着领头和拉链对王益群交代了几句。

　　谈完工作，王益群告诉许若含，听工人讲，杜升服装厂倒闭了，杜升服装厂好几个工人来这边上班。说老板的儿子得了白血病，他把房子和厂里的设备全部卖了准备救他儿子。

　　许若含一听，愣在原地："能救吗？"

　　"换骨髓可以有几分希望，但是那个孩子来路不明，没地方找相同的血型。"

　　"姐妹不是好几个？"

　　"都不行。他那儿子是跟姐姐们同父异母。"

　　这些许若含清楚。

　　黑兰在螺东又生了一个儿子，这样阿宝还有个弟弟，就看孩子的造化了。

　　从车间下来，许若含边下楼梯边想着杜阿宝得白血病之事，杜升一家恐怕不知道黑兰后来又生了一个男孩之事，假如两个孩子血型相配，也许可以救阿宝一命。

　　走到楼房拐弯处，一只肥大的黑猫忽然从许若含的脚边窜过，许若含迈出去的脚刚好踢在黑猫身上，黑猫惨叫一声，还没等许若含回过神来，它已飞快地掠过，消失在黑暗中，却把许若含吓得大汗淋漓。

许若含定定神，心里泛起莫名的烦躁。她往前走了两步，踢到一样软绵绵的肉体，她吓了一跳，惊叫一声，脑海中电光石火间竟然泛起"小查"的名字，小查被那辆白色面包车撞后，就是这样软绵绵地躺在地上。许若含浑身鸡皮疙瘩冒出来了，迅速后退几步。

"谁啊？"一束手电的强光照来，是门卫。

许若含的心定了定："过来看看这是什么东西。"

手电筒一照，是个布娃娃。

"死猫，从哪里叼来这东西。"门卫嘴里唠叨，一路踢着，把布娃娃往垃圾桶旁边踢去。

"拐角这个灯晚上怎么不亮了？"

"估计是灯泡坏了，待会拿一个来换。"门卫说。

一听说灯坏，许若含的心中有个阴影，那年在海岛，也是灯坏了，她差点没命。

　　许若含本来想把整个厂区巡视一遍，经此一闹，情绪低落，浑身没劲。她摸了摸口袋，发现手机忘了带在身上，站立原地想了好一会儿，手机应该是放在办公室。

　　办公室亮着洁白的日光灯，只有在强烈的灯光下，许若含的心才有安定的感觉。她发现，自己越来越无助，越来越渴望一份依赖，那份依赖，确切地说来，是一个结实的怀抱和坚定的臂膀，一个家，有着群居生活的家。这些，谁能给她？她回忆起从前在欧家的生活，虽然诸多委屈，毕竟人多，也不寂寞。

　　除此，她一直是一个人，委屈害怕、恐惧都要自己承担。是该找时间去小查家里一趟，这么多年了，那件事结束了，小查家里再没找过许若含，许若含也尽量想淡忘这件事，今天晚上却莫名其妙地在一只黑猫飞过的同时想起了，让人烦躁。

　　许若含回到办公室，拿起办公桌上的手机翻看，看见几个未接电话，其中有一个是欧博龙的。许若含把手机按掉，依然放在桌上。

墙上的钟响了一声，许若含抬头一看，十点半了。

　　手机又响了，是一个陌生的号码，许若含犹豫了一下，按了接听键。手机里传来带着哭腔的沙哑的声音，对方说："阿含，求求你，快来救我吧！我快死了！"

　　许若含的心狂跳起来，这种陌生的语调在夜里听来是那么恐怖，许若含想把手机按掉，忽然想，会不会是弟弟？可是弟弟喊自己姐姐不会喊阿含。她小心翼翼地询问："你是谁？"

　　"我是博龙啊！看在多年夫妻的分上，看在思庭的分上，求求你，阿含，救救我好吗？我快被人打死了，你快来啊！"欧博龙沙哑着声音哭喊。

　　"你在哪里？"话刚出口，许若含就知道自己错了，这个伤害过自己的男人，就算被人家打死，又跟自己有什么关系呢。想到这，她马上把手机按掉。手机又响了，欧博龙用他自己的号码打来的，欧博龙在那边苦苦哀求，说他被绑架了，歹徒已经抠了他三个手指甲，那帮人拼命折磨他，威胁他，让他马上拿出二十万块钱去赎人，超过晚上十二点就准备帮他收尸。

　　"求求你，阿含，下辈子做牛做马我都会报答你的。看着思庭还小不能没有父亲，看在我曾经对你很好的分上，救我一次，阿含，求求你。啊——"

　　又传来欧博龙凄厉的尖叫声。

　　许若含六神无主，她的心怦怦直跳，欧博龙的惨叫声在耳边回荡，虽然他对她的伤害那么深，毕竟那是思庭的爸爸。

　　再次接到欧博龙的电话，说话的却是另一个人了，他阴沉沉地告诉许若含："马上拿钱过来，如果报警，那就把棺材带来。"

　　许若含赶紧拨打庄泉伟的手机，让庄泉伟到前面办公室商量事情。庄泉伟来时，许若含告诉了他事情经过，庄泉伟还没等许若含说完，转头就走。许若含慌忙拉住他："二十万块钱咱们还是拿得出来的，救人一命吧。他虽然坏，也是思庭的父亲，我不能见死不救，以后孩子会怪我的。"

"阿含，你怎么这么幼稚，你还没被骗够？"庄泉伟说。

"他品德虽坏，也不坏到极点，就帮他这一次，好吗？"许若含带着哀求的语气对庄泉伟说。

正说着，电话又打来了，庄泉伟伸过手，接过许若含手上的手机："喂，没钱，跟你们说没钱，你们想把人弄死就弄死吧，他家的人自然会去收尸，不关我们的事。"

说完，庄泉伟就把电话挂掉，又掀开盖子，按了关机键，快乐的关机音乐响完，庄泉伟这才把手机递给许若含："你看，这不处理好了！"

那头电话一挂，林荫狰狞地笑着，问欧博龙："你不是说许若含会听你的话，怎么她把电话挂了？"

欧博龙哭着说："会的，她会送钱过来的。"

林荫踢了欧博龙一脚："早拿十万块钱来，现在就不用翻倍了啊。"

欧博龙恐惧地往回缩了下身子，说："去年我拿了。"

胡湘桂骂道："钱呢？"

欧博龙小声说："输了。"

贼七看了地上的欧博龙一眼，不屑地说："不用绑了，这个男人不绑也不敢跑的。"

林荫骂道："你说他不敢跑，他儿子的卖家都找好了，还是被他偷抱回螺苑了。"

提到善仔，胡湘桂不乐意了："你自己的儿子不卖，凭什么卖我家的。"

林荫笑骂："没我儿子的帮忙，咱们这几年的生意哪有那么好做。你家的善仔那么笨，教他骗小孩他也不懂，不卖掉浪费粮食。"

上次胡湘桂偷听到这些人要卖她儿子，才让欧博龙把她儿子带回螺苑，也因为这件事她跟林荫团伙之间有矛盾了。后来她答应给十万块钱才逃过一劫，这笔钱一直没给。

林荫看着胡湘桂："你又想要什么花样，都死过一回了。"

胡湘桂："我有什么耍的。"

欧博龙看着林荫小心翼翼解释道："善仔这么大了，卖掉也会跑回来，人家不敢要。"

贼七毒笑道："想多了。煤矿那边还缺大量人手，去年还信誓旦旦说找到一批人，想发笔大财。"

欧博龙沮丧地说："我以为夏省人呆头呆脑的，谁知道他们那么团结。本来我把他们从厂里开除，许诺另外一份更高收入的工作，结果硬是被领头的领回家了。"

林荫骂道："成事不足败事有余，善仔不能卖，那就把许若含骗过来啊。"

欧博龙摇摇头："这个女人不相信我。"

贼七撇了撇嘴："叫他继续打电话。"

胡湘桂皱着眉头："我猜也没这么容易，那个女人现在跟他都离婚了，还会管他的死活。"

林荫怒道："十几年了，这个女人几次从我手里逃脱。现在她当大老板，咱们怎么都得刮她一层皮。"

旁边的贼七懒洋洋地说："刮层皮就不好卖了。"

胡湘桂说："你打给你父母吧，让他们去找许若含拿钱。"

林荫叹息道："最后做这一单。这笔钱拿到手，咱们就散了吧，各自按照最新的身份生活。现在赚钱没有以前那么容易了。"

胡湘桂看着地上的欧博龙："这人，你们处理吧。"

林荫恶狠狠地说："他知道的太多了。"

欧博龙一惊，急忙指着胡湘桂说："她知道更多。"

　　林荫看了胡湘桂一眼，胡湘桂的脸白了。

　　贼七说："就看你今天晚上能让许若含拿来多少钱了。胡湘桂不是说你有个当官的亲戚吗？"

　　林荫白了贼七一眼："当官的不要惹。"

　　庄泉伟跟许若含告辞了走下楼，才走到楼下，听见门卫处传来喧哗声，走近一看，是一对夫妻。那对夫妻哭着喊"阿含"，扬着手里的袋子说他们带了五万元过来了，让许若含把欧博龙放了。

　　庄泉伟一听，话不是这么说，怒道："什么把欧博龙放了，他是被别人抓走，你们自己去赎人。"

　　张晚爱看见许若含，一下跪倒在地，哭道："还差十五万啊，这么晚哪里去筹钱。"

　　欧新会说："阿含，过去我们有对不住你的地方。但是求你看在思庭不能没有父亲的分上，帮忙救救博龙吧！我们现在只能凑五万块，你帮帮忙吧。"

　　许若含赶紧把张晚爱拉起来说："不要这样，不要这样。"

　　庄泉伟说："报警啊！为什么不报警？"

　　"不要，千万不要报警，千万不要！一报警博龙就会死的。"张晚爱看出许若含听庄泉伟的话，赶紧回身跪在庄泉伟面前，握着庄泉伟的手，苦苦哀求起来。

　　许若含说："先到办公室再说吧。这么多工人来来去去的。"

　　到了办公室，老人讲起晚上接到欧博龙电话，绑匪说如果报警就撕票。许若含看了儿子睡觉的房间，示意大家说话小声一点。

　　欧新会从紧握在手上的麻袋里拿出一个小袋，打开小袋里的报纸，里面是一沓钱，他说："博海继续去借钱了，也不知道能借多少，最多也只能借几千块吧，我们等不及，就跑来城里求你了。"

　　庄泉伟问："还差多少钱？"

许若含问："你们知道把钱送去哪里？"

"他们说送钱的时候打电话，有人会来接。"欧新会回答说。

"那你们怎么把钱送过去？"许若含问。

"从城北过去再打他们的电话，你好人做到底叫车送我们一程？"欧新会小心问道。

"公司的司机现在下班了。"庄泉伟回答。

"那怎么办啊！"两个老人又哭起来。

"泉伟哥，你过来一下。"许若含对庄泉伟喊。庄泉伟不情愿地跟着许若含走到一旁，听许若含说，"派小汤把他们送去，早去早回。"

庄泉伟无奈地瞪了许若含一眼："阿含，好心害死人的道理你懂不？他们自己报警去。"

"事急从权，黑灯瞎火的，能用钱解决的事就不要兴师动众的。去吧！辛苦你了。"许若含没有多说。

庄泉伟叹了口气，他了解许若含的性格，不再多话，打了司机小汤的电话，让他把车开到厂门口等候。

许若含进房间取了钱出来，又让庄泉伟到银行取款机取了五万元现金。

看着车子开出厂门，许若含的心忽上忽下，一会儿担忧欧博龙的性命，一会儿又担心欧博龙是欺骗自己，反而害了庄泉伟。

小汤不清楚此行目的，见车上两位老人只管哭不说话，厂长庄泉伟也绷着张脸，心中疑惑，但也不过问，只专注开车。

到了城北的一个废弃工场，欧新会打了对方的电话，对方让他们继续往前走，然后向右拐。小汤听后继续往前走，向右拐。对方又说要退回来往左边的路口开。于是又退回来开了十来分钟路，却是一座小山头了。灯光照射处，有两个彪形大汉站在路边招手拦车，小汤停下车，那两个人走过来，凶巴巴地命小汤把车内灯打开，命车内人把钱打开给他看。一个男人伸过手想抢过钱袋，庄泉伟眼疾手快，赶紧抓住袋子，说："人呢？先看人。"

对方骂骂咧咧，叫小汤把车退出去，往来路开。

于是，小汤又开了十分钟车，退到大公路旁，公路边已经等待着一辆面包车。他们看见小汤的车牌号，拦下车，打开后车门。一个人站在车旁要看欧新会的钱，另外两个人从车上把欧博龙拖下来，丢在欧新会脚边，那些人从欧新会手中接过装钱的袋子，上了车扬长而去。

欧博龙浑身血迹，面无人色，瘫倒在地。庄泉伟和小汤把欧博龙送到医院，开车回公司向许若含汇报，把银行卡还给许若含，才离开。

第二天，许若含到螺东厂办公半天，联系一些业务，打几个电话，一个白天就过去了。眼看快下午四点了，小汤打来电话，许若含让小汤在楼下等，披了件风衣拿了钱包就跟小汤去学校。

欧思庭看见妈妈，开心地跑过来，对着许若含叽叽喳喳地讲个不停，讲今天上课老师提问，问题他全部懂；讲班级里有个同学很调皮，拿老师的粉笔打另一个女同学，那个女同学哭了。

到了菜市场，许若含买了两斤排骨、半斤瘦肉、一条鱼和两斤鸡翅，再买了两样青菜，想想冰箱也还有菜，准备晚上喊王益群和庄泉伟一起吃饭。

"小汤，你晚上也来我家里吃饭吧，庄厂长、王主任他们也会过来。"王益群早升为啸天公司的车间主任。

"晚上？我怎么敢让许总请客呢。"小汤不好意思地回答。

"那有什么，昨晚你们辛苦了。我打个电话。"许若含说完，拿出手机，打通了庄泉伟的老婆的电话，叫她不要买菜，六点钟下班后直接来吃饭；又打了王益群的电话，挂了电话才想起昨晚王益群告诉她的那件事。

欧思庭看见旁边的冰激凌专卖店，闹着也要吃，小汤就把车停在路边，带欧思庭去挑了一个冰激凌。

趁小汤下车的时间，许若含给杜升打了电话，告诉杜升，黑兰嫁到螺东镇，又生了一个儿子，问杜升是否知道，可以去黑兰娘家问问，给点钱，那家人什么都会告诉他的，然后把电话挂了，让杜升自己去斟酌吧。

思庭舔着冰激凌走上车。

"你就宠他。"许若含笑着对小汤说，小汤"呵呵"一笑，并不回答。

转过街口，小汤看见一辆警车停在啸天服装公司门口。"警察叔叔。"欧思庭擦擦嘴巴的冰激凌汁，大声叫着，"警察叔叔来抓坏人了！"

许若含从盒子里抽出两张餐巾纸，仔细帮欧思庭擦起嘴巴和鼻子上的冰激凌汁。还没等她擦完，有人在敲车玻璃，许若含打开车门，两名警察站在许若含的车旁边："你叫许若含？"

许若含点点头。

"下来！"警察威严地对许若含说。

许若含莫名其妙，走出车门，另外一个警察跑来，从口袋里掏出手铐，迅速铐住许若含的双手，然后三个人推着惊慌失措的许若含往警车快步走去。他们把许若含塞进警车，一左一右两个警察把许若含紧紧夹在中间，另外一个坐在副驾驶室，警车拉响警笛，迅速扬长而去。等小汤和门卫惊醒过来追上去，警车已经离开。

欧思庭看见妈妈被警察带走，号啕大哭，小汤赶紧拿出手机，颤抖着给庄泉伟打电话。

庄泉伟和王益群等几个管理人员匆匆从厂里跑出来："在哪里，许总在哪里？"

"被抓走了。刚刚走的。"小汤惊魂未定，指着车子离去的方向告诉庄泉伟。

"快走,我们去看看。你们把思庭带回去。"

"我也去。"王益群也坐上车。

"不要去那么多人,你们抓紧时间把货赶出来。"

小汤发动车子,跟着刚才那辆警车开走的方向追去。

庄泉伟一上车,马上给涂嘉熙打了电话,然后他回头问小汤:"是哪个公安局的或者派出所的?"

小汤摇摇头:"我不知道,我从车上开门下来追上去,他们已经离开了。"

小汤往最近的公安分局开去,在分局门口下车,庄泉伟和王益群赶紧跑进分局,到里面问了,没有谁出来抓人。他们又赶紧回来爬上车,边打电话给涂嘉熙,让他帮忙想办法,边往公安局开去,公安局也说没有抓人。

许若含到底在哪里?她在经受怎样的恐慌和害怕?

电话那头,涂嘉熙跟庄泉伟了解情况,这才知道昨晚发生的事。于是,涂嘉熙又辗转得知,许若含涉嫌杀人案,正在接受审讯调查。再一打听,昨晚的绑架杀人案件跟许若含有关,事主有很多证据证明,那些绑架的人是许若含指派。

"可是我们已经把欧博龙送到医院了,他没有死。"庄泉伟怒道。

"欧博龙是没有死,他老婆死了。半路上,他老婆想跳车逃跑,那帮人没拉住,就顺手推一把,车子开得飞快,他老婆摔死了。欧博龙一口咬定这件事是许若含指使,而且查了也只有阿含有犯罪动机。"

"冤枉!"庄泉伟怒气冲冲,"那也只是欧博龙的一面之词。我早劝阿含了,不要多管闲事,她就是不听。你在哪里?能不能见到阿含?"

"我在公安局。你吩咐知情人别把这件事在厂里讲出去,这边我想办法处理。有辛夷海的电话吗？先把他叫回来，我们一起商量。"

"把许总弟弟也叫回来。"

"好，我现在就打他们的电话。"庄泉伟说完，赶紧在手机搜索到"辛夷海"，颤抖着手拨通号码。

　　第二天早上，警车又开进啸天服装公司，在厂区内转了一圈，找了庄泉伟和司机小汤等人做笔录，然后把面包车司机小洪带走，并带走了保安室每次记录厂车公里数的本子。自从啸天厂买了车开始，庄泉伟就下达命令，厂车出入都要记录公里数，什么时间出去，出去的公里数是多少，什么时间回来，回来的公里数又是多少，由当班负责的门卫记录下来。

　　警察带着的不是事发当天晚上送钱的小汤而是小洪，这让庄泉伟想不通。

　　小洪脸色苍白地坐进警车。

　　直到小洪回来，他才吞吞吐吐地告诉庄泉伟他们，前天晚上，他送完工人回来，在城北的一个路口被几个人拦住，那些人以五百元报酬作为诱惑，说车子坏了，让他载他们到市区。

　　完了！庄泉伟心一沉，他赶紧打电话把这件事告诉了涂嘉熙。

　　许天照刚好去外地学习三天，接到电话就想请假回来，被许水生打电话过去阻拦了。

　　齐灵珊也请了假，陪着许水生到处奔波，一会跟着人去了派出所，一会来公司，一会又跟着警车后面跑。坐在齐灵珊的摩托车后面，许水生忍不住呜咽哭泣。

　　灵珊心里急，也不断劝许水生："没事的，爸爸，姐姐一定没事的。"

　　许水生哭道："阿含被抓，会不会连累天照也被撤职，他是公家的人，会被阿含连累的，千万不要叫天照回来啊。"

　　齐灵珊解释道："二姐是二姐，连累不到天照的。况且二姐是被冤枉的，等天照回来，他会去帮忙查清情况的。"

　　许水生还是哭："你不知道，天照好不容易上了大学，家里什么事我们都不敢告诉天照，他是公家的人，咱们不能害他的。"

　　齐灵珊心里一酸："爸爸，天照不是乱来的人，他不仅是公家的人，更是咱们许家的男子汉，家里的事，该他担起来的，他必须担着。"

　　直到下午，涂嘉熙才了解事情的一部分情况：欧博龙告许若含雇人绑架杀人。主要证据有：一、通话记录查出，那天晚上打进许若含手机的号码，其中有几个是劫匪跟许若含的联系，欧博龙的号码可以证明，当时他苦苦哀求许若含放他一马；二、欧新会夫妻那天晚上带五万块钱现金来，两夫妻在保安室当场给了许若含五万块钱，跪着求许若含放了他儿子，啸天厂的门卫也看见了这一幕；三、许若含有恨欧博龙和杀害胡湘桂的动机；四、交警部门调出电子警察的监控，这些匪徒最后由啸天服装公司的面包车转移到市区，在市区的一个十字路口停车，啸天服装公司的面包车司机还跳下车，跟匪徒在车旁聊天。

　　辛夷海在下午也赶回来，他说这两天许天照出差，估计也快到了。

看见辛夷海，大家也看到了希望，在他们的意识里，辛夷海如同许若含的哥哥。许水生见到辛夷海，冲上前，握住辛夷海的手，哽咽着说不出话来。辛夷海忽然被许水生抓住手，心中升起巨大的责任感。是的，他有义务为这个家庭做点他力所能及的事，而且，他非常愿意去做的。他拍拍许水生的手背，安慰道："伯，你别急，别急，我们会想办法的。"

许天照回来，打听到许若含只是暂时看管。托人送了衣服和零花钱进去，大家就按照各自的门路奔走打听。

许天照平时只会踏踏实实做事，也没积累什么人脉关系，这次遇到事情也只能是着急得团团转。许水生又担心许若含的事情影响到许天照，虽然心里急，还是催着天照继续上班去。许水生说："天照，你是公家的人，你一定要相信政府。这个时候，你更加不能请假不能离岗，千万不能让阿含的事影响到你的工作。"

辛夷海也劝道："天照你先去上班，你姐的事也不是一天两天就能处理的，说不定你在单位反而比在家里打听得更多。"

许天照上班后。辛夷海跟庄泉伟来到医院看望欧博龙。欧博龙几根手指头全部包上绷布，却精神奕奕，估计只是皮肉伤，谈起胡湘桂，他一点也不难过，只是一言带过，说听说她死了。谈及他自己，他眼神闪烁，不与辛夷海正视。

"你开个价，让阿含出来。"辛夷海绷着脸说。

"什么价？"欧博龙假装不明白。

"你故意陷害阿含，却在这装糊涂，狼心狗肺的东西。"庄泉伟一怒，冲到病床前，辛夷海手一拦。

"你别诬陷阿含，给你十万。"辛夷海说。

"十万，太少了吧！给乞丐啊。五十万。"欧博龙想了一下说。

"你别得寸进尺。"庄泉伟怒道。

"好，这钱我给你。"辛夷海说。

"钱到手再说。"欧博龙恶狠狠地说。

这时，张晚爱从门外走进来，带着一个挺着啤酒肚的中年人，那个人带着敌意盯了辛夷海和欧博龙数秒钟。

跟进来的医生说病人要休息，叫辛夷海他们离开。

"你考虑一下，我明天再来。"辛夷海拉起庄泉伟，离开了。

刚走出医院，庄泉伟的手机响了，是张友贵打来的，他说他老乡在一家修车厂，他们那边有一辆外地车牌号的面包车，停了几天了，没有人去修也没有人去认领。

"我们过去看看。"辛夷海说。两个人赶紧上车，开车前往张友贵所说的地方，张友贵已经在那里等待了，见到两人，又把刚才的话说了一遍。

"马上报警。"辛夷海说。

公安局很快查到这部车的来源，车主是江省的，这辆车主人十天前已经报车辆失踪。

涂嘉熙找了关系，通过公路的监控查到，这部车从江省那边开过来，只是不能证明是那些匪徒开过来的。庄泉伟和司机小汤到公安局极力证明，这部车是当初绑架欧博龙的面包车。

一帮人努力为许若含的案件奔波。接送欧思庭上学放学成了许天照的事。

这天下午许天照开会，天黑了才想起忘了接外甥，赶到学校，校门口已经空无一人。打电话给父亲和厂里的人，都说没看到欧思庭。许水生说外孙早上跟自己要了五十块钱。

五十块钱对一个小孩子来说不是小数目，欧思庭要钱干吗？是不是有人胁迫他给钱？

综合前几天欧博龙被绑架一案，大家担心欧思庭也被绑架了，找不到孩子的第一时间就报警了。

这件事也惊动了学校。校长、老师、啸天公司所有认识欧思庭的人都出动，满大街寻找欧思庭。

还是齐灵珊想起来，跟许天照说孩子会不会被接回去曲沙村。

许天照夫妻俩带着欧思庭的班主任急急忙忙赶去曲沙村。

欧思庭跪在家门口，欧善仔和欧如兰正在拉他起来，他坚决不肯起来。

欧思庭哭道："爷爷奶奶，我听见你们跟我妈妈借钱了，你们让我妈妈回来，我可以不跟我妈妈在一起，我每天都回来曲沙村，以后我赚钱都给你们用，求求你们放我妈妈回来好不好。"

三个人赶紧上前抱起欧思庭，班主任也打了电话回去给校长，说孩子找到了。

欧思庭哭着告诉舅舅："我没睡觉，我听见了，奶奶说叔叔还在到处借钱，让妈妈先帮忙出钱救我爸爸，又让庄泉伟叔叔叫小汤叔叔送爷爷奶奶去送钱。妈妈没杀人，妈妈不是坏人，求求你们救救妈妈。求求爷爷奶奶放妈妈回来。"

班主任长吁一口气，说昨天法治教育课，孩子应该是上课受到启发。

许天照怒怼欧新会："一个孩子都比你们懂事，无中生有的事你们冤枉我姐，摸摸你们的良心。"

面对欧善仔、欧思庭、欧如兰三个孩子清纯的目光，张晚爱说话也不那么嚣张了："有没有事公安机关自然会查清楚，不是说明天阿舍可以取保先放出来吗，你们等等看看吧。"

牵挂许若舍，涂嘉熙每次回家都臭着一张脸。

去年送张友初的儿子到医院，张友初的儿子就是陆雪琪的儿子，回来后陆雪琪一五一十地跟涂嘉熙坦白被骗往贵省之事，倚仗自己是培培的亲生母亲，她渴望得到原谅。涂嘉熙心里无法接受，看着陆雪琪拼命赎罪的样子，他只是沉默，但对陆雪琪有一种排斥的心理，再不靠近。

张友初有了收入，除了负责母亲和儿子的日常开支外，这个朴实的男人把剩余的钱都给了陆雪琪。每次陆雪琪过来，张友初和他母亲都张罗好吃好喝的，用心伺候陆雪琪，碗都舍不得让陆雪琪洗。在张友初那边，陆雪琪尝到了在涂嘉熙家里从未有过的家庭温情。

儿是母亲心头的一块肉，那天跟着广省商人离开贵省那个村庄，陆雪琪马上后悔了，早应该把儿子也带出来。回来的日子，她多少次梦见儿子哭着要"妈妈"，小手拼命朝她伸过来，等她快碰到儿子的手，却醒了，只有泪水沾满枕巾。她住在涂嘉熙的房子，涂嘉熙却无视她的存在，几乎不跟她说话，有什么事让女儿培培转达。特别是知道贵省那些往事之后，对她都是厌恶的眼光。

想到这些，她心中充满怨恨。

除了没有钱，张友初的外貌条件很好，高高的个子，匀称完美的身材，帅气的相貌，对陆雪琪万分温柔，怕她冷、怕她饿、怕她累。陆雪琪在贵省那段时间，他把陆雪琪当宝贝一样捧在手心宠，陆雪琪生了儿子后，他更是恨不得把整颗心都掏出来给陆雪琪。哪里像涂嘉熙，一副高高在上的样子，什么事情陆雪琪都得顺从她。可是想到那个下车后还要走六七个小时、一路有狼和野兽、蚊子臭虫成群、灰暗寂寞的山村，陆雪琪就忍不住打寒战，她畏惧那样的生活。

趁婆婆去买菜的机会，陆雪琪贴近张友初的身体……

陆雪琪的脸上焕发了光彩，她开始喜欢打扮，把涂嘉熙留在家里的钱一次次往螺东镇带，在家的时间也越来越短暂。

涂嘉熙已经拿到成考的大专文凭，准备继续专升本的考试。读书之外，涂嘉熙专心经营他的嘉熙门窗厂。涂嘉熙没有注意陆雪琪的变化，每天都是陆雪琪接送培培，所以孩子的教育他几乎不管，他只是留足够的钱在家里，设法让自己更忙碌一些，这样就可以拒绝陆雪琪的靠近。

　　这天早上，涂嘉熙因为头痛，睡到早上十点多才起床。他在楼上的阳台站了一会儿，对着不远的书峰山深深吸了一口气，觉得有点口渴，准备下楼喝水，下了楼梯，他听见从厕所传来的呕吐声，走过去一看，陆雪琪正对着马桶干呕。

　　"生病了？没去看医生？"上次张友初的事件，陆雪琪哭着跟涂嘉熙解释了，涂嘉熙默然，不多理会，见陆雪琪在厕所吐，毕竟是女儿的妈妈，涂嘉熙还是关切地问。陆雪琪没想到涂嘉熙还在家里，她大吃一惊，擦擦嘴，不敢与涂嘉熙正视。

　　涂嘉熙脑中灵光一闪，想起当年陆雪琪怀培培的时候也是这样吐，他盯着陆雪琪试探着问："怀孕了？"

　　陆雪琪没有回答涂嘉熙，把卫生间门关上，在里面又拼命呕吐起来。

　　涂嘉熙头痛欲裂，找到水壶，倒了杯凉开水"咕噜咕噜"喝下，走到沙发旁，一屁股坐下来，手按着前额。过了一会儿，陆雪琪在卫生间冲了水，打开门走出来，躲闪着就要往房间走去。涂嘉熙看见，从沙发上跳起来，冲上前去，揪住陆雪琪的睡衣，把陆雪琪压在墙壁上，甩了她两巴掌。

　　陆雪琪没有像从前一样跟涂嘉熙揪打到一起，而是一手护着肚子，一手挡住脸，哭着喊："别打我，不要打了，我有孩子了。"

　　不提孩子还好，一提孩子涂嘉熙更是怒火中烧，提起脚就要踢陆雪琪，陆雪琪满脸恐慌，"扑通"跪在涂嘉熙面前："我错了，你怎么处理就怎么处理吧！不要伤害我的孩子。"

　　"培培是我的孩子吗？"不知道为什么，涂嘉熙解脱般吁了口气，冷着声音问道。

　　陆雪琪没有想到涂嘉熙会这么问，她低下头，小声回答："是的。"

　　"我会去验血型。"

　　"不要！"陆雪琪惊叫，"这样会伤害孩子的。"

"你怕什么？我偏偏要去。"涂嘉熙冷冷地问。

"这样对孩子成长不利，培培绝对是你的孩子，我以生命跟你保证，不要伤害培培！孩子是无辜的，不要伤害她，也不要让她知道我的事，求你了。"陆雪琪带着哀求的眼神看着涂嘉熙。

涂嘉熙沉默不语。

"我可以什么都不要，我离开，我知道你喜欢许若含，我成全你们，只求你不要伤害我的孩子。"陆雪琪说，想到自己从此以后要告别这种安逸的生活，她泪如雨下。

提到许若含，涂嘉熙心里一动，忽然问："是不是你陷害阿含？"

陆雪琪惊呆了，她怎么敢陷害许若含？"怎么可能，阿含怎么了？"

涂嘉熙忽然掐着陆雪琪的脖子，恶声问："告诉我，阿含被抓是不是你跟其他团伙的陷害？"

陆雪琪喘着气说："阿含又没得罪我，我干吗要陷害她？而且现在张友初还是拿啸天的工资在养孩子养家。"

涂嘉熙一听，放开了陆雪琪。没错，陆雪琪的情郎还在许若含的厂里上班，陆雪琪没有害许若含的必要。

陆雪琪被涂嘉熙吓坏了，她离涂嘉熙远一点，走到门边，万一涂嘉熙过来她可以夺门而逃。然后，她才问："阿含出什么事了？"

涂嘉熙冷冷地看着门边的陆雪琪："你问那么多干吗？"

陆雪琪本来也不想关心，但是她真的担心许若含出事，连累张友初失业，于是她小心翼翼地问："阿含死了吗？"

涂嘉熙怒吼一声："你才死了。"

陆雪琪松了一口气，没死就好。如果许若含死了，啸天厂就会倒闭，张友初他们只能回老家，回那个让她绝望的山村。这样的话她就完蛋了，眼看涂嘉熙这条路断了，肚子里又怀上了张友初的孩子。

涂嘉熙也累了，抱着头，冲陆雪琪挥挥手："你滚吧，东西全部搬走。"

看见涂嘉熙这样子，陆雪琪反而不敢离开了。她也好奇，许若含到底怎么了，许若含一定不能出事，不然友初和未出生的孩子怎么办。她看见涂嘉熙的肩膀在抖动，走过去，给涂嘉熙倒了杯水，轻轻拍拍涂嘉熙的肩膀。

涂嘉熙抬起头，泪流满面。他看着陆雪琪，说："雪琪，阿含跟你也认识十几年了，我不希望你骂她，但是你说的也是实话，阿含确实快死了，她被诬陷雇凶杀人，可能会被判死刑。"

陆雪琪大吃一惊："怎么可能？阿含是个那么善良的女人。"

于是，涂嘉熙就把他知道的事说了出来。

陆雪琪很聪明，她一下听出了几个疑点："一定有人背后操纵，你说的这些构不成她雇凶杀人的理由。"

涂嘉熙说："可是公安局都是这样说的。"

陆雪琪肯定地说："公安局有对方的人，有想要阿含的命的人。"

涂嘉熙被陆雪琪的话唬住了："连你也这么认为？"

陆雪琪点点头。

涂嘉熙难过地说道："我们都知道是她那个前夫欧博龙的问题，可惜没有证据。"

陆雪琪福至心灵："她前夫姓欧？做什么的？"

涂嘉熙："包工头，你想拉关系吗？"

陆雪琪却兴奋地继续问道："是不是在占江包过工地？"

涂嘉熙不想继续这个话题，他站起来。

陆雪琪赶紧往后退了一步："我问你，你们以前在深市的工厂里，有没有一个叫如安的工人？"

涂嘉熙看了陆雪琪一眼，如安丢失那件事闹得很凶，他简短地回答："有。你到底想说什么？"

陆雪琪说："她是被一个叫林荫的卖掉的，卖到友初他们村里。"

涂嘉熙吸了口气："果然是被林荫卖掉的。"

陆雪琪继续说："那时候她们还准备叫阿含跟她们一起离开，阿含没同意。如果当时阿含跟她们走，估计也被卖了。"

涂嘉熙点点头："阿含没这么傻的。"

陆雪琪说："如安说她跟着林荫离开那个厂，落脚的第一个点就是在占江的一个欧老板的工地，听说那个老板还请他们吃饭。你说许若含的前夫跟他老婆都在占江，我就觉得，会不会这事有什么牵连。"

涂嘉熙抬头看着陆雪琪："欧老板？你确定是欧，如安没有说错？"

陆雪琪肯定地回答："不会。如安听见他们几个喊'欧老板'，我知道有复姓欧阳，没想到有单姓欧，所以记得很清楚。"

涂嘉熙疑惑地看着陆雪琪："你该不是又想害谁吧？"

陆雪琪觉得涂嘉熙不可言喻，也生气了："如果许若含出事，工厂倒闭，友初会失去工作，在这里待不下去，不然我跟你讲这些干什么。"

涂嘉熙抓起车钥匙："你说的这些，我去查一下。"

　　涂嘉熙回到啸天公司，马上把原来深市圣泓厂的人都叫过来，包括许天照、辛夷海。

　　涂嘉熙把陆雪琪说的情况讲了一遍。

　　王益群首先惊叫起来："难怪，那个林荫几次要接近阿含，好几次晚上叫阿含跟她出去，被凌琴阻止了。"

　　庄泉伟点点头："这就解释得通了，为什么曲明言的老婆和孩子全部丢了，肯定也是被卖了。我问一下曲明言在哪里，我叫他马上过来。"

　　庄泉伟打了电话，让曲明言马上到啸天公司过来。

　　许天照后怕地问："那么，我姐姐在海岛遇到的绑匪，会不会也是那些人？"

　　门被打开了，辛夷海迟到了一会儿，他刚听到许天照最后一句话，又问了之前大家所讲的，点点头："那就不会错了，阿含在海岛就是遇到林荫团伙，当时她还想报警，是我阻止她的。"

　　王益群怒道："他们肯定是勾结了，现在阿含有钱了，欧博龙以为把那个女的害死了，他就可以跟阿含在一起，他一定以为阿含不要他是因为那个女人。"

　　涂嘉熙说："调查一下当年林荫带着如安是否住在占江欧博龙的工地上，夷海你应该能查到吧？"

　　辛夷海思索了一下："可以找最早跟着欧博龙的那些师傅，其中有两个在我上海的工地，等下我打电话问问。"

　　许天照说："再打个电话给土娃，让他抽空过来这边，看看电子监控里有没有他当年追的那个人。"

　　庄泉伟有疑问："那么久了，监控又那么模糊。"

　　辛夷海肯定地说："土娃这个人不普通，他有超强大脑。"

　　王益群也有疑问："警察相信吗？"

　　许天照点点头："他可以。"

　　商量了一下，分工合作，事情要查就查得全面一些，许若含必须清清白白地回来。

　　庄泉伟负责找到曲明言，让曲明言和庄兰的娘家父母一起报案，报庄兰失踪案。

　　王益群负责找如安父母的联系方式，通知如安的父母报案，并请求公安机关协助解救如安。

　　许天照负责跟土娃的联系，让土娃来一趟螺苑。

　　涂嘉熙跟陆雪琪一起去动员张友初一家，让张友初出面，只有他们本地人的秘密配合才可能顺利救出如安。

　　辛夷海负责回海岛查当年林荫团伙的犯罪记录，包括寻找占江当年的人证。

　　至于拘留所的许若含，在目前证据不确凿，且还有很多疑点，故不会马上提起诉讼。

　　陆雪琪说得没错，应该是有想要许若含性命的人。

当务之急就是稳住欧博龙。

会议结束，辛夷海和庄泉伟提了十万元现金去医院，欧博龙已经出院了。

"跑了！"庄泉伟很生气。

"跑不了，这是个法治社会，没有谁可以一手遮天。"辛夷海阴着脸。

许若含被取保候审，但是不准离开螺苑，必须按照规定，要随叫随到，直到案件调查清楚。

许天照、辛夷海和涂嘉熙等候在门外，见到许若含，许天照冲上前，喊声："姐！"

许若含看见弟弟，抬头又看见辛夷海和涂嘉熙等人，心中有了依靠，这几天的担惊受怕总算过去了，忍不住眼泪就滑落了。

走出看守所的大门，刺眼的太阳光线照射过来，许若含眯了一会儿眼睛。已是初冬时分，南方的冬天不冷，许若含却感觉冷意从四面八方袭来，好疲惫。

"先回去吧！"涂嘉熙说。

"阿含和天照坐我的车。"辛夷海说。

许天照握着姐姐的手，走在后面下了阶梯。

辛夷海转头对涂嘉熙说："你有事先忙去。"

"我也过去啸天看看。"

许若含一声不吭地坐在辛夷海的副驾驶座位，许天照坐后排。涂嘉熙的车子跟在后面走了一段路，终究还是拐了弯，回家去了，他要去跟陆雪琪商量一些事，这件事比较急。

辛夷海的车子沿着山路往城里方向开，虽然是水泥路，坑坑洼洼还是不少，一路颠簸。车窗外，是葱郁的树木。十八岁的时候，许若含还跟着夷海哥在管弦乐队，平日里会跟乐队小伙伴去海边，也差不多是这样的季节。她侧头看看开车的辛夷海，辛夷海的头发有点发白。

是的，夷海哥也已经四十四岁了。

人生是个不断行走的过程，谁也停不下来。

车子穿过热闹的街市，从新一海建筑公司附近绕过，最后停靠在啸天公司的厂区内。

厂房内的窗口密密麻麻站满人，过一分钟，又四散走开，露出车间里生产线上悬挂的白晃晃的日光灯管。

许水生、庄泉伟和王益群等人站在办公室楼下的走廊里等候。

车子停稳，许水生走到车边，许若含下了车，喊了一声"阿爸"。

"回来就好，回来就好！"许水生哽咽着说道。

许若含回头问庄泉伟："生产正常吧？"

"一切正常。"庄泉伟简单地回答。

欧思庭放学回来后，见到许若含，喊了一声"妈妈"，呆立一会儿，就走到一旁自顾自拿了作业本出来做作业。

许若含在车上听弟弟讲儿子去跪在欧家门口求爷爷奶奶放过妈妈的一幕，走上前，抱住儿子。

在妈妈怀里，欧思庭"哇"的一声大哭起来。

午饭时分，到厂门口的饭店买了几个炒菜过来，许水生下锅煮米饭。庄泉伟他们都回去吃饭了。

吃饭的时候，辛夷海问："伯，你下午回倒溪坡村吗？"

许水生闷头吃饭，这几天，他担惊受怕，忘了自己要喝酒的习惯："不回去，我这几天住在这里。"

许若含明白，父亲是放心不下自己，但是她的心很烦躁，不想让父亲看见，于是她冲父亲喊："阿爸，你就回去吧，我这几天忙，也没时间招待你。"

"我自己做饭自己吃饭，看看思庭，你忙你的。"许水生回答。

"阿爸，你还是回去吧。"许若含又说。

　　许天照说话了："姐，你还是让阿爸留着吧，现在让他回去，他哪里放心得下。"

　　许若含不再说话。

　　"倒溪坡村那房子拆了重建吧？雨一下漏成那样。"辛夷海为许天照倒了杯啤酒，又帮许水生倒了半杯白酒，转移话题。

　　许天照拿起酒杯，往喉咙里一倒。

　　辛夷海奇怪地看了许天照一眼，再倒满，许天照又喝干了一杯。

　　辛夷海又倒了一杯："口渴了吗，那就再喝一杯吧。"

　　许天照举起杯："这些年，谢谢哥。现在也年底了，等过年吧，房子我会找人去修理的。"

　　"那就过年吧，开正马上动工。钢筋、水泥公司有，叫几车砖头、石子、细沙就可以了。十天八天的，房子就建起来了。这样叔就不会没事做了。"辛夷海笑着说。

　　"爸，您该高兴，天照有天照的前途，我也就是受点挫折，灵珊又那么孝顺，您外孙、孙女都有了。咱们有今天的日子，也是很幸福了。"许若含说。

　　辛夷海看了许若含一眼，又给许水生续了点酒。

　　"今天不喝酒。"许水生闷头吃饭。

　　"喝一杯没事，阿含回来了，大家高兴高兴。"辛夷海对许水生说。

　　许水生听了，端起酒杯，"咕隆咕隆"就把整杯酒送进喉咙。

　　辛夷海叹气，今天这些酒得罪你们父子吗？

　　"其实你们姐弟俩有今天，我也是很高兴的。就是看见你，有时候会想起阿平。"许水生看了辛夷海一眼，伤感地说。他知道许若含的案子还没了结，大家都不想提，又想起了许若平腹中的孩子，如果那孩子能出生，现在也虚岁十九了，该读大学了。

　　"你是个懂事的孩子啊，阿平没福气。"许水生对着辛夷海，第一次说出了心里话。

"伯！"辛夷海叫了一声，就没说话，他也"咕隆"一口把面前的那杯啤酒喝了。今天的酒，连他也得罪了。

阿平，他一生的挚爱。

"你们都有自己的前程，我一生做人小心谨慎。"许水生转头对女儿，带着几分醉意，"你自身难保，差点没命，我现在只有你一个女儿了。"

许天照端起啤酒："阿爸，我知道这些年您跟姐姐承担了太多苦难，你们为了支持我的工作都不肯告诉我。只是今天我说一句，阿爸，我虽然拿的是公家的工资，但我也是许家的儿子，我处理事情心中有分寸，以后你们不能再什么事都不告诉我了。"

辛夷海诧异地看着许天照。

许天照从公文包里拿出一条银腰链："阿爸，大头他们那是敲诈，你们居然担心连累我和夷海哥，把阿姆的银腰链都给抵押出去，这是阿姆唯一的遗物啊！"

听许天照一说，辛夷海这才知道当年大头一家上门催债，许水生把阿勤的银腰链抵押出去。这次审许若含的案子，公安局去倒溪坡村调查，查到乌麦的不明死亡，又查到大头的高利贷，牵扯出这条银腰链，许天照才知道当年父亲和姐姐的无知，担心连累亲人而选择了隐忍。大头银铛入狱，阿勤的银腰链因为没有被卖掉而退回来，许天照代表许水生去签名认领了。

许天照抱着阿勤的银腰链，呜咽着，哭出声来："阿爸，这些年天照不是不知道你们在保护我，所以做事都小心翼翼的。你们当年支持我去扶贫，又支持灵珊去支教。其实咱们家也很艰难的，但是您从来不说，你们两个把家里的苦都担起来了。人家说'养儿能出头'，儿子如果什么都不能为您出头，您养我这个儿子有何用？如果我作为您的儿子只能缩在您的翅膀下瑟瑟发抖，那我这公家人的身份又有何用？成天顾忌这顾忌那的，连自家姐姐受了冤枉也不敢出头，那我这个弟弟又有何用？"

许水生喝道："说什么呢，说什么呢，你吃的公家饭，做的公家事，有一个铁饭碗，你还想砸了不成？"

辛夷海赶紧劝道："伯，天照是说他姐姐的事他也帮不上忙，才有这么多感慨，您就别生气了。"

许天照见父亲生气了，也不敢再说什么，只是默默流泪。

许若含看见一家人这样，笑着给父亲夹了块肉，笑道："大家都别担心我了，这次过后，我的劫难肯定已经都过去了，接下去应该是无尽的福泽了。"

　　曲明言接到庄泉伟的电话时，他刚好在黄腾阳家里。林少剑的出身是他去告诉黄家的，结果黄腾阳兄弟赶上的是林少剑的葬礼，这件事给了苏素兰很大的打击。尽管这样，黄家兄弟还是很感激曲明言，曲明言成了黄家的常客。他来到啸天公司，许若含一家已经吃过午饭回了倒溪坡村。

　　庄泉伟把林荫拐卖妇女儿童的事告诉了曲明言，说当年庄兰可能就是被林荫卖掉了。

　　曲明言细细回想了当年的情形，庄兰失踪后，林荫态度发生了很大的变化。说真的，他当时也有怀疑，但是因为自己当时年龄小没有社会阅历，也就没想那么多。现在听庄泉伟说了这么多事，他毫不迟疑地就去了公安局报案，以庄兰失踪为由，并且叙述了当年自己跟林荫生活的情节，道出自己的怀疑。

　　这时候王益群也在 QQ 群问到了如安父母的电话号码。这些年，两位老人从来没有放弃过寻找女儿，他们的电话号码没有更换过，还去过圣泓厂几次，每次去了都在厂门口守几天，并且把自己的联系电话写在保安室的黑板上，说如果有谁看到如安一定要打他们夫妻的电话。所以当王益群把电话打给老人家，告诉他们如安被拐卖到贵省山区，让他们报案找公安机关，两位老人泣不成声，就在电话那头给王益群跪下了。

王益群也得到一个消息，有人说那个杨部长得癌症，几年前就死了。

至于土娃，他接到许天照的电话，听说最近发生的事，当天就买了机票，直接往螺苑赶。跟他一起来的，还有夏省当地的几个乡镇干部，他们说想来看看涂领导和许领导的家乡。

下午，许水生躺在许若含办公室的沙发上睡觉，许若含请路文珊帮忙照看，还请齐灵珊下课后去实验小学接欧思庭回来，然后她跟着辛夷海的车回螺东。

在啸天服装厂门口的十字路口，许若含便下车步行。许天照继续跟着辛夷海的车去倒溪坡。

啸天服装厂的门锁着，工人没上班。

许若含被拘留后，担心工人在厂里有不好的消息流传，所以手上那批货做完干脆停了几天。当年林少剑出事，阿琴姐的厂也是这般冷清吧！许若含心中凄楚，事业再发达，她依然是弱女子。

许若含拿出钥匙，打开门走了进去。楼梯阴暗，开了几次灯，灯都不亮，许若含这才记起庄泉伟说过了，螺东厂这两天停电，已经通知明天可以恢复生产。

登上楼梯，许若含听见楼上传来轻微的脚步声，"噗噗噗"地往裁剪区跑去。

"人没上班，猫和老鼠都来了，老鼠会啃破布料和衣服。"许若含想。上了楼，许若含找根棍子，走到裁剪区轻轻敲打纸箱。

布堆猛地推开，露出一个脑袋，同时传来两声惊叫，一声是那个脑袋喊出来的，一声是许若含喊出来的。

　　一个黑影"嗖"地从许若含的身边穿过。许若含吓得魂飞魄散，闭上眼睛，一根棍子扔出老远。她的身后传来焦虑的叫唤声："许总！许总！"

　　许若含回头一看，是张友贵，心里稍定。却有个人从侧面冲过来，躲在张友贵的身后，露出一张脸看着许若含，那个人是许凌琴。许若含大吃一惊，一声呼唤差点喊出口。她顿了一下，指着许凌琴强作镇定问张友贵："怎么回事？"

　　"许总，我们去办公室谈好吗？"张友贵脸一红。

　　许若含点点头，走向办公室。许凌琴紧紧跟着张友贵，她似乎认识许若含，却想不起怎么回事，因此，她揪着张友贵的衣角，眼睛直直地盯着许若含。

　　"她怎么来的？"许若含问张友贵。

　　"路上捡的。"张友贵告诉许若含，那天从城里回来，快到镇上的时候，中巴车坏了，大家只好各自走回家。从镇子旁边的一个工地经过时，他看见几个民工模样的人在调戏这个女人。张友贵实在看不过去，走上前说了那些人几句，然后就回来了。等他走到厂门外，看见这个女人跟在他身后，于是就把她带回厂里了。

　　张友贵说完，忐忑不安地看着许若含。

　　"让她走，"许若含绷着脸说，她看着张友贵，"万一她家人找来了，我们无法解释。"

　　张友贵的脸变了几次，有点恼怒："许总，她是你以前的老板呢。如果我们不收留她，她会让人家欺负的。"

　　许若含却不为所动："她头脑不清楚，万一她家里人告你欺骗她怎么办，要知道，她意识不清楚，你要吃官司的。"

　　"我去找她家里人，我跟她家里人写保证书！我有能力照顾她，我会照顾她一辈子的。就是吃了官司我也不后悔。许总，让她留下来吧！"张友贵恳求道。

许凌琴似乎听懂了让她走的话，一直往张友贵身后躲，她的身子无助地缩在张友贵高大的身躯后，只露半边脸，一双眼睛盯着许若含。

许若含看着心疼，心一软，随即想起许凌琴应该被张友贵侵犯过，张友贵是犯法的，他们那边的人，都会拐卖妇女儿童，如安、陆雪琪，都被卖到他们那边。张友贵不可深信，她也有点生气了："她是我的小姐妹，等下我自然会安排好她，不劳你费心了。"

张友贵见许若含很坚决要赶走许凌琴，哀求道："许总，我很爱她，真的。在她还开厂的时候，我就喜欢上她了。有一次她路上摔了，是我帮她把摩托车开到她厂里。那天晚上我守在附近，有个人爬她的窗格，被我狠狠打了一顿。真的，我一定好好对待她，并且绝对不会耽误工作的。"

还有这样的事，也许这是一段孽缘呢，许若含忽然被感动了。如果张友贵能真心对待许凌琴，撮合他们也无妨。可是她必须试探张友贵到底有几分真心，想想又硬下心对张友贵说："她是一个精神有问题的人，你要知道。你有没有那样的毅力，能够一辈子对着一个疯了的女人？你这样跟她过一段时间，然后你回去了，还不是我在收拾这个烂摊子。"

"不会！"张友贵忽然提高声音对许若含说，他的那只独眼里充满愤怒，"我不会，请许总不要侮辱我！"

就在这时，许凌琴从张友贵的身后探出头，低喊一声："阿含！"

凌琴姐似乎听得懂他们的对话。

许若含终于忍不住，走上前，拉着许凌琴的手，落泪了。听得许凌琴小声问："阿含，少剑放学了没有？"

如同结痂的伤口被掀起，疼痛一丝丝渗入到许若含的每一寸肌肤、每一条血管。林少剑的死，让许若含背下终生不敢脱下的包袱。

她不想在张友贵面前失态，示意张友贵把许凌琴带走。等他们两个离开办公室，许若含泪如雨下。

这时手机响了，是庄泉伟打来的，他告诉许若含，曲明言已经去报案了。

接着又是辛夷海打来的，他说他已经在楼下了。许若含让辛夷海上楼。

如果要营救如安，张友贵和他族弟张友初是最好的内应，至于那家把如安用铁链锁起来的人，该死。但是如果张友贵他们协助救出如安，张友贵他们就不好回贵省了，也只能留在这里，所以他跟阿琴姐，说不定能长久呢。

辛夷海来到办公室，对许若含说："天照跟土娃打了电话，土娃也打给我了，他们下午就出发，估计这两天就到了。"

许若含想，土娃他们来了自己就要忙碌好几天，而且明天有电，张友贵也要开始工作。还不如趁下午有空，把他和阿琴姐的事情处理清楚。

辛夷海奇怪地看着裁床边坐在张友贵身边的许凌琴，正要问，许若含说："夷海哥，您看看，如果阿琴姐跟着他，合适吗？"

辛夷海一听，明白了。他走出办公室，用普通话问张友贵："你是真心想娶这个女人吗？"

张友贵坚定地点点头："我可以发誓，我留在螺东，其实很大原因是她，不然五年前我已经离开这里了。"

辛夷海问："你认识她？"

张友贵说："她还在开厂的时候，我想过来她厂里上班，担心她不要我。我经常看见她一个人在送货，我一直想帮她。我很佩服她的勤劳，我也救过她，但是我知道我配不上她。我并不是因为现在她跟平常人不一样而利用她。"

辛夷海盯着张友贵的独眼，他从中看出了张友贵的真诚。然后，他回头问许若含："阿含，你觉得这件事怎么处理比较妥当？"

许若含在之前已经跟父亲谈过许凌琴的事，翠英死后，根本不会有人管许凌琴的，如果张友贵是真诚待她的，这也倒是件好事。而且看起来，阿琴姐很依赖张友贵，静静地坐在他身边这么久也没有异常，说不定爱情可以治愈她。

许若含盯着张友贵："你敢不敢去她家提亲？"

张友贵很坚定地回答："这是最好的安排。"

随即，他嗫嚅着说："如果许总肯陪我去的话，他家应该不会把我打出来。"

辛夷海提了个建议："阿含，你有没有凌琴家的电话，趁下午工厂没人，叫她家人过来看看男方，不要冒昧就把人家带到倒溪坡村，这样对凌琴不好。"

许若含听了，觉得也是，于是她打电话给许清亮，让许清亮转告他父亲。许清亮一听，原来这几天没看见妹妹，妹妹居然跟人家住在一起了，心里也有几分愧疚，立刻骑了摩托车带父亲过来了。

许成山初看到张友贵，不知怎么的就想起当年他们去石镇抢许凌琴，那个拼命拦在许凌琴身前的谷山的黄腾云。黄腾云跟眼前的这个外地人身材很像，除了那张吓人的脸，这个外地人还真的会是个女婿的好人选。如果翠英在，或者凌琴没疯，恐怕都会看上他的。

隔两天，张友贵按照礼节提了烟和酒，由许水生做红娘，到许成山家正式提亲。

许凌琴平时疯疯癫癫，跟张友贵在一起的时候非常乖顺，她安安静静地跟在张友贵身后进了自家的门，安安静静地坐在张友贵身边，张友贵给她夹菜，帮她打饭，拿餐巾纸帮她擦嘴，细心地照顾着许凌琴。张友贵站起身要离开，许凌琴也站起身跟着张友贵就走，丝毫没有想过留在自己家里。她对张友贵的依恋由此可见。

张友贵是螺东厂的厂长，跟许凌琴交往后，小伟受到了更多的照顾，高萍高兴得合不拢嘴。

"这是我小姑的福气。"高萍逢人就说。

翠英死后，小伟就来螺东啸天厂上班了，做了两年没拿工资的临时工。直到张友贵娶了许凌琴，跟许若含提出支付小伟工资。许若含也顺水推舟地答应了，由张友贵安排，每个月支付小伟八百元工资。

小伟不懂得花钱，逢发工资的日子，就由高萍前往代领。所以，高萍对张友贵是很感激的。张友贵到倒溪坡村，必然先在清亮家落脚，高萍杀鸡杀鸭、好酒好菜招待张友贵。

又过了一段时间，高萍也被张友贵安排到啸天厂上班，做些修剪线头、做饭、扫地的杂事，一个月一千两百元工资。这样母子在这里一个月可以领到两千块钱，而且同在一家工厂互相照顾也方便。高萍对张友贵更是感激，连带着，也对许凌琴这个小姑子要好起来。

而张友贵也不厚此薄彼，每次去倒溪坡村，许凌琴的三个兄弟和三个哥嫂的礼物他都安排得妥妥当当，就跟当年的许凌琴一样。

经过这一番走动，张友贵在螺东镇也算是安定下来了。成为螺苑女婿，张友贵的工作热情更大了，他已经完完全全把这片土地当成自己的家。

　　辛夷海在第二天就去了海岛。他得赶在土娃到螺苑前，把相关事情了解清楚。原来在欧博龙工地的两个师傅也从上海调回来，跟着他到处寻找当年的知情人。

　　张友贵跟许凌琴在一起了，按照许若含的意思回贵省协助警方营救如安成了他的责任。

　　但是张友贵却犹豫了，他知道家乡的情况，如果是救许若含她毫不犹豫，现在是救一个他不认识的女人，他从心里排斥这样的安排。他想了一夜，跟庄泉伟说，毕竟对方跟友初是邻居，自己不方便出面，最好是直接报警，否则将来友初在村里也无法立足了。

　　庄泉伟一想也是，又跟涂嘉熙商量。

　　涂嘉熙告诉庄泉伟："如果没有当地人配合，要进深山去救一个人出来是很难的。你以为当地官方不知道那边有被拐来的女人吗？"

　　庄泉伟也发表了自己的建议："救如安是她家人的事，有警察可以出面，咱们确实没必要参与。"

这话涂嘉熙听进去了，转头去劝许若含。

陆雪琪却希望张友初去救如安，因为这样一来，张友初一家就回不去了。她又知道许若含心软，跟许若含讲了她看到的所有场景。

许若含很清楚，救如安利用了张友贵兄弟很不妥当，只是当她听到陆雪琪描述如安的惨状，一股怒火从心中涌起。如安那张青春可爱的脸就在眼前晃，当年自己最绝望的时候，如安带着筹集的钱来支援自己，轻声细语说她帮自己把工作做了。

于是许若含坚定地说："嘉熙，无论营救如安多困难，或者需要多少资金，咱们都要把如安救出来，我欠如安的情。"

停了片刻，她又说："至于张友贵兄弟，如果他们愿意继续留在啸天厂五年，公司就为他们兄弟一人买一套房。当然，工资照发。"

救如安正式进入计划阶段。

经费安排、车辆安排、人手安排。

陆雪琪也动员了张友初，为了肚子里的孩子，为了能长久地留在螺苑这片土地上，配合一下公安机关的行动，一起进山，营救如安。

为了张友贵和张友初兄弟不会被老家的人记恨记仇，大家也想过给那户买如安的人家一笔补偿，后来商量了一下，辛夷海建议不给，偷偷地把人解救了就走。那种把女人当畜生一样惨无人道地锁起来的人家，该有所报应，也该接受法律惩罚，怎么可能再给补偿来助长邪恶歪风？

张友贵和张友初兄弟提前几天回去。

辛夷海和庄泉伟把张友初的家人接到了县城，厂里的老乡都以为他们是全家回贵省。

回贵省那些日子，张友贵每天晚上八点整准时打电话到倒溪坡村的许凌琴家。许凌琴每天不言不语，就盼望晚上张友贵的来电，很准时地在那个时间段坐在电话旁边，电话铃声一响，她就往电话机扑去。然后张友贵在话筒那边不停地说，告诉许凌琴，他多爱她，多想她，不管许凌琴是否能听懂。许凌琴听着电话，痴痴不语，不时轻声笑着，脸上泛起红光。许成山一家在旁边看着心酸，原来女儿是缺乏太多的爱，有了爱，不用吃药这病也能慢慢好起来的。

在一个静静的夜里，如安父母跟着警察潜入到贵省张友初村庄附近。村子已经可以通车了，但只是通到山下，剩下还是要走半个多小时脚程。张友初对自家附近地形比较熟悉，接到电话后，早等在路边，引导警察把车开到一个隐蔽的山洞，再用杂草盖住，然后从后山攀爬而上。

张友贵在张友初家里，从窗里盯着不远处锁住如安的那家人，看着他们回家，进房子做饭，吃晚饭。山里人家少，稀稀拉拉几个房子，中间是田地，没有任何遮掩，在张友初家可以透过田野完整地看到那家人，包括他们把如安的锁链拉过来重新锁在餐桌边，让如安自己吃饭和做简单的家务。

陆雪琪当年就是从窗户看到这个场景，很好奇，才偷偷摸摸地跑过去问如安的。也是张友初他们对陆雪琪太过放松，才给了陆雪琪逃跑的机会。这户人家，当年陆雪琪逃出去后，他们也没有打算去追，就是觉得女人已经帮自家生了一个儿子，跑就跑了，就不用跟着自家在深山老林吃苦了。

那天晚上，那户人家熄灯之后，张友初带领如安父母和警察冲进了那户人家。如安的铁链被打开了，她白发苍苍的父母搂住她哭得上气不接下气，她却哭不出来。她生过四个孩子，已经被折磨得不成人样。她被父母搀扶出那个囚禁她十几年的房子，然后一个民警背着她下山。

树林茂密，一行人摸黑往回走，路不熟悉，如安的父母摔了几次。

来到停车的地方，司机刚要开车门，被脚下一团软绵绵的小东西吓了一跳。司机条件反射地一脚把小东西踢开，小东西滚了几下，发出呻吟声，几个人这才知道是个小孩。

如安听见声音，冲过去一下把小东西抱在怀里。

众人借着月色一看，是如安最小的那个小孩，担心孩子有意外，只好抱着上车了。

担心夜长梦多，警察队长招呼大家赶紧坐进车子，发动了车子就离开了。

警车打开远光灯，小心翼翼地开出那条蜿蜒的山路。

警车离开后，三个小黑影追着警车跑了好一段路……

张友贵回来后，除了带土特产送给许成山一家，还带了天麻和一些滋补的草药。他把许凌琴领回螺东后，下班时间就熬肉汤，如哄小孩般哄许凌琴喝下去。又过了一段时间，许凌琴的理智略微清晰，能在啸天厂帮忙做些修剪线头的杂事，见了许成山也懂得喊"阿爸"了。

辛夷海还算顺利，因为他当年跟那些黑道来往过，并不是说他跟黑道合伙做什么违法的事情，而是因为他要在当地发展，经常地给那些人送礼，请客，加上他从小习武，黑道喜欢强者，所以人情关系是在的。再次去了海岛，辛夷海直接提了十万现金放在了他们桌上。

一个小消息给十万元，办事的效率肯定是更快的。于是辛夷海得到了关于林荫的各种资料，让他更为惊喜的是，他查到了林荫今年在螺苑的记录,他已经可以肯定,许若含的这件事跟林荫有关系了。

占江的消息也传来了，当年在欧家工地的人都说，欧博龙那个女人经常带女人和孩子来工地，都是晚上带过来第二天天亮就不见人影。曾在欧博龙工地的师傅都清楚，欧博龙的占江老婆在做贩卖人口的生意，有人还让胡湘桂帮忙留意着买了一个男孩。

辛夷海从海岛回来，土娃也到了几天。

涂嘉佑和天照等人接待了土娃和夏省的一行人。

土娃和天照等人去了公安局。在市区街头的监控录像，土娃一眼看出，那个穿黄色夹克的男人就是在海岛意图掳走许若含的男人，而涂嘉熙则是从一个女人的侧面判断那个女人就是当年曲明言的组长林荫。

辛夷海回螺苑的时候，直接到啸天公司找许若含。胡湘桂死亡的案件调查得比较顺利，虽然不清楚详细过程，但是有那么一系列证人证据，相信事件很快就会水落石出的。

"土娃呢？"辛夷海问。

"哦，去他哥那里。"许若含漫不经心地回答，她的心思还在工作上，下午土娃说要请她吃饭还被她说了一顿，从夏省过来请她这个当地人吃饭，这是瞧不起谁呢。

"他哥？他这边有哥？没听他说过。"

"他一个堂哥在我们螺苑当挂职干部，今年才过来。他上次告诉过我，我没在意。刚好这次他们几个过来，也是他哥接待的。他们饮食习惯跟我们不一样，我喊了几次，都不知道请他们吃什么。"许若含回答。

"还吃什么，准备一下，带他们去市里的回民饭店，为他们接风。"

两个人边聊，边回到办公室，辛夷海坐下，自己倒了杯茶。

吃过饭，土娃来到许若含的办公室。

许水生也在，他拉着土娃的手对土娃说了很多感激的话，感谢他当年救了许若含。土娃的哥哥也过来了，他说他叫苏为民，在螺苑挂职副县长。

几个人坐下，喝茶，互相交流了一些地方风俗和企业经营管理理念。

苏为民感叹地说："沿海地区能发展得这么好这么快，最重要也是因为你们愿意走出去啊，辛总你年纪轻轻就跑海岛、上海，创下一番事业。而我们那边的人太过安于现状，不肯走出来。"

辛夷海笑了笑："谁肯安于现状？我们沿海地区远离中原，古早曾经也是文化落后、信息闭塞，只是因为拥有丰富的海洋资源而更为适合人类居住罢了。尺有所短寸有所长，夏省有夏省的优点，就吃苦精神，曾经在我手下的那些民工就表现得更为淋漓尽致，只是受限于地域和现实时代的发展。"

许天照说："沿海有沿海的企业品牌发展，夏省有夏省的农业特色，也许这就是两地协作的意义所在。"

苏为民点头表示同意，他问许若含："我来了几个月，年底就要回夏省了。如果可能，我还是问问，你们的服装企业能否去我们那边投资，给当地提供更多的劳动力和财政收入？有一定的经济收入，才是贫困地区最稳定的致富途径。"

土娃摇头："这很难的，首先我们那边没有完整的产业链，另外交通不方便，每批货都会耽误货期，赔都赔死了。"

许若含想了想，说："还有一个办法，就是做自己的品牌，有自主开发和生产能力，就可以提前预测市场和投入生产，这个是可以异地建厂的。"

土娃和苏为民眼睛一亮。

辛夷海也赞同："现在这边已经面临招工困难了，可能还真的需要土娃那边再帮忙招一批工人过来协助。"

土娃笑着说："行，招工的事就包在我苏卫土身上。前两年来这边的一些服装工人，现在就在西安附近的工厂上班了，虽然工资低，但是离家近。"

苏为民笑着说："所以，我刚才的建议是有道理的，可以考虑。"

许若含说："是的，现在内地也有很多服装企业，沿海地区的熟练工往内地方向转移，这边的招工难问题就开始出现了。所以就如你们刚才所说，到夏省投资建厂，也许真的是一个选择。"

许天照严肃地说："以前是夏省希望更多的劳务输出，现在是这边出现招工难的问题，说明西部开发已经取得初步成功，就业难的问题在慢慢解决，以后我们的工作方向可能要改变了。"

苏为民叹道："你们这边的干部很勤劳，好多会议都是晚上召开，领导干部都是真真正正地在做实事。还有你们这边的工厂，大半夜还是灯光明亮，确确实实的勤劳能致富！"

辛夷海点点头："是的，因为这边有庞大的民营企业群，市场有活力，经济才能蓬勃发展。"

许若含："所以说，去夏省投资办厂，也许是一个契机呢！"

土娃大喜："走走走，过年就走，假如您愿意，希望您能去一趟。去了您就会知道，那广袤的沙漠，那无垠的戈壁滩，给人的感觉不是寂寞，不是单调，而是豁达，一种可以让心灵驰骋无限远的空旷。还有，我们那边的人们淳朴、善良，真希望你去了就不回来。"

大家都笑了。

苏为民看见许若含办公桌上的银腰链，好奇地问："那是什么？"

辛夷海说："这个叫银腰链，是我们本地送给女人最好的礼物。"

许若含回答："这链子有几个链头坏了，要拿去修一下。毕竟是从别人手上拿过来的，也要洗一下干净。"

土娃好奇，走过去拿起来细细观看："这种东西去哪里买啊？"

许水生回答说："我们街上有银铺，这种需要专业的人才会打造。"

土娃赶紧凑近许水生："叔，你带我去，我也去打一条。"

辛夷海笑道："好的，伯，明天叫小汤开车送你们去街上店铺打一条银腰链，给土娃带回去给他媳妇。"

苏为民摇摇头："这小子高不成低不就，到现在还没媳妇，他妈都把他骂死了。"

土娃笑道："哥，你又不是不知道，咱那媳妇成本高，我这么穷，讨不到媳妇的人。"

辛夷海骂道："你小子在当地可是有名的富人了，你还叫穷，那天照他们可是白忙活了。"

天照也大笑："对啊！可别抹去我们的努力啊。"

众人一阵欢笑。

许水生说："缘分到了，自然就成了。"

正说着，楼下传来汽车的声音，天照从窗口往下一看，是涂嘉佑来了。

不自觉一聊就是晚上十点多，几个人约好了第二天的行程。

　　离婚后，有朋友或生意伙伴试探着给许若含介绍对象，有政府部门的、有做生意的、有开厂的老总，许若含都一笑置之。

　　许若含被拘留那件事发生后，涂嘉佑问涂嘉熙是不是还要跟许若含有来往，让涂嘉熙慎重考虑。涂嘉熙明白哥哥的意思，许若含在当地已经是个小名人了，行为举止很容易影响到涂家的，更何况之间还有一个陆雪琪横在那。

　　这段时间，辛夷海频频出现在许家，就像这家人中的一员。辛夷海是个近乎完美的男人，但是他的心里装的都是姐姐，能让辛夷海在心里爱一辈子的女人，那是多么的幸福。想到这里，许若含反而妒忌起姐姐来。

　　打开电脑，QQ跳出几个留言，是土娃的，他说："预定了一条银腰链，听说现在流行九股的，我就故意打了十一股。"应该已经做好了，他给了店家路费，估计这两天腰链会送到，请许若含笑纳。

　　许若含惊呆了，你这是在捣乱是不是？银腰链是给女方的聘金，怎么可以随便送的?

土娃说:"有人说这是送给女人最好的礼物。"

许若含骂道:"好你个鬼啊,也不看合适不合适。"

土娃在那头敲着字:"这就看你怎么理解了。"

正聊着,新来的办公室文员带了银店的人进来了,银店的人说他们是祖传的老字号"乌银"银店的人,拿了两个精美的包装盒出来,慢慢解开包装的毛巾,一个就是送去修理和清洗的银腰链,是阿勤的;另一个就是土娃定做的银腰链,十一股,给许若含的。

许若含惊喜地说:"还用毛巾包得这么细心,担心被刮擦吧。"

银店的人说:"银不怕刮擦,用毛巾包起来是担心有的人不会解开,会扭曲,又要送回我们那边。"

许若含轻轻抚摸亮晶晶的银腰链,满心欢喜。她渴望了多少年的银腰链,居然是一个毫不相干的西北汉子送的。

银店的人很稀罕地看着许若含,说:"那个小伙子说要打十一股,有七点八斤重啊,我都跟他说了现在人家最多的打十股,他还是坚持。不过,你这腰身的确适合佩戴十一股的银腰链。"

不管是三股、五股、七股、九股、十股的银腰链,许若含从来未曾拥有,她也从来没想过给自己打一条银腰链。

今天,她拥有了。收到银腰链,她好几天都是心情舒畅。

杜升上门拜访,这是许若含没有想到的。杜升胡茬满面,异常憔悴,似乎老了十岁。

阿三跟在杜升身后,把一个包装精美的提袋放在许若含办公桌。那是茶叶。

父女俩一脸凄然,许若含连忙起身让座:"来了就行,别提东西。"

"你这边发展越来越好了。"杜升说。

"哪里哪里,也是凑巧。阿宝……"许若含想起最后一次给杜升打电话谈到的事情，小心翼翼地问。

"留不住，走了。"杜升黯然回答。

"黑兰不让她螺东的儿子献骨髓。"阿三小声说。

"是我在作孽。我明年就去深市。阿三在管理方面有天赋，她说过年想在你这锻炼锻炼。"杜升说，脸上没有任何表情。

"我自己想来的。"阿三看着许若含，羞涩一笑。

"我很高兴，"许若含说，"随时来上班，明天也可以来。"

"那我告辞了。"杜升不想多待。风水轮流转，该是谁的就是谁的。

阿三来上班后，许若含让庄泉伟把她安排去当组长助理。不久后，阿三升为组长。组长事杂，许若含让王益群安排了一个较为得力的助理，交代说以后公司有外派的学习机会，尽量让阿三去参加。

不久后，附近一所高校来啸天公司谈论校企合作项目，许若含就把这个项目交给了阿三负责，阿三好学，负责啸天公司的行政部门，成为许若含强有力的帮手。

2008年年底，笑天男装推出后，马上占领了市场。市场反应热烈，啸天服装公司的催货电话被打爆了，更多的加盟专卖店也在各大城市开张了。不过一年多时间，笑天加盟专卖店开到了一百多家，许若含见到齐灵珊的时候，直夸她表妹路文珊是个人才。精通英语的路文珊除了带领好自己的团队，经常关注海外购平台，她告诉许若含，要把笑天品牌做到国外去。

"笑天"成了一张名片。啸天的团队成员，许若含、庄泉伟、张友贵、王益群、路文珊、潘婷、小燕、朱丹萍、阿三跟着企业一起成长，都能独当一面了。

王益群说王悦和刘凤霞已经结婚，也在青城上班，王悦在板房，刘凤霞在另一家公司做设计。许若含想起自己曾经有过的在青城设点的想法，让王益群找来王悦夫妻，说了自己的打算。

　　王悦夫妻俩没想到当年的舍友这几年发展得这么好，而原来的工友们大部分都在啸天上班了，知道啸天的实力，又能得到许若含的重用，夫妻俩非常激动。回到青城，他们跟原单位辞职了，在石镇找到一个办公地点，租下房子，置办机器，招聘样衣工。青城石镇的设计部创办之初，全部由王悦和阿三经办，需要钱阿三直接找小燕，展厅的装修小燕联系新一海装潢队，一点都不用许若含操心。

　　王悦夫妻自然尽心尽力，一个管设计部，一个管板房和样衣室。许若含并没有满足打版师傅的版型，她非常挑剔地找出衣服的版型缺点，如领窝深浅、肩线的斜度、圆袖袖笼的弧度、袖山的高度，以及胸围的线条、衣服的宽松度等。以最好的产品投入最火爆的市场，是啸天公司"笑天"服饰的品牌追求。她发现有个规律，如果高萍的儿子小伟喜欢哪件衣服、哪个颜色，那件衣服和配色就是爆款。最后，她居然把小伟调到设计部，让他负责款式图和调色，工资按照设计师的价格。

　　许若含终于有了当老板的感觉。设计师都去了青城的设计部，螺苑这边只有许若含和小伟。小伟因为自理能力比较差，不敢让他去青城，但是每周至少有两天时间，许若含会带领小伟去青城的设计部审核设计款式。

　　石镇的工作室筹备都是由王悦负责，许若含第一次到工作室的时候，才发现工作室就是自己原来工作的地方，宿舍也是自己曾经住过那一间，只是全部翻新，门后的字和墙上的涂鸦都擦掉了。

　　2010年春节的时候，席萍萍应许若含之邀来到螺苑。

　　啸天公司有今天，离不开席萍萍当年的支持和扶助。

　　许若含带着席萍萍尝遍各种海鲜，带她到处游玩，包括去省城附近泡温泉。短短三天很快过去了，席萍萍离开前，郑重地对许若含说："阿含，你现在这样发展不错，但是你的设计和版型有抄袭的嫌疑，企业发展初期模仿比较普遍，如果要持续发展一定要有自己的专利，这点你要注意，否则无法走入国际市场，包括在香港的销售，甚至还可能吃官司。"

许若含恭敬地说："您上次提过，我们也很重视这些。已经聘请专业的设计师和版师，是埃文介绍的，啸天现在的主打产品都是他设计的，放心，不是抄袭的。"

"这样最好。要吸收更多国外先进的管理模式和经验理念，这样企业才能做大做强，也就不会那么累。"

"我们有注意到这方面的问题。回去后也帮我继续物色设计和销售人员，还有愿意来大陆的高层管理，薪资方面可以面谈，确实有才能的，啸天非常欢迎。"许若含诚恳地说。

"行！"席萍萍说。

许若含举起酒杯。

按照惯例，许若含会在春节到几个重要的工人和管理人员家里拜年。去的时候满载一车，回来的时候依然满载一车，大家争着往许若含的车上塞山货、土鸡、土鸭。

啸天公司已经买下了原属针织厂的厂房和土地，有了自己的厂房。买下原针织厂的厂房后，重新设计装修，装空调、买高档办公配套，许若含的办公室比从前漂亮数倍，她已经在城里买了别墅，就坐落在书峰半山腰的富豪小区，小区是实行全封闭性管理的。

2010 年年底的公司高层会议，已经对今年啸天公司的发展计划和工作安排做了详细的预算，包括开专卖店、加盟店，找专业摄影机构拍摄了产品图片，做了画册。广告一打出去，啸天公司就接到了许多咨询电话，询问加盟店的详细规定，交款金额等。

"笑天"的经营理念很简单：微笑过好每一天。

这句话也体现在啸天人的身上，微笑管理、微笑工作、微笑沟通，企业内部其乐融融。

　　"笑天"——一个全新的品牌，展现男性风度的时装，让众人眼睛一亮。

　　看着自己辛苦做出来的衣服被迅速推向市场，走入消费人群中，啸天人尝到了成功的滋味。他们更加认真、更加努力对待自己的工作。同时，他们听说，在政策支持下，许总又跟银行贷了，有了这笔资金的支持，啸天厂的天空将更加广阔。

　　在公司内部会议上，许若含几次重申："每个企业的管理都有存在的漏洞，或大或小，我们还是要预防为主，真正会出现的问题，其实都不是问题。有时候，多求结果少盯着他们的工作过程，可能会好一些。一个企业要发展，要有凝聚力，要有团队精神，部门之间互相检讨。继续引进人才，也许通过培训和外来文化可以解决不少我们目前的困惑，包括我们自己，也要学习，也要进步。"

　　除了关注电视新闻报道，许若含也开始关注起报纸，啸天公司订了很多报纸。

　　许若含加入了青城的行业协会，通过行业间的沟通和交流，许若含了解到服装发展的趋势，知道了许多品牌开始聘请代言人。白水人有股拼劲，不管是青城人还是螺苑人都一样。

　　白水跨海大桥通车后，许若含特意开车去转了一圈。白水跨海大桥全长二十六公里，历时六年建成。跨海大桥的通车，盘活了环白水湾区域资源，从螺苑到石镇二十多分钟就可到达，大大提高了啸天公司和设在石镇的"笑天"设计工作室之间的办事效率。跨海大桥通车后，笑天公司把销售部也搬到了石镇，并且在青城招商办的支持下，标到一块地，准备在青城建啸天分公司。厂房由新一海建筑公司负责建筑。

　　"笑天"男装加盟店分叉线从南方的海边向内陆地区辐射出去，啸天公司的迅猛发展，也是改革开放沿海城市得天时得地利而造就的奇迹。

　　这一天，许若含在螺苑总部处理好手头的事务，签了几份单据，看着时间已经是上午十点钟。她拿了包，自己开车去螺东。

　　螺东的厂房已经搬到镇政府对面那栋五层楼房子里。许若含把整栋房子租了下来，房屋两侧各有楼梯，一、二、三楼从中间隔开，左边为工人宿舍，从左边的楼梯上下；右边的一楼为仓库，二、三楼是裁剪包装车间，四、五楼是缝制生产车间。左边的一楼是食堂，二、三楼是工人宿舍，因为本地工人比较多，晚上回家睡觉去，所以宿舍也不拥挤。

　　许若含走上左边的三楼宿舍，门开着，许若含看见许凌琴在叠衣服，嘴里哼着小曲。她站在门外看了一会儿，不敢打扰。年前张友贵带许凌琴去精神病院复诊，经过一系列的检查后，医生说只要不再受刺激，许凌琴的病情将会比较稳定。听说他们在镇上买房了，用的是许凌琴原来存下的钱，许若含也按原先约定给了他们一笔钱，但是那笔钱大部分用来治疗许凌琴的病了。

　　站在门外面，许若含一番感叹。她走到车间巡视了一番，张友贵正在安排工作，看见许若含，点点头打了招呼，然后两人回到办公室。

　　"十六条生产线两个车间主任够吗？"许若含问。

　　"差不多，一个车间主任配一个技术指导人员，等于他们的副手，这样的人员配置是足够的。"张友贵回道。

　　"除了孙美兰，还有谁呢？"

　　"一个新来的，有过国外服装企业管理经验，技术跟管理思维不错，带来很多新的管理理念。"

　　"哦。"许若含点点头，"你这段时间忙吗？"

　　"内部管理比较轻松，管理员都很认真。平时我经常去几个外协加工工厂走走。"水开了，张友贵开始泡茶。

"外协工厂要好好培养，可能这是将来的一个生产走向。"

"原本鹏腾服装厂的清兰、秋菊、刘艳、小凤她们一帮人，孩子长大后，都回家里自己开厂，我也按照您的意思，把她们当啸天厂的工作小组照顾着，订单安排、工资发放，全部跟着啸天走，外发点数比别人高。"

"好久没见到她们了。市区下星期有个管理方面的讲座，你跟庄泉伟去听课吗？"

"有这样的机会，我们当然愿意去。您上次说的对，多引进一些培训课程，对我们公司的前途发展非常有利。"张友贵沉稳地说。

"管理必须和文化相结合，形成企业文化。每个人都把企业当成自己的家一样，为企业谋求发展策略，为企业尽力，那么，企业怎么不兴旺发达。"许若含感慨地说，"没有大家的齐心协力，也没有啸天的今天。什么时候跟阿琴去办结婚证？"

"本来今天要去，听郭英说镇上办结婚证是星期二和星期五。"张友贵的脸上露出幸福的笑容。

"今天星期一，那明天早上事情安排好了，早点去办吧，办证要紧。"许若含说。

张友贵跟许若含道谢了。

两个人又谈了一些工作上的问题，许若含才离开啸天厂。

许若含走到楼下，正准备打开车门，两辆灵车从镇中的公路快速驶过，灵车经过时，往窗外扔了两串鞭炮，还没等鞭炮响完，灵车已经绝尘而去。

旁边卖菜的店里有人大声在问："是格田那个男的吗？"

"是格田的，叫华五行。"

"死了，死了也好。听说浑身都长水泡，烂了，发臭，没人敢靠近他。"

"那种根本医不好，那个人也没良心，兄弟不和，戏弄他嫂子，还经常跟他父亲打架。"

"坏事做绝了。"

"坏人会被雷打死。"旁边一个妇女皱着眉大声骂道。

许若含打开车门，手扶着车门面无表情地听了众人的议论。恶有恶报，她在心里说。然后她钻进驾驶室，轻轻关上车门，系好安全带，发动车子。

涂嘉熙倚在螺东镇政府大门内的花岗岩大门柱上，看着许若含上楼了，下楼了，打开车门，钻进车内，发动车子，倒车。他没有喊许若含，没有跟她打招呼，尽管两个人偶尔有电话来往，却如搁着一层无形的塑料膜，呼吸和空气无法融入一起。渐渐地，涂嘉熙感觉两个人的心越来越远了。许若含已经不是昨日的许若含，她有理想、有抱负，她坚强、勇敢，她不再依赖和彷徨，她的优秀掩饰了她小女子软弱的个性。

许若含快速转动方向盘，往前开去，从望后镜，她看见了涂嘉熙，想停下来跟他打个招呼，却不由自主地缓缓往前驶去，涂嘉熙为什么没有走过来跟自己打招呼？涂嘉熙倚在那边，就好像倚在1990年的圣泓制衣公司的宿舍门口，那时候，他是那么多情，那么多才，他的世界，他的眼中，只有许若含。这一生，涂嘉熙对许若含的影响是无形；这些年来，在最艰难的时候，涂嘉熙就能及时出现在身边。

都老了！许若含心中一酸。经历了这么多，什么是最真的？什么是最纯的？

许若含对自己凄然一笑，拐了弯，驶了一段路，她忽然踩刹车。涂嘉熙又出现在她的望后镜上，他在追逐她的车辆。

许若含忽然泪流满面。她把车停在路边，从望后镜上，她看见涂嘉熙来了，开始是小跑过来，然后，他开始狂奔。

"你怎么在这里？"看着涂嘉熙上车，许若含提前擦干眼泪，笑着问。

"来找天照啊。"

许若含这才想起来，弟弟现在调到螺东镇当镇长，而涂嘉佑调去县里面了。

许若含正要回话，涂嘉熙又说："开玩笑的。我叔叔的女儿请客，过来随礼。"

"那你的车呢？"许若含点头，问涂嘉熙。

"今天送去保养，本来在等公交车的，结果你看到我都不肯停下来等我。"

许若含大笑："我哪里想得到你就在路边等车啊。"

两个人都没说实话，涂嘉熙没有告诉许若含他眼睁睁地看着她上楼、下楼、上车。

许若含也没有告诉涂嘉熙自己从后视镜看到他了。

许若含问："你叔叔退休了吧？"

涂嘉熙回答："是的。前段时间他一个下属过来拜访他，谈起当年那个拐卖案件，听说公安机关大力整治，顺藤摸瓜查办了许多拐卖案件。"

许若含转开话题："听说你哥哥工作很出色，是位好领导。"

涂嘉熙笑着说："他现在住县城，很少回家了。唉，哥哥当官也是那样，我想去找点事做，他都说照规矩来。"

"他们这些夏省挂职回来的干部，作风都很正派。"许若含想起有一次送东西给弟弟，遇到弟弟在办公室发火，说一瓶一元钱的矿泉水，对方报销的时候写了五元钱，让退回去不给报销。

涂嘉熙叹了口气："我哥对我的支持，反而不如我叔叔呢。"

许若含点点头，没有涂嘉熙的叔叔的后门，他不会出现在圣泓公司，故事就不会开始了。

车子往县城驶去。

涂嘉熙忽然冒出一句话："听说可能放开二孩了。"

许若含笑了："有想法？"

涂嘉熙转头看了许若含："当然。"

许若含心一动，无言以对。

涂嘉熙也没再继续这个话题。

然后，两个人谈起胡湘桂的死亡案件。后来如安站出来做证，自己跟着林荫曾经在欧博龙的建筑工地落脚。

也查到仇水城的母亲就是张晚爱的亲姐姐，仇水城还有一个哥哥在省里当官，两兄弟都做下很多违规犯法的事，结果是仇水城的哥哥被双规了，仇水城也进了监狱。

公安机关最后调查，又从贼七查到瘪三，然后整个团伙一网打尽。林荫和瘪三犯故意杀人罪，判死刑。林荫还供认出小查死的时候，是想把许若含骗出去的，小查的死，反而让许若含逃出魔掌。公安机关到小查家里去调查的时候，小查的家人才知道，原来小查也是一个帮凶。

曲明言后来接的单全部放在啸天公司生产。他承包了一个城市的校服订单，校服订单的生产周期跟市场订单有交错，所以后面这几年，螺东啸天厂的生产方向定位在校服订单。许若含说两条路一起走，可以规避某些风险。

从20世纪90年代发展到如今，校服产业已经是螺苑当地的一个产业特色，并形成了相关产业链。

许若含忽然想到一个问题，去夏省开发男装市场，受限于当地的经济和民族特色，可能会有很大的难度。但是如果生产校服呢，也不求盈利，就为当地增加就业率，也是好的。这些年，她心里几次有这样的念头，终究未能成行。

车到县城，车速慢了。

看着窗外一家珠宝店，涂嘉熙忽然想起那年买的金项链和金手链，没送给许若含，还锁在他抽屉里。他笑着说："阿含，你知道吗？

我买过一个金手链，本来想送给你的。"

许若含眼睛直视前方："还金手链，怎么没想着买银腰链送我呢？"

涂嘉熙奇怪地看了许若含一眼："你又不戴。"

许若含忽然大笑："就是就是，我又不戴。还是你了解我。"

在深市那快乐的一幕幕又在眼前浮现，那些朋友像候鸟一样，或来或去，不管是来是去，都是命运的安排。就像自己跟涂嘉熙一样，一而再，再而三地错过，两个人之间的鸿沟越来越宽，也许再也无法靠近了。

几年前许若含从拘留所出来，欧博龙就彻底失踪了，后来听辛夷海说，欧博龙去了缅甸，之后就再也没有他的消息了。

欧思庭快初中毕业了。反叛期的孩子对妈妈也不像从前那样亲近了。孩子大了，许若含知道。欧思庭学习成绩非常好，老师夸他有上进心，考入一中或者白水市最好的中学没问题。后来，许若含选择了一个合适的时间坐在儿子面前，小心翼翼地告诉了欧思庭一些事实，欧思庭没有许若含想象中的表情，他低着头，说："妈妈，你该怎么做就怎么做吧，别问我，我懂得是非对错。"

黄昏时分，许若含经常捧着一本书坐在阳台上品茗读书。天边晚霞千变万化，由绚烂归于平淡。暮色四合，晚风渐起，小区里由原先的水库改造的湖面泛起涟漪。风吹来，拂起许若含的刘海。在这一刻，许若含是孤独的。事业虽然越来越顺利呢，可是总不能常年形单影只地过着吧？

齐灵珊再次申请前往夏省支教，她是第二次去夏省。女儿读小学了，由父母带着。

许水生却一直催许天照让齐灵珊辞职，那样就可以生二胎了。欧思庭虽然跟自己亲，也是姓欧不姓许。

齐灵珊离开之前，许若含疯狂地采购，包括衣物日常用品以及孩子们的书包和学习用品，然后把物品寄到土娃所在的地址，齐灵珊到了之后土娃可以送去齐灵珊所在的学校。

"死扑街！"

"你再骂！"

传来熟悉的叫骂声和厮打的声音。正要离开的许若含惊讶地抬起头，她看见榕树下几个高个子男孩围着一个个子较矮的男孩，其中一个人正两手顺着矮个男孩的身躯从上往下摸，矮个男孩挣扎了几下，另外一个男孩手上持着一个打破底的啤酒瓶坐在一旁，凶狠地扬了扬闪着亮光的锋利的玻璃瓶底。

矮个子的男孩是善仔。

一只握紧的拳头朝善仔的胸部捶下去，那一拳，就如当年善仔砸向欧思庭的那拳，狠狠地撞击着许若含的胸口。

"爬过去！"

"爬过去。哈哈哈！"

高个子男孩用力按下善仔的头，把脚跨在花圃上，示意善仔跪下钻裤裆。

许若含推开车门，走了过去，走到善仔面前，把善仔往身前一拉。善仔抬头看见许若含，怯怯地喊一声："姨。"

恍惚间，许若含又听见林少剑脆声地呼唤她："姨。"

高个子男孩抬头看着许若含，又看看许若含的小轿车，互相使个眼色，慢慢地走开了，边走边回头，从榕树下经过，把手上的啤酒瓶往榕树上一摔，啤酒瓶发出沉闷的"噗"声，滑落在地上，滚了几下。

许若含看着个头已经超过自己的善仔："你怎么在这？"

"我住在我奶奶家。"善仔低着头回答。

许若含的心一酸，昨天晚上欧思庭还假装无意地跟她说话："妈，不知道善仔哥现在在哪里？"

"跟我回去吧！读个职业学校，还是去我公司里找点事做？"许若含说，她把善仔带上车。她不知道善仔以后会变成什么样的人，也不知道他是否会给自己带来灾祸，就像她当时让庄泉伟带钱去救欧博龙时她没料到自己的善良被利用了。但是，她不希望儿子欧思庭的亲哥哥流落街头。

又是"笑天"男装新年订货会。啸天公司已经聘请演员萧恬当品牌代言人。萧恬不是当红明星，但是他出道以来口碑极好，而且名字谐音"笑天"，签约之后，双方都很欢喜。

订货会的时候，萧恬也来了，他刚好参与拍摄螺苑的宣传纪录片《银腰链》，《银腰链》的拍摄由啸天公司赞助，品牌代言人萧恬当仁不让地在纪录片中饰演了主角。

订货会开始了。上千名商户从全国各地涌来，螺湖酒店被啸天公司提早承包下来，从吃、穿到住、玩，啸天公司毫不吝啬。热热闹闹的产品订货会上，啸天公司准备了时装表演、样品展览，公布了笑天男装的设计理念，展示了公司的前景简介图片，等。让商户对笑天男装有更多的了解，增加客户对笑天男装的信任度。

啸天公司长期聘请香港的设计师，注重服装体型设计和季节变换、色彩搭配。设计师和啸天公司的其他相关负责人员一起，完美地唱版，耐心地回答商户们提出的种种问题。

啸天公司还积极邀请记者参观，采访。

萧恬带着《银腰链》演员团队参加订货会的演唱活动的时候，现场掀起一阵又一阵欢呼声。

许若含拿起话筒发言："从一个小小的服装厂，到今天拥有三千多名员工的大公司，啸天公司这一路走得坎坎坷坷。如果不是你们，不是销售商的全力支持，啸天服装公司没有今天。我代表所有啸天人在这里感谢你们，感谢大家几年来的全力支持和不懈努力。"许若含深深地鞠了一躬。

许若含继续宣布，笑天品牌男装的目标是申请上市，目前已经通过几项审核，正在办理一些相关的手续。

热烈的欢呼声、掌声持续了数分钟。

许若含又说："接下去，我们按照企业发展规划，准备把分公司开到西北一带，并且打算把专卖店开到每一个县城，希望大家一如既往地支持笑天品牌。"

涂嘉熙把车开到螺湖酒店门外停下。停下车后，他把车玻璃摇上来，打开车门，走出来，抬头看看螺湖酒店的高楼，沉思了一会儿。

太阳热辣辣地照着这片大地。

涂嘉熙走进螺湖酒店的大厅，看见张友初和朴素装扮的陆雪琪正站在螺湖酒店的观景电梯门口等电梯，遇到涂嘉熙，两个人都有点尴尬，倒是涂嘉熙装作没事般打了招呼："来开会？"

张友初点点头："我们这两天都是通宵，才把订货会的工作整理妥当，今天多睡了一会儿，所以迟到了。"电梯来了，涂嘉熙走进电梯，看见张友初和陆雪琪站在外面，说："不一起上去吗？"

两个人对视一眼，不自在地走进电梯。涂嘉熙按了楼层，张友初拘谨地问："涂总和许总准备结婚了吗？"

涂嘉熙淡淡一笑，没有回答。电梯的门缓缓合拢了。涂嘉熙忽然伸出手掌，插入门缝："我还有样东西落在车里，去拿下。"

他走出电梯，匆匆忙忙地避开人群往酒店的后门走。走出后门，涂嘉熙回头看了看，踌躇了一下，最终还是转身离开，拐过墙角，迈着沉重的脚步往自己的轿车走去。

辛夷海坐在正门不远处的轿车里，看着涂嘉熙走进了酒店，看着电梯慢慢往上升。

明媚的阳光穿过电梯的玻璃，随着楼层越来越高，一切渐渐模糊。

辛夷海终于掉转车头，那个小女孩的成功，他只想置身事外。

这些年，土娃多次邀请许若含到夏省投资，许若含也觉得时机到了。

许若含去夏省的前一天晚上，辛夷海来到啸天公司，跟许若含面对面坐着，两个人好久没有说话。

"嗯。你姐还有一张黑白照片在我那里，拿去放大，或者叫人给重新画一张像，给她立个牌位。"

"我姐很好吗？"

"你姐很好，性格开朗、坦荡、温柔、善良、坚强，所有女人的优点都集在她身上了。你唱歌的声音跟你姐一样。唱首歌给我听，还是那首《又见炊烟》吧！"

许若含的心一酸，她没有推辞，轻轻地唱了起来："又见炊烟升起，暮色罩大地，想问阵阵炊烟，你要去哪里……"

多少年没有在人前唱歌了，许若含把自己隐藏得那么的深。

"你姐姐在的时候经常唱这首歌给我听，我们两个就坐在溪坡上，看着夕阳落下，等待暮色笼罩四野，那些日子，我终生无法忘怀。"

"有你的这一番情意，我姐姐死也瞑目了。"许若含说。

"你接下去怎么办？一个人的路怎么走？"辛夷海的言语里带着些期待。

"过几年再说吧，现在没办法考虑那么多。"许若含低下头，叹了口气。

辛夷海沉默了好一会儿，他才说："螺苑女人的命是相似的，但是没有一个人的命如你那般坎坷。只是你还年轻，应该有人照顾，应该组织一个幸福圆满的家。"

"慢慢地，都会好起来了。"许若含轻声说。

"是的，都在变好了。你还年轻，我都已经老了，五十多岁了。"辛夷海微笑着看许若含。

是呀，辛夷海的头发几乎白了。

"夷海哥，我忽然发现，树立人生观，寻找自身的价值，并不是企业有多少存款，企业发展有多大，而是生于这个世界，我们能为社会做多少事情，包括如何妥善安顿自己，也是在为社会做贡献。这贡献，不只是金钱上的，甚至可以是在生活、工作等细节中。"

辛夷海了解此时许若含的心情："是的。依靠政策，改变一片土地贫穷的风貌，带领更多人走向幸福安康的生活，也许就是品牌企业神圣的追求。"

许若含："这次前往夏省，我也在憧憬中。"

辛夷海微笑着点点头。忽然想起一件事："王风还记得吗？"

"记得，小风啊！他现在怎么样了？"许若含着急地问，几年没有他的消息了。

"他在上海。他还说要请你去玩呢。让我转告你他的联系方式。"辛夷海说到这里，忽然想，王风明明有许若含的联系方式，为什么反而是叫自己告诉许若含他的联系方式，弯弯绕绕的，应该不只是问候她这么简单的事情吧？心里这样想，他终于没提，转头看着窗外。

"确实应该专门去一趟的。"

"去了记得跟他联系，他会照顾好你的。"辛夷海心中泛起酸溜溜的感觉，又有些期待。王风会跟她说些什么？

夕阳从窗户照射进来，投在辛夷海身上，他有些驼背了。许若含忽然想起，弟弟告诉她，他在镇上的婚姻档案里发现，夷海哥跟他的妻子协议离婚了，他上海的公司留给雪儿和雪儿的弟弟，两个孩子都归夷海哥。

她想问问夷海哥个人生活问题，想了半天，终于没有开口。

许若含去夏省的时间到了。

土娃等在银城，接到许若含就开车飞速地跑，说："你弟弟回去，你弟妹来了，你弟妹回去，你又来了。你们一家，干脆都搬过来夏省，省得来回跑。"

许若含开心地笑着："我弟妹没回去，家里没一个女人，我也不放心出来。"

土娃嘀咕道："你们那边的男人太大男子主义了，什么都依靠女人。"

许若含看着路边古老的回族建筑和城堡，一路青山绿水，奇怪地问："不是说这边是戈壁滩？入冬了，怎么山清水秀风景如画？"

土娃回答："长春木也有啊。这边本来就有'塞上江南'之称，经过这么些年的整治，环境自然更加美丽。就是我们那边还是比较落后，居住环境跟这边比差多了。"

许若含见土娃车开得飞快，问："急着回去吗？"

土娃笑道："今天有一场婚礼，带你去见见我们这边的婚俗习惯。"

许若含好奇地问："你们这边彩礼高吗？"

"高。十条银腰链。"

许若含吓了一跳："那你结婚花了多少钱？"

土娃爽朗地笑道："就是那么高，所以我到现在还娶不到媳妇啊。不过我有两个娃。"

许若含叹道："思想这么先进。"

土娃说："去孤儿院领养的，其中一个是兔唇，打算明年带她去做手术。"

经过连绵不绝的黄土路、土丘，沿途沟壑纵横，北风夹着尘土扑来。路上已经看不到任何绿色的植物，只有几株枯黄的树丫站在路边。

"我们家在农村。"土娃说，车子进入一个村子，他停下车。

远远地看见一个农家院子里很多人热热闹闹地忙碌。

"新娘子接来了。阿訇来祝福了。"土娃看着热闹的场面，有点向往。

欢快的歌声从院子里、房子里传来：

> 亲亲热热说的话，
> 不要忘啊，不要忘啊，
> 实实牢牢地记下。
> 我的小阿哥（我的小阿妹），
> 你不要忘啊，不要忘啊，
> 实实牢牢地记下。
> ……

又有一个女声领唱，众人合唱，悦耳的歌声传得很远：

> 父母亲呀，
> 好比个呀江河里的一股水呀。
> 水深者浪大者，
> 水面上养育着呀。
> ……

土娃看着许若含站在原地呆呆地听着，解释道："这是我们回族的宴席曲。"

许若含摇摇头，她泪流满面，想起了三十年前那个月明之夜，她还是小女孩，跟着许凌琴挤在人群中看"观落阴"。那时候，父母都在，人生的道路才刚刚开始。

一稿动笔于 2012 年 3 月 5 日，同年 6 月完成，泉州宏汉公司
二稿修改于 2012 年 12 月 13 日，惠女水库
三稿修改于 2014 年 11 月 1 日，南浔古镇
四稿修改于 2019 年 6 月 1 日，惠安 19 楼
五稿修改于 2023 年 8 月 22 日，泉州湾畔
完稿于 2024 年元旦